O EFEITO ROSIE

GRAEME SIMSION

O EFEITO ROSIE

Tradução de
Ana Carolina Mesquita

1ª edição

EDITORA RECORD
RIO DE JANEIRO • SÃO PAULO
2016

CIP-BRASIL. CATALOGAÇÃO-NA-FONTE
SINDICATO NACIONAL DOS EDITORES DE LIVROS, RJ

S621e

Simsion, Graeme
O Efeito Rosie / Graeme Simsion; tradução de Ana Carolina Mesquita. – 1. ed. – Rio de Janeiro: Record, 2016.

Tradução de: The Rosie Effect
Sequência de: O Projeto Rosie
ISBN 978-85-01-10655-1

1. Ficção neozelandesa (Inglês). I. Mesquita, Ana Carolina. II. Título.

16-25157

CDD: 828.99333
CDU: 821.111(931)-3

Título original: The Rosie Effect

Publicado originalmente por The Text Publishing Company, Austrália, 2014.

Texto revisado segundo o novo Acordo Ortográfico da Língua Portuguesa.

Editoração eletrônica: Abreu's System

Direitos exclusivos de publicação em língua portuguesa somente para o Brasil adquiridos pela
EDITORA RECORD LTDA.
Rua Argentina, 171 – Rio de Janeiro, RJ – 20921-380 – Tel.: (21) 2585-2000,
que se reserva a propriedade literária desta tradução.

Impresso no Brasil

ISBN 978-85-01-10655-1

Para Anne

1

Suco de laranja não constava no programa das sextas-feiras. Embora Rosie e eu tivéssemos abandonado o Sistema de Refeições Padronizadas, resultando em aumento da "espontaneidade" em detrimento da otimização de tempo gasto no supermercado, da organização da despensa e do desperdício, concordamos em nos abster de álcool três dias por semana. Sem nenhum esquema formal, ficou difícil alcançar esse objetivo, exatamente como eu previa. Rosie acabou entendendo a lógica da solução que propus.

Sextas e sábados eram dias óbvios para o consumo de bebidas alcoólicas. Nem eu nem ela tínhamos aula nos fins de semana. Podíamos dormir até tarde e, talvez, fazer sexo.

Era *terminantemente proibido* programar o sexo, ou agendá-lo, mas a sequência de eventos mais provável para antecipá-lo logo se tornou familiar: um muffin de mirtilo da Blue Sky Bakery, um café espresso triplo da Otha's, a remoção da minha camisa e minha imitação de Gregory Peck no papel de Atticus Finch em *O sol é para todos*. Aprendi a não fazer as quatro coisas todas as vezes, sempre na mesma ordem, pois nesse caso minhas intenções ficariam óbvias. Para fornecer um elemento de imprevisibilidade, lanço uma moeda no ar duas vezes a fim de selecionar um componente da sequência a ser deletado.

Eu tinha colocado uma garrafa de pinot gris da Elk Cove na geladeira para acompanhar as vieiras compradas naquela manhã no Chelsea Market, mas, depois de voltar do porão, onde fui buscar a roupa lavada, vi dois copos de suco de laranja sobre a mesa. Suco de laranja era incompatível com vinho. Bebê-lo primeiro tiraria a sensibilidade de nossas papilas gustativas para o leve açúcar residual tão característico do pinot gris, criando assim uma impressão de sabor avinagrado. Esperar para tomá-lo depois do vinho também não seria aceitável. O suco de laranja estraga rapidamente — daí a ênfase nos termos "natural" ou "feito na hora" dada por estabelecimentos que servem café da manhã.

Rosie estava no quarto, portanto não imediatamente disponível para falar a respeito. Nosso apartamento fornece nove combinações possíveis de localizações para duas pessoas, seis das quais envolvem estarmos em ambientes separados. Em nosso modelo de apartamento ideal, conforme especificamos em conjunto antes de virmos para Nova York, existiriam trinta e seis combinações possíveis, abrangendo quarto de dormir, dois escritórios, dois banheiros e uma sala/cozinha. O apartamento pretendido estaria localizado em Manhattan, perto das linhas 1 ou A do metrô, para oferecer fácil acesso à Faculdade de Medicina da Universidade de Columbia, e teria vista para o rio ou um terraço com área para fazer churrasco.

Embora suplementada pelo fato de nós dois trabalharmos meio expediente como bartenders, nossa renda consistia em um salário de professor universitário, que, por sua vez, era reduzido, devido às despesas com os estudos de Rosie. Portanto, alguns sacrifícios eram necessários, e nosso apartamento atual não apresentava nenhuma das características especificadas.

Estar localizado em Williamsburg teve um peso considerável na escolha, já que nossos amigos Isaac e Judy Esler moravam nesse bairro e o haviam recomendado. Não havia nenhum motivo lógico para que um casal formado por um professor de genética, então com quarenta anos, e uma estudante de medicina pós-graduada de trinta pudesse ser ajustado ao mesmo bairro de um casal formado por um psiquiatra de cinquenta e quatro anos e uma ceramista de cinquenta e dois, que comprou sua residência antes da alta dos preços na região. O aluguel era caro e o apartamento tinha inúmeros defeitos que a imobiliária relutava em corrigir. Atualmente, o ar-condicionado não conseguia compensar a temperatura externa de trinta e quatro graus, algo dentro do esperado para o Brooklyn no final de junho.

A redução do número de cômodos, combinada com o casamento, significava que eu havia sido lançado a um estado inédito e constante de proximidade com outro ser humano. Apesar de a presença física de Rosie ser um resultado altamente positivo do Projeto Esposa, depois de dez meses e dez dias de casamento, eu ainda estava me adaptando ao fato de ser um dos componentes de um casal. Às vezes eu ficava mais tempo do que o estritamente necessário no banheiro.

Olhei a data no meu celular — sim, definitivamente era sexta-feira, 21 de junho. Essa confirmação era um desfecho melhor que a possibilidade do meu cérebro ter desenvolvido uma falha que o fazia identificar incorretamente os dias da semana. Entretanto, a data atestava uma violação do protocolo de consumo de álcool.

Minhas reflexões foram interrompidas por Rosie quando ela saiu do quarto, enrolada apenas em uma toalha. Era meu traje preferido, uma vez que "nua" não poderia ser qualificado como traje. Mais uma vez fiquei chocado com sua beleza extraordinária e sua decisão inexplicável de me escolher como companheiro. E, como sempre, a esse pensamento seguiu-se uma emoção indesejada: um momento intenso de medo de que um dia ela se desse conta do erro que havia cometido.

— O que está rolando aí?

— Nada. Todos os itens desta cozinha estão em seus lugares e nenhum deles está rolando pelo chão. Os procedimentos culinários não começaram. Ainda estou na fase de reunir os ingredientes.

Ela riu, naquele tom que indicava que eu havia entendido errado sua pergunta. É claro que nenhuma pergunta teria sido necessária se o Sistema de Refeições Padronizadas estivesse em curso. Forneci os esclarecimentos que, imaginei, Rosie desejava.

— Vieiras de produção sustentável com *mirepoix* de cenouras, aipo-rábano, chalotas e pimentões com molho à base de óleo de gergelim. A bebida recomendada para acompanhar é pinot gris.

— Precisa que eu te ajude em alguma coisa?

— Precisamos de uma boa noite de sono. Amanhã iremos a Navarone.

O significado da fala de Gregory Peck era irrelevante, pois seu efeito vinha inteiramente do simples fato de dizê-la e de que ela transmitia uma impressão de segurança no preparo das vieiras salteadas.

— E se eu não conseguir dormir, Capitão? — perguntou Rosie, que sorriu e entrou no banheiro. Não abordei a questão da localização da toalha: há tempos aceitara que a toalha de Rosie seria colocada de modo aleatório no banheiro ou no quarto, ocupando efetivamente dois espaços.

Nossas preferências em relação à ordem e arrumação têm pesos distintos. Quando nos mudamos da Austrália para Nova York, Rosie trouxe três malas imensas. A quantidade de roupas era inacreditável. Meus itens pessoais couberam em duas malas pequenas de rodinhas. Aproveitei a mudança para trocar meus eletrônicos por modelos melhores e doei meu antigo aparelho de som e o computador para meu irmão Trevor. Mandei a cama, as toalhas, os lençóis e os utensílios de cozinha de volta para a casa dos meus pais em Shepparton e vendi minha bicicleta.

Rosie, por outro lado, aumentou sua já ampla coleção de pertences comprando objetos de decoração poucas semanas depois de nossa chegada. O resultado estava evidente na condição caótica de nosso apartamento: vasinhos de plantas, cadeiras excedentes e uma adega de vinhos pouco prática.

Não se tratava apenas da quantidade de itens: havia também um problema de organização. A geladeira estava abarrotada de embalagens abertas de frios, pastinhas e laticínios em putrefação. Rosie até chegou a sugerir que comprássemos uma segunda geladeira do meu amigo Dave. Uma geladeira para cada um! Nunca ficaram tão evidentes as vantagens do Sistema de Refeições Padronizadas, com pratos específicos para cada dia da semana, lista de compras padronizada e despensa otimizada.

Só havia uma exceção na desorganização de Rosie. Essa exceção era uma variável, mas em geral consistia em seus estudos na área médica. Atualmente, no entanto, era sua tese de doutorado sobre os riscos oferecidos pelo ambiente no desencadeamento precoce do transtorno bipolar. Ela poderia avançar no programa da Faculdade de Medicina de Columbia, desde que concluísse a tese durante as férias de verão. Faltavam apenas dois meses e cinco dias para o prazo final.

— Como você pode ser tão organizada para uma coisa e tão desorganizada para todo o resto? — eu havia perguntado a Rosie depois que ela instalou um *driver* errado para a impressora.

— É *justamente* porque estou concentrada na minha tese que não me preocupo com outras coisas. Ninguém fica perguntando se Freud olhava a data de validade do leite.

— Não existia data de validade no início do século XX.

Era incrível que duas pessoas tão diferentes formassem um casal bem-sucedido.

2

O Incidente do Suco de Laranja se deu ao fim de uma semana que já havia sido cheia de imprevistos. Um dos moradores do nosso condomínio destruíra minhas duas camisas "respeitáveis" ao enfiar suas roupas com as nossas na máquina da lavanderia do prédio. Entendo o desejo dele por eficiência, mas uma de suas peças acabou tingindo nossas roupas claras com um tom permanente e irregular de roxo.

Do meu ponto de vista, não tinha o menor problema: eu já havia me estabelecido como professor visitante na Faculdade de Medicina de Columbia e não precisava mais me preocupar em "causar uma boa primeira impressão", nem conseguia imaginar que algum restaurante se recusasse a me atender por causa da *cor* da minha camisa. As roupas de Rosie, pretas, em sua maioria, não foram afetadas. O problema se restringiu unicamente às suas roupas íntimas.

Argumentei que eu não fazia objeções à nova cor e que ninguém mais a veria em trajes menores, a não ser talvez algum médico ou médica, cujo profissionalismo deveria impedir que se preocupasse com questões estéticas. Mas Rosie já havia tentado discutir o problema com Jerome, o vizinho que ela identificou como culpado, a fim de prevenir uma reincidência. Parecia um procedimento bastante razoável, mas Jerome disse para Rosie ir se ferrar.

Não me surpreendi com o fato de Rosie ter enfrentado resistência. No que se refere à comunicação, a abordagem dela costumava ser direta. Para mim, era uma abordagem eficiente, necessária, na verdade; mas, frequentemente, outras pessoas interpretavam sua franqueza como agressividade. Jerome não transmitiu a impressão de que desejava chegar a uma solução boa para ambas as partes.

Agora Rosie queria que eu "me desse ao respeito" e mostrasse para ele que "não seríamos passados para trás". Era exatamente o tipo de comportamento que eu instruía meus alunos de artes marciais a evitarem. Se ambas as partes têm o objetivo de dominar a outra, e, portanto, aplicam o algoritmo "reagir com mais força ainda", o resultado final acaba sendo a invalidez ou a morte de uma delas. Por causa de roupa suja.

Mas a situação da roupa não era nada em comparação ao contexto geral da semana. Pois acontecera um *desastre*.

Frequentemente me acusam de usar essa palavra com leviandade, mas qualquer pessoa sensata concordaria que se trata de um termo apropriado para descrever o término do casamento dos meus amigos mais próximos, que envolvia dois filhos dependentes. Embora Gene e Claudia estivessem na Austrália, a situação estava prestes a perturbar ainda mais a minha programação.

Gene e eu havíamos conversado por Skype, mas a qualidade da ligação estava muito ruim. Também desconfio de que ele estivesse bêbado. Gene parecia relutante em divulgar os detalhes, provavelmente porque:

1. Em geral as pessoas não estão dispostas a conversar abertamente sobre suas atividades sexuais.

2. Ele se comportara de forma extremamente idiota.

Depois de prometer a Claudia que abandonaria seu projeto de fazer sexo com uma mulher de cada nacionalidade, Gene fora malsucedido em honrar o compromisso — numa conferência em Göteborg, na Suécia.

— Don, tenha um pouco de compaixão! — disse ele. — Qual era a chance dela morar em Melbourne? A mulher era *islandesa*!

Lembrei a Gene que eu, por exemplo, era um australiano morando nos Estados Unidos. Essa era uma simples negação, por meio de um contraexemplo, da suposição ridícula de Gene de que as pessoas só vivem em seu país natal.

— Tudo bem; mas logo *Melbourne*? E ser uma conhecida de Claudia? Qual a chance disso acontecer?

— Difícil calcular. — Lembrei a Gene que ele devia ter feito essa pergunta *antes* de acrescentar a islandesa ao seu rol de nacionalidades. Se ele desejava mesmo ter uma estimativa razoável das probabilidades, eu precisaria me informar sobre padrões de imigração e sobre a extensão da rede de contatos sociais e profissionais de Claudia.

Havia ainda outro fator.

— Para calcular as chances, preciso saber quantas mulheres você já seduziu depois que concordou que não faria mais isso. É óbvio que o risco aumenta proporcionalmente.

— Isso faz diferença?

— Se você quer uma estimativa, sim. Nesse caso, presumo que a resposta não seja zero — respondi.

— Don, essas conferências... conferências internacionais não contam. É por isso que as pessoas participam desses eventos. Todo mundo sabe disso.

— Se Claudia sabe disso, qual é o problema então?

— Supõe-se que você não vai ser pego em flagrante. O que acontece em Göteborg, fica em Göteborg.

— Pelo visto a Mulher Islandesa não estava ciente dessa regra.

— Ela é do clube de leitura da Claudia.

— Existe alguma exceção para os clubes de leitura?

— Deixa isso pra lá. Enfim, seja como for, acabou. Claudia me botou pra fora de casa.

— Você está desabrigado?

— Mais ou menos.

— Incrível. Já contou à diretora? — A diretora da Faculdade de Ciências de Melbourne era extremamente preocupada com a imagem da universidade. Parecia a mim que ter um sem-teto como chefe do Departamento de Psicologia não seria "nada bom", para usar a expressão costumeira da própria.

— Vou entrar em período sabático — disse Gene. — Quem sabe não apareço aí em Nova York e te pago uma cerveja.

Era uma ideia incrível: não pela cerveja, que eu mesmo poderia comprar, mas pela possibilidade de ter meu amigo mais antigo em Nova York.

Excluindo Rosie e meus familiares, tenho um total de seis amigos. Em ordem decrescente de duração da amizade, são eles:

1. Gene, cujos conselhos quase sempre se provaram inadequados, mas ele possuía um conhecimento teórico fascinante sobre a atração sexual humana — possivelmente incitado por sua própria libido, excessiva para um homem de cinquenta e sete anos.
2. A esposa de Gene, Claudia, psicóloga e a pessoa mais sensata do mundo. Ela demonstrara extraor-

dinária tolerância com a infidelidade de Gene antes da promessa dele de que melhoraria. Eu me perguntava o que aconteceria com a filha deles, Eugenie, e com o filho do primeiro casamento de Gene, Carl. Eugenie tinha nove anos, e Carl, dezessete.

3. Dave Bechler, engenheiro mecânico especializado em refrigeração, que conheci numa partida de beisebol em minha primeira visita a Nova York, com Rosie. Passamos a nos ver toda semana no "encontro dos garotos", quando conversávamos sobre beisebol, refrigeração e casamento.
4. Sonia, esposa de Dave. Apesar de estar ligeiramente acima do peso (IMC estimado em vinte e sete), é extremamente bonita e tem um belo salário como auditora financeira de uma clínica de fertilização. Esses atributos eram fonte de estresse para Dave, que achava que ela poderia deixá-lo para ficar com alguém mais atraente ou rico. Dave e Sonia vinham tentando se reproduzir há cinco anos via fertilização in vitro (estranhamente, em uma clínica diferente daquela onde Sonia trabalhava, na qual eu supunha que ela pudesse receber um desconto e, caso quisesse, ter acesso a genes de alta qualidade). Recentemente tornaram-se bem-sucedidos, e o bebê estava previsto para nascer no dia de Natal.
5. (Equivalente ao item abaixo) Isaac Esler, psiquiatra australiano que certa vez pensei ser o pai biológico mais provável de Rosie.
5. (Equivalente ao item acima) Judy Esler, esposa americana de Isaac. Judy é uma ceramista que também atua arrecadando fundos para instituições de

caridade e pesquisa. Ela é responsável por alguns dos objetos de decoração que entulhavam nosso apartamento.

Seis ao total, supondo que os Eslers continuavam sendo meus amigos, já que não tivemos nenhum contato desde certo incidente envolvendo atum-azul, há seis semanas e cinco dias. Mas mesmo que fossem só quatro amigos, isso era bem mais do que eu jamais tivera. Agora havia a possibilidade de que todos eles, menos um — Claudia —, pudessem morar em Nova York também.

Agi depressa e perguntei ao diretor da Faculdade de Medicina de Columbia, professor David Borenstein, se Gene poderia tirar seu período sabático lá. Gene, cujo próprio nome coincidentemente indica, é geneticista, porém especializado em psicologia da evolução. Ele poderia ser alocado no Departamento de Psicologia, de Genética ou de Medicina, mas recomendei evitar o primeiro. A maioria dos psicólogos discorda das teorias de Gene, e prevejo que ele não precise de mais conflitos em sua vida neste momento. Esse insight exigiu de mim um nível de empatia que não seria possível antes de morar com Rosie.

Avisei ao diretor que, sendo professor pleno, Gene não iria querer produzir nenhum trabalho propriamente dito. David Borenstein estava familiarizado com o protocolo dos períodos sabáticos, segundo o qual Gene seria pago pela sua universidade de origem, na Austrália. Borenstein também estava ciente da reputação de Gene.

— Se ele puder ser coautor de alguns artigos e ficar longe das alunas do doutorado, posso arranjar uma posição para ele por aqui.

— Claro, claro. — Gene era especialista em ter artigos publicados fazendo o mínimo de esforço. Teríamos uma enorme quantidade de tempo livre para conversar sobre temas interessantes.

— Estou falando sério sobre as alunas. Se ele arrumar problema, vou responsabilizar você.

Pareceu-me uma ameaça pouco razoável, típica de administradores acadêmicos, mas me daria uma desculpa para corrigir o comportamento de Gene. E, depois de inspecionar as alunas do doutorado, concluí que seria pouco provável que ele se interessasse por alguma delas. Verifiquei se a conclusão procedia quando liguei para Gene e contei que havia conseguido um emprego para ele.

— Você já tem o México. Correto?

— Tive alguns encontros com uma mulher dessa nacionalidade, se é isso que está querendo saber.

— Você fez sexo com ela?

— Mais ou menos.

Havia várias alunas estrangeiras cursando doutorado, mas Gene já havia eliminado os países mais populosos e desenvolvidos.

— Quer dizer que vai aceitar o cargo? — perguntei.

— Preciso checar minhas opções.

— Ridículo. Columbia tem o melhor curso de medicina do mundo. E estão dispostos a aceitar alguém cuja reputação é de ser preguiçoso e de ter conduta inadequada.

— Olha só quem está falando em conduta inadequada.

— Correto. Eles me aceitaram. São extremamente tolerantes. Você pode começar na segunda-feira.

— Segunda? Don, eu não tenho nem onde morar.

Expliquei que eu encontraria uma solução para esse pequeno problema de ordem prática. Gene viria para Nova York. Mais uma vez estaria na mesma universidade que eu. E Rosie.

Enquanto olhava para os dois sucos de laranja sobre a mesa, percebi que estava ansioso para que o álcool aliviasse minha ansiedade em transmitir a Rosie a notícia sobre Gene. Disse a mim mesmo que estava preocupado à toa. Rosie dizia encarar bem a espontaneidade. Essa análise simplificada, entretanto, ignorava três fatores.

1. Rosie não gostava de Gene. Ele tinha sido orientador dela no doutorado em Melbourne e, tecnicamente, ainda era. Rosie tinha inúmeras reclamações sobre a conduta acadêmica dele e considerava inaceitável sua infidelidade em relação a Claudia. Meu argumento de que ele havia mudado agora caíra por terra.
2. Rosie considerava importante que tivéssemos "tempo para nós dois". Agora, inevitavelmente, eu dedicaria tempo a Gene. Ele insistia que o relacionamento com Claudia havia terminado, mas, se houvesse alguma chance de Rosie e eu ajudarmos a salvá-lo, parecia sensato dar menos prioridade ao nosso casamento saudável, ao menos temporariamente. Eu tinha certeza de que Rosie não concordaria com isso.
3. O Fator Número Três era o mais sério, e possivelmente resultado de um erro de julgamento da minha parte. Deixei esse pensamento de lado para me concentrar no problema principal.

Os dois copos cheios de líquido cor de laranja me fizeram recordar a noite em que eu e Rosie "nos conectamos" pela primeira vez — a Grande Noite dos Coquetéis, quando obtivemos uma amostra de DNA de cada homem que compareceu à reunião da turma de formatura da mãe dela na Faculdade de Medicina e eliminamos todos como possíveis candidatos a pai biológico dela. Mais uma vez, minha habilidade no preparo de drinques forneceria a solução.

Rosie e eu trabalhávamos três noites por semana no bar The Alchemist, que ficava nas vizinhanças do Flatiron, na 19th Street, West Side. Utensílios e ingredientes para o preparo de bebidas eram, portanto, nossos instrumentos de trabalho (embora eu não tivesse conseguido convencer nosso contador disso). Localizei vodca, Galliano e pedras de gelo, acrescentei tudo isso aos sucos de laranja e mexi. Em vez de começar a beber antes de Rosie, servi uma dose de vodca com gelo para mim, acrescentei um pouco de suco de limão e tomei tudo rapidamente. Quase que no mesmo instante, senti meu nível de estresse voltar ao padrão habitual.

Finalmente Rosie saiu do banheiro. A única diferença em sua aparência, fora o sentido de sua direção, era que seu cabelo ruivo agora estava molhado. Seu ânimo, porém, parecia ter melhorado: foi para o quarto praticamente dançando. Obviamente as vieiras tinham sido uma ótima escolha.

Era possível que seu estado emocional a tornasse mais receptiva ao Período Sabático de Gene, mas parecia aconselhável adiar a notícia até a manhã seguinte, depois que fizéssemos sexo. É claro que, se ela descobrisse que omiti a informação por esse motivo, eu seria repreendido. Casamento é algo complexo.

Quando Rosie chegou à porta do quarto, deu meia-volta e disse:

— Vou me vestir em cinco minutos e depois espero comer as melhores vieiras do mundo. — Seu uso da expressão "melhores do mundo" era uma apropriação de uma das minhas próprias expressões, o que definitivamente indicava bom humor.

— Cinco minutos? — Uma previsão errada teria um impacto desastroso sobre o preparo das vieiras.

— Quinze, então. Não estamos com pressa de comer. Podemos beber alguma coisa e jogar conversa fora, Capitão Mallory.

O nome do personagem de Gregory Peck era um sinal ainda mais positivo. O único problema era a conversa. "Alguma novidade hoje?", Rosie me perguntaria, e eu seria obrigado a mencionar o Período Sabático de Gene. Decidi me ocupar com o empreendimento das tarefas culinárias. Nesse meio-tempo, coloquei os Harvey Wallbangers no freezer, pois corriam o risco de esquentarem quando o gelo derretesse, ficando acima da temperatura ideal. O resfriamento também faria com que o suco de laranja demorasse mais a estragar.

Voltei à preparação do jantar. Nunca havia feito aquela receita antes e, somente depois de começar, descobri que os legumes deveriam ser cortados em cubos pequenos, do tamanho de uma moeda de vinte e cinco centavos. A lista de ingredientes não mencionava régua. Consegui fazer o download de um aplicativo de medidas no celular, mas mal havia terminado de produzir um cubo no tamanho especificado quando Rosie saiu do quarto outra vez. Agora usava um vestido — peça extremamente incomum para um jantar em casa. Era branco e contrastava de modo dramático com seu cabelo ruivo. O efeito era estonteante. Decidi adiar mais a notícia sobre Gene, deixando para contá-la no começo da noite seguinte, e não pela manhã. Rosie não faria objeções. Eu poderia reagendar meu treino de aikido para a manhã seguinte, o que nos daria tempo para fazer sexo depois do jantar. Ou antes. Eu estava preparado para ser flexível.

Rosie sentou-se em uma das duas poltronas que ocupavam uma porcentagem significativa da sala de estar.

— Vem aqui conversar comigo — pediu ela.

— Estou cortando legumes. Posso conversar daqui.

— O que aconteceu com os sucos de laranja?

Retirei os sucos de laranja modificados do freezer, entreguei um para ela e me sentei na sua frente. A vodca e a disposição amigável de Rosie me fizeram relaxar, embora eu desconfiasse de que o efeito fosse superficial. Gene, Jerome e o suco de laranja eram problemas que ainda estavam sendo processados no fundo da minha consciência.

Rosie levantou o copo, como quem propõe um brinde. E era exatamente isto que ela estava fazendo: brindando.

— Temos algo para comemorar, Capitão — disse ela, e olhou para mim por alguns segundos. Rosie sabe que não gosto de surpresas. Supus que houvesse chegado a um ponto importante de sua tese, ou que talvez tivessem oferecido a ela um emprego no programa de psiquiatria ao completar os estudos. Seria uma notícia excelente, e eu estimava a probabilidade de sexo acima de noventa por cento.

Ela sorriu, e depois, provavelmente para aumentar o suspense, bebeu um gole do drinque. Desastre! Era como se tivesse bebido veneno. Ela cuspiu tudo no vestido branco e correu para o banheiro. Fui atrás dela e vi quando Rosie tirou o vestido e o colocou debaixo da torneira.

Ali de pé, com sua roupa íntima meio arroxeada, molhando o vestido, Rosie virou-se para mim. Sua expressão era complexa demais para ser analisada.

— Estamos grávidos — disse ela.

3

Fiz um esforço para processar a declaração de Rosie. Posteriormente, ao rever a resposta que dei, percebi que meu cérebro tinha sido tomado por informações que pareciam desafiar a lógica em três instâncias.

Primeiro, a formulação "*estamos* grávidos" contradizia o básico da biologia. Implicava que, de alguma maneira, o *meu* estado também havia se alterado, tal como o dela. Rosie com certeza não teria dito "Dave está grávido", embora, segundo a definição implícita em sua afirmação, ele estivesse.

Segundo, gravidez não estava no programa. Rosie mencionara essa possibilidade como um fator que contribuiu para sua decisão de parar de fumar, mas supus que ela simplesmente a houvesse usado como motivação. Além disso, nós já havíamos discutido o assunto explicitamente: estávamos jantando no restaurante Jimmy Watson's, na Lygon Street, em Carlton, Victoria, Austrália, no dia 2 de agosto do ano anterior, nove dias antes do nosso casamento, quando um casal colocou um bebê conforto no chão, entre nossas mesas. Rosie mencionou a possibilidade de procriarmos.

Àquela altura já tínhamos decidido nos mudar para Nova York, e argumentei que seria melhor esperar até ela terminar o curso de medicina e a especialização. Rosie discordou: achava que seria tarde demais. Ela teria trinta e sete anos quando se formasse como psiquiatra. Sugeri que esperássemos no mínimo até ela concluir o doutorado em medicina. A qualificação de psiquiatra não era essencial ao cargo que ela almejava — pesquisadora clínica de transtornos mentais —, portanto, se o bebê arruinasse permanentemente seus estudos, o impacto não seria desastroso. Minha lembrança é de que ela não discordou disso. Seja como for, uma decisão importante na vida requer:

1. A articulação das opções. Ex.: não ter nenhum filho; ter um número específico de filhos; apadrinhar uma ou mais crianças via caridade.
2. A enumeração das vantagens e desvantagens de cada opção. Ex.: liberdade para viajar; poder dedicar tempo ao trabalho; risco de interrupções ou sofrimento em decorrência das ações do filho. Cada fator precisa ser classificado com um peso correspondente.
3. Comparação objetiva das opções usando as informações acima.
4. Um plano de implementação, que pode revelar novos fatores, demandando a revisão de (1), (2) e (3).

A ferramenta óbvia para os passos de (1) a (3) é uma planilha, mas, uma vez que o passo (4) — preparativos para a existência de um novo ser humano e para a satisfação de suas necessidades ao longo de muitos anos — é complexo, e o tempo a ser levado em consideração é longo, o uso de um programa de gerenciamento de projetos é apropriado. Eu desconhecia planilhas ou diagramas de Gantt para o projeto de ter um bebê.

A terceira violação aparente da lógica era o fato de que Rosie tomava pílula anticoncepcional, cuja probabilidade de falha é de menos de 0,5 por cento ao ano quando usada "corretamente". Nesse contexto, "corretamente" significa "tomar a pílula todos os dias". Eu não conseguia entender como Rosie podia ser desorganizada a ponto de cometer erros numa rotina tão simples.

Estou ciente de que nem todos compartilham da minha opinião a respeito de valorizar o planejamento em vez de deixar nossas vidas serem atiradas em direções imprevisíveis pelo acaso. No mundo de Rosie, *um mundo que eu havia escolhido compartilhar com ela*, era permitido usar a linguagem da psicologia popular e não a da biologia, abraçar o inesperado e esquecer-se de tomar um medicamento importantíssimo. Todos esses três eventos haviam acontecido, culminando numa mudança de circunstâncias que fazia o Incidente do Suco de Laranja e até mesmo o Período Sabático de Gene parecerem menos importantes.

Essa análise, logicamente, só aconteceu muito tempo depois. A situação em que eu me encontrava no banheiro não poderia ser pior em termos de estresse mental. Eu havia sido levado ao limite da instabilidade e depois atingido com força total. O resultado foi inevitável.

Um surto de raiva.

Era a primeira vez que isso acontecia desde que conheci Rosie — na verdade, a primeira vez desde que minha irmã Michelle morreu por causa de uma gravidez ectópica não diagnosticada.

Talvez porque agora eu fosse mais velho e mais equilibrado, ou porque meu inconsciente desejasse proteger meu relacionamento com Rosie, tive alguns segundos para responder racionalmente.

— Don, você está bem? — perguntou Rosie.

A resposta era um categórico não, mas não tentei pronunciá-lo. Todos os meus recursos mentais estavam voltados para a implementação do meu plano de emergência.

Fiz um sinal pedindo tempo e saí correndo. O elevador estava parado em nosso andar, mas as portas pareceram demorar uma eternidade para abrir e depois fechar outra vez, quando eu já estava lá dentro. Finalmente consegui liberar minhas emoções num ambiente sem objetos para quebrar ou pessoas que eu pudesse machucar.

Eu, sem dúvida, parecia um louco, socando as paredes do elevador e gritando. Digo "sem dúvida" porque me esqueci de apertar o botão do térreo, e o elevador desceu ainda mais, até o subsolo. Quando as portas se abriram, Jerome estava parado esperando, segurando um cesto de roupa. Usava uma camiseta roxa.

Embora minha raiva não fosse dirigida a ele, Jerome pareceu não distinguir essa sutileza e empurrou meu peito com uma das mãos, provavelmente num gesto preventivo de autodefesa. Reagi automaticamente: segurei o braço dele e lancei Jerome, que saiu rodopiando. Ele bateu no fundo do elevador e depois investiu novamente sobre mim, dessa vez desferindo um soco. Eu agora reagia segundo meu treinamento em artes marciais, em vez de usar as emoções. Desviei do soco e o deixei sem guarda, vulnerável, portanto. Ficou evidente que ele entendeu sua situação e que esperava um golpe meu, mas, como não havia motivo nenhum para golpeá-lo, eu o soltei. Ele subiu as escadas correndo, deixando o cesto de roupas. Eu precisava sair daquele espaço confinado e fui atrás dele. Nós dois saímos correndo para a rua.

A princípio, eu não tinha nenhuma direção em mente e me limitei a seguir Jerome, que não parava de olhar para trás. Por fim ele entrou em uma rua lateral, e meus pensamentos começaram a clarear. Virei para o norte, em direção ao Queens.

* * *

Nunca tinha ido caminhando até o apartamento de Dave e Sonia. Felizmente o trajeto era simples, graças ao sistema de numeração lógico das ruas, que deveria ser obrigatório em todas as cidades. Corri por mais ou menos vinte e cinco minutos e, quando cheguei ao prédio e apertei o botão do interfone, estava ofegante e com o corpo quente.

Minha raiva havia se evaporado durante a discussão com Jerome; fiquei aliviado pela circunstância não ter me levado a dar um soco nele. Perdi o controle emocional, mas meu treinamento em artes marciais serviu como trunfo. Isso me tranquilizava, mas, no momento, eu estava tomado por uma sensação generalizada de impotência. Como explicaria minha reação a Rosie? Eu nunca havia mencionado essa questão dos surtos de raiva para ela por dois motivos:

1. Depois de tanto tempo, e com o aumento do meu nível basal de felicidade, acreditei que eles não voltariam a acontecer.
2. Rosie podia ter me rejeitado.

A rejeição era agora uma escolha lógica para Rosie, que tinha todos os motivos para me considerar violento e perigoso. Além disso, ela estava grávida. De um homem violento e perigoso. Isso seria terrível para ela.

— Alô? — disse Sonia pelo interfone.

— É o Don.

— Don? Está tudo bem? — Pelo visto, Sonia conseguiu detectar pela minha voz (e provavelmente pela omissão de meu costumeiro "saudações") que havia algum problema.

— Não. Aconteceu um desastre. Múltiplos desastres.

Sonia apertou o botão, deixando-me entrar.

O apartamento de Dave e Sonia era maior do que o nosso, mas já estava entulhado com toda a parafernália para o bebê. De repente me ocorreu que o termo "nosso" talvez já não se aplicasse ao apartamento onde eu morava.

Tive consciência de que estava extremamente agitado. Dave foi pegar uma cerveja, enquanto Sonia insistia para que eu me sentasse, embora me sentisse mais confortável andando de um lado para o outro.

— O que aconteceu? — perguntou ela. Era uma pergunta óbvia, mas fui incapaz de formular uma resposta. — Rosie está bem?

Mais tarde, refleti sobre o brilhantismo daquele questionamento. Não só era o ponto mais lógico por onde começar, como também me ajudava a ganhar certa perspectiva. Rosie estava bem, ao menos fisicamente. Eu me sentia mais calmo. A racionalidade retornava para lidar com a bagunça que as emoções haviam criado.

— Não há nada de errado com ela. O problema é comigo.

— O que aconteceu? — repetiu Sonia.

— Tive um surto de raiva. Não consegui controlar minhas emoções.

— Você perdeu a cabeça?

— Perdi o quê?

— Vocês não usam essa expressão na Austrália? Você ficou fora de si?

— Correto. Tenho uma espécie de problema psiquiátrico. Nunca contei isso para Rosie.

Nunca havia contado a ninguém. Nunca admiti sofrer de nenhum transtorno mental além da depressão que tive aos vinte e poucos anos em decorrência direta do meu isolamento social. Eu aceitava que minha programação mental era diferente daquela da maioria das pessoas, ou, para ser mais exato, que eu estava ajustado em um espectro de configurações humanas diferenciadas. Minhas habilidades lógicas inatas eram significantemente maiores do que minhas habilidades interpessoais. Se não existissem pessoas como eu, não teríamos penicilina ou computadores. Há vinte anos, entretanto, os psiquiatras já eram capazes de diagnosticar transtornos mentais. Sempre considerei que estivessem errados e, além da depressão, nenhum diagnóstico definitivo foi registrado. O problema dos surtos de raiva era o ponto fraco da minha argumentação: no meu caso, eles eram uma reação à irracionalidade. Só que a própria reação em si era irracional.

Dave voltou e me deu uma cerveja. Também serviu uma para si e bebeu metade rapidamente. Graças a um significativo problema de excesso de peso, Dave está proibido de beber cerveja, a não ser nas noites em que saímos. Talvez aquela fosse uma circunstância atenuante. Eu ainda estava suando apesar do ar condicionado, e a bebida me refrescou. Sonia e Dave eram amigos excelentes.

Dave havia escutado tudo, inclusive minha confissão sobre o transtorno psiquiátrico.

— Você também nunca me contou isso — disse ele. — Que tipo de...?

Sonia interrompeu.

— Nos dê licença um minuto, Don. Quero falar em particular com Dave. — Os dois foram até a cozinha. Eu estava ciente de que, de acordo com as convenções sociais, Sonia e Dave deveriam ter usado algum tipo de subterfúgio para disfarçar que desejavam conversar sobre mim sem que eu ouvisse. Felizmente, não me ofendo com facilidade. Dave e Sonia sabem disso.

Dave voltou sozinho. Seu copo de cerveja estava cheio outra vez.

— Com que frequência isso acontece? O surto de raiva?

— Com a Rosie foi a primeira vez.

— Você bateu nela?

— Não. — Eu queria que a resposta tivesse sido "claro que não", mas nada é certo quando o raciocínio lógico é dominado por emoções descontroladas. O plano de emergência que eu preparei tinha funcionado. Isso era a única coisa a meu favor.

— Você a empurrou ou, sei lá, fez alguma coisa assim?

— Não, não houve violência. Zero contato físico.

— Don, eu deveria dizer algo do tipo "não vem com essa pra cima de mim, parceiro", mas você sabe que não consigo falar desse jeito. Você é meu amigo. Então, me fala a verdade.

— Você também é meu amigo e portanto sabe que sou um incompetente em enganações.

Dave riu.

— É verdade. Mas, se quer me convencer, olhe nos meus olhos.

Olhei nos olhos de Dave. Eram azuis. Tinham um tom surpreendentemente claro de azul. Nunca havia percebido isso antes, sem dúvida porque jamais o olhara nos olhos.

— Não houve violência. Mas pode ser que eu tenha assustado um vizinho.

— Cacete, estava melhor antes, sem essa sua cara de psicótico.

Fiquei arrasado por Sonia e Dave pensarem que eu poderia ter atacado Rosie, mas me consolei um pouco ao perceber que as coisas poderiam ter sido piores e que o primeiro pensamento dos dois foi em relação ao bem-estar dela.

Sonia gesticulou, parada à porta do escritório de Dave, onde falava ao telefone. Fez um sinal de positivo para o marido e depois começou a dar pulinhos como uma criança, agitando a mão livre. Nada daquilo fazia sentido.

— Ai, meu Deus! — gritou. — Rosie está grávida!

Era como se houvesse vinte pessoas na sala. Dave encostou nossos copos num brinde, derramando um pouco de cerveja, e chegou a passar o braço ao redor do meu ombro. Deve ter sentido meu corpo enrijecer, pois logo em seguida o retirou, mas Sonia fez o mesmo gesto, e então Dave me deu um tapinha nas costas. Parecia o metrô na hora do rush. Estavam encarando meu problema como um motivo de comemoração.

— Rosie ainda está na linha — disse Sonia, passando o telefone para mim.

— Don, está tudo bem? — perguntou Rosie. Ela estava preocupada *comigo*.

— Claro. Não passa de um estado temporário.

— Don, eu sinto muito. Não devia ter contado de um jeito tão brusco. Você está vindo pra casa? Quero muito conversar com você. Mas, Don, eu não quero que seja temporário.

Rosie deve ter pensado que eu estava me referindo ao estado *dela* — à gravidez —, mas sua resposta me forneceu informações vitais. Dentro da van de Dave, a caminho de casa, concluí que Rosie já havia decidido que seu estado era uma característica importante, e não um defeito. O suco de laranja forneceu mais evidências. Ela não desejava danificar o óvulo fertilizado. Havia uma quantidade enorme de informações para processar, mas meu cérebro ainda estava funcionando normalmente, ou pelo menos da forma habitual. O surto de raiva talvez tivesse sido o equivalente psicológico à reinicialização de um equipamento depois de uma sobrecarga.

Apesar da minha capacidade ampliada de identificar comportamentos sociais, por pouco não percebi aquele vindo de Dave.

— Don, eu estava pensando em pedir uma coisa, mas acho que agora, com Rosie grávida e tudo o mais...

Meu primeiro pensamento foi: *excelente*. Então percebi que a segunda parte da frase de Dave e o tom no qual ela foi dita indicavam que ele queria que eu refutasse aquela ideia, impedindo que ele se sentisse culpado por pedir minha ajuda num momento em que eu estava ocupado com outras questões.

— Sem problemas.

Dave sorriu. Percebi uma onda de prazer. Quando eu tinha dez anos, aprendi a apanhar uma bola depois de uma quantidade de treinos muito maior do que seria necessário para os meus colegas. Cada vez que conseguia realizar essa tarefa — que, para os outros, devia ser rotineira —, experimentava algo parecido com a sensação que eu agora tinha diante da melhora das minhas habilidades sociais.

— Não é nada de mais — disse Dave. — Terminei a adega de cerveja daquele inglês que mora no Chelsea.

— Adega de cerveja?

— É como uma adega de vinho, só que pra cerveja.

— Parece um projeto como qualquer outro. Do ponto de vista da refrigeração, o conteúdo deve ser irrelevante.

— Espere só até ver. Acabou saindo bastante caro.

— Você acha que ele vai reclamar do preço?

— É um trabalho esquisito, e ele é um cara esquisito. Mas acho que ingleses e australianos... acho que talvez vocês dois possam se entender. Só queria um pouco de apoio moral. Pra ele não passar a perna em mim.

Dave ficou em silêncio e me foi dada uma prorrogação. Aproveitei a oportunidade para refletir. Rosie provavelmente pensou que eu tinha pedido um tempo para refletir sobre as consequências da notícia. Para ela, o surto de raiva passou despercebido. Ela parecia extremamente feliz com a gravidez.

Não haveria impacto imediato sobre mim. Amanhã eu iria até o Chelsea Market, daria minha aula de aikido no centro de artes marciais e ouviria os *podcasts* da semana passada da *Scientific American*. Visitaríamos novamente a mostra especial de sapos do Museu de História Natural e, para o jantar, eu prepararia sushi, gyoza de abóbora, missoshiro e tempura com qualquer peixe branco recomendado pelos funcionários da Lobster Place. Visitaria o cliente de Dave no "tempo livre", que Rosie insistia em reservar para nós durante o fim de semana —, mas que atualmente ela vinha usando para terminar sua tese. Na loja de ferragens, compraria uma rolha a vácuo para preservar o vinho que Rosie não consumiria e substituiria a parte dela por suco.

Fora essa modificação no manejo das bebidas, a vida seguiria inalterada. A não ser por Gene, é claro. Eu ainda precisava lidar com esse problema. Dadas as circunstâncias, parecia prudente adiar a notícia.

Eram 21h27 quando cheguei em casa. Rosie me abraçou e começou a chorar. Eu havia aprendido que era melhor não tentar interpretar tal comportamento no momento em que ele ocorria, nem pedir esclarecimentos sobre qual emoção específica ela estava expressando, muito embora essas informações pudessem me ajudar a elaborar minha própria reação. Então, adotei a tática recomendada por Claudia e encarnei o personagem de Gregory Peck em *Da terra nascem os homens*: forte e silencioso. Não era difícil para mim.

Rosie se recompôs rapidamente.

— Coloquei as vieiras e o resto da comida no forno depois que desliguei o telefone — disse ela. — Devem estar boas. — Aquela era uma afirmação desinformada, mas concluí que o dano às vieiras não aumentaria significativamente se as deixássemos ali por mais uma hora.

Abracei Rosie de novo. Estava me sentindo euforicamente feliz, uma reação característica dos seres humanos quando se veem diante do desaparecimento de uma ameaça terrível.

Comemos as vieiras uma hora e sete minutos depois, de pijama. Todas as tarefas agendadas haviam sido concluídas. Exceto dar a notícia sobre Gene.

4

Foi uma sorte o sexo ter sido adiantado para a noite de sexta-feira. Quando voltei da minha corrida até o mercado na manhã seguinte, Rosie estava se sentindo nauseada. Eu sabia que isso era um sintoma comum do primeiro trimestre da gravidez. Graças ao meu pai, sabia qual era a expressão correta para me referir a ele.

— Se você disser "estou nauseabundo", Don, as pessoas vão achar que você está com um aspecto repulsivo. O certo é "nauseado". — Meu pai é meticuloso em relação ao uso correto da língua.

Do ponto de vista evolutivo, existe uma boa explicação para os enjoos matinais no começo da gravidez. Nesse estado crítico do desenvolvimento fetal, com a baixa no sistema imunológico da mãe, o estômago fica mais sensível e rejeita alimentos inadequados. Portanto, é essencial que ela não consuma substâncias prejudiciais. Recomendei que Rosie não tomasse nenhum medicamento para interferir nesse processo natural.

— Entendi — disse Rosie. Ela estava no banheiro, apoiando-se no gabinete da pia com as duas mãos. — Vou deixar a talidomida no armário, então.

— Você tomou talidomida?

— É brincadeira, Don. Brincadeira.

Expliquei a Rosie que muitos medicamentos são capazes de atravessar a placenta e citei diversos exemplos, dando também descrições das deformidades que eles poderiam causar ao bebê. Acho pouco provável que Rosie tomasse algum deles e estava apenas compartilhando algumas informações interessantes sobre as quais havia lido anos antes. Rosie fechou a porta do banheiro. Então, me lembrei de uma substância tóxica que ela havia ingerido com certeza. Abri a porta.

— E quanto ao álcool? A gravidez tem quanto tempo?

— Umas três semanas, acho. Eu vou parar de beber, ok?

Seu tom de voz sugeria que responder negativamente não seria uma boa ideia. Ali estava um exemplo maravilhoso das consequências de não fazer planejamentos. Essas consequências eram tão importantes que haviam ganhado um termo pejorativo próprio, mesmo num mundo que não valoriza o planejamento tanto quanto deveria. Estávamos lidando com uma *gravidez não planejada*. Se a gravidez tivesse sido planejada, Rosie poderia ter parado de beber antes. Poderia também ter feito uma consulta médica para identificar eventuais riscos, e nós poderíamos ter lançado mão dos resultados das pesquisas, que indicam que a qualidade do DNA do espermatozoide melhora com o sexo diário.

— Você fumou algum cigarro? Ou maconha? — Rosie havia parado de fumar há menos de um ano e tivera algumas reincidências, em geral associadas ao consumo de álcool.

— Ei! Para de ficar me aterrorizando. E a resposta é não. Sabe com o que você devia se preocupar? Esteroides.

— Você andou tomando esteroides?

— Não, eu não andei tomando esteroides. Mas você está me deixando estressada. O estresse produz cortisol, que é um hormônio esteroide; o cortisol atravessa a placenta; níveis elevados de cortisol em bebês estão associados à depressão na vida adulta.

— Você pesquisou isso?

— Ah, só durante os últimos cinco anos. Sobre o que você acha que é a minha pesquisa? — Rosie saiu do banheiro e me deu língua, um gesto que não parecia combinar com autoridade científica. — Então, sua tarefa para os próximos nove meses é impedir que eu fique estressada. Diga: *Rosie não deve ficar estressada*. Vamos lá.

— Rosie não deve ficar estressada — repeti.

— Pra falar a verdade, estou meio estressada agora. Dá pra sentir o cortisol. Acho que preciso de uma massagem pra relaxar.

Havia outra pergunta crítica. Tentei fazê-la num tom que não induzisse estresse enquanto aquecia o óleo de massagem.

— Tem certeza de que você está grávida? Você consultou um médico?

— Sou estudante de medicina, esqueceu? Fiz o teste duas vezes. Ontem de manhã e logo antes de contar pra você. Dois resultados positivos falsos é algo extremamente improvável, professor.

— Correto. Mas você estava tomando pílula anticoncepcional.

— Devo ter esquecido de tomar algum dia. Ou talvez você seja superpotente.

— Você esqueceu apenas um dia ou mais de um?

— Como posso me lembrar de uma coisa que eu esqueci?

Eu já havia visto a cartela de pílulas. Era uma das diversas coisas femininas que entraram no meu mundo quando eu e Rosie fomos morar juntos. A cartela tinha pequenas bolhas rotuladas com o dia da semana. Um sistema que parecia bom, embora um mapeamento das datas também pudesse ser útil. Visualizei uma espécie de controlador digital com alarme. Só que, mesmo no formato atual, o sistema da pílula anticoncepcional fora obviamente projetado para evitar erros de mulheres bem menos inteligentes do que Rosie. Deveria ter sido fácil para ela perceber qualquer descuido. Mas Rosie mudou de assunto.

— Achei que você estivesse feliz com a ideia de ser pai.

Eu estava feliz do mesmo jeito que ficaria se o capitão da aeronave na qual estivesse viajando avisasse que conseguiu reiniciar uma das turbinas depois de ambas sofrerem uma pane. Feliz porque eu provavelmente sobreviveria, mas chocado pela situação ter acontecido, em primeiro lugar, e esperando uma investigação minuciosa dos motivos da pane.

Pelo visto, demorei demais para responder, porque Rosie repetiu a declaração.

— Ontem à noite você disse que estava feliz.

Desde o dia em que Rosie e eu participamos de uma cerimônia matrimonial numa *igreja*, em memória da ascendência irlandesa de sua mãe ateísta — na qual seu pai, Phil, executou um ritual de "entrega" que certamente ia contra a filosofia feminista de Rosie, ela com um vestido branco extraordinário e um véu que planejava nunca mais usar na vida, e da qual escapamos de receber uma chuva de papel colorido picado somente por causa de uma lei (sensata) —, aprendi que, no casamento, muitas vezes a razão precisa vir depois da harmonia. Eu teria concordado com o confete, caso ele fosse permitido.

— Claro, claro — respondi, tentando manter um tom racional e não beligerante, enquanto processava minhas lembranças e passava óleo no corpo nu de Rosie. — Eu só estava curioso para saber como isso aconteceu. Na condição de cientista.

— Foi no domingo de manhã, depois que você saiu, comprou o café da manhã e imitou Gregory Peck em *A princesa e o plebeu*. — Rosie tentou fazer sua própria imitação. — Você devia usar sempre as minhas roupas.

— Eu estava usando camisa quando fiz isso?

— Ah, então você se lembra. Exatamente. Precisei pedir pra você tirar.

Primeiro de junho. O dia em que minha vida mudou. De novo.

— Não achei que fosse acontecer tão rápido — disse ela. — Achei que demoraria meses, talvez anos, como foi com a Sonia.

Analisando a situação em retrospecto, teria sido o momento ideal para contar a Rosie sobre Gene. Mas, por estar concentrado demais no processo da massagem, só mais tarde percebi que ela estava admitindo que a falha do anticoncepcional tinha sido proposital e, portanto, me oferecendo a oportunidade de fazer minha própria revelação.

— Está se sentindo menos estressada? — perguntei.

Ela riu e disse:

— Nosso bebê não corre perigo. Por enquanto.

— Quer um café? Coloquei seu muffin de mirtilo na geladeira.

— Continue fazendo o que você está fazendo, só isso.

O resultado de eu continuar fazendo o que eu estava fazendo foi que, quando o intervalo entre o café da manhã e minha aula de aikido terminou, acabei perdendo a oportunidade de discutir o Problema Gene. Quando voltei, Rosie sugeriu que cancelássemos a ida ao museu para que ela pudesse trabalhar em sua tese. Usei o tempo livre para pesquisar sobre cervejas.

Dave nos levou até um prédio novo, localizado entre o High Line e o rio Hudson. Fiquei impressionado quando descobri que a "adega" na verdade era um pequeno quarto num apartamento do trigésimo nono andar, logo abaixo da cobertura à qual ele serviria. Fora a adega, o apartamento estava vazio. Dave havia isolado o cômodo com painéis de refrigeração e instalado um complexo sistema de resfriamento.

— Eu devia ter isolado melhor o teto — disse Dave. Concordei. Os custos seriam rapidamente compensados com a economia na conta de luz. Eu havia aprendido bastante sobre refrigeração graças à convivência com Dave.

— E por que não fez isso?

— Administração do condomínio. Acho que no fim acabariam cedendo, mas o cliente não está muito preocupado com o custo do funcionamento da adega.

— Presumo que seja um cliente extremamente rico. Ou extremamente apaixonado por cervejas.

Dave apontou para cima.

— As duas coisas. Ele comprou dois apartamentos de quatro quartos e vai usar este aqui só para estocar a cerveja.

Levou o indicador aos lábios no gesto convencional que pede silêncio e discrição. Um homem baixo, magro, de rosto enrugado e um cabelo grisalho comprido, preso num rabo de cavalo, surgiu à porta. Estimei seu IMC em vinte e sua idade em sessenta e cinco anos. Se tivesse de adivinhar sua profissão, diria encanador. Se fosse mesmo um encanador que ganhou na loteria, devia ser um cliente bastante exigente.

O homem falava com forte sotaque britânico.

— Olá, David. Trouxe um amigo? — O encanador estendeu a mão. — George.

Retribuí o gesto, segundo o protocolo, aplicando a mesma intensidade do aperto de George, que era média.

— Don.

Depois das formalidades, George inspecionou o cômodo.

— Pra qual temperatura você programou isto aqui?

Dave deu uma resposta que deduzi estar provavelmente errada.

— No caso da cerveja, em geral programamos a temperatura para sete graus Celsius.

George não ficou nem um pouco satisfeito.

— Cacete! Você está querendo congelar a maldita cerveja? Se eu quisesse beber *lager*, usaria a geladeira lá de cima. O que você sabe sobre cerveja de verdade? *Ale*.

Dave é extremamente competente, mas aprende em decorrência da prática e da experiência. Eu, por outro lado, aprendo de modo mais eficiente lendo, motivo pelo qual demorei tanto para alcançar minhas competências em aikido e caratê e nos aspectos performáticos da preparação de drinques. Dave certamente não tinha nenhuma experiência com cerveja inglesa.

Respondi em seu lugar.

— No caso das *pale ales* inglesas, a temperatura recomendada é entre dez e treze graus Celsius. Treze a quinze no caso das *porters*, da *stout* e de outras *dark ales*. O que equivale a algo entre cinquenta e cinquenta e cinco ponto quatro graus Fahrenheit, no caso da *pale ale*, e entre cinquenta e cinco ponto quatro a cinquenta e nove graus Fahrenheit no caso das *dark ales*.

George sorriu.

— Australiano?

— Correto.

— Está perdoado. Prossiga.

Prossegui descrevendo as regras do armazenamento adequado de cerveja *ale*. George pareceu ficar satisfeito com meus conhecimentos.

— Camarada esperto — disse ele e então virou-se para Dave. — Gosto do homem que conhece suas limitações e pede ajuda quando necessário. Quer dizer então que Don é quem vai cuidar da minha cerveja?

— Bem, não — disse Dave. — Don é mais uma espécie de... consultor.

— Já entendi — disse George. — Quanto?

Dave é bastante ético em relação ao trabalho.

— Preciso pensar a respeito — disse ele. — Está satisfeito com as instalações? — Dave apontou para os equipamentos de refrigeração, isolamento e encanamento espalhados pelo teto.

— O que você acha, Don? — perguntou George.

— O isolamento é insuficiente — respondi. — O consumo de energia será excessivo.

— Ah, mas não vale o estresse. Já discuti demais com o síndico do prédio. Ele não gosta da ideia de fazer buracos no teto. Vou adiar a briga até o dia em que for instalar a escada em espiral. — Ele riu. — E fora isso, tudo certo?

— Correto. — Eu confiava em Dave.

George nos levou até o andar de cima. O lugar era incrível enquanto apartamento, mas completamente convencional enquanto pub inglês. As paredes haviam sido derrubadas para integrar três cômodos à sala, por sua vez mobiliada com várias mesas e cadeiras de madeira. Havia um bar equipado com seis torneiras conectadas por um duto à adega de cerveja no andar de baixo, além de uma enorme televisão de tela plana bem no alto, na parede. Havia até mesmo um palco para shows, equipado com piano, bateria e amplificadores. George foi bastante simpático e nos serviu cervejas artesanais conservadas em uma das geladeiras do bar.

— Uma porcaria — declarou ele enquanto tomávamos as cervejas no balcão, olhando para o rio Hudson e para a cidade de Nova Jersey do outro lado. — A cerveja boa vai chegar na segunda-feira. Veio no mesmo navio que a gente.

George entrou novamente e depois voltou com uma maleta de couro.

— Então, me conte a má notícia — pediu ele a Dave, que interpretou isso como um pedido de nota fiscal e entregou-lhe um papel dobrado. George olhou brevemente para o papel e depois sacou da maleta dois maços grandes de notas de cem dólares. Entregou um deles para Dave e contou trinta e quatro notas do outro maço.

— Três mil e quatrocentos. Acho que basta. Não precisa se preocupar com a receita federal. — George me deu seu cartão de visitas. — Ligue sempre que tiver alguma dúvida, Don.

George deixou claro que desejava que eu checasse a adega de manhã e à noite, pelo menos durante as primeiras semanas. Dave precisava daquele contrato. Tinha saído de um emprego estável para abrir a própria empresa antes de Sonia engravidar e não estava ganhando muito bem. Recentemente não teve dinheiro nem para comprar entradas para um jogo de beisebol. Sonia planejava parar de trabalhar depois que o bebê nascesse, o que afetaria ainda mais os custos.

Dave era meu amigo, portanto, eu não tinha escolha. Teria de mudar minha agenda para encaixar dois desvios diários via Chelsea.

Na entrada do meu prédio fui interceptado pelo síndico, a quem eu normalmente evito devido à probabilidade de reclamações de alguma natureza.

— Sr. Tillman, recebemos uma reclamação séria de um dos vizinhos. Ao que parece, o senhor o atacou.

— Incorreto. Ele me atacou e eu usei a menor quantidade necessária de golpes de aikido para prevenir que ambos nos machucássemos. Além disso, ele tingiu a roupa íntima da minha esposa de roxo e a insultou com linguagem obscena.

— Por isso o senhor o atacou.

— Incorreto.

— Não me parece incorreto. O senhor acabou de dizer que o atingiu com golpes de caratê.

Eu estava prestes a argumentar, mas, antes que pudesse dizer qualquer coisa, ele começou a fazer um discurso.

— Sr. Tillman, temos uma longa lista de espera por apartamentos neste prédio. — Ele afastou bastante as mãos, provavelmente no intuito de ilustrar sua afirmação. — Colocamos o senhor para fora e seu apartamento será ocupado por outra pessoa, uma pessoa *normal*, no dia seguinte. E não se trata de uma ameaça: vou conversar com os proprietários. Não precisamos de gente esquisita por aqui, Sr. Tillman.

5

A ligação de sábado à noite via Skype, originada de Shepparton, foi no horário de sempre, às 19h, Eastern Daylight Time; 9h do Australian Eastern Standard Time.

A loja de ferragens da família ia sobrevivendo; meu irmão Trevor precisava sair mais e encontrar alguém como Rosie; o quadro do meu tio parecia estar em remissão, graças a Deus.

Consegui tranquilizar minha mãe dizendo a ela que Rosie e eu estávamos bem e que o trabalho também ia bem, e disse que quaisquer agradecimentos pelo prognóstico mais favorável do meu tio deviam ser dirigidos à medicina, e não a uma divindade que supostamente permitiu que ele desenvolvesse um câncer. Minha mãe esclareceu que estava apenas usando uma expressão, e não provendo comprovação científica da existência de um deus intervencionista, pelo amor de Deus! — "que, aliás, também é uma expressão, Donald." Nossas conversas não haviam mudado muito nos últimos trinta anos.

O preparo do jantar era demorado, pois havia um número considerável de componentes no combinado de sushis, e, quando eu e Rosie nos sentamos para comer, eu ainda não havia transmitido a notícia a respeito de Gene.

Mas Rosie queria conversar sobre a gravidez.

— Andei fazendo umas pesquisas na internet. Sabia que o bebê ainda não tem nem um centímetro de comprimento?

— O termo *bebê* é incorreto. Ele não passa de um blastocisto.

— Eu não vou chamá-lo de blastocisto.

— Embrião, então. Ele não é um feto ainda.

— Preste atenção, Don. Só vou dizer isso uma vez. Não quero passar quarenta semanas ouvindo comentários científicos.

— Trinta e cinco. Convencionalmente, mede-se uma gestação a partir das duas semanas anteriores à concepção, e nossa melhor suposição é que o evento aconteceu três semanas atrás, depois da encenação de *A princesa e o plebeu*. Informação que ainda precisa ser confirmada por um profissional da área médica. Você já marcou uma consulta?

— Descobri que estava grávida ontem. Enfim, até onde eu sei, ele é um bebê e pronto. Um bebê em potencial, ok? E ele é só nosso, Don. É único.

— Um bebê único em desenvolvimento.

— Isso.

— Perfeito. Podemos nos referir a ele como Bebê Único em Desenvolvimento. B.U.D.

— Bud? Fica parecendo que ele é um senhorzinho de setenta anos. Isso se for mesmo "ele", claro.

— Gêneros à parte, é estatisticamente possível que Bud atinja a idade de setenta anos, supondo que seu desenvolvimento e nascimento sejam bem-sucedidos e que não haja maiores mudanças no meio ambiente no qual as estatísticas se baseiam, tais como holocausto nuclear, um meteorito do tipo que provocou a extinção dos dinossauros...

— ... ou morrer de tédio com a lenga-lenga do pai. Não importa. Bud continua sendo nome de homem.

— Sim, é mesmo mais comum as pessoas se referirem aos bebês no masculino até saberem o sexo. Mas, se isso deixar você mais tranquila, podemos fazer um ajuste e chamá-lo de Budina. Também cabe num acrônimo: Bebê Único em Desenvolvimento Infantil Avançado.

— Ok, ok. Eu estava pensando que o *bebê*, falando no tempo futuro, poderia dormir na sala. Até encontrarmos um apartamento maior.

— Claro. Podemos comprar uma cama de armar pro Bud.

— O quê? Don, bebês dormem em berços!

— Estava pensando no futuro, em quando ele estiver grande o suficiente para dormir numa cama. Podemos comprar uma agora mesmo e assim já estaremos preparados. Vamos até uma loja de móveis amanhã?

— Não precisamos de uma cama, Don. Aliás, não precisamos nem comprar o berço ainda. Vamos esperar até ter certeza de que está tudo bem com o bebê.

Servi o resto do pinot gris da noite passada e desejava que a garrafa estivesse mais cheia. Sutilezas não estavam me levando a lugar algum, então fui objetivo.

— Precisamos da cama para Gene. Ele e Claudia se separaram. Ele conseguiu uma vaga na Universidade de Columbia e vai ficar aqui com a gente até encontrar um lugar para morar.

Esse era o componente do Período Sabático de Gene que talvez ainda não tivesse sido bem analisado. Provavelmente, eu deveria ter consultado Rosie antes de oferecer a Gene que ficasse conosco, mas a ideia me pareceu razoável até ele encontrar um apartamento para morar. Estaríamos oferecendo residência a um desabrigado.

Estou perfeitamente ciente da minha incapacidade em prever as reações humanas, mas aposto que teria acertado se tivesse de adivinhar a primeira palavra que Rosie diria ao receber aquela notícia. Acertei seis vezes.

— Merda. Merda, merda, merda, merda, merda.

Infelizmente, minha previsão de que ela acabaria aceitando o plano se mostrou incorreta. Em vez de fazer com que Rosie cedesse, minha argumentação pareceu exercer o efeito contrário. Até meu argumento mais convincente — de que Gene era a pessoa mais qualificada *em todo o planeta* para ajudá-la a terminar a tese — foi rejeitada com base em questões essencialmente emocionais.

— De jeito nenhum. De jeito nenhum esse... *porco* narcisista, traidor, misógino, intolerante e pouco científico vai morar no nosso apartamento.

Achei injusto acusar Gene de ser pouco científico, mas, quando comecei a enumerar suas credenciais profissionais, Rosie foi para o quarto e bateu a porta.

Peguei o cartão de George para anotar seus contatos em meu telefone. Havia o nome de uma banda: Dead Kings. Para minha surpresa, reconheci a referência. Como meu gosto musical baseava-se principalmente na coleção de discos do meu pai, eu conhecia a banda de rock britânica que fez sucesso no final dos anos 1960.

Segundo a Wikipédia, a banda tinha voltado à ativa em 1999, para fins de entretenimento em cruzeiros pelo Atlântico. Dois dos Dead Kings estavam mesmo mortos, como o próprio nome em inglês indicava, mas tinham sido substituídos. George era o baterista. Tinha quatro casamentos, quatro divórcios e sete filhos no currículo, mas, apesar disso, parecia ser o membro psicologicamente mais estável da banda. O perfil da Wikipédia não mencionava sua paixão por cerveja.

Quando fui me deitar, Rosie já estava dormindo. Eu tinha feito uma lista de outras vantagens de Gene morar conosco, mas decidi que não seria inteligente acordar Rosie para mostrá-la.

Rosie, estranhamente, acordou antes de mim, talvez por haver iniciado cedo seu período de repouso. Tinha preparado café na prensa francesa.

— Achei melhor não tomar café espresso — disse ela.

— Por quê?

— Cafeína demais.

— Na verdade, o café feito em prensa francesa tem aproximadamente 2,5 vezes mais cafeína do que um espresso.

— Merda. Eu tento fazer a coisa certa e...

— Esses números são aproximados. Os espressos que tomo no Otha's contêm três doses de café. Este café que você preparou, no entanto, é mais fraco do que o normal, provavelmente devido à sua falta de experiência.

— Bem, agora você já sabe quem vai preparar da próxima vez.

Rosie estava sorrindo. Parecia um bom momento para apresentar os meus argumentos adicionais em favor de Gene, mas ela falou primeiro:

— Don, sobre essa história do Gene... Eu sei que ele é seu amigo, entendo que você só esteja sendo leal e gentil. E talvez se eu não tivesse acabado de descobrir que estou grávida... Mas só vou dizer isso uma vez e depois bola pra frente: não temos espaço pra receber Gene. Fim de papo.

Mentalmente, arquivei a expressão "fim de papo" como fórmula eficiente para encerrar uma conversa, mas Rosie a contradisse em questão de segundos, quando eu estava saindo da cama.

— Ei, você. Preciso trabalhar na tese hoje, mas à noite vou te dar uma surra. Vem aqui me dar um abraço.

Ela me puxou de volta para a cama e me beijou. É inacreditável que o estado emocional de uma pessoa possa ser deduzido a partir de um conjunto tão incongruente de mensagens.

* * *

Ao rememorar minha interação com Rosie, concluí que a afirmação de que ela me daria uma surra era metafórica e que deveria ser interpretada de modo positivo. Tínhamos estabelecido o costume de tentar superar o outro no The Alchemist. Em geral, considero contraproducente o acréscimo artificial da competição nas atividades profissionais, mas nossa eficiência havia demonstrado um constante aperfeiçoamento. O tempo que passávamos no bar parecia correr rapidamente, um claro sinal de que nos divertíamos com isso. Mas, infelizmente, o bar agora tinha um novo dono. Qualquer alteração numa situação ótima só pode ser negativa, e o novo gerente, que se chamava Hector, mas a quem chamávamos secretamente de O Cara do Vinho, só confirmava isso.

O Cara do Vinho tinha cerca de vinte e oito anos, IMC estimado em vinte e dois, cavanhaque preto e usava os mesmos óculos de armação pesada que um dia me deram o rótulo de nerd, mas que agora estavam na moda.

Ele substituiu as mesinhas por mesas compridas, aumentou a intensidade da luz ambiente e trocou o foco das bebidas — de drinques para vinhos espanhóis —, a fim de complementar o novo cardápio, que agora consistia em *paella*.

O Cara do Vinho terminara recentemente um MBA, e imaginei que as mudanças que empreendeu no bar estivessem alinhadas com as melhores práticas do setor de turismo e entretenimento. Entretanto, o efeito líquido foi a diminuição da clientela e a consequente demissão de dois colegas, coisa que O Cara do Vinho atribuiu à crise econômica.

— Me trouxeram pra cá na hora certa — dizia ele, frequentemente.

* * *

Rosie e eu percorremos de mãos dadas o trecho até o bairro do Flatiron que tinha de ser feito a pé. Ela parecia estar muito bem-humorada, apesar da sua objeção costumeira ao uniforme preto e branco que eu, pessoalmente, considerava muito atraente. Chegamos dois minutos antes do turno, às 19h28. Apenas três mesas estavam ocupadas; não havia ninguém sentado no balcão do bar.

— Chegaram em cima da hora — disse O Cara do Vinho. — A pontualidade é um dos quesitos da avaliação de desempenho de vocês.

Rosie olhou ao redor. Havia pouquíssimas pessoas.

— Não me parece que você esteja sob muita pressão.

— Isso está prestes a mudar — disse O Cara do Vinho. — Temos uma reserva pra dezesseis pessoas. Às oito.

— Achei que não aceitássemos reservas — falei. — Achei que essa era a nova regra.

— A nova regra é que aceitamos dinheiro. E esses são clientes VIPs. SuperVIPs. São amigos meus.

Devido à ausência de clientela, passaram-se mais vinte e dois minutos até que alguém pedisse um drinque. Um grupo de quatro pessoas (de idade estimada em quarenta e poucos anos e IMCs entre vinte e vinte e oito) chegou e todos se sentaram ao balcão, apesar das tentativas do Cara do Vinho de acomodá-los em uma mesa.

— O que desejam? — perguntou Rosie para eles.

Os dois homens e as duas mulheres se entreolharam. É extraordinário que as pessoas precisem do conselho dos amigos para tomar uma decisão tão corriqueira. Se realmente insistissem em receber aconselhamento, era melhor que este fosse dado por um profissional.

— Eu recomendo nossos drinques — falei. — Uma vez que são a especialidade da casa. Podemos atender qualquer solicitação em termos de sabor e quantidade de álcool desejada.

Pelo lado externo do balcão, O Cara do Vinho se posicionou à minha esquerda.

— Don também pode trazer a carta de vinhos — disse ele.

Rosie colocou a carta fechada — encadernada em couro — em cima do balcão. O grupo a ignorou. Um dos homens sorriu.

— Drinques parecem uma boa. Quero um *whisky sour*.

— Com ou sem clara de ovo? — perguntei, de acordo com minha responsabilidade em flexibilizar os pedidos.

— Com.

— Puro ou com gelo?

— *On the rocks*.

— Excelente. — Gritei para Rosie: — Um *Boston sour* com gelo —, depois bati a mão no balcão e iniciei o cronômetro do meu relógio de pulso. Rosie já estava diante das prateleiras de bebidas, atrás de mim. Eu sabia que naquele momento ela estava correndo os olhos pelos uísques. Coloquei uma coqueteleira sobre o balcão, acrescentei uma medida de gelo e cortei um limão ao meio, enquanto solicitava e esclarecia os demais pedidos. Estava ciente do olhar do Cara do Vinho sobre mim. Esperava que, na condição de graduado em administração, ele ficasse impressionado.

O sistema criado e aperfeiçoado por mim usa o melhor de nossas respectivas habilidades. Possuo um banco de dados de receitas superior ao de Rosie, mas ela tem um nível de destreza maior que o meu. Se uma única pessoa espreme o total de suco de limão exigido ou serve todas as doses de uma bebida específica, economizamos em escala. É claro que tais oportunidades precisam ser identificadas em tempo real, e, para isso, é necessário ter certa prática e raciocínio rápido. Considero extremamente improvável que dois *bartenders* preparando drinques isoladamente se saiam tão bem quanto nós.

Enquanto eu servia o terceiro drinque, um cosmopolitan, Rosie, que tinha acabado de enfeitar o mojito, tamborilava os dedos no balcão. Ela de fato tinha me dado uma surra, pelo menos naquela primeira rodada. Ao servirmos os drinques com um movimento simultâneo de nossos braços, os clientes riram e depois aplaudiram. Estávamos acostumados com essa reação.

O Cara do Vinho também estava sorrindo.

— Por que não vão para uma das mesas? — disse ele aos clientes.

— Estamos bem aqui — retrucou o Homem do *Boston sour*. Ele provou a bebida. — Estamos curtindo o show. Melhor *whisky sour* que já tomei na vida.

— Por favor, sentem-se. Vou pedir uma porção de tapas para vocês. Por conta da casa.

O Cara do Vinho apanhou quatro taças de vinho da prateleira.

— Já assistiu a *Indiana Jones e o Templo da Perdição?* — perguntou ele.

Fiz que não.

— Bem, Don, você e Rosie acabaram de me fazer lembrar da cena em que o homem que ataca o Sr. Indiana Jones demonstra suas habilidades com uma espada. — O Cara do Vinho apontou para nossos clientes, que bebiam seus drinques, e fez alguns movimentos que presumivelmente simulavam golpes de espada. — *Uuuush, uuuuush, uuuush,* muito impressionante, quatro drinques, um total setenta e dois dólares.

O Cara do Vinho apanhou uma garrafa aberta de vinho tinto.

— Flor de Pingus. — Serviu quatro taças e fez um gesto em que o indicador e o polegar ficavam esticados enquanto os demais dedos permaneciam dobrados. — Bang, bang, bang, bang. Cento e noventa e duas pratas.

— Idiota — disse Rosie enquanto O Cara do Vinho servia as bebidas para um grupo de quatro pessoas que havia chegado quando preparávamos os drinques. Dessa vez, o tom dela não era nada afetuoso. — Olha só a cara deles.

— Parecem felizes. O argumento do Cara do Vinho é válido.

— Claro que estão felizes! Ainda não tinham feito nenhum pedido. Todo mundo fica feliz quando as bebidas são por conta da casa. — Rosie colocou um copo na prateleira com força desnecessária. Detectei irritação.

— Eu recomendo que você vá para casa — falei.

— O quê? Eu estou bem. Só estou com raiva, mas não é nada com você.

— Correto. Estressada. Produzindo cortisol, o que não é nada saudável para Bud. Segundo minha experiência, existe uma elevada probabilidade de que você inicie uma interação desagradável com O Cara do Vinho e fique estressada pelo restante do nosso turno. Por outro lado, passar a noite se contendo também será estressante.

— Você me conhece bem demais. Consegue se virar sem mim?

— Claro. Pouco movimento.

— Não foi isso o que eu quis dizer. — Ela riu e me beijou. — Vou falar para o Cara do Vinho que estou enjoada.

Às 21h34, um grupo de dezoito pessoas chegou, e a mesa que estava reservada e que permanecera sem uso durante toda a noite foi ampliada a fim de acomodá-lo. Várias pessoas estavam perceptivelmente embriagadas. Uma mulher de vinte e poucos anos era o foco das atenções. Automaticamente estimei seu IMC:

vinte e seis. Baseado no volume e no tom de sua voz, calculei que a taxa de álcool em seu sangue era de 0,1 grama por litro.

— Ela é mais baixa na vida real. E um pouco mais gorda. — Jamie-Paul, nosso colega *bartender*, observava o grupo.

— Quem?

— Quem você acha? — Ele apontou para Mulher Escandalosa.

— Quem é essa?

— Você está de brincadeira, né?

Eu não estava, mas Jamie-Paul não forneceu mais explicações.

Alguns minutos depois, com o grupo já acomodado, O Cara do Vinho aproximou-se de mim.

— Eles querem o nerd dos drinques. Imagino que seja você.

Caminhei até a mesa, onde fui cumprimentado por um homem ruivo, embora seu cabelo não tivesse um tom tão dramático quanto o de Rosie. O grupo parecia ser formado inteiramente de pessoas de vinte e poucos ou vinte e muitos anos.

— Você é o cara dos drinques?

— Correto. Sou contratado para fazer drinques. O que gostariam de beber?

— Você é aquele cara que, tipo, conhece um drinque pra cada ocasião, né? E que guarda os pedidos de cabeça? É você mesmo?

— Pode ser que existam outros *bartenders* com essas mesmas habilidades.

Ele se dirigiu ao restante do grupo à mesa, em voz alta, pois agora o ruído ambiente era significativo.

— Certo, galera, esse cara... Como é mesmo seu nome?

— Don Tillman.

— Oi, Dan — disse Mulher Escandalosa. — O que você faz quando não está preparando drinques?

— Diversas atividades. Sou professor de genética.

Mulher Escandalosa deu outra gargalhada, ainda mais alta.

Cara Ruivo continuou.

— Beleza, galera, então Don é o rei dos drinques. Gravou de cabeça todas as bebidas do planeta, e vocês só precisam dizer "conhaque e vermute" para ele dizer "martíni".

— Manhattan. Ou American in Paris, Boulevardier, Oppenheim, American Sweetheart ou Man o' War.

Mulher Escandalosa soltou uma gargalhada. Estridente.

— Ele é o Rain Man! Vocês sabem, o Dustin Hoffman naquele filme em que ele se lembra de todas as cartas. Dan é o Rain Man dos drinques.

Rain Man! Eu tinha visto aquele filme. Não me identifiquei de forma alguma com o Rain Man, que era desarticulado, dependente e inútil do ponto de vista do mercado de trabalho. Uma sociedade formada de vários Rain Men seria disfuncional. Uma sociedade formada de Don Tillmans seria eficiente, segura e agradável para todos.

Alguns membros do grupo riram, mas decidi ignorar o comentário, assim como havia ignorado a menção errada ao meu nome. Mulher Escandalosa estava embriagada e provavelmente ficaria constrangida se assistisse a um vídeo de si mesma mais tarde.

Cara Ruivo continuou.

— Don vai sugerir um drinque que inclua o ingrediente que vocês quiserem, depois vai memorizar os pedidos de todo mundo, prepará-los e entregar cada um à pessoa certa. Não é, Don?

— Desde que as pessoas não mudem de lugar. — Minha memória não lidava tão bem com rostos quanto com números. Olhei para o Cara Ruivo. — Quer dar início ao processo?

— Tem alguma coisa com tequila e conhaque?

— Recomendo uma *highland margarita*. O nome sugere uísque, mas há registros documentados de uma variante com conhaque.

— Oooooo-k! — disse o Cara Ruivo, como se eu tivesse feito um *home run* e ganhado o jogo no fim da nona entrada. Eu havia completado um dezoito avos da minha tarefa. Em vez de continuar elaborando uma analogia mais detalhada com o beisebol usando aquele número bastante interessante, voltei a me concentrar nos pedidos. O beisebol poderia esperar pelo meu próximo encontro com Dave.

O homem ao lado do Cara Ruivo queria alguma coisa parecida com uma margarita, mas que fosse um *long drink*, em vez de uma simples margarita com gelo ou soda limonada, algo assim, sabe, diferente, tipo, mais especial. Recomendei uma paloma feita com suco de toranja cor-de-rosa e copo com borda de sal defumado.

Então foi a vez da Mulher Escandalosa. Olhei-a com atenção, mas não a reconheci. Não era algo incongruente com o fato de ela ser famosa, uma vez que, em geral, sou ignorante em matéria de cultura pop. E, mesmo que ela fosse uma geneticista de renome, não esperaria reconhecê-la pelo rosto.

— Certo, Rain Man Dan. Quero um drinque que expresse minha personalidade.

A proposta foi recebida com urros de aprovação. Infelizmente, eu não estava em posição de cumprir tal exigência.

— Desculpe, mas não sei nada a seu respeito.

— Você está de brincadeira, né?

— Não. — Tentei pensar em alguma maneira de perguntar educadamente sobre sua personalidade. — Qual a sua profissão?

Todos riram, menos Mulher Escandalosa, que parecia pensar na resposta.

— Certo. Sou atriz e cantora. E digo mais: todo mundo acha que me conhece, mas ninguém me conhece de fato. E aí, qual vai ser meu drinque, Rain Man Dan? A *Chanteuse* Misteriosa, talvez?

Eu não conhecia nenhum drinque com esse nome, o que significava que ela provavelmente o inventou para impressionar os amigos. Meu cérebro é altamente eficiente em buscar drinques com base em ingredientes, mas também é bom em encontrar padrões incomuns. As duas profissões e a descrição pessoal combinadas produziram uma resposta sem que eu precisasse fazer qualquer esforço consciente.

O Two-Faced Cheater, que em inglês significa "Traidor Duas Caras".

Estava prestes a oferecer minha solução quando percebi que talvez houvesse um problema. Um problema que me colocaria diante do risco de violar meu dever legal e moral enquanto portador de um Certificado de Responsabilidade sobre os Efeitos do Álcool fornecido pelo programa de treinamento do Centro de Vigilância de Bebidas do Estado de Nova York. Agi imediatamente para remediar a situação.

— Eu recomendo uma *virgin colada*.

— O que você está querendo dizer? Que sou virgem?

— Definitivamente, não. — Todos riram, então expliquei melhor. — É um drinque parecido com a *piña colada*, mas sem álcool.

— Sem álcool. Mais uma vez, o que você está querendo dizer?

A conversa estava se tornando desnecessariamente complicada. Era mais fácil ir direto ao ponto.

— Você está grávida?

— O quê?

— Mulheres grávidas devem evitar o consumo de bebidas alcoólicas. Se o seu problema for apenas sobrepeso, posso servir um drinque alcoólico, mas, antes de tudo, preciso desse esclarecimento.

Enquanto eu voltava para casa de metrô, às 21h52, refletia se meu julgamento tinha sido influenciado pela condição de Rosie. Eu nunca havia desconfiado antes que alguma cliente pudesse estar grávida. Talvez o problema daquela mulher fosse *mesmo* sobrepeso. Eu deveria ter interferido na decisão de uma desconhecida de consumir álcool, num país que tanto preza a autonomia e a responsabilidade individual?

Fiz uma lista mental dos problemas que haviam se acumulado nas últimas cinquenta e duas horas e que agora precisavam urgentemente de solução:

1. Modificação da minha rotina a fim de inserir duas inspeções diárias na adega de cerveja.
2. O Problema do Alojamento de Gene.
3. O Problema Jerome-Lavanderia, que agora tinha piorado.
4. A ameaça de despejo em decorrência do item 3.
5. Acomodar um bebê em nosso apartamento pequeno.
6. Pagar o aluguel e as demais contas agora que Rosie e eu havíamos perdido nossos empregos de meio expediente devido às minhas ações.
7. Revelar o item 6 para Rosie sem provocar estresse e, consequentemente, os efeitos adversos do cortisol.
8. Risco de uma recorrência do surto de raiva e de danos fatais ao meu relacionamento com Rosie como resultado de todos os itens acima.

O processo de resolução de problemas leva tempo — mas o tempo disponível era limitado. A cerveja estava prevista para chegar dentro de vinte e quatro horas, o síndico provavelmente me interpelaria amanhã à noite, e a qualquer momento Jerome poderia fazer uma tentativa de revanche. Gene chegaria logo, e Bud nasceria em apenas trinta e cinco semanas. Eu precisava, na verdade, encontrar um jeito de cortar um nó górdio: ou seja, executar uma única ação capaz de resolver a maioria dos meus problemas — ou todos eles — de uma só vez.

Rosie estava dormindo quando cheguei em casa. Resolvi consumir um pouco de álcool para estimular o pensamento criativo. Enquanto eu remexia o conteúdo da geladeira para alcançar a cerveja, a resposta veio à minha mente. A geladeira! Arrumaríamos uma geladeira maior, e todos os outros problemas estariam resolvidos.

Liguei para George.

6

É senso comum que as pessoas gostam de surpresas — daí as tradições associadas a Natal, aniversários ou aniversários de casamento e namoro. Segundo a minha experiência, entretanto, a maior parte do prazer é sempre de quem faz a surpresa. A vítima frequentemente se vê pressionada a fingir, o mais rápido possível, uma reação positiva diante de um objeto indesejado ou de um evento não programado.

Rosie insistia em ser fiel à tradição da troca de presentes, mas suas escolhas eram sempre muito previsíveis. Meus colegas, por exemplo, já haviam feito comentários positivos sobre os sapatos que ela me deu no meu aniversário de quarenta e um anos, dez dias atrás — e com os quais eu ia para o trabalho agora, tendo substituído o tênis de corrida em mau estado.

Rosie dizia gostar de surpresas, falando até mesmo "me surpreenda" quando eu pedia um conselho dela em relação a qual peça de teatro, show ou restaurante deveríamos ir. Agora eu estava planejando uma surpresa que excederia todas as anteriores, salvo a revelação da identidade de seu pai biológico e a entrega do anel de noivado.

É considerado aceitável fingir temporariamente em virtude de uma surpresa.

— Você vem ou não, Don? — perguntou Rosie, ao sair na manhã seguinte. Embora estivesse tecnicamente de férias, continuava indo à universidade durante a semana para trabalhar na tese porque, segundo ela, o apartamento a deixava "claustrofóbica".

Rosie usava um vestido curto com bolinhas azuis que eu suspeitava ser uma compra recente. O cinto, também azul, era mais largo que o necessário, a fim de realizar sua função presumida de enfatizar a forma do corpo dela. O efeito geral era bom, porém muito mais pela exposição das pernas dela do que pelas propriedades estéticas do traje em si.

Eu tinha substituído ir pedalando minha bicicleta nova por acompanhá-la a pé até o metrô, a fim de maximizar nosso tempo juntos. Lembrei a mim mesmo: o fingimento é temporário e tem o único propósito de ajudar na surpresa; surpresas são coisas positivas; Rosie não revelou a viagem de fim de semana até o Smithsonian, que ela me deu de aniversário. Entrei no banheiro para evitar que ela interpretasse minha linguagem corporal.

— Estou ligeiramente atrasado. Vou pegar o próximo trem — falei.

— Você está *o quê?*

— Atrasado. Mas não tem problema. Hoje não tenho nenhuma aula para dar. — As três afirmações eram tecnicamente verdadeiras, mas a primeira era um fingimento. Eu havia planejado tirar o dia inteiro de folga.

— Você está bem, Don? Essa coisa da gravidez te deixou abalado, né?

— Só por alguns minutos.

Rosie havia entrado no banheiro e examinava algum componente de seu rosto no espelho.

— Eu te espero.

— Não é necessário. Aliás, estou pensando em ir de bicicleta. Para compensar o atraso.

— Ei... Mas eu quero conversar com você. A gente mal conversou durante o fim de semana inteiro.

Era verdade que o fim de semana tinha sido conturbado, reduzindo consequentemente nossa comunicação. Comecei a formular uma resposta, mas, uma vez que eu estava no modo fingimento, era difícil conduzir uma conversa de maneira normal.

Felizmente, Rosie cedeu sem que eu precisasse fornecer mais informações.

— Tudo bem. Mas me liga. Pra almoçarmos ou fazermos alguma coisa juntos.

Rosie me deu um beijo no rosto, depois virou-se e saiu de casa definitivamente.

Dave chegou de van oito minutos depois. Precisávamos agir rápido, pois ele deveria estar na Adega do Arranha-Céu para receber a entrega da cerveja *ale* inglesa.

Levamos cinquenta e oito minutos para embalar os móveis e as plantas. Então encarei o banheiro. Fiquei estupefato com a quantidade de cosméticos e produtos químicos aromáticos que Rosie tinha. Provavelmente seria um insulto eu lhe dizer que, fora o impactante uso ocasional de batom ou de perfume (cujo aroma desaparecia rapidamente após a aplicação devido ao processo de absorção, evaporação ou ao fato de eu me acostumar com ele), nada daquilo provocava diferenças observáveis. Eu estava satisfeito com Rosie sem quaisquer modificações.

Apesar da quantidade, os produtos químicos puderam ser acondicionados em um único saco de lixo. Enquanto eu e Dave colocávamos o restante do conteúdo do apartamento nas malas de Rosie, em caixas de papelão e em sacolas adicionais de polietileno, fiquei impressionado com a quantidade de *coisas* que havíamos acumulado desde nossa chegada. Eu me lembrei de algo que Rosie disse antes de deixarmos Melbourne: "Vou deixar tudo o que é lixo pra trás. Não vou levar quase nada." É verdade que ela entrou em contradição ao trazer *três malas*, mas sua intenção era clara: a mudança era uma oportunidade de fazer uma revisão nos pertences. Decidi descartar tudo o que não fosse essencial. Eu me lembrei do conselho que li numa revista, no consultório do dentista, no dia 5 de maio de 1996: "Se você não usa um objeto ou uma peça de roupa há mais de seis meses, é porque não precisa daquilo." Tal princípio pareceu fazer sentido, e comecei a colocá-lo em prática.

Dave me acompanhou até a portaria para devolver minha chave. A de Rosie teria de ser devolvida depois. Fomos cumprimentados pelo síndico, que, como de costume, agiu com antipatia.

— Espero que não tenha vindo aqui reclamar de alguma coisa, Sr. Tillman. Não esqueci a conversa com os proprietários — disse ele.

— Não será necessário. Estamos indo embora. — Entreguei-lhe a chave.

— Ãh? Sem aviso prévio? Você precisa avisar com trinta dias de antecedência.

— Você afirmou que eu era um inquilino indesejável que poderia ser substituído no dia seguinte por outro desejável. Para mim, este parece ser um bom desfecho para ambas as partes.

— Se você não se importar com o dinheiro de um mês de aluguel... — disse ele, dando uma risadinha irônica.

— Não parece razoável. Se você colocar um novo inquilino no apartamento, receberá duas vezes o valor do aluguel no mesmo mês.

— Não sou eu quem faz as regras, Sr. Tillman. Vá conversar com o proprietário, se quiser.

Tive consciência de que começava a ficar irritado. O dia inevitavelmente envolveria uma alta dose de estresse, a começar pelo abandono das atividades programadas para as segundas-feiras. Era hora de praticar minha capacidade de empatia. Por que o síndico era sempre tão desagradável? A resposta não demandou muita reflexão: o sujeito precisava lidar com inquilinos que reclamavam de problemas que ele não tinha como resolver, devido ao seu cargo de baixa importância e à teimosia da imobiliária que era dona do edifício. Lidava constantemente com pessoas em conflito. O cargo de baixa importância por si só já fazia com que ele sofresse um risco elevado de doença coronariana, graças ao alto nível de cortisol que produzia por conta do estresse. Era o pior trabalho do mundo. De repente, senti pena dele.

— Lamento ter causado problemas. Você poderia me colocar em contato com o proprietário, por gentileza?

— Você quer falar com o proprietário?

— Correto.

— Boa sorte. — Incrível. Aquele simples exercício de empatia fez com que o síndico ficasse do meu lado e torcesse pelo meu sucesso. Ele ligou para o proprietário.

— O morador do 204 está aqui comigo. Ele está saindo do apartamento... agora, hoje... sim, isso mesmo, sem aviso... e acha que devemos devolver o valor do depósito. — Ele riu e me passou o telefone.

Dave arrancou-o das minhas mãos.

— Deixa comigo.

A voz de Dave mudou. O tom é difícil de descrever, mas era como se Woody Allen tivesse sido escolhido para interpretar o papel de Marlon Brando em *O poderoso chefão*.

— Meu amigo aqui está enfrentando um problema com a legalidade do sistema de ar-condicionado. Pode haver um risco à segurança.

Pausa.

— Um inspetor de aparelhos de ar-condicionado licenciado — disse Dave. — O senhor tem mais unidades espalhadas pelo prédio do que verrugas num sapo. Só agimos quando recebemos uma reclamação formal, mas nesse caso somos obrigados a inspecionar a porcaria do prédio todo. Acho que, já que o meu amigo vai ter que pagar mais um mês de aluguel, ele pode fazer exatamente isto: uma reclamação formal. O que pode acabar saindo bem caro para o senhor. Ou talvez o senhor prefira deixá-lo ir embora imediatamente. Com o dinheiro do depósito, que é dele.

Houve uma pausa mais longa. A expressão de Dave era de desapontamento. Talvez a metáfora das verrugas tivesse deixado o proprietário confuso. Supostamente os sapos *causam* verrugas, não *possuem* verrugas. Ele passou o telefone para mim.

— Acabou? — perguntou uma voz masculina do outro lado da linha.

— Saudações.

— Ah, que merda... É você. Você está indo embora?

Reconheci a voz. Não era o proprietário. Era o funcionário com quem eu sempre conversava sobre problemas pelos quais o proprietário era contratualmente responsável, mas que o síndico considerava fora de sua alçada: a estabilidade da temperatura, a velocidade da conexão de internet, a regularidade das simulações de incêndio. *Et cetera*.

— Correto. Na verdade, até agora, eu não estava ciente do problema com as instalações de ar-condicionado. Parece bastante sério. Recomendo...

— Deixa pra lá. Esquece isso e eu deixo um cheque pra você aqui.

— E o ar-condicionado?

— Se você esquecer o ar-condicionado, escrevo uma carta de referência muito simpática para o seu próximo senhorio. Vamos sentir sua falta, professor.

Na van, as mãos de Dave começaram a tremer.

— Algum problema? — perguntei.

— Preciso comer alguma coisa. Odeio essa coisa de confronto. Não sou bom nisso.

— Você não precisava...

— Precisava, sim. Não só pelo seu aluguel, mas porque preciso praticar. Todo mundo acha que pode me passar pra trás.

George estava esperando por nós e pela cerveja quando chegamos à Adega do Arranha-Céu.

— Estou impressionado — disse para Dave. — Don me contou que está tão preocupado com a cerveja que vai dormir aqui com ela.

— Não é porque eu esteja muito preocupado com a cerveja, mas sim porque este é um apartamento de alta qualidade que, de outra forma, ficaria inutilizado.

— Na melhor localização de Nova York. E você vai tê-lo de graça.

— Se não há aluguel, não há reclamações — disse Dave. Ele estava praticando seu tom de cara durão.

— Você sabe que ensaiamos lá em cima, não é? — perguntou George. — A todo volume. Não tem absolutamente nenhum isolamento acústico.

— Então não dá para alugar isto aqui — declarou Dave.

Incrível. Um apartamento de três quartos, mais uma despensa refrigerada, considerado impossível de alugar por causa de um probleminha ocasional de barulho que poderia ser facilmente resolvido com protetores auriculares. George também poderia ter feito um anúncio à procura de inquilinos surdos.

George deu de ombros.

— Não posso alugá-lo. Comprei para que meus filhos pudessem vir me visitar. Para quando eles estiverem em Nova York e quiserem ver o pai, sabe? Acho que você não corre esse risco.

— Com que frequência vocês ensaiam? — perguntei.

George riu.

— Uma vez por ano, mais ou menos. Mas, quem sabe? De repente a cerveja me inspira.

Fomos interrompidos pela chegada da própria: seis barris grandes com suportes. Houve um pequeno acidente no transporte do último barril pela sala, o que resultou no derramamento de vinte litros, segundo minhas estimativas. Quando Dave trouxe panos de chão e esfregões, a cerveja já havia encharcado o carpete.

— Desculpe — disse George. — Mas não se esqueça: sem reclamações. Posso emprestar um secador de cabelo, se quiser.

Enquanto Dave secava o carpete com o secador de cabelo de Rosie, desembalei o que havia nos sacos de lixo. A Adega do Arranha-Céu tinha três banheiros, o que era evidentemente um exagero. O banheiro social era grande o bastante para servir de escritório, portanto, instalei ali meu computador e minha mesa de trabalho. Não havia espaço para cadeira, mas o assento do vaso sanitário estava na altura adequada. Cobri a louça com uma toalha por higiene e para ter conforto. Agora eu conseguiria trabalhar o dia inteiro sem precisar sair do cômodo, a não ser para me alimentar.

Afastei aquela fantasia de isolamento permanente. Tinha tarefas práticas para concluir num período de tempo limitado.

Reservei o maior dos quartos para ser o escritório de Rosie e, com a ajuda de Dave, coloquei lá as plantas e as cadeiras excedentes. Elegi o quarto menor e menos iluminado como nosso dormitório. Dormir, expliquei a Dave, requer um mínimo de espaço, e a luz é um impedimento. Ainda restaram alguns metros quadrados de piso livre depois que instalamos a cama.

Terminamos às 18h27. Rosie raramente saía de Columbia antes das 18h30, para evitar o metrô lotado e o calor. Para aumentar a surpresa, adiei até o último momento possível comunicar nossa mudança de acomodações. Alguns segundos depois de mandar uma mensagem de texto para ela, ouvi um som vindo de sua bolsa — a que ela havia levado para o The Alchemist quando fomos trabalhar, e não a maior, que ela usava para ir à universidade. Rosie tinha esquecido o telefone em casa, e não pela primeira vez: era o resultado previsível de ter mais de uma bolsa.

Dave entrou na sala depois de devolver o secador de cabelo de George e ofereceu-se para interceptar Rosie em nosso antigo prédio.

— Nesse meio-tempo, é melhor você dar um jeito nesse fedor de cerveja — aconselhou.

Eu já havia me acostumado, mas agora o cheiro estava misturado ao odor acre da fumaça resultante da queima do secador de cabelo de Rosie. O de George, obviamente, era de melhor qualidade e durou quase três vezes mais. Resolvi que o ideal para mascarar o cheiro seria um peixe de odor forte, que além de tudo também resolveria o problema do jantar.

Na delicatéssen, meu celular tocou, mostrando um número desconhecido. Era Rosie.

— Don, o que está acontecendo? Não querem me deixar entrar.

— Você esqueceu seu celular em casa.

— Eu sei. Estou ligando do celular do Jerome.

— Jerome? Você está em perigo?

— Não, não, ele pediu desculpas pelas roupas. Está aqui do meu lado. O que você disse pra ele? — Ela não me deu tempo suficiente para responder. — O que está acontecendo?

— Nós nos mudamos. Vou enviar o novo endereço por mensagem de texto. Preciso telefonar para o Dave.

Desliguei e mandei nosso novo endereço por mensagem de texto para o celular do Jerome. Dave, Rosie, Jerome, Gene, o peixe. Eu estava no limite da minha função multitarefa.

Quando a campainha tocou, a cavala defumada já estava no forno e exalava aromas intensos, semelhante aos da cerveja velha e aos do secador queimado. Era Rosie. Pressionei o botão que abria o portão do prédio e, cerca de cinco minutos depois, ela bateu à porta.

— Não precisa bater — falei. — Moramos aqui.

Rosie olhou em torno, depois foi direto até as janelas e observou da varanda. A vista! Rosie gostava de vistas, é claro. Achei que ela não iria se importar de ficar olhando para Nova Jersey.

— Ai, meu Deus! — exclamou ela. — Você está brincando comigo! Quanto é o aluguel?

— Zero.

Tirei do bolso a nossa lista de atributos desejáveis para alugar um apartamento e a mostrei para Rosie. Era parecido com o questionário do Projeto Esposa, que, apesar das críticas dela, indiretamente havia nos aproximado. A diferença é que agora todos os itens estavam ticados. Era o apartamento perfeito. Ficou evidente que Rosie concordava. Ela abriu as portas da varanda e passou aproximadamente seis minutos olhando para o rio Hudson antes de entrar de novo.

— O que você está cozinhando? — perguntou. — Peixe? Passei o dia inteiro com desejo de comer alguma coisa defumada. Achei que engravidar estivesse me dando vontade de voltar a fumar. O que é totalmente estranho. Mas peixe defumado é brilhante! Você tostou e cozinhou na cerveja, né? Leu meus pensamentos. — Ela deixou cair no chão a bolsa sem celular e me abraçou.

Eu não li os pensamentos de Rosie, nem criei o desastre culinário imaginado por ela, mas não havia motivos para acabar com sua felicidade. Ela andou de um lado para o outro pelo apartamento por um tempo, depois começou a explorá-lo de modo mais sistemático. Começou pelo seu banheiro, o que me pareceu uma escolha estranha.

— Don! Meus cosméticos! Todas as minhas coisas! Como você conseguiu fazer isso?

— Cometi algum erro?

— Pelo contrário. É que... tudo está exatamente do jeito que ficava. Na mesma posição.

— Tirei fotos. Seu sistema era impossível de entender. Fiz o mesmo com suas roupas.

— Você fez a mudança toda hoje?

— É claro. Tinha planejado trazer apenas alguns objetos e poucas roupas, mas não consegui me lembrar de tudo o que você vestiu nos últimos seis meses. Geralmente não noto o que você está vestindo, então fui obrigado a trazer tudo.

— É aqui que você planeja trabalhar? — perguntou ela, alguns segundos depois de abrir a porta do meu banheiro-escritório.

— Correto.

— Bem, esteja certo de que não vou invadir seu espaço pessoal, já que não terei como saber com qual finalidade você estará usando o local.

Quando ela descobriu a adega de cerveja, expliquei o acordo que fiz com George.

— É como se fôssemos babás da casa. Mas, em vez de cuidar de um cachorro, vamos cuidar de cerveja. Que, ao contrário do cachorro, não requer alimentação.

— Mas que mesmo assim deu um jeito de fazer xixi no carpete.

Eu havia me esquecido do cheiro. Os seres humanos acostumam-se depressa ao seu ambiente. Era pouco provável que, em longo prazo, a felicidade de Rosie diminuísse consideravelmente caso o cheiro de cerveja permanecesse. Nem que aumentasse com a mudança de apartamento, aliás. Depois da satisfação dos requisitos físicos mais básicos, a felicidade humana torna-se praticamente independente da riqueza. Nesse sentido, ter um emprego gratificante é muito mais importante que um emprego que pague muito. Um dia na vida de Ivan Denisovich cimentando tijolos na Sibéria provavelmente gerava um nível maior de felicidade do que um dia na vida de um astro do rock aposentado que morava numa cobertura em Manhattan com toda a cerveja do mundo. Trabalhar é crucial para a saúde mental. Motivo pelo qual provavelmente George continuava a tocar em cruzeiros.

Rosie ainda não tinha terminado de falar.

— Você está falando sério sobre não pagar aluguel?

— Correto.

— O que você acharia se eu largasse o The Alchemist? Não é mais a mesma coisa. E certamente é só uma questão de tempo até O Cara do Vinho me mandar embora.

Incrível. Pelo visto, termos sido demitidos era algo positivo, ou pelo menos não causava qualquer impacto. Uma notícia ruim que ameaçava solapar o sucesso do meu dia agora era considerada irrelevante.

— Nós dois podemos deixar esse emprego — falei. — Seria muito menos agradável sem você.

Rosie me abraçou novamente. Fiquei extremamente aliviado. Tinha empreendido um projeto gigantesco, arriscado, que resolvia múltiplos problemas simultaneamente, e o êxito foi absoluto. Consegui cortar o nó górdio.

A única reação negativa de Rosie foi quanto a usarmos o menor cômodo para ser nosso quarto, como previsto por Dave. Porém, logo em seguida ela disse:

— Você reservou o maior quarto para ser meu escritório! Ah, e vamos precisar de mais um quarto, claro.

Achei bom Rosie ter aceitado minha solução para o Problema Gene sem mais discussões. Enviei uma mensagem de texto para ele informando a boa notícia e nosso novo endereço.

Servi o peixe com um chardonnay Robert Mondavi Reserve (para mim) e um suco de aipo (para Rosie). Não me dera ao trabalho de comprar uma rolha a vácuo para o vinho. Quaisquer sobras poderiam ser conservadas na adega de cerveja. Pelos próximos oito meses, eu beberia por dois.

Rosie ergueu o copo de suco, brindamos com minha taça de vinho e então, com pouquíssimas palavras, ela lembrou-me do problema, do terrível problema que se escondia sob os demais:

— E então, professor Tillman. Como você se sente agora que vai ser pai?

7

Minhas impressões em relação à paternidade progrediram na seguinte sequência:

1. Até o fim da adolescência, eu achava que a paternidade aconteceria naturalmente na minha vida, com o tempo, segundo o modelo mais convencional. Não pensava no assunto em detalhes.
2. Na universidade, descobri minha incompatibilidade com as mulheres e aos poucos fui abandonando a ideia de ser pai, devido à improbabilidade de encontrar uma parceira.
3. Conheci Rosie e a paternidade voltou à ordem do dia. Em um primeiro momento, receei que meu grau de estranheza pudesse constranger meus filhos, mas Rosie me tranquilizou quanto a isso e deixou claro que desejava que nos reproduzíssemos em algum momento. Como a feitura em si dos filhos nunca chegou a ser programada, esqueci o assunto.
4. Então tudo mudou em decorrência de um acontecimento crucial. Eu havia planejado conversar com

Rosie a respeito, mas nunca dei nenhuma prioridade ao assunto — primeiro porque nada havia sido programado, e depois porque desfavorecia minha imagem. Agora, devido à falta de planejamento, a chegada de um filho era praticamente inevitável, e eu não havia revelado uma informação importante.

A informação importante era o Incidente do Atum-Azul, ocorrido há apenas sete semanas. A lembrança veio à tona assim que Rosie tocou no assunto da paternidade.

Certo domingo, eu e ela havíamos sido convidados para almoçar com Isaac e Judy Esler, mas Rosie tinha esquecido que marcara uma reunião do seu grupo de estudos. Fazia sentido que eu fosse sozinho. Isaac pediu que eu recomendasse um lugar e minha reação automática foi escolher um restaurante que eu já havia ido várias vezes. Rosie, entretanto, me convenceu do contrário:

— Você agora está muito mais à vontade nos restaurantes. E, além disso, é um gourmet. Escolha um lugar interessante e surpreenda os dois.

Depois de uma pesquisa minuciosa, escolhi um restaurante japonês *fusion* em Tribeca e avisei Isaac.

Ao chegar, descobri que ele havia reservado uma mesa para cinco, o que me deixou ligeiramente irritado. Uma conversa entre três pessoas envolve três pares de interações humanas, três vezes mais do que uma conversa entre duas. Com pessoas conhecidas, essa complexidade é algo controlável.

Mas, com cinco pessoas, seriam dez pares de interações, quatro me envolvendo diretamente e seis nos quais eu seria um observador. Sete delas envolveriam desconhecidos, supondo que Isaac e Judy não tivessem convidado nem Dave e Sonia nem o diretor da Faculdade de Medicina de Columbia, algo estatisticamente improvável numa cidade do tamanho de Nova York. Acompanhar a dinâmica do encontro seria literalmente impossível, e a probabilidade de cometer uma gafe era maior. A situação era a seguinte: pessoas desconhecidas, um restaurante que eu nunca havia ido antes, a ausência de Rosie para monitorar a situação e me avisar com antecedência. Olhando em retrospecto, o desastre era inevitável.

Os outros convidados eram um homem e uma mulher que chegaram antes de Isaac e Judy. Juntaram-se à mesa na qual eu estava tomando uma dose de saquê, apresentando-se como Seymour, colega de Isaac (e portanto, provavelmente, um psiquiatra) e Lydia, que não especificou sua profissão.

Seymour tinha mais ou menos cinquenta anos, e Lydia, aproximadamente quarenta e dois. Naquela época eu vinha tentando eliminar (com muito pouco sucesso) um hábito que adquiri durante o Projeto Esposa, o de calcular o índice de massa corporal das pessoas com base em estimativas de altura e peso, mas, naquele momento, foi impossível não fazê-lo. Estimei o IMC de Seymour em trinta e o de Lydia em vinte, primeiramente por causa da diferença de altura entre eles. Seymour tinha mais ou menos a mesma altura que Isaac, que é magro, enquanto Lydia tinha algo em torno de 1,75m, apenas sete centímetros a menos que eu. Eles formavam um impressionante argumento contrário à afirmação de Gene de que as pessoas tendem a escolher parceiros fisicamente parecidos com elas mesmas.

Comentar sobre tal contraste me pareceu uma boa maneira de iniciar uma conversa e, ao mesmo tempo, apresentar um tópico interessante que eu dominava. Tive o cuidado de atribuir a autoria da pesquisa a Gene, para não parecer convencido.

Apesar de não ter usado nenhum termo pejorativo para descrever peso e altura, Lydia reagiu de uma maneira que me pareceu fria.

— Pra começo de conversa, Don, não somos um casal. Nos conhecemos agora, antes de entrar no restaurante.

Seymour foi mais cooperativo:

— Isaac e Judy nos convidaram separadamente. Judy está sempre falando de Lydia, então, é ótimo finalmente conhecê-la.

— Eu sou do mesmo clube de leitura da Judy — disse Lydia, dirigindo-se a Seymour, e não a mim. — Judy fala muito de você.

— Espero que ela fale muito bem de mim — brincou Seymour.

— Ela falou que você melhorou depois do divórcio.

— As pessoas deveriam ser perdoadas por tudo o que fazem três meses antes ou depois de um divórcio.

— Pelo contrário! — retrucou Lydia. — É exatamente com base nisso que elas deveriam ser julgadas.

A informação dada por Lydia, de que ela e Seymour eram apenas duas pessoas que haviam por acaso sido convidadas para o mesmo almoço, corroborava a teoria de Gene, e isso me deu a chance de entrar novamente na conversa.

— Uma vitória para a psicologia evolutiva. A teoria prevê que vocês não se sentiriam atraídos um pelo outro. A princípio, observei provas contrárias a ela. Uma análise mais detalhada das informações, no entanto, a comprova.

Eu não estava oferecendo exatamente uma análise científica, estava apenas usando a linguagem científica para entretê-los. Tenho experiência considerável com essa técnica, que, em geral, provoca algumas risadas. Não funcionou na ocasião. Para não dizer que não surtiu efeito algum, a expressão de Lydia ficou menos alegre.

Seymour, pelo menos, sorriu.

— Acho que sua hipótese está fundamentada em algumas suposições inválidas — disse. — Eu tenho uma queda por mulheres altas.

Pareceu-me uma informação de caráter bastante pessoal. Se eu dissesse o que considerava fisicamente atraente em Rosie, ou nas mulheres em geral, com certeza julgariam inadequado. Porém, pessoas com mais habilidade social também estão mais inclinadas a correr riscos.

— O que é uma sorte — continuou Seymour. — Senão estaria limitando minhas opções de forma significativa.

— Você está em busca de uma parceira? — perguntei. — Recomendo a internet. — Meu sucesso extraordinário em encontrar a parceira perfeita graças a uma série de eventos aleatórios não invalidava o uso de abordagens mais estruturadas. Naquele momento, Isaac e Judy chegaram. Isso aumentou a complexidade da conversa 3,33 vezes, mas, por outro lado, também elevou meu nível de conforto. Se eu tivesse ficado sozinho com Seymour e Lydia por mais tempo, provavelmente teria cometido uma gafe qualquer.

Trocamos os cumprimentos de sempre. Todos pediram chá. Concluí que, uma vez cometido o erro de pedir saquê, era tarde demais para repará-lo. Pedi outra dose.

Então o garçom trouxe o cardápio. Havia uma gama de comidas interessantes, de acordo com a pesquisa que eu havia feito sobre o restaurante. Judy sugeriu que cada um pedisse um prato para compartilharmos. Excelente ideia.

— Alguma preferência? — perguntou ela. — Isaac e eu não comemos porco, mas, se alguém quiser pedir o gyoza, tudo bem. — Ela estava obviamente sendo educada; pedir gyoza tornaria a refeição deles menos interessante devido à diminuição da variedade. Eu não cometi esse erro. Quando chegou minha vez, aproveitei a ausência de Rosie para experimentar algo que normalmente provocaria uma discussão.

— O sashimi de atum-azul, por gentileza.

— Ah! — disse Lydia. — Não contava com essa. Don, talvez você não saiba, mas o atum-azul é uma espécie em extinção.

Eu sabia desse fato. Rosie só comia "frutos do mar de criação sustentável". Em 2010 o Greenpeace acrescentou o atum-azul à sua lista de animais marinhos de consumo proibido, o que indicava um alto risco de o atum-azul em questão provir de fontes não sustentáveis.

— Eu sei. Contudo, esse aqui já está morto e só vamos comer uma pequena porção dividida por cinco pessoas. O efeito sobre a população de atum-azul provavelmente será pequeno. E, em contrapartida, teremos a chance de experimentar um novo sabor — argumentei. Eu nunca tinha comido atum-azul antes. Sua fama era de ser superior ao atum-amarelo, mais comum, e que é meu item alimentício preferido.

— Eu topo, desde que esteja mesmo morto — disse Seymour. — Pra compensar, não vou tomar meus comprimidos de chifre de rinoceronte hoje.

Eu estava prestes a abrir a boca para comentar sobre aquela declaração extraordinária, mas Lydia falou primeiro, o que me deu tempo para considerar a possibilidade de que Seymour estivesse fazendo uma piada.

— Bem, *eu* não topo — disse ela. — Não aceito o argumento de que um único indivíduo não possa fazer a diferença. É esse tipo de atitude que nos impede de fazer alguma coisa para frear o aquecimento global.

Isaac ofereceu um comentário útil, embora óbvio.

— Além do fato de os indianos, chineses e indonésios desejarem ter um padrão de vida igual ao nosso.

Não sei se Lydia concordou com aquilo ou não, mas ela se dirigiu a mim.

— Suponho que você não se preocupe com o tipo de carro que dirige nem com onde faz compras.

A suposição dela estava incorreta, assim como a sugestão de que eu era uma pessoa ambientalmente irresponsável. Não tenho carro, portanto, ando de bicicleta, uso transporte público ou corro. Tenho relativamente poucas roupas. Com o Sistema de Refeições Padronizadas, que abandonei há pouquíssimo tempo, meu desperdício de comida era praticamente nulo, e agora eu encarava o uso eficiente das sobras de comida como um desafio à minha criatividade. Apesar de tudo isso, considero minha contribuição para diminuir o aquecimento global insignificante. Minha postura de retificar o problema não parece agradar boa parte dos ambientalistas. Eu não sentia a menor vontade de estragar nosso almoço com argumentos contraproducentes, mas Lydia já parecia ter entrado em modo eco-irracional, e, portanto, tal como havia acontecido com o saquê, voltar atrás já não fazia sentido.

— Deveríamos investir mais em energia nuclear — falei. — E na descoberta de soluções tecnológicas.

— Tais como...? — perguntou Lydia.

— Remover o carbono da atmosfera. Geoengenharia. Andei lendo a respeito. É incrivelmente interessante. Os seres humanos são péssimos em policiar a si mesmos, mas são ótimos em tecnologia.

— Você não tem noção do quanto esse tipo de raciocínio me irrita — disse Lydia. — Essa ideia de que fazer o que quiser e torcer para que alguém venha consertar o estrago depois. Ah, e de quebra ficar rico com isso. É assim que vamos salvar o atum, também?

— É claro! Reprogramar geneticamente o atum-amarelo para que ele tenha um sabor idêntico ao do atum-azul é altamente possível. É um exemplo clássico de solução tecnológica para um problema criado pelo homem. Eu me candidataria à equipe de provadores.

— Você é quem sabe, mas eu não quero que a gente, enquanto grupo, peça o atum.

É incrível a quantidade de ideias complexas que podem ser transmitidas por uma única expressão facial humana. Embora dificilmente algum guia a esse respeito fosse incluí-la, acredito que acertei ao interpretar a de Isaac como: "Pelo amor de Deus, Don, não peça o atum." Quando nosso garçom reapareceu, pedi vieiras com foie gras de pato.

Lydia fez menção de se levantar, depois sentou de novo.

— No fundo, você não está tentando me chatear, não é? — perguntou ela. — Eu sei que não. Você é simplesmente tão insensível que não tem consciência do que está fazendo.

— Correto. — Era mais fácil dizer a verdade, e fiquei aliviado por Lydia não me considerar uma pessoa maldosa. Não via nenhum motivo lógico para relacionar preocupação com sustentabilidade e objeção ao tratamento dado às aves nas granjas. Acho errado estereotipar as pessoas, mas neste caso talvez tivesse sido útil.

— Já conheci gente como você — comentou ela. — Profissionalmente.

— Você é geneticista?

— Sou assistente social.

— Lydia — disse Judy —, isso aqui está ficando parecido demais com trabalho. Vou fazer os pedidos para o grupo todo e aí podemos começar de novo, que tal? Estou morrendo de curiosidade pra saber sobre o livro novo do Seymour. Seymour está escrevendo um livro. Conta pra gente, Seymour.

Seymour sorriu.

— É sobre criação de carne em laboratório. Para que os vegetarianos possam comer um hambúrguer sem culpa.

Eu estava prestes a responder a esse tópico inesperadamente interessante quando Isaac interrompeu.

— Acho que este não é o melhor momento para piadas, Seymour. O livro de Seymour fala sobre culpa, sim, mas não sobre hambúrgueres.

— Para falar a verdade, eu menciono mesmo os hambúrgueres de laboratório. Para mostrar como essas questões são complexas e como vários preconceitos profundamente arraigados entram em cena. Precisamos estar mais abertos para pensar fora da caixa. Era só isso que Don estava dizendo.

Seymour estava correto, mas isso fez Lydia disparar novamente:

— Não é disso que estou reclamando. Ele tem direito de ter opinião. Deixei passar a coisa toda da psicologia evolutiva, embora seja uma enorme besteira. Eu estou falando é da insensibilidade dele.

— Precisamos de gente que fale a verdade — disse Seymour. — Precisamos de pessoas técnicas. Se meu avião estiver prestes a cair, quero alguém como Don no comando.

Imaginei que ele fosse preferir um piloto experiente a um geneticista no comando do avião, mas acho que Seymour estava apenas tentando argumentar que as emoções interferem no comportamento racional. Anotei o exemplo para uso futuro — era menos chocante que a história do bebê chorando e da arma.

— Você quer um cara com Asperger pilotando seu avião? — indagou Lydia.

— Melhor do que alguém que usa termos que não entende — retrucou Seymour.

Judy tentou interromper, mas a discussão entre Lydia e Seymour tinha chegado a tal intensidade que agora excluía o restante de nós, muito embora o assunto em debate fosse eu. Eu tinha certa familiaridade com a síndrome de Asperger. Dezesseis meses antes, eu os havia ministrado uma palestra sobre o assunto, quando Gene me pediu para substituí-lo porque não honraria o compromisso diante da oportunidade de um encontro sexual. Em decorrência da palestra, depois ajudei a iniciar um projeto de pesquisa à procura de marcadores genéticos dessa síndrome em indivíduos de alta competência. Eu já havia percebido que alguns traços da minha própria personalidade se encaixavam na descrição de Asperger, mas os seres humanos costumam reconhecer padrões onde não existem, fazendo conclusões errôneas com base neles. Além do mais, eu também já havia sido rotulado em outras ocasiões de esquizofrênico, bipolar, portador de TOC e geminiano típico. Embora não considerasse a síndrome de Asperger um aspecto negativo, eu não precisava de mais um rótulo. Porém, era mais interessante ficar escutando do que discutir.

— Olha só quem está falando! — disse Lydia. — Se tem alguém que não entende de Asperger são os psiquiatras. Tudo bem então, autismo. Você quer o Rain Man pilotando seu avião?

A comparação fez tão pouco sentido quanto faria mais tarde, ao ser usada pela Mulher Escandalosa. Com certeza eu não gostaria que Rain Man pilotasse meu avião, se tivesse um, tampouco um avião no qual eu fosse passageiro.

Lydia deve ter percebido que estava me deixando aborrecido.

— Desculpe, Don, não é nada pessoal. Não sou eu que estou chamando você de autista. *Ele* está. — Ela apontou para Seymour. — Porque ele e os amiguinhos não sabem a diferença entre autismo e Asperger. Rain Man, Einstein... Pra eles, dá no mesmo.

Seymour não havia me chamado de autista. Não tinha usado qualquer rótulo: havia me descrito como uma pessoa honesta e técnica, atributos essenciais para um piloto e positivos em geral. Por algum motivo, Lydia estava tentando fazer Seymour ficar mal na história, mas as complexidades das interações triplas entre nós já haviam superado a minha capacidade de interpretação.

Seymour dirigiu-se a mim:

— Judy me contou que você é casado. Eu entendi bem?

— Correto.

— Parem com isso, já chega — disse Judy.

Quatro pessoas. Seis interações.

Isaac levantou a mão e assentiu. Seymour aparentemente interpretou aquela combinação de gestos como um sinal de aprovação para continuar. Nós cinco agora estávamos envolvidos numa conversa com intenções ocultas.

— Você é feliz? No seu casamento? — Eu não tinha certeza do motivo da pergunta de Seymour, mas concluí que ele era um sujeito legal, que estava tentando me dar apoio, demonstrando que existia no mínimo uma pessoa que gostava de mim o bastante para morar comigo.

— Extremamente.

— Tem contato com a sua família?

— Seymour! — disse Judy.

Respondi à pergunta de Seymour, que era benigna.

— Minha mãe me telefona todo sábado; domingo, no fuso do Australian Eastern Standard Time. Não tenho filhos.

— Ganha bem?

— Sou professor associado de genética na Universidade de Columbia. Considero que, além de prover uma renda adequada, meu trabalho possui valor social. Também trabalho num bar.

— Interage confortavelmente com outras pessoas em um ambiente informal, mas por vezes é desafiador, mantendo um olho nos imperativos comerciais. Curte a vida?

— Sim. — Parecia ser a resposta mais adequada.

— Então você não é autista. Opinião profissional. Os critérios para o diagnóstico requerem disfunção, mas você está desfrutando de uma vida boa. Continue assim e fique bem longe de gente que acha que você tem algum problema.

— Ótimo — disse Judy. — Será que agora podemos comer alguma coisa e ter um almoço agradável?

— Vá se ferrar — disse Lydia. Ela estava falando com Seymour, não com Judy. — Você tem que tirar o nariz do seu manual de diagnósticos e ir às ruas. Visite pessoas reais e veja o que fazem os seus pilotos de avião.

Ela se levantou e pegou a bolsa.

— Podem pedir o que quiserem. — Ela se virou para mim. — Me desculpe. A culpa não é sua. Você não tem como desfazer seja lá qual foi o trauma que teve na infância. Mas não deixe qualquer psiquiatrazinho gordo dizer que isso não tem importância. E faça um favor, para mim e para o mundo.

Imaginei que ela fosse mencionar o atum-azul mais uma vez. Errei.

— Nunca tenha filhos.

8

— Terra chamando Don. Está me ouvindo, Don? Eu perguntei como se sente agora que vai ser pai.

Eu não precisava desse lembrete de Rosie. Minha reflexão acerca do Incidente do Atum-Azul tinha sido substituída pelo esforço para responder à pergunta, e eu não estava fazendo grande progresso. Suspeitei que a resposta recomendada por Claudia para perguntas pessoais delicadas — *Por que a pergunta?* — não funcionaria agora. Era óbvia a motivação de Rosie: ela queria saber se eu estava psicologicamente preparado para a tarefa mais desafiadora e importante da minha vida. E a verdade é que eu já havia sido julgado — *por um profissional* — como "despreparado". A avaliação foi feita por uma assistente social acostumada a lidar com desastres familiares.

Ao descrever o almoço para Rosie, sete semanas antes, eu foquei em questões que seriam de interesse imediato para ela: o restaurante, a comida e o livro de Seymour sobre culpa. Não mencionei o diagnóstico de Lydia a respeito da minha inadequação para o papel de pai, uma vez que não passava de uma opinião (embora dada por um especialista) sem qualquer relevância imediata.

Quando eu era mais novo, minha mãe havia me ensinado uma regra útil: antes de dar uma informação interessante sem ser solicitado, pense com cuidado se ela poderá provocar algum mal-estar. Ela repetira essa regra em diversas ocasiões, em geral depois que eu havia fornecido alguma informação interessante. Ainda estava pensando com cuidado quando a campainha tocou.

— Merda. Quem será? — perguntou-se Rosie.

Eu podia prever quem era com um elevado grau de certeza, levando em conta o horário programado de chegada do voo da Qantas de Melbourne com escala em Los Angeles e o tempo de trajeto do aeroporto JFK até o nosso apartamento. Destravei a tranca, e Rosie levantou correndo para abrir a porta. Quando Gene saiu do elevador, trazia consigo duas malas e um buquê de flores, que imediatamente entregou a Rosie. Até eu pude perceber que a chegada de Gene provocou uma mudança na dinâmica das interações humanas: momentos antes, era eu quem lutava para encontrar as palavras certas. Agora, esse problema tinha sido transferido para Rosie.

Felizmente, Gene é um especialista em interação social. Veio em minha direção como se fosse me abraçar, mas, em seguida, lendo minha linguagem corporal ou se lembrando de cumprimentos trocados anteriormente, me deu um aperto de mão em vez do abraço. Depois de soltar minha mão, abraçou Rosie.

Gene é meu melhor amigo, mas, mesmo assim, acho incômodo abraçá-lo. Para falar a verdade, só gosto de ter contato físico com pessoas com quem faço sexo, categoria essa que só inclui uma pessoa. Rosie não gosta de Gene, mas ainda assim conseguiu abraçá-lo por aproximadamente quatro segundos ininterruptos.

— Não tenho palavras pra dizer o quanto estou agradecido — disse ele. — Eu sei que você não é muito minha fã. — Gene falava com Rosie, é claro. Sempre gostei de Gene, embora tenha sido necessário perdoá-lo por certos comportamentos imorais.

— Você engordou — observei. — Precisamos programar umas corridas. — Calculei o IMC de Gene: vinte e oito, três pontos acima desde a última vez em que o vi, dez meses atrás.

— Quanto tempo você vai ficar? — perguntou Rosie. — Don contou que estou grávida?

— Não — respondeu Gene. — Que notícia maravilhosa. Parabéns. — Ele usou a notícia maravilhosa como pretexto para dar outro abraço nela e evitar ter de responder à pergunta sobre a duração de sua estada. Depois, correu os olhos pelo apartamento. — Fico realmente muito grato. E que apartamento sensacional. Pelo visto a Columbia deve pagar melhor do que pensei. Mas estou interrompendo o jantar de vocês.

— Não, não — disse Rosie. — Nem devíamos ter começado antes de você chegar. Já comeu?

— Estou com um pouco de jet lag. Não tenho certeza de que horas meu corpo acha que são agora.

Quanto a isso eu podia ajudar.

— Você devia beber álcool. Para fazer seu corpo lembrar que é noite. — Fui até a adega buscar uma garrafa de pinot noir enquanto Gene começava a desfazer as malas naquele que até então fora o quarto vago. Rosie veio atrás de mim.

Ela olhou para os barris de cerveja, depois pareceu subitamente nauseada e saiu correndo. Verdade que o cheiro era muito mais forte ali dentro. Ouvi a porta do banheiro batendo. Depois escutei um ruído alto, um estrondo, mas que não veio do banheiro. Ao estrondo seguiu-se um ribombar na mesma altura. Era uma bateria, no andar de cima. Uma guitarra elétrica juntou-se a ela. Quando Rosie voltou do banheiro, eu já tinha os protetores auriculares a postos, mas desconfiei de que o nível de satisfação dela tinha diminuído.

Ela foi para seu novo escritório enquanto eu colocava meus protetores auriculares e terminava de jantar. Cinquenta e dois minutos mais tarde, a música parou e consegui conversar com Gene. Ele estava convicto de que seu casamento havia terminado, mas a minha impressão é que ele só precisava retificar seu comportamento. De uma vez por todas.

— Era esse o plano — disse ele.

— Era o único plano razoável. Faça uma planilha. Duas colunas. De um lado Claudia, Carl, Eugenie, estabilidade, acomodações, eficiência doméstica, integridade moral, respeitabilidade, o fim das reclamações de conduta inadequada. Inúmeras vantagens. Do outro, sexo ocasional com mulheres aleatórias. Com elas o sexo é significativamente melhor do que com Claudia?

— Claro que não. Não que eu tenha tido uma chance recente de comparar. Podemos falar sobre isso mais tarde? Foi um longo voo. Dois voos.

— Podemos conversar amanhã. Podemos conversar todos os dias até resolvermos o assunto.

— Don, acabou. Já aceitei. Agora me conte como é a sensação de esperar um filho.

— Ainda não tenho nenhum sentimento a respeito. É cedo demais.

— Acho que vou perguntar isso todos os dias até resolvermos o assunto. Você está meio nervoso, não é?

— Como você sabe?

— Todos os homens ficam nervosos. Com medo de perderem a mulher para o bebê. Com medo de nunca mais transarem na vida. Com medo de não darem conta.

— Não sou como a maioria. Creio que terei problemas não convencionais.

— E você irá resolvê-los a seu modo não convencional.

O comentário foi extremamente útil. Resolução de problemas é um dos meus pontos fortes, embora estivesse falhando em solucionar meu dilema mais imediato.

— O que eu digo a Rosie? Ela quer saber como eu me sinto.

— Diga que está animado com a ideia de ser pai. Não a preocupe com suas inseguranças. Tem vinho do Porto por aqui?

A música recomeçou. Eu não tinha vinho do Porto, portanto o substituímos por Cointreau e ficamos conversando até Rosie vir me chamar. Gene estava cochilando na cadeira. Provavelmente era mais confortável do que dormir no chão. Com toda a certeza era melhor do que ficar desabrigado em Nova York.

No quarto, Rosie sorriu e me deu um beijo.

— Então a situação com Gene é aceitável? — perguntei.

— Não, não é. E o cheiro de cerveja também não. Esse é um problema que vamos ter de resolver caso você não queira me ver vomitando o dia todo. E obviamente você precisa conversar com essa gente aí de cima sobre o barulho. Não dá pra colocar protetores auriculares em um bebê, sabe? Mas, fora isso, o apartamento é estonteante e maravilhoso.

— O suficiente para compensar todos os problemas?

— Quase. — Ela sorriu.

Olhei para a mulher mais bonita do mundo, vestida apenas com uma camiseta larga e sentada em minha cama — ou melhor, em nossa cama —, esperando que eu dissesse as palavras certas para que tal situação extraordinária continuasse.

Respirei fundo, expeli todo o ar, depois respirei fundo mais uma vez para conseguir falar.

— Estou eletrizado com a ideia de ser pai. — Estava usando a palavra *eletrizado* da mesma maneira que se poderia adjetivar um elétron: em virtude de estar ativado, e não por causa de um estado emocional específico. Sendo assim, eu estava sendo sincero, o que era bom, pois Rosie teria detectado uma mentira.

Ela me abraçou por mais tempo do que havia abraçado Gene, e eu me senti bem melhor. Pude dar um descanso ao cérebro e simplesmente curtir a experiência de estar perto de Rosie. O conselho de Gene foi excelente e, ao menos para mim, isso justificava a presença dele aqui. Eu resolveria o problema do barulho, o problema da cerveja e o problema da paternidade à minha própria maneira.

Acordei com dor de cabeça, coisa que atribuí ao estresse associado à lembrança do Incidente do Atum-Azul. Minha vida estava ficando cada vez mais complexa. Além das minhas obrigações enquanto professor e marido, agora eu era responsável por monitorar litros de cerveja, monitorar Gene e, potencialmente, Rosie também, já que eu desconfiava de que ela continuaria sendo negligente com a saúde apesar de seu estado crítico. E, é claro, eu também precisava fazer umas pesquisas como parte dos preparativos para ser pai.

Havia duas reações possíveis diante daquela sobrecarga: a primeira era fazer uma programação mais esquematizada e alocar o tempo de modo eficiente, levando em consideração a relativa prioridade de cada tarefa e sua contribuição para atingir os objetivos principais. A segunda era abraçar o caos. A escolha certa era óbvia. Estava na hora de iniciar o Projeto Bebê.

Suspeitei que Rosie teria uma reação negativa se um quadro branco aparecesse no meio da sala de estar, então pensei em uma solução brilhante. Os azulejos brancos da parede do meu novo banheiro-escritório eram compridos em altura e estreitos: tinham aproximadamente trinta centímetros de altura e dez de largura. Forneciam, portanto, uma grade pré-desenhada, cuja superfície era adequada para o uso de um marcador de quadro branco. Em uma das paredes havia dezenove colunas de sete azulejos, interrompidos apenas pelo suporte de papel higiênico, que ocupava um azulejo e bloqueava outro — eram as dimensões quase perfeitas para um calendário de dezoito semanas. Cada azulejo podia ser dividido em dezessete tijolos horizontais para as horas do dia, com a possibilidade de mais subdivisões verticais. Era pouco provável que Rosie visse aquele calendário, dada sua afirmação sobre respeitar meu espaço pessoal.

Claro que eu poderia ter feito uma planilha no computador ou usado um aplicativo de calendário e agenda. Mas a parede era bem maior que minha tela, e preencher as quatro semanas seguintes do meu novo calendário com reuniões já agendadas, treinos de artes marciais e as corridas até o mercado me encheu de uma sensação inesperada de bem-estar.

Na manhã seguinte à chegada de Gene, fomos juntos de metrô até Columbia. O trajeto a partir do novo apartamento era bem menor, e eu havia reagendado meu horário de saída de acordo com isso. Rosie ainda não havia reajustado sua rotina diária e pegou o metrô mais cedo.

Usei o tempo extra para conversar com Gene sobre seu problema familiar.

— Claudia dispensou você porque você foi infiel. Inúmeras vezes. Isso depois de mentir para ela ao dizer que iria parar. Portanto, ela precisa se convencer de que você não é mais um mentiroso traidor.

— Mais baixo, Don.

Eu tinha aumentado meu tom de voz para enfatizar esses pontos críticos e agora as pessoas estavam olhando para nós — e para Gene em particular — com ar de desaprovação. Uma mulher que desceu na Penn Station disse: "Que vergonha." A mulher atrás dela acrescentou: "Cachorro." Era vantajoso ver meu argumento ser reforçado, mas Gene tentou mudar de assunto.

— Pensou um pouco mais sobre ser pai?

Eu ainda não tinha incluído nenhuma atividade relacionada a bebês em meu novo calendário de azulejos brancos, embora a motivação para criá-lo tivesse sido justamente essa. Era possível que minha mente estivesse reagindo àquele evento inesperado com a ativação de mecanismos de defesa primitivos e fingindo que o problema não existia. Eu precisava fazer duas coisas: reconhecer o nascimento iminente, afirmando-o diante dos outros alto e bom som, e realizar algumas pesquisas.

Depois de instalar Gene em sua nova sala na universidade, tomamos café com o professor David Borenstein. Rosie juntou-se a nós — como minha esposa, e não como estudante de medicina. David havia nos ajudado muito com o trâmite dos vistos e o processo da mudança.

— Então, o que me conta de novo, Don? — perguntou ele.

Eu estava prestes a atualizar David sobre os rumos da minha pesquisa quanto à predisposição genética à cirrose hepática em ratos, que estava praticamente concluída, quando me lembrei da minha própria decisão de admitir a paternidade iminente.

— Rosie está grávida — declarei.

Todos ficaram em silêncio. Soube imediatamente que havia cometido um erro, pois Rosie me deu um chute por baixo da mesa. Obviamente o chute não adiantou nada porque a declaração não podia ser retirada.

— Bem — disse David. — Parabéns.

Rosie sorriu.

— Obrigada. Ninguém sabe ainda, então...

— É claro. E, na minha posição de diretor, posso garantir que você não é a primeira aluna a ter uma interrupção nos estudos.

— Não planejo deixar que a gravidez interrompa meus estudos. — Reconheci o tom de "não se meta comigo" na voz de

Rosie. Para mim, parecia desaconselhável usá-lo com o diretor da faculdade.

Mas David não detectou isso, ou, se detectou, escolheu ignorar.

— Não é comigo que você deve conversar sobre o assunto — disse ele. — Quando se sentir preparada, vá bater um papo com Mandy Rau. Você conhece a Mandy? Ela é nossa conselheira pedagógica. Não se esqueça de dizer a ela que você tem a cobertura do plano de saúde do Don.

Rosie estava prestes a falar novamente, mas David levantou as duas mãos num sinal duplo de "Pode parar" e o assunto mudou para o programa de Gene.

David recusou um segundo café.

— Me desculpem, preciso ir. Mas, Don, temos de conversar a respeito da pesquisa da cirrose. Me acompanha até minha sala? Você pode vir com a gente se quiser, Gene.

Gene, apesar de não ter nenhum interesse em minha pesquisa, nos acompanhou.

— Imagino que você tenha concluído a parte da pesquisa que exige um professor visitante — disse o diretor da faculdade.

— Ainda há uma grande quantidade de dados a analisar — retruquei.

— Foi o que eu quis dizer. Sobrou basicamente o trabalho braçal. Achei que você pudesse querer ajuda para isso.

— Não se isso implicar em pedir concessão de verba. — Geralmente leva menos tempo fazer o trabalho sozinho do que tentar reunir toda a papelada necessária para conseguir um auxiliar.

— Não, isso não é necessário. *Ao menos não neste caso específico.* — Ele deu uma gargalhada, e Gene riu também. — Há um pesquisador de doutorado muito bom em estatística que está temporariamente aqui em Columbia. É uma espécie de favor pessoal a um colega, mas o trabalho executado nesse período precisa ser significativo — nem que seja apenas para o caso de haver alguma inspeção do visto de permanência.

— Aceite a ajuda dele, então, Don — disse Gene.

A lista de publicações de Gene estava recheada de trabalhos executados por pessoas assim, sob sua supervisão imaginária. Eu não queria meu nome em trabalhos que não escrevi. Por outro lado, eu devia aquilo a David Borenstein — não perder tempo em tarefas que podiam ser realizadas por alguém menos qualificado que se beneficiaria dessa experiência.

— Dele não, *dela*. Ela se chama Inge — disse David. — E é lituana.

Gene foi embora, e eu e o diretor caminhamos mais algum tempo em silêncio. Presumi que estivesse pensando — uma diferença agradável em relação ao que acontece com a maioria das pessoas, que encara um hiato na conversa como um espaço que necessita ser preenchido. Estávamos quase chegando à sala dele quando David voltou a falar.

— Don, a conselheira pedagógica vai sugerir que Rosie tire uma licença. O que é algo razoável. Mas não queremos perdê-la. Gostamos de manter nossos alunos, e ela é uma boa aluna. O momento não é o ideal, entretanto, e ela provavelmente precisará trancar os seis primeiros meses da residência, ter o bebê e então voltar no segundo semestre. Ou até mesmo no ano seguinte. Eu acho que seria melhor se ela ficasse de licença o ano inteiro. Isso vai dar tempo para vocês montarem um esquema para cuidar do bebê, algo que provavelmente irá envolver você também.

Eu não havia pensado nessa questão prática, e o conselho de David parecia sensato.

— Algumas mulheres tiram apenas um ou dois meses de licença e voltam à ativa logo em seguida, dando um jeito de recuperar o que perderam em termos de conteúdo nesse tempo. Acho isso errado, especialmente no caso de vocês dois.

— Por que especificamente no nosso caso?

— Porque vocês não têm suporte aqui. Se tivessem pais ou irmãos morando perto... talvez. E não dá para contratar gente para todos os tipos de cuidados de que um bebê precisa. Na minha opinião, Rosie tem de ficar o ano todo de licença. Caso contrário, o bebê vai sofrer, a pesquisa vai sofrer, ela vai sofrer. E lhe digo por amarga experiência que você também vai.

— Parece um conselho excelente. Vou falar com ela.

— Não diga que o conselho é meu.

David Borenstein: diretor da Faculdade de Medicina, nosso patrocinador, um pai experiente. Poderia haver alguém com autoridade maior para oferecer conselhos sobre como conciliar estudos e filhos? Entretanto, suspeitei que ele tivesse razão em recomendar que eu não mencionasse seu nome. Rosie instintivamente rejeitaria o conselho de um homem mais velho e em posição de autoridade.

Minha previsão estava certa.

— Não vou trancar um ano inteiro — disse Rosie quando apresentei a sugestão de David naquela mesma noite, sem citar a fonte. Estávamos jantando com Gene, o mais novo membro de nossa família, que estava usando uma das nossas cadeiras extras.

— Um ano não é nada em longo prazo — disse Gene.

— Você tirou licença quando Eugenie nasceu? — perguntou Rosie.

— Eu não, mas Claudia tirou.

— Então quero que me iguale a você, e não a Claudia. Ou será que isso é pedir demais?

— Então é o Don que vai ser responsável?

Rosie de uma gargalhada.

— Acho que não. Quer dizer, Don precisa trabalhar. E...

Eu estava interessado em ouvir os outros motivos pelos quais Rosie não me considerava capaz de cuidar de Bud, mas Gene a interrompeu.

— Então quem vai cuidar disso?

Rosie pensou por alguns instantes.

— Eu vou cuidar *dele*, ou *dela*. Vou levar o bebê comigo.

Fiquei atônito.

— Você vai levar Bud para Columbia... para os hospitais? — Quando Bud nascesse, Rosie já estaria lidando com pacientes de verdade — pessoas com doenças infecciosas —, em situações em que um bebê a tiracolo poderia causar desastres fatais. Me parecia uma abordagem pouco prática e irresponsável.

— Ainda estou pensando no assunto, ok? Mas já está na hora de eles pensarem nas necessidades das mães, em vez de simplesmente dizer para tirarmos licença e voltarmos quando o bebê estiver grandinho. — Rosie afastou o prato. Não havia terminado de comer seu risoto. — Preciso trabalhar um pouco.

Mais uma vez, Gene e eu estávamos sozinhos para conversar. Fiz um lembrete mental para reabastecer nosso suprimento de bebidas alcoólicas.

Gene escolheu o tópico da conversa antes que eu pudesse fazer menção ao seu casamento.

— Está se sentindo melhor em relação a ser papai?

A palavra "papai" parecia estranha aplicada a mim. Pensei em meu pai. Desconfiava de que o papel dele em minha vida quando eu era bebê tinha sido mínimo. Minha mãe largou o emprego como professora para cuidar dos três filhos enquanto meu pai trabalhava na loja de ferragens. Era um arranjo prático em relação à carga de trabalho, ainda que estereotipado. Tendo em vista que eu e meu pai compartilhamos alguns dos traços de personalidade que mais me causam problemas, provavelmente era mesmo mais vantajoso maximizar a quantidade de informações úteis vindas de minha mãe.

— Já pensei nisso. Suspeito que minha maior contribuição será não atrapalhar, para não causar problemas. — Isso era compatível com o diagnóstico dado por Lydia no Incidente do Atum-Azul e, além disso, coerente com a máxima da medicina: *primeiro não causar dano.*

— Sabe de uma coisa? Pode ser que você se saia bem nisso. Rosie é uma feminista enferrujada, portanto, filosoficamente, ela quer que você use saia, mas, por outro lado, também acredita que é a Mulher-Maravilha. A independência é uma característica da mulher australiana. Ela vai querer dar conta de tudo sozinha. — Gene bebeu todo o Midori e tornou a encher nossas taças. — Não importa o que as mulheres digam, elas têm uma ligação biológica com o bebê que nós não temos. Seu filho nem sequer vai reconhecer você nos primeiros meses. Portanto, não se preocupe com isso. Pense no assunto quando ele já tiver uns dois ou três anos, quando vocês dois puderem interagir.

Era um conselho útil. Eu tinha a sorte de receber conselhos de alguém que era um pai experiente e chefe do Departamento de Psicologia de uma universidade. Mas Gene não parou por aí.

— Esqueça tudo o que já ouviu dos psicólogos. Eles fetichizam a paternidade. Deixam você paranoico, morrendo de medo de fazer alguma coisa errada. Se ouvir a palavra "vínculo", saia correndo.

Isso era *extremamente* útil. Lydia sem dúvida pertencia ao grupo que Gene estava descrevendo.

Gene continuou:

— Você não tem sobrinhos, não é?

— Correto.

— Então não tem nenhuma experiência com crianças.

— Só com Eugenie e Carl. — Os filhos de Gene estavam próximos o bastante de um familiar para que eu os incluísse na minha lista de amigos, mas velhos demais para dar pistas sobre como cuidar de crianças de dois ou três anos.

Rosie saiu de seu escritório e caminhou até o quarto, fazendo gestos que interpretei como "vocês dois já beberam demais e está na hora de vir deitar, em vez de compartilharem mais informações interessantes".

Gene começou a se levantar, mas tornou a desabar na cadeira.

— Meu último conselho antes de desmaiar: observe algumas crianças, veja como elas brincam. Elas são iguaizinhas aos adultos; a única diferença é que ainda não conhecem todas as regras e truques. Não há por que se preocupar.

9

Rosie estava sentada na cama quando entrei.

— Don, antes de você trocar de roupa, posso te pedir um favor?

— Claro. Desde que não exija nenhuma coordenação física ou mental. — O fato de Gene manter sempre minha taça cheia tinha resultado em uma overdose alcoólica não intencional.

— Que horas a delicatéssen fecha? Aquela onde você comprou a cavala defumada?

— Não sei. — Por que eu precisava continuar vestido para responder àquela pergunta?

— Eu adoraria comer essa cavala de novo.

— Amanhã eu compro mais. — Eram 00h04. — Podemos comê-la fria, como aperitivo.

— Eu quis dizer que adoraria comer agora. Com picles de endro. Aqueles com pimenta chili, se você conseguir encontrar.

— Está muito tarde para comer. Seu sistema digestivo...

— Nem ligo. Eu estou grávida, Don. Grávidas têm desejos. É normal.

O conceito de normalidade obviamente havia sido redefinido.

Previ que encontrar cavala defumada e picles depois da meia-noite envolveria um esforço significativo, especialmente quando meu nível alcoólico impedia o uso de bicicleta, mas era a primeira vez que eu tinha a chance de fazer algo diretamente relacionado à gravidez.

Percorrer um bairro desconhecido ao acaso não me fez encontrar cavala defumada. As ruas ainda estavam movimentadas, e minha escolha de direção foi influenciada pela necessidade de desviar dos pedestres. Decidi ir até a Graham Avenue, no Brooklyn, onde eu sabia que havia uma delicatéssen com uma boa variedade de suprimentos. Do ponto de vista estatístico, provavelmente eu levaria menos tempo para encontrar a cavala se continuasse em Manhattan, mas eu estava preparado para pagar esse preço a fim de ter certeza.

Enquanto eu atravessava correndo a Williamsburg Bridge, analisei o problema. Parecia provável que o corpo de Rosie estivesse reagindo a alguma espécie de deficiência nutricional, e que a intensidade do desejo aumentara devido à importância de uma nutrição adequada durante a gravidez. Ela havia rejeitado o risoto de alcachofra e cogumelo, mas queria cavala. Cheguei a uma conclusão preliminar: o corpo de Rosie pedia proteína e óleo de peixe.

Tal como aconteceu com o gerenciamento da minha vida cada vez mais complexa, vi duas abordagens possíveis diante do fato. Uma era fornecer nutrientes sob demanda com base nos desejos de Rosie (que provavelmente só ocorriam depois que seu corpo reconhecia a deficiência nutricional, e por isso esta seria uma solução inconveniente e pouco eficaz, como bem demonstrava a minha busca por cavala). Uma abordagem planejada, de acordo com a dieta especializada que a gravidez demanda e capaz de garantir que todos os ingredientes estivessem à mão, era obviamente melhor.

Quando entrei em casa, às 2h32 na Cidade que Nunca Dorme, tendo corrido aproximadamente vinte quilômetros e comprado, além da cavala, picles e chocolate (Rosie está sempre com vontade de comer chocolate), ela estava dormindo. Passar o peixe perto do nariz dela não estimulou qualquer reação.

Quando acordei, Rosie e Gene já se preparavam para ir à Columbia e eu estava novamente com dor de cabeça, dessa vez sem dúvida por não ter dormido o suficiente. A quantidade correta de sono relativamente ininterrupto é crítica para o funcionamento mental e físico. A gravidez de Rosie estava cobrando um alto custo do meu corpo. A compra antecipada dos alimentos adequados para a gestação preveniria, no mínimo, a necessidade de excursões noturnas. Como solução de curto prazo, tirei o dia de folga para me concentrar no Projeto Bebê.

Consegui usar o tempo livre de modo produtivo, primeiro para recuperar o sono perdido, depois para fazer mais pesquisas sobre a afirmação de Rosie — de que existia uma relação entre o cortisol e a depressão. Encontrei evidências convincentes tanto para isso quanto para a ligação entre o cortisol e as doenças do coração. Era definitivamente importante minimizar os níveis de estresse de Rosie para proteger tanto a saúde de Bud quanto a dela.

Depois de completar as tarefas de manutenção da minha saúde física, dediquei o restante da manhã à pesquisa sobre nutrição na gravidez. O tempo que reservei para isso provou-se evidentemente insuficiente. Eram tantas informações e conselhos conflitantes! Mesmo depois de rejeitar os artigos que felizmente já indicavam sua falta de embasamento científico pelo uso de termos como *orgânico, holístico* e *natural*, eu ainda tinha uma imensa quantidade de dados, recomendações e receitas. Alguns se concentravam em alimentos a incluir, outros, em alimentos a evitar. Havia uma sobreposição significativa de informações. Um site voltado aos cuidados com bebês — com fins comerciais, mas bastante impressionante — oferecia um Sistema de Refeições Padronizadas para cada trimestre, mas as refeições incluíam carne, coisa que seria inaceitável para Rosie. Eu precisava de mais tempo, ou então de um meta-estudo. Com certeza outras pessoas já haviam enfrentado o mesmo problema e codificado suas descobertas.

Os sites sobre gravidez também continham uma enorme quantidade de informações sobre o desenvolvimento do feto. Rosie havia deixado bem claro que não queria comentários técnicos, mas era *tão interessante*, principalmente tendo um estudo de caso em evolução dentro da minha própria casa. Selecionei um dos azulejos acima da banheira e classifiquei-o como "5" para representar o número estimado de semanas da gestação desde o sábado anterior. Fiz uma bolinha do tamanho de uma semente de laranja para indicar o tamanho atual de Bud, depois acrescentei um esboço. Mesmo após quarenta minutos de trabalho, ficou bastante elementar se comparado a alguns dos diagramas disponíveis na internet. Mas, tal como foi com o calendário que fiz nos azulejos da outra parede, desenhar aquilo me encheu de uma nítida satisfação.

Para resolver o problema imediato da nutrição, selecionei ao acaso uma receita vegetariana disponível em um site. Bastou uma corrida até o Trader Joe's e consegui todos os ingredientes necessários para preparar um flan de tofu e abóbora.

Eu tinha agora uma tarde de tempo livre não programado — a oportunidade ideal para fazer algumas pesquisas, conforme sugestão de Gene. Achei que seria inteligente adiar o banho e a troca de roupas para depois da excursão planejada, principalmente porque a previsão do tempo indicava trinta por cento de possibilidade de chuva. Vesti minha capa de chuva sobre a roupa de corrida e acrescentei um capacete de ciclista para não molhar o cabelo.

Havia um parquinho na 10th Avenue, ou seja, a poucos quarteirões de distância. Era perfeito. Dava para me sentar em um banco, sozinho, e observar as crianças com seus responsáveis. Binóculos teriam ajudado, mas, mesmo sem eles, pude observar as funções motoras toscas das crianças e até escutar algumas de suas conversas, principalmente porque boa parte delas era feita aos gritos. Ninguém me incomodou — na verdade, na única ocasião em que uma criança se aproximou de mim, foi imediatamente chamada de volta.

Fiz diversas anotações em meu caderno.

As crianças se afastavam por pequenas distâncias para explorar o espaço, mas logo olhavam para seus responsáveis e voltavam. Me lembrei de ter assistido a um documentário que usou o recurso do *fast motion* para enfatizar justamente esse tipo de comportamento, mas não recordava ao certo qual animal era. Meu celular tinha um considerável espaço disponível na memória, então comecei a gravar um vídeo. Gene definitivamente ficaria interessado.

Minha gravação foi interrompida por alguma espécie de atividade grupal: os responsáveis e as crianças se reuniram por aproximadamente vinte segundos e depois seguiram até o outro lado do parquinho. Minha visão ficou obscurecida por um canteiro de folhas que ficava bem no meio do parquinho. Fui atrás do grupo e me sentei em um lugar onde poderia voltar a observar as crianças, mas elas pararam de brincar. Decidi esperar e usei o tempo livre para ajustar a resolução da câmera do meu celular, caso surgisse a oportunidade de filmar um trecho maior. Por estar concentrado na tarefa com a câmera, não notei a aproximação de dois policiais uniformizados.

Em retrospecto, talvez eu não tenha conduzido bem a situação. A questão é que eu desconhecia o protocolo social que se apresentou em circunstâncias inesperadas e regidas por regras igualmente desconhecidas. Eu também estava me esforçando para lidar com o aplicativo de vídeo. Tinha escolhido aquele aplicativo apenas por sua capacidade superior de compressão de arquivos e não atentei ao fato de que a interface era pouco *user friendly*.

— O que o senhor acha que está fazendo? — Quem perguntou foi o policial (um pouco) mais velho. Calculei que ambos estavam na casa dos trinta e em boa forma física; IMCs de aproximadamente vinte e três.

— *Acho* que estou reconfigurando a resolução, mas é possível que esteja fazendo algo errado. Provavelmente os senhores não conseguirão me ajudar, a menos que estejam familiarizados com o aplicativo.

— Bem, suponho então que é melhor irmos embora e deixar o senhor sozinho com as crianças.

— Excelente. Boa sorte no combate ao crime.

— Levante-se. — Aquela era uma mudança inesperada de atitude da parte do policial mais jovem. Talvez eu estivesse assistindo a uma demonstração do protocolo do bom e do mau policial. Olhei para Bom Policial para ver se eu receberia alguma instrução contrária.

— Também quer que eu levante?

Bom Policial me ajudou a levantar. À força. Meu incômodo ao ser tocado é instintivo, e minha reação foi igualmente automática. Não imobilizei nem joguei o oponente para longe; em vez disso, usei um golpe simples de aikido para me livrar do toque e afastá-lo de mim. Ele recuou cambaleando e então Mau Policial sacou a arma. Bom Policial tirou as algemas do bolso.

* * *

Na delegacia, os policiais me fizeram prestar um depoimento no qual admiti estar no parquinho observando as crianças e que resisti à prisão. Finalmente recebi uma resposta à pergunta óbvia: o que eu tinha feito de errado? Simples: em Nova York é ilegal entrar num parquinho sem a companhia de uma criança menor de doze anos. Aparentemente havia uma placa na cerca informando isso.

Inacreditável. Se eu realmente fosse alguém que se satisfaz sexualmente observando crianças, conforme supunha a polícia e previam os criadores daquela lei, eu teria de raptar um menor para ter acesso ao parquinho. Mas Bom Policial e Mau Policial não estavam nem um pouco interessados no meu argumento, até que finalmente dei uma explicação que lhes pareceu satisfatória.

Meu celular tinha sido confiscado, e eles haviam me deixado sozinho numa saleta por cinquenta e quatro minutos. Passado esse tempo, um homem mais velho, também de uniforme, entrou na sala trazendo o que eu adivinhei ser a versão impressa do meu depoimento.

— Professor Tillman?

— Saudações. Preciso ligar para um advogado. — O tempo que passei sozinho serviu para que eu colocasse as ideias no lugar. Eu me lembrei de ter visto um telefone 0800 no anúncio de um escritório de advogados criminalistas no metrô.

— O senhor não prefere telefonar para a sua esposa antes?

— Minha prioridade é buscar ajuda profissional. — Eu também sabia que a notícia da minha prisão deixaria Rosie estressada, principalmente porque a questão ainda não estava resolvida, e ela pouco poderia fazer para ajudar nesse sentido.

— O senhor pode ligar para um advogado, se quiser. Mas talvez não seja necessário. Quer beber alguma coisa?

Minha resposta foi automática:

— Sim, por favor. Uma tequila. Pura. — Meu interrogador me olhou por aproximadamente cinco segundos, mas não fez nenhuma menção de me trazer a bebida.

— Tem certeza de que não prefere uma margarita? Um daiquiri de morango, talvez?

— Não, o preparo de um drinque é muito complexo. Uma tequila está ótimo. — Suspeitei que eles não dispusessem de suco natural na delegacia, apenas industrializado. Melhor uma boa tequila a uma margarita ruim, feita com xarope de limão ou *sweet and sour mix*, um xarope de limonada com açúcar muito comum usado em bares.

— O senhor é de Melbourne, na Austrália, certo?

— Correto.

— E agora é professor em Columbia?

— Professor associado.

— Tem alguém que possa comprovar essa informação?

— Claro. O senhor pode entrar em contato com o diretor da Faculdade de Medicina.

— Quer dizer que o senhor é um cara muito esperto, não é? — Era uma pergunta estranha de responder sem parecer arrogante, então apenas fiz que sim, sem dizer nada.

— Certo, professor, agora me responda o seguinte. Apesar de toda a sua inteligência, quando eu ofereci uma margarita, o senhor realmente achou que eu iria até a cozinha espremer uns limões?

— Seria bom se tivesse limões, mas pedi só tequila pura. Espremer frutas cítricas para preparar drinques me parece um uso inadequado do tempo para um agente da lei.

Ele inclinou o corpo para trás.

— O senhor está mesmo falando sério, não é?

Eu estava sob uma incrível pressão, mas consciente de que provavelmente havia cometido um erro. Fiz o melhor que pude para esclarecer as coisas.

— Fui detido e corro risco de encarceramento. Eu desconhecia a lei. Não estou fazendo nenhuma piada intencionalmente. — Pensei por um instante e em seguida acrescentei, apenas porque isso reduziria minhas chances de prisão e, consequentemente, de ser obrigado a suportar refeições de má qualidade, conversas entediantes e investidas sexuais indesejadas: — Sou o que se pode chamar de socialmente incompetente.

— Eu meio que percebi. O senhor realmente disse "boa sorte no combate ao crime" para o oficial Cooke?

Confirmei. O homem riu.

— Tenho um sobrinho bastante parecido com o senhor.

— Ele é professor de genética?

— Não, mas pode perguntar a ele qualquer coisa que quiser sobre os aviões Spitfire da Segunda Guerra Mundial. Ele sabe tudo de aviões e nada sobre ficar longe de problemas. O senhor deve ter se saído bem na escola, já que conseguiu se tornar professor universitário.

— Tirava notas excelentes, embora não gostasse do aspecto social envolvido.

— Problemas em obedecer às autoridades?

Minha resposta instintiva seria "não": sou cumpridor das regras e não tenho o menor desejo de provocar problemas. Mas vieram à minha mente lembranças indesejadas do professor de educação religiosa, do diretor da escola e da diretora da Faculdade de Ciências de Melbourne, seguidas de lembranças d'O Cara do Vinho, do síndico do prédio no Brooklyn e dos dois policiais.

— Correto. Mais pela minha sinceridade, ou falta de tato, do que por maldade.

— Já foi preso antes?

— Esta é a primeira vez.

— E o senhor foi ao parquinho para... — ele leu no documento — "observar o comportamento das crianças a fim de se preparar para a paternidade".

— Correto. Minha esposa está grávida. Preciso adquirir familiaridade com crianças.

— Meu Deus do céu. — Ele olhou de novo para o papel, mas seus olhos não indicavam que estivesse lendo. — Certo. Não acho que o senhor represente algum perigo para as crianças, mas não posso simplesmente deixá-lo ir embora. Se daqui a uma semana o senhor resolver abrir fogo contra uma escola e eu não tiver feito nada...

— Parece estatisticamente improvável que...

— Não diga nada. O senhor pode acabar criando um problema para si. — Parecia um bom conselho. — Vou encaminhar você para a Bellevue. Um sujeito vai analisá-lo e, se ele achar que não oferece perigo, o senhor se livra dessa. *Nos* livra dessa, na verdade.

Ele devolveu meu celular e retirou as algemas.

— Brendan é um cara legal. Não deixe de ir, ok? Senão teremos que resolver isso do jeito ruim.

10

Eram 18h32 quando saí da delegacia. Telefonei imediatamente para Bellevue a fim de marcar um horário. A recepcionista pediu que eu ligasse no dia seguinte, a menos que fosse uma emergência. Depois que passei aproximadamente quatro minutos descrevendo a situação, ela concluiu, de modo aparentemente definitivo, que não era o caso.

No metrô, tentei decidir se contava ou não para Rosie sobre o Incidente do Parquinho. Era constrangedor e sugeria falta de familiaridade com regras. E regras são um dos meus pontos fortes. Rosie ficaria chateada por algo desagradável ter acontecido comigo e irritada com a polícia — ou seja: ficaria *estressada*. Minha decisão de preservá-la até que o problema estivesse resolvido continuava valendo. Eu tinha evitado que o pior acontecesse na delegacia; agora, o único obstáculo era o diagnóstico em Bellevue.

Disse a mim mesmo que *não havia motivo* para ficar ansioso em relação àquela consulta com o psicólogo. Quando tinha vinte e poucos anos, fui entrevistado por vários psicólogos e psiquiatras. Meu círculo de amigos incluía Claudia, uma psicóloga; Gene, chefe do Departamento de Psicologia de uma universidade; Isaac Esler, psiquiatra; e Rosie, formada em psicologia e candidata ao doutorado. Eu tinha experiência com esses profissionais e me sentia à vontade na companhia deles. Também não havia motivos para que aquele psicólogo me considerasse perigoso. Não havia, portanto, *nenhum* motivo para ficar ansioso em relação ao diagnóstico. Ficar ansioso é irracional quando não há um motivo.

Rosie já estava em casa, trabalhando em seu escritório, quando cheguei. Eu havia passado da minha estação e, ao saltar do metrô, vim andando na direção errada. Culpei a mudança de apartamento. Comecei a preparar o jantar, o que renderia um assunto menos perigoso para uma conversa do que as atividades do dia.

— Por onde você andou? — gritou Rosie lá de dentro. — Achei que fôssemos almoçar juntos hoje.

— Tofu. Nutritivo, de fácil digestão e excelente fonte de ferro e cálcio.

— Ei — Ela saiu do escritório e se aproximou de mim por trás enquanto eu preparava a comida. — Não ganho um beijo?

— Claro.

Apesar de todo o meu esforço para torná-lo interessante, infelizmente o beijo não foi o bastante para distrair Rosie de seu interrogatório.

— E aí, o que você andou fazendo? O que aconteceu com o nosso almoço?

— Não percebi que o almoço tinha sido confirmado. Tirei o dia de folga. Saí para dar um passeio. Não estava me sentindo bem. — Todas essas eram afirmações verdadeiras.

— Também, pudera. Você ficou a noite inteira bebendo com o Gene.

— E procurando cavala defumada.

— Ai, merda. Tinha me esquecido disso. Me desculpe, Don. Acabei comendo ovo e fui dormir.

Ela apontou para o tofu, cujo preparo estava na metade.

— Pensei que você ia sair com o Dave.

— Isso aqui é para você.

— Poxa, legal da sua parte, mas vou pedir uma pizza.

— Isso é mais saudável. Rico em betacaroteno, essencial para o sistema imunológico.

— Pode ser, mas estou mais pra pizza.

Será que eu deveria confiar nas estatísticas que indicavam pizza ou no site que especificava tofu? Como geneticista, eu confiava na intuição, mas, enquanto cientista, tinha certa confiança nas pesquisas. Como marido, sabia que era melhor não discutir. Guardei o tofu na geladeira.

— Ah, e leve Gene com você.

A noite com os amigos era, por definição, sair com Dave e, às vezes, com Dave e os ex-colegas de trabalho dele. Entretanto, também significava Rosie tendo "um tempo para si". A única maneira de manter ambos os componentes dessa definição era pedir que Gene saísse para jantar sozinho, o que quebraria outra regra do comportamento ético. As mudanças pareciam não parar nunca.

Quando eu e Gene saímos do elevador e pisamos na rua, George estava saltando de uma limusine e carregava uma sacola. Eu o interceptei.

— Saudações. Achei que estivesse retornando à Inglaterra. — Uma pesquisa on-line revelara o nome do cruzeiro em que George tocava, e ele havia partido havia algumas horas.

— Anda silencioso demais pra você, não é? Mas não, ainda estou aqui. Temos uns meses de folga, cortesia do Herman's Hermits. Nosso empresário está tentando arrumar alguns shows em Nova York. E a cerveja, como vai?

— A temperatura está correta e estável. Há um pequeno vazamento que provoca certo mau cheiro, mas já estamos acostumados. Está planejando ensaiar hoje à noite?

— Engraçado você perguntar. Não posso dizer que esteja a fim, mas Jimmy, nosso baixista, disse que talvez queira ensaiar. Três dias em Nova York e o cara já não tem mais o que fazer, então "por que não beber uma cerveja e fazer um som"?

— Quer ver um jogo de beisebol em vez disso? — A ideia me veio à mente como uma solução para o incômodo que George poderia criar para Rosie caso decidisse ensaiar. Talvez tenha sido a primeira vez na vida que eu convidei espontaneamente alguém que não era um amigo próximo a fazer alguma coisa por um motivo social.

— Você vai sair?

— Correto. Comer alguma coisa, beber e assistir a um jogo de beisebol. Conversar também.

Eu havia escolhido o Dorian Gray, um bar no East Village, como nosso ponto de encontro regular. O lugar oferecia a melhor combinação de telas de TV, nível de ruído (muito alto), qualidade da comida, da cerveja, preço e tempo de trajeto para Dave e eu. Apresentei George como meu vizinho do andar de cima e expliquei que Gene estava morando comigo. George não pareceu se preocupar com o fato de ter mais um inquilino não pagante.

Dave se adapta bem a mudanças de planos e ficou feliz em ter Gene e George conosco. Pedimos hambúrgueres com todos os extras possíveis. A dieta de Dave fica suspensa na noite com os amigos. Gene pediu uma garrafa de vinho, uma bebida mais cara do que a cerveja que costumamos pedir. Eu sabia que isso seria motivo de preocupação para Dave.

— Então — disse Gene — o que aconteceu com você hoje? Tive de ensinar tudo à sua nova assistente.

— Do jeito como você fala, não parece ter sido tão ruim — comentou George. — Deve ser mulher e jovem, correto?

— Exatamente — concordou Gene, provavelmente imitando o sotaque de George. — Ela se chama Inge. Muito charmosa.

Para me manter fiel ao propósito da noite com os amigos, que era fornecer auxílio mútuo para problemas pessoais, fiquei na dúvida se contava ou não sobre o Incidente do Parquinho. Queria ter uma segunda opinião sobre minha decisão de escondê-lo de Rosie, mas não parecia muito aconselhável contar a George, meu senhorio, que eu havia sido preso.

— Tive um pequeno problema — falei. — Cometi um erro social que talvez tenha consequências futuras. — Não acrescentei que o erro era resultado direto de ter seguido o conselho de Gene sobre observar crianças.

— Bem, isso me parece bem claro — disse Gene. — Mas não quer nos contar um pouco mais a respeito?

— Não. Só quero saber se conto ou não para Rosie. E, optando por contar, de que maneira devo proceder.

— Deve contar, é claro — disse Gene. — Um casamento precisa se basear na abertura e na confiança. Nada de segredos. — E então ele riu, provavelmente para indicar que era uma piada. Era condizente com seu comportamento mentiroso e suas traições.

Virei-me para Dave.

— E você, o que acha?

Dave olhou para seu prato vazio.

— Quem sou eu pra dizer alguma coisa? Estamos falindo e não tive coragem de contar isso a Sonia.

— O trabalho com refrigeração está indo mal? — perguntou George.

— A parte da refrigeração está indo bem — respondeu Dave. — O problema é a parte dos negócios.

— A papelada — disse George. — Eu diria a você pra contratar alguém que faça isso. O problema é que um dia você vai acordar e descobrir que quem está trabalhando para o tal alguém é você mesmo, e não o contrário.

Não entendi como seria possível acordar e ter essa informação prontamente, mas concordei com a tese geral de George: a parte administrativa também era um grande inconveniente para mim. Gene, ao contrário, era um especialista em usá-la para tirar vantagem própria.

A conversa havia perdido o foco. Trouxe o assunto de volta à questão principal: contar ou não a Rosie?

— Falando sério agora: ela precisa mesmo saber? — perguntou Gene. — Vai afetá-la de alguma maneira?

— Ainda não — respondi. — Depende das consequências.

— Então espere. As pessoas passam a vida inteira se preocupando com coisas que nunca chegam a acontecer.

Dave concordou:

— Acho que Rosie não precisa de mais estresse.

Essa palavra, de novo!

— Concordo — disse Gene, que então virou-se para George. — O que você acha?

— Acho que este vinho é surpreendentemente saboroso — respondeu George. Chianti, não é? — Ele acenou para o garçom. — Outra garrafa do seu melhor Chianti, companheiro.

— Só temos um tipo de Chianti. Esse que você está bebendo.

— Então traga seu melhor vinho tinto.

A expressão no rosto de Dave era de horror. Eu estava menos preocupado. O melhor vinho tinto do Dorian Gray provavelmente não era caro.

George esperou o vinho chegar e então se dirigiu a mim:

— Há quanto tempo você está casado?

— Dez meses e quinze dias — respondi.

— E já está fazendo coisas que não pode contar a ela?

— Parece que sim.

— Sem filhos, suponho.

— Bom ponto. — A resposta dependia da definição de "filhos". Se George fosse um fundamentalista religioso, poderia considerar que um filho teria sido gerado em um determinado momento entre uma hora e cinco dias depois que minha camisa fora removida naquele sábado que alterou a minha vida. Tudo isso, é claro, dependendo da velocidade de locomoção do espermatozoide bem-sucedido.

Enquanto eu refletia, Gene respondeu a pergunta.

— O primeiro filho de Don e Rosie nasce em... Quando mesmo, Don?

O período médio de gestação humana é de quarenta semanas; trinta e oito semanas após a concepção. Se o relatório de Rosie estivesse mesmo correto e a concepção tivesse ocorrido naquele mesmo dia, o bebê provavelmente nasceria em 21 de fevereiro.

— Bem — disse George —, isso responde sua pergunta quanto a contar ou não pra ela. Melhor não dizer nada que possa perturbá-la.

— Boa observação — comentou Gene.

Mesmo sem as evidências científicas que relacionam estresse com a futura saúde mental de Bud, meus companheiros haviam chegado essencialmente à mesma conclusão que eu. Adiar a notícia até o problema ser resolvido, coisa que precisava ocorrer o mais rápido possível se eu não quisesse me tornar uma vítima de intoxicação por cortisol.

Gene provou o vinho pelo grupo e continuou.

— É natural que as pessoas mintam para os parceiros. Não tente ir contra a natureza.

George riu.

— Gostaria de ouvir sua defesa a respeito.

Gene então passou a dar sua aula de sempre sobre como as mulheres buscam os melhores genes mesmo fora do relacionamento, e como os homens buscam engravidar o máximo possível de mulheres sem serem pegos. Por sorte ele já fizera aquele discurso inúmeras vezes, já que detectei um nível significativo de embriaguez. George riu muito.

Dave não riu nem um pouco.

— Para mim isso parece uma grande besteira. Nunca pensei em realmente trair a Sonia.

— Como posso dizer? — retrucou Gene. — Existe uma hierarquia. Quanto mais alto você sobe numa escala de importância, mais mulheres ficam à sua disposição. Um colega nosso, diretor do Instituto de Pesquisas em Medicina de Melbourne, acabou de ser pego com a boca na botija. Quase literalmente. Não podia ter acontecido com um cara mais legal. — Gene estava falando de Simon Lefebvre, meu colega de pesquisa de Melbourne, e era bom saber que agora Gene o via como um "cara legal". No passado, a competitividade entre eles não fora muito saudável.

Gene serviu o resto do vinho.

— Então, sem querer ofender, mas Don é um professor associado e eu sou chefe de departamento. Estou mais ou menos no mesmo nível de Lefebvre, mas acima do nível de Don. Com certeza não tenho tantas oportunidades quanto Lefebvre, cuja dedicação à tarefa reprodutiva é um exemplo para todos nós, mas tenho mais do que Don.

— E eu, sendo engenheiro de refrigeração, tenho menos do que vocês dois — disse Dave.

— Em termos de hierarquia social, provavelmente sim. Isso não faz de você uma pessoa de menor valor. Se eu precisar consertar minha geladeira, não vou ligar para Lefebvre, entende? Só que uma pessoa do seu ramo terá menos oportunidades de fazer sexo com mulheres que, inconsciente ou conscientemente, tanto faz, estão focadas em status. Certamente você é um cara mais legal do que eu em vários aspectos, mas, neste grupo, o macho alfa sou eu.

Gene virou-se para George.

— Foi mal, *companheiro,* sei que estou sendo presunçoso. Mas estou supondo que você não seja vice-reitor de Cambridge nem jogador de futebol com carreira internacional.

— Sou burro demais para a primeira opção, e gostaria de ter sido a segunda. Fiz um teste para entrar no Norwich, mas eu não era bom o suficiente — respondeu ele.

O garçom trouxe a conta. George pegou o papelzinho, colocou uma pilha de cédulas sobre ele e se levantou.

George, Gene e eu pegamos um táxi de volta ao nosso prédio. Quando as portas do elevador se fecharam após George sair, Gene disse:

— Pagar o jantar. Mostra o que um sujeito é capaz de fazer pra desafiar o macho alfa! Você sabe o que ele faz da vida?

— Astro do rock — respondi.

Rosie estava com trajes de dormir, embora ainda acordada, quando entrei no quarto.

— Como foi a noite? — perguntou ela, e fiquei em pânico por um segundo até perceber que não era preciso mentir.

— Excelente. Bebemos vinho e comemos hambúrgueres.

— E conversaram sobre beisebol e mulheres.

— Incorreto. Nunca falamos sobre mulheres em geral; somente sobre você e Sonia. Hoje conversamos sobre genética.

— Que bom que fiquei em casa. Acho que "conversar sobre genética" quer dizer Gene dando sua aula sobre "homens programados para trair" pro Dave. Acertei?

— Correto. Mas considero improvável que Dave modifique seu comportamento por causa disso.

— Espero que ninguém se comporte diferente por causa de nada que Gene diz — retrucou ela, e olhou para mim de um jeito estranho. — Tem alguma coisa que você não está me contando, Don?

— Claro. Há várias coisas que não digo a você. Caso contrário você teria uma sobrecarga de informações. — Era um argumento excelente, mas já estava na hora de mudar de assunto, alternar o foco da conversa para Rosie. Durante o trajeto de táxi até o apartamento eu havia preparado uma pergunta aceitável:

— E a pizza, como estava?

— Acabei fazendo o tofu. Não estava tão ruim assim.

Alguns minutos depois de me juntar a Rosie na cama, George começou a tocar bateria. Rosie propôs que subíssemos para pedir que ele parasse.

— Se você não subir, subo eu — disse ela.

Eu me vi diante de três escolhas: um confronto com o dono do apartamento, um confronto com a minha esposa ou um confronto entre a minha esposa e o dono do apartamento.

A julgar pela sua aparência quando abriu a porta, George devia estar tocando de pijama. Tenho essa teoria de que todo mundo é tão estranho quanto eu quando está sozinho. Eu também estava de pijama, é claro.

— Barulho demais pra você e sua senhora? E pro Don Juan?

— Só para minha senhora. — Eu estava tentando reduzir a magnitude da minha reclamação em sessenta e sete por cento. Estranhamente, minha voz soava como a do meu avô.

George sorriu.

— Melhor noite dos últimos tempos. Falar sobre outra coisa que não seja futebol me fez usar o cérebro.

— Você teve muita sorte. Em geral conversamos sobre beisebol.

— Muito interessante aquele lance da genética.

— Gene nem sempre é tecnicamente preciso.

— Aposto que não. — Ele riu. — Não sei qual a relação, mas esta é a primeira vez que sinto vontade de ensaiar em milênios. Acho que seu parceiro trouxe à tona o macho alfa em mim.

— Você está tocando bateria para incomodar Gene?

— Tem gente que paga pra ouvir esse som. Vocês estão ouvindo de graça.

Não consegui pensar em um bom argumento para contradizê-lo, mas George sorriu de novo.

— Acho que vou dar a noite por encerrada e deixar barato pra ele.

11

Não foi nada fácil enganar Rosie na manhã seguinte.

— O que está rolando, Don?

— Estou me sentindo meio indisposto novamente.

— Você também?

— Acho que vou ao médico.

— Tenho uma ideia melhor. Por que não embarca na onda do suco de laranja junto comigo? Você estava com cheiro de cervejaria quando chegou ontem à noite.

— Provavelmente era a cerveja vazando de novo.

— Don, acho que a gente precisa conversar. Acho que você não está lidando muito bem com a situação.

— Está tudo bem. Vou voltar a trabalhar esta tarde. Tudo vai voltar ao cronograma.

— Ok. Mas eu também estou um pouco estressada. Minha tese está uma bagunça.

— Você precisa evitar ficar estressada. Ainda temos oito semanas pela frente. Recomendo que converse com Gene. Supõe-se que você deve conversar com seu orientador sobre a tese.

— Neste momento, preciso arrumar os dados estatísticos, o que não é muito o forte de Gene. Já foi ruim o bastante ter que me reportar a ele uma vez por mês antes. E olha que ele nem morava na mesma casa que eu pra saber quando estou ou não encrencada. E ele também não embebedava meu marido.

— Sou especialista em estatística. O que você está usando?

— Está se oferecendo pra me ajudar a trapacear na tese bem na frente do meu orientador, é isso mesmo? Enfim, preciso fazer isso sozinha. Estou tendo dificuldade pra me concentrar, só isso. Numa hora estou pensando em uma coisa e no momento seguinte meu cérebro viaja, aí preciso começar tudo de novo.

— Tem certeza de que não está com Alzheimer precoce ou alguma outra forma de demência?

— Estou *grávida*, Don. E tem muita coisa acontecendo na minha vida. Cruzei com a conselheira pedagógica hoje e ela disse, como quem não quer nada: "Soube da novidade; quando quiser, é só marcar uma conversa." Mal consigo manter o foco no que estou fazendo e agora a mulher quer conversar sobre uma coisa que vai acontecer daqui a meses? Que merda!

— Teoricamente a conselheira pedagógica é especialista em...

— Pode parar. Nem me venha com essa agora. O que Gene falou sobre arranjar outro lugar pra ficar? Você conversou sobre isso com ele ontem, não foi?

— Claro que sim. Vou conversar com ele novamente hoje. — As duas afirmações estavam tecnicamente corretas. Elaborar mais a questão aumentaria o nível de estresse de Rosie.

Minha segunda tentativa de marcar uma consulta em Bellevue foi *desastrosa*. Brendan, o psicólogo que o policial mais velho havia me indicado, estava de licença médica em virtude de problemas relacionados ao estresse. Tal como eu, Rosie e provavelmente boa parte dos habitantes de Nova York, Brendan precisava reduzir seu cortisol a níveis seguros. Só haveria outro profissional disponível para consultas dali a oito dias. Resolvi que seria melhor tentar marcar pessoalmente, na expectativa de conseguir um encaixe devido a cancelamentos e não comparecimentos.

A clínica ficava aproximadamente na mesma latitude que o nosso apartamento, porém na 1st Avenue, no East Side, em Manhattan. Enquanto cruzava a cidade de bicicleta, aproveitei para planejar minha estratégia e preparar o discurso que usaria quando chegasse à ala de psiquiatria. No guichê, acima de uma janela com grades, lia-se em uma placa: "Recepção."

— Saudações. Meu nome é Don Tillman e estou sob suspeita de pedofilia. Gostaria de me colocar à disposição para uma avaliação.

A recepcionista desviou os olhos da papelada apenas por alguns segundos.

— Não temos lista de espera. O senhor precisa marcar uma consulta.

Eu havia me preparado para esta tática.

— Posso falar com o gerente?

— Lamento, mas, no momento, ela não está.

— E quando estará?

— Desculpe, Sr... — Ela esperou, como se aguardasse que eu dissesse alguma coisa, depois continuou. — O senhor realmente precisa marcar um horário. São as normas da casa. E sua bicicleta precisa ficar lá fora.

Reafirmei a urgência do meu caso, desta vez com mais detalhes. Levei algum tempo, e ela fez diversas tentativas para me interromper, até que finalmente conseguiu:

— Senhor, temos pessoas aguardando na fila.

A recepcionista tinha razão. Agora eu tinha uma plateia crescente que parecia impressionada com meus argumentos. Comecei a contar o resumo dos acontecimentos para eles.

— Estatisticamente, em algum momento desta manhã, haverá aqui na clínica um psicólogo, pago com nossos impostos, que ficará tomando café e navegando na internet porque algum paciente deixou de comparecer à consulta, enquanto um potencial pedófilo psicopata vaga pelas ruas de Nova York sem diagnóstico...

— O senhor é pedófilo? — Quem faz a pergunta é uma mulher de aproximadamente trinta anos, vestida com roupa de ginástica e IMC estimado em quarenta.

— Fui *acusado* de ser pedófilo. Fui detido em um parquinho infantil.

Ela se dirigiu à recepcionista.

— Alguém precisa dar uma olhada nesse cara. — Ficou claro que a mulher tinha o apoio das outras pessoas na sala de espera.

A recepcionista correu os olhos por uma lista e pegou o telefone. Cerca de um minuto depois, disse:

— A Srta. Aranda irá atendê-lo daqui a uma hora, caso esteja disposto a aguardar.

Ela me entregou um formulário. Uma vitória para o uso da razão.

— Pelo visto o senhor estava ansioso para falar com alguém — disse a Srta. Aranda (idade estimada em quarenta e cinco, IMC de vinte e dois), que se apresentou como Rani. Ela me ouviu durante os quarenta e um minutos necessários para explicar os acontecimentos do dia anterior. Observei uma melhora progressiva de sua expressão facial, a testa franzida dando lugar a um sorriso.

— Quer dizer que esta não é a primeira vez que o senhor se mete em confusão? — perguntou ela quando terminei.

— Correto.

— Mas nunca houve problemas com crianças antes.

— Somente quando eu estava na escola e as crianças eram meus contemporâneos.

Ela riu.

— Você sobreviveu até agora. Se não tivesse sido esquisito com os policiais, provavelmente eles teriam apenas informado as regras e liberado o senhor. Ser esquisito não é contra a lei.

— Felizmente. Senão eu já teria ido para a cadeira elétrica. — Era apenas uma piadinha de nada, mas Rani riu de novo.

— Vou passar seu diagnóstico para a polícia e o senhor estará livre para fazer suas pesquisas sobre crianças. Sugiro que visite seus parentes, o que é sempre algo bom a se fazer em qualquer situação, aliás. Desejo boa sorte para a sua esposa no parto.

Um peso enorme saiu dos meus ombros. Consegui resolver o problema sem deixar Rosie estressada. Mais tarde, quando contasse a história toda, ela diria: "Don, quando concordei em me casar com você, eu disse que esperava maluquices constantes. Você é incrível."

Então percebi que uma mulher estava olhando para nós pelo vidro da sala. Foi só quando ela fez sinal para Rani (que saiu para conversar com ela lá fora), que eu a reconheci. Fazia cinquenta e três dias desde nosso encontro, mas a estatura elevada, baixo IMC e pouco acúmulo de gordura facial eram inconfundíveis: era Lydia, do Incidente do Atum-Azul.

Rani conversou com ela durante alguns minutos, depois foi embora. Lydia entrou na sala.

— Saudações, Lydia.

— Mercer. Meu nome é Lydia Mercer. Sou a chefe da assistência social e estou assumindo o seu caso.

— Achei que estivesse tudo resolvido. Supus que você tivesse me reconhecido e que...

Ela interrompeu.

— Sr. Tillman, estou disposta a admitir que talvez nossos caminhos tenham se cruzado antes, mas acho que seria aconselhável que esquecesse isso. O senhor foi preso por um crime, e uma avaliação, digamos... conservadora da nossa parte, poderia obrigar a polícia a levar o caso adiante. Estou sendo suficientemente clara?

Acenei positivamente.

— Sua esposa está grávida?

— Correto.

Nunca tenha filhos, dissera ela. Eu tinha violado essa instrução, embora não devido a um ato deliberado de minha parte. Acrescentei, em minha defesa:

— Não foi planejado.

— E o senhor acredita que está preparado para ser pai?

Eu me lembrei do conselho de Gene.

— Espero que o instinto assegure um comportamento paterno essencialmente correto.

— Tal como assegurou quando o senhor atacou o policial. Como a sua esposa está lidando com a situação?

— Lidando? O bebê ainda não nasceu.

— Ela trabalha?

— É estudante de medicina.

— O senhor não acha que ela precisa de apoio extra neste momento?

— Apoio extra? Para quê? Rosie é autossuficiente. — Esta era uma das características que melhor definem Rosie, que ficaria ofendida caso eu sugerisse que ela precisa de apoio extra.

— Vocês já conversaram sobre os cuidados com a criança?

— Minimamente. No momento, Rosie está focada em escrever sua tese de doutorado.

— Achei que o senhor tivesse dito que ela é estudante de medicina.

— Está concluindo um doutorado em paralelo.

— Tal como o senhor.

— Não, isso é extremamente incomum — retruquei.

— Quem cuida da casa? Quem cozinha?

Eu poderia ter respondido que nós dois cuidamos da casa e que a responsabilidade pelo preparo dos alimentos cabia a mim, mas isso teria acabado com meu argumento anterior de que Rosie era autossuficiente. Encontrei uma boa saída para contornar a pergunta.

— Isso varia. Ontem à noite ela mesma preparou o jantar e eu comprei um hambúrguer para mim no bar onde eu estava.

— Com seus camaradas, sem dúvida. Quero dizer, seus "amigos".

— Correto. Não é necessário explicar. Estou familiarizado com o linguajar norte-americano.

Ela olhou mais uma vez para o documento.

— Ela tem algum familiar por aqui?

— Não. A mãe dela está morta, *faleceu*, portanto não é possível que esteja aqui. O pai dela também não pode estar em Nova York, uma vez que é dono de uma academia, também conhecida como *fitness centre*, que exige sua presença.

Lydia fez uma anotação.

— Quantos anos Rosie tinha quando a mãe morreu?

— Dez.

— Quantos anos ela tem agora?

— Trinta e um.

— Professor Tillman, não sei se isso faz algum sentido na sua cabeça, mas o que temos é uma mãe de primeira viagem, uma profissional liberal de alto desempenho, ou melhor, de desempenho *além do esperado*, que perdeu a mãe antes dos onze anos, que não teve nenhum modelo de comportamento, nenhum apoio, e um marido que não tem a menor ideia de nada disso. Como professor, como intelectual, o senhor entende aonde quero chegar?

— Não.

— Sua esposa é uma candidata perfeita à depressão pós-parto. Uma candidata perfeita ao quadro de mulheres que não conseguem lidar com a situação. Que acabam parando em um hospital. Ou coisa pior. O senhor não está fazendo nada para evitar isso e sequer perceberá se alguma coisa vier a acontecer.

Por mais que eu não gostasse do que Lydia estava dizendo, tinha de respeitar seus conhecimentos profissionais.

— O senhor não é o único marido relapso que existe por aí, não mesmo? Existem muitos parceiros assim, homens e mulheres. Mas é em relação ao seu caso que eu posso fazer algo a respeito. — Ela agitou o formulário. — O senhor vai precisar fazer algumas coisas. Afinal de contas, o senhor atacou um policial. Não sei como essa falta de autocontrole se traduziria diante de um conflito doméstico, mas, de toda forma, vou encaminhá-lo para um grupo de apoio. O comparecimento é compulsório até que o coordenador o considere uma pessoa inofensiva para a sociedade. E quero vê-lo daqui a um mês. Com a sua esposa.

— E se eu não fizer nada disso?

— Sou assistente social. O senhor foi encaminhado para cá por comportamento inadequado e ilegal em um ambiente com crianças. É a mim que as pessoas darão ouvidos, e não ao senhor. Sabe a polícia? Basta eu escrever um relatório e esse caso volta à alçada deles. Sabe o Departamento de Imigração? Creio que o senhor não seja cidadão americano, correto? E existem ainda os protocolos para pais considerados perigosos.

— O que eu devo fazer para me tornar adequado?

— Comece prestando atenção na sua esposa e em como ela está lidando com a ideia da maternidade.

* * *

Lydia não estava na escala do dia 27 de julho, e eu me perguntei por um instante se isso poderia dispensar Rosie de comparecer à consulta "daqui a um mês". A recepcionista foi inflexível ao dizer que isso não era motivo para não comparecermos e marcou a consulta para o dia primeiro de agosto — dali a cinco semanas. Eu, que havia me estressado com a perspectiva de só ser atendido dentro de oito dias, agora precisaria suportar trinta e cinco dias de um nível muito maior de ansiedade sem opção a não ser envolver Rosie na história.

Havia um problema mais crítico. Lydia tinha levantado a questão da saúde mental de Rosie. Por acaso, eu estava preparado para agir imediatamente em relação a isso. Quando minha irmã morreu, três anos antes, fiquei com medo de ter desenvolvido uma depressão clínica. Com certa relutância, Claudia aplicou em mim o único questionário sobre depressão que ela tinha em casa: a Escala de Depressão Pós-Parto de Edimburgo, a EPDS.

Eu continuava usando a EPDS para verificar meu estado emocional, colocando em primeiro plano a uniformidade do processo de análise, e não o fato de eu não ser uma mãe que acabou de dar à luz. Agora a escala seria o instrumento perfeito: apesar do nome, seu guia de uso especificava que tinha sido criada para utilização tanto no pré quanto no pós-natal. Se ela indicasse que Rosie não corria riscos, eu poderia apresentar este resultado a Lydia na consulta seguinte, e ela seria obrigada a retirar seu diagnóstico intuitivo diante da evidência científica. Quem sabe, com os dados em mãos, eu nem precisasse levar Rosie.

Eu conhecia minha esposa bem o bastante para prever que ela não estaria disposta a responder ao questionário, e, mesmo que respondesse, poderia mentir em algumas respostas para que eu não me preocupasse com seu nível de felicidade. Eu teria que inserir essas perguntas discretamente em nossas conversas. A EPDS tem apenas dez breves perguntas, cada uma com quatro respostas possíveis. Memorizá-las era trivial.

Nesse ínterim, depois de um dia e meio de ausência, eu precisava ir para Columbia. Planejei encontrar-me com Gene para levantar o assunto da mudança dele e depois conhecer minha nova assistente.

A sequência que eu havia programado mostrou-se irrelevante. Inge estava na sala de Gene, onde ele explicava sua pesquisa sobre a atração sexual humana. Os métodos e as descobertas de Gene não são intrinsecamente engraçados, mas ele costuma ilustrá-los com anedotas e observações cômicas, portanto Inge estava rindo. Estimei que tanto sua idade quanto seu IMC seriam vinte e três. Gene considera que nenhuma mulher com menos de trinta anos seja feia, e Inge reforçava essa premissa.

Levei-a até o laboratório, sem Gene, e apresentei-a aos ratos alcoólatras — coletiva em vez de individualmente. Dada sua aparência atraente e sua nacionalidade, achei que seria importante adverti-la de modo sutil. Os ratos me deram um pretexto para isso.

— Basicamente eles ficam bêbados, fazem sexo e morrem. Parecido com a vida de Gene, com a diferença de que a dele inclui suas tarefas como professor universitário. Talvez Gene também tenha alguma doença sexualmente transmissível incurável.

— Como é?

— Gene é extremamente perigoso, e o convívio social com ele deve ser evitado.

— Ele não me pareceu perigoso. Pelo contrário. Pareceu muito legal. — Inge sorriu.

— Exatamente por isso ele é perigoso. Se parecesse perigoso, seria menos perigoso.

— Ele me disse que acabou de chegar a Nova York. Acho que ele está se sentindo sozinho aqui, então nós dois estamos em uma situação parecida. Não existe nenhuma regra que me impeça de sair pra tomar um drinque com ele hoje à noite, existe?

12

Rosie chegou em casa antes de Gene, o que me deu a oportunidade de examiná-la em busca de indícios de depressão. Ela me deu um beijo no rosto e foi colocar a bolsa em seu escritório. Fui atrás dela.

— Como foi sua semana? — perguntei.

— Minha *semana?* Hoje ainda é quinta-feira. Meu *dia* foi bom. Stefan me mandou um tutorial por e-mail sobre análise de regressão múltipla. Fez muito mais sentido que a explicação do livro.

Stefan foi colega de doutorado de Rosie em Melbourne. Era meio relapso em relação ao ato de barbear-se e acompanhou Rosie ao baile da faculdade antes de nós começarmos a namorar. Eu o achava irritante. Mas, no momento, o problema era situar nossa discussão no intervalo de tempo especificado pela EPDS.

— Um único dia é um indicativo insuficiente se quisermos saber o nível geral da sua felicidade. Os dias variam, enquanto a semana é um indicativo mais confiável. Convencionou-se perguntar "como foi seu dia?", mas seria mais produtivo perguntar "como foi sua semana?". Deveríamos adotar essa nova convenção.

Rosie sorriu.

— Você podia perguntar como foi meu dia todos os dias e depois tirar uma média.

— Excelente ideia, mas preciso de um ponto de partida. Então, apenas hoje, poderia me dizer como tem sido desde a quinta-feira passada? Está se sentindo sobrecarregada?

— Bem, já que você perguntou... um pouco. Estou me sentindo um lixo pela manhã. A tese está atrasada; tem o Gene aqui; acho que a conselheira pedagógica ficou ansiosa por causa de David Borenstein, porque ela não sai do meu pé; preciso marcar uma consulta com um gineco; e teve uma noite em que achei que você estava me pressionando pra pensar em coisas que só vão acontecer daqui a alguns meses. É um pouco pesado.

Ignorei toda a explicação que veio depois da quantificação básica: *um pouco*. Ou seja, não muito.

— Você diria que não está conseguindo lidar tão bem com as coisas quanto de costume?

— Estou bem.

Zero pontos.

— Os problemas estão tirando seu sono?

— Putz, eu acordei você de novo? Você sabe que eu durmo mal.

Entre o *dormir mal* de sempre e o *dormir mal* durante a gravidez, não há nenhuma mudança.

Parecia oportuno jogar uma pergunta aleatória, sem relação com a EPDS, a fim de disfarçar minhas intenções.

— Você se sente confiante em relação à minha capacidade de ser pai?

— É claro que sim, Don. E você?

Improvisar estava me causando um problema. Ignorei a pergunta de Rosie e continuei:

— Você andou chorando?

— Achei que você não tivesse percebido. Só chorei ontem à noite. Era muita coisa em cima de mim, e você tinha saído com Dave. Não tem nada a ver com isso de você não ser um bom pai.

Choro: apenas uma vez.

— Você está se sentindo triste e infeliz?

— Não, estou lidando bem com as coisas. Só estou sob pressão.

Não. Zero.

— E ansiosa e preocupada sem motivo?

— Um pouco, talvez. Acho que às vezes deixo de ver as coisas em perspectiva. — Rosie sorriu. Estranho, já que esta era a primeira resposta que indicava certo risco de depressão. O meio mais simples de quantificar *talvez* e *às vezes* era reduzir a pontuação em cinquenta por cento. Um ponto.

— Está com medo? Ligeiramente apavorada?

— Como eu disse, um pouco. Mas eu realmente estou bem.

Um ponto.

— Provavelmente está se culpando desnecessariamente pelas coisas, não é?

— Uau. Hoje você está sendo superobservador.

Decodifiquei a resposta: Rosie estava dizendo que eu tinha acertado — portanto, sim. Pontuação máxima.

Ela se levantou e me deu um abraço.

— Obrigada. Você está sendo um amor. Quando conversamos sobre meu pedido de licença, achei que não estivéssemos em sintonia...

Ela começou a chorar! Ou seja, era um segundo episódio. Entretanto estava acontecendo alguns minutos depois do intervalo de tempo especificado de uma semana.

— Está ansiosa para jantar? — perguntei.

Ela riu, uma alteração de humor extraordinariamente rápida.

— Contanto que não seja tofu de novo.

— E quanto ao futuro em geral? Está ansiosa também?

— Mais do que eu estava minutos atrás. — Outro abraço, mas havia a sugestão de que, na última semana, Rosie tinha ficado *menos* ansiosa com as coisas *do que de costume*.

A última pergunta era meio traiçoeira, mas estava embasado para fazê-la.

— Alguma vez você pensou em fazer mal a si mesma? — perguntei.

— Oi? — Rosie riu. — Não vou me matar por causa da regressão múltipla e de um sacana da administração que ficou congelado nos anos cinquenta! Don, você é uma figura. Vai lá preparar o jantar.

Considerei isso como *capacidade de rir e ver o lado engraçado das coisas*, mas, levando em conta a semana como um todo, houve certa diminuição nesse sentido.

Nove pontos. Uma pontuação de dez ou mais indicava risco de depressão. Lydia provavelmente tinha razão em estar preocupada, mas o uso da ciência fornecera uma resposta definitiva.

Eu estava indo para a cozinha quando Rosie me chamou:

— Ei, Don. Obrigada, tá? Estou me sentindo bem melhor. Você às vezes me surpreende.

Na noite seguinte, Gene chegou em casa às 19h38.

— Está atrasado — observei.

Ele checou o relógio de pulso.

— Oito minutos.

— Correto. — Isso não exerceria nenhum impacto na qualidade do jantar, mas minha agenda tinha sido alterada. Era frustrante ser a única pessoa afetada naquela casa: Rosie e Gene mal notariam a mudança. Só que ter Gene como parte da família aumentava significativamente as chances de alterações nesse sentido.

Rosie ainda estava em seu escritório. Era um bom momento para confrontar Gene.

— Você saiu para beber com Inge?

— Saí. Ela é encantadora.

— Está planejando seduzi-la?

— Ei, calma aí, Don. Somos dois adultos livres para desfrutar a companhia um do outro, só isso.

Era tecnicamente verdade, mas havia dois motivos pelos quais eu precisava advertir Gene de que não seria uma boa ideia acrescentar outra nacionalidade à sua lista.

O primeiro era a advertência dada pelo próprio David Borenstein, a quem eu chantageara a fim de garantir que o período sabático de Gene se cumprisse em Columbia. A exigência do diretor era que Gene ficasse longe das alunas do doutorado, mas desconfio de que tal proibição se estenderia a uma pesquisadora de vinte e três anos — muito embora não houvesse nenhuma lei proibindo professores de fazerem sexo com pesquisadores juniores, ou mesmo com alunas, desde que fossem maiores de idade e que o professor não estivesse envolvido nas atividades pedagógicas da aluna em questão.

O segundo motivo era que, se Gene demonstrasse estar celibatário, Claudia talvez o perdoasse, e o desejo sexual não satisfeito poderia levá-lo de volta para ela. Achei que Gene ficaria infeliz com o término do casamento e que eu e Rosie teríamos de consolá-lo, mas, até aquele momento, eu não vira nenhuma evidência de infelicidade da parte de Gene. Me vi diante de outro problema humano que não seria resolvido sem minha intervenção.

Durante a semana seguinte, tentei deixar a cargo do meu inconsciente a solução do problema com Lydia. Períodos de incubação são benéficos para o pensamento criativo. Na noite de sábado, depois da conversa costumeira com minha mãe via VoIP, dei início a uma nova interação.

Saudações, Claudia.

Digitei a mensagem em vez de tentar estabelecer contato por voz. Era possível que ela estivesse com algum paciente. Eu estava operando em nível máximo de empatia, facilitado pelo isolamento em meu banheiro-escritório, pela endorfina produzida na corrida que tinha acabado de dar e pela margarita de toranja rosada que eu ainda estava bebendo. Minha agenda estava em dia, e, na noite anterior, eu havia ampliado o esquema de Bud no azulejo da Semana 7.

Oi, Don. Como vai? Claudia digitou a resposta.

Eu havia mudado meu ponto de vista em relação às convenções sociais. Agora eu já sabia que, na verdade, elas eram uma vantagem para quem considerava as interações humanas difíceis.

Muito bem, obrigado. E você?

Bem. Eugenie está me exigindo uma atenção enorme, mas fora isso tudo bem.

Vamos usar o áudio — é mais eficiente.

Assim está ótimo, digitou Claudia.

Falar é muito melhor. Falo mais rápido do que consigo digitar.

Vamos continuar digitando.

Como está o tempo em Melbourne?

Estou em Sydney. Com um amigo. Um amigo novo.

Você já tem muitos amigos. Com certeza não precisa de mais um.

Este é especial.

As formalidades haviam nos desviado do rumo. Era hora de ir direto ao ponto.

Você e Gene deveriam voltar.

Agradeço sua preocupação, Don, mas agora é um pouco tarde.

Incorreto. Vocês estão separados há pouco tempo. Investiram muito nessa relação. Há Eugenie e Carl. A infidelidade de Gene é irracional; é trivial corrigi-la em comparação com o custo de um divórcio, da perturbação no lar, do possível esforço para encontrar novos parceiros.

Continuei argumentando nessa linha. Uma das vantagens de escrever era que a outra pessoa não podia interromper, e rapidamente preenchi várias linhas. Nesse ínterim, Claudia conseguiu enviar uma resposta graças aos recursos pouco sincrônicos do Skype.

Obrigada, Don. Eu realmente agradeço sua preocupação. Mas preciso ir agora. Como estão você e Rosie?

Bem. Quer conversar com Gene? Acho que seria bom.

Don, não quero ser grosseira, mas eu sou psicóloga e você não é especialista em relações interpessoais. Talvez seja melhor deixar isso comigo.

Não está sendo grosseira. Mas eu tenho um casamento bem-sucedido e o seu fracassou. Portanto, minha estratégia é prima facie mais eficiente.

A resposta de Claudia demorou aproximadamente vinte segundos para chegar — obviamente a conexão devia estar lenta.

Talvez. Agradeço por tentar, mas agora preciso ir. E não dê seu casamento bem-sucedido por garantido.

O ícone de Claudia ficou laranja antes que eu pudesse enviar uma mensagem padrão de despedida.

Eu não estava dando meu casamento por garantido. Depois de mais uma semana incubando o Problema Lydia, resolvi apresentá-lo a Rosie como uma oportunidade de sermos aconselhados em relação à experiência de sermos pais. Tentei introduzir a ideia durante o jantar, que obviamente também incluía a presença de Gene, mas como não pude revelar informações sobre o Incidente do Parquinho, minhas intenções foram mal interpretadas. Rosie viu a menção às responsabilidades parentais como uma sugestão de que deveria trancar a faculdade de medicina.

— Se eu fosse um estudante do sexo masculino cuja mulher estivesse grávida, nem estaríamos discutindo esse assunto.

— A situação é biologicamente diferente — eu disse. — Para o homem, o processo do nascimento exerce impacto mínimo; ele poderia estar trabalhando ou assistindo a uma partida de beisebol enquanto isso.

— É melhor que ele não esteja. Tecnicamente, eu só preciso tirar alguns dias de folga. *Você* tira uma semana quando está resfriado.

— Para impedir o contágio.

— Sim, sim, eu sei, mas isso não invalida o meu argumento. Só preciso descobrir quanto tempo posso tirar de licença sem precisar trancar o ano inteiro.

Gene ofereceu uma análise mais convincente, ainda que perturbadora.

— Certo ou errado, se um estudante do sexo masculino não tira licença, é porque, supostamente, a parceira está cuidando da criança. Você está cogitando a ideia de Don pedir uma dispensa, Rosie?

— Não, é claro que não estou esperando que Don fique em casa com o bebê...

Eu não havia pensado na questão dos cuidados com a criança, mas, por outro lado, ainda não havia pensado muito em como seria a vida depois do nascimento de Bud. Pelo visto, o diagnóstico de Rosie quanto à minha capacidade de ser pai era compatível com o de Lydia.

Ela deve ter percebido a expressão em meu rosto.

— Me desculpe, Don. Só estou sendo realista. Acho que nem eu nem você queremos que você seja o responsável. Eu já disse, vou levar o bebê comigo.

— Parece pouco provável que permitam isso. Você já conversou com a conselheira pedagógica?

— Ainda não.

Eu tinha conversado com o diretor sobre a ideia de Rosie levar Bud para o trabalho, mas ele disse claramente que isso não seria possível. Só que, mais uma vez, David pediu que eu não citasse a origem daquele conselho, vinda de um posto hierarquicamente superior.

— Seja como for, Don não pode pedir dispensa — disse Rosie para Gene. — Nós precisamos da renda e é exatamente por isso que quero concluir o curso. Para arrumar um emprego e não depender de outra pessoa.

— Don não é outra pessoa, Rosie. Ele é seu marido. É assim que o casamento funciona.

— Falou o expert no assunto. — Depois de ter elogiado o conhecimento de Gene sobre casamento, Rosie inexplicavelmente pediu desculpas. — Desculpe, não quis dizer isso. Só não tenho tempo pra pensar no assunto agora.

Era uma ótima oportunidade para levantar a questão sobre Lydia.

— Talvez seja melhor buscar aconselhamento profissional.

— Stefan tem me ajudado — disse Rosie.

— Com aconselhamento parental?

— Não, Don. Olha, eu tenho mais ou menos uns cinquenta problemas na minha vida no momento, e nenhum deles diz respeito ao que vou fazer pra cuidar de um bebê que só vai nascer daqui a oito meses.

— Trinta e duas semanas. Mais próximo de sete do que de oito meses. E deveríamos nos preparar com antecedência, sim. Avaliar se estamos preparados para ser pai e mãe. Um diagnóstico profissional.

Rosie riu.

— Agora é um pouco tarde pra isso.

Gene também riu.

— Acho que Don está sendo metódico como sempre. Não dá pra esperar que ele assuma um novo projeto sem pesquisar antes, não é, Don?

— Correto. Provavelmente só precisaremos de uma consulta rápida. Vou marcar uma data.

— Não vejo problema algum em você ir a uma consulta — disse Rosie. — Acho ótimo que esteja pensando no assunto. Mas eu posso cuidar de mim sozinha.

13

Nosso lar de três pessoas estava se ajustando a uma rotina. Depois do jantar, Rosie ia para o escritório, enquanto Gene e eu consumíamos diferentes bebidas.

— Que história é essa? — perguntou Gene. — Você marcou algum tipo de consulta?

— Você conseguiu deduzir isso só pela minha conversa?

— Não, só pelo meu conhecimento profissional das sutilezas do discurso humano. Estou impressionado por Rosie não ter colocado você contra a parede.

— Acho que a cabeça dela está ocupada com outros assuntos — respondi.

— Acho que você tem razão. E?

Eu estava em um dilema. Meu questionário estilo EPDS isentara Rosie de qualquer risco de depressão pós-parto, mas suas respostas revelaram a presença de estresse. Será que eu deveria aumentá-lo ainda mais contando a história toda? Ou será que era melhor ela não cumprir as exigências de Lydia, o que, por sua vez, resultaria em um relatório prejudicial para a polícia, em possível detenção e encarceramento e, portanto, em ainda mais estresse para Rosie?

Gene poderia ser minha única esperança. Suas habilidades sociais e de manipulação são mais sofisticadas do que as minhas jamais serão. Talvez ele pudesse propor uma solução que não envolvesse nem revelar os fatos a Rosie, nem ir para a cadeia.

Contei o Incidente do Parquinho para Gene, lembrando a ele que toda a sequência de eventos tinha começado por causa da sugestão que ele mesmo havia me dado. Gene pareceu achar graça. Não me serviu de consolo: segundo minha experiência, achar graça de algo quase sempre está relacionado a constrangimento ou sofrimento por parte de quem fornece o tópico.

Gene serviu-se do restante da garrafa de Blue Curaçao.

— Que merda, Don. Desculpe se provoquei isso de alguma forma, mas posso dizer que só de você aparecer lá com um questionário respondido não vai adiantar. Não consigo ver nenhuma saída que não envolva contar a Rosie ou ser preso. — Percebi que ele estava insatisfeito com a própria conclusão: como cientista, Gene encarava um problema não resolvido como um insulto pessoal. Ele então bebeu todo o conteúdo do copo e perguntou: — Tem mais alguma bebida aí?

Enquanto eu ia até a adega, Gene deve ter continuado a pensar no problema.

— Certo — disse ele. — Acho que devemos levar a sério essa tal de Lydia. Você sabe qual é a diferença entre uma assistente social e um rottweiler?

Eu não consegui perceber a relevância da pergunta, mas o próprio Gene a respondeu.

— O rottweiler devolve o bebê. — Era uma piada, provavelmente de mau gosto, mas entendi que éramos dois amigos bebendo e que é nesse contexto que surgem as piadas. — Meu Deus, Don, que treco é esse?

— Grenadine. Não tem álcool. Você precisa estar apto a pensar com clareza. E está se distraindo. Prossiga.

— Então, a questão é: você precisa enfrentar a assistente social e tem que levar Rosie. Pode inventar uma desculpa...

— Posso dizer que ela estava passando mal por culpa da gravidez. Altamente plausível.

— Você só vai ganhar tempo, e corre o risco de que ela fique irritada e mande o relatório assim mesmo. É melhor não irritar um rottweiler.

— Achei que você tivesse dito que assistentes sociais e rottweilers são diferentes.

— Eu disse que eles são só *um pouco* diferentes.

Pouca diferença. O conceito me deu uma ideia.

— Eu podia contratar uma atriz para fazer o papel de Rosie.

— Sophia Loren.

— Ela não é velha demais?

— Era brincadeira. Falando sério agora, o problema é que a atriz não conheceria você bem o bastante. E acho que é nisto que a assistente social vai focar: será que essa mulher consegue lidar com Don Tillman? Porque você não é...

Terminei a frase por ele:

— ... exatamente uma pessoa convencional. Correto. Quanto tempo você acha que levaria para ela me conhecer bem o bastante?

— Eu diria que uns seis meses. No mínimo. Me desculpe, Don, mas acho que contar a história para Rosie é a opção menos pior.

Deixei o problema a cargo do meu inconsciente por mais uma semana: a Semana 9 da gestação de Bud. Agora, a marca no azulejo que representava o tamanho dele tinha 2,5 centímetros de comprimento, e meu desenho de seu formato ligeiramente alterado agora era melhor, graças à prática.

A ideia de uma atriz era tão boa que achei difícil descartá-la. No jargão da resolução de problemas, eu estava *ancorado* — ou seja, incapaz de encontrar alternativas. Mas Gene tinha razão: não havia tempo para fazer um briefing da minha personalidade para uma estranha e torná-la capaz de responder às perguntas capciosas de uma assistente social profissional. Por fim, só havia uma pessoa capaz de me ajudar.

Eu contei a ela sobre o Incidente do Parquinho e a necessidade de ir à consulta. Tentei deixar claro que minha prioridade era evitar que Rosie ficasse estressada e que o questionário da EPDS indicara que os temores de Lydia eram infundados. Entretanto, precisei enfatizar o risco envolvido em caso de não cooperação.

— Precisamos comparecer à avaliação e seguir as orientações dessa mulher, senão vou ser processado, deportado e banido de qualquer contato com Bud. — Pode ser que eu tenha exagerado um pouco, mas a imagem que Gene fez de um rottweiler ainda estava fresca em minha mente. Meu treinamento de artes marciais não incluía lutar com cães.

— Maldita. Deve ser ilegal isso o que ela está fazendo.

— Ela é uma profissional que detectou fatores de risco. As exigências dela parecem razoáveis.

— Acho que você está sendo gentil. Típico de você. Enfim, ficarei feliz em fazer qualquer coisa pra ajudar.

Era uma resposta incrivelmente generosa. Eu andara sofrendo por não saber se dava ou não continuidade à minha estratégia, mas a oferta estava clara, então pedi:

— Preciso que você finja que é Rosie.

Interpretei a expressão de Sonia como choque. Eu não havia discutido o plano com Gene, mas sabia que ele achava que todo contador é muito bom em fingir, e eu estava contando com isso.

— Ai, meu Deus, Don. — Ela riu, mas detectei nervosismo. — Você está brincando, não é? Eu só quis dizer que... Ah, você não está brincando. Ai, meu *Deus*. Acho que não consigo fingir que sou Rosie.

— Por questões morais ou de competência?

— Ah, você me conhece. Sabe que sou completamente imoral. — Esta não era a minha opinião em relação a Sonia, mas era compatível com a visão que Gene tinha da profissão dela. — Rosie e eu somos muito diferentes.

— Correto. Mas Lydia ainda não viu Rosie. Não sabe nem que ela é australiana. Sabe apenas que ela é estudante de medicina e que não tem amigos.

— Não tem amigos? E Dave e eu?

— Ela só é amiga de vocês por minha causa. A maior parte das interações sociais dela é com seu grupo de estudos. De vez em quando ela sai com Judy Esler. Rosie tem mais interesse em conversas intelectuais.

— Vou precisar ficar em dia com as minhas leituras, então. Quer um café?

Estávamos no apartamento de Dave e Sonia. Era domingo, mas Rosie tinha ido à universidade, violando a regra do "tempo livre nos fins de semana". Dave também estava ausente, trabalhando. Sonia dizia que sua ascendência italiana exigia o consumo regular de café espresso e tinha uma máquina de alta qualidade. Café era uma ideia excelente, mas não a prioridade no momento.

— Só depois de resolvermos a questão da encenação.

— Só depois do café.

Quando Sonia voltou com meu espresso duplo e com seu cappuccino descafeinado, compatível com a gravidez, parecia ter preparado um discurso.

— Tudo bem, Don. Só uma consulta e pronto?

— Correto.

— Não vou precisar preencher nenhum formulário, assinar nada?

— Acredito que não. — Eu não tinha certeza de nada, mas como Lydia estava oficialmente diagnosticando se eu era ou não pedófilo, parecia improvável que relatasse algo sobre Rosie ou sobre sermos pais. Sonia provavelmente tinha razão ao caracterizar o comportamento de Lydia como "ilegal".

— Certo. Vou fazer isso por você por dois motivos. O principal é porque você sempre foi muito legal com o Dave. Sei que ele estaria falido se não fosse a grana que ganha com George, o Baterista. Eu sei disso.

Dave definitivamente não sabia que Sonia sabia disso. Meu amigo tinha extrema preocupação em esconder dela seus problemas profissionais. O que era uma tentativa ridícula, considerando a profissão de Sonia.

Sonia terminou seu café.

— Mas não quero que você conte a Dave — disse ela.

— Por que não?

— Porque ele já tem coisas demais com que se preocupar. Você conhece o Dave, sabe que ele se preocupa demais com tudo.

Verdade. A motivação para todo esse fingimento era evitar causar estresse a Rosie. Seria péssimo se a solução deixasse Dave estressado, levando a um possível ataque cardíaco ou derrame, coisas às quais ele já era naturalmente suscetível por causa do peso. Os segredos estavam se acumulando, e eu sou péssimo em mentir. Prometi a Sonia que daria o meu melhor nesse sentido, mas que era bem possível que o meu melhor estivesse abaixo da média da maioria dos seres humanos. Eu precisava ter as habilidades de Gene, mas elas eram resultado de sua personalidade, e era de algo assim que eu não precisava.

— Qual é o segundo motivo? — perguntei.

— Colocar essa vaca em seu devido lugar — disse Sonia. Rindo.

Rosie estava colocando flores em nossos dois vasos e mais algumas no decantador de vinho quando cheguei em casa. Usava short e uma camiseta sem mangas. A forma do corpo dela não me parecia visivelmente diferente de seu estado natural de perfeição.

— Preciso dar um tempo dos estudos — disse ela. — Você tinha razão sobre estar vendo as coisas fora de perspectiva.

— Excelente ideia — falei. — Você precisa minimizar o estresse.

— Como está Sonia? — perguntou Rosie.

— Sonia está extremamente bem. Dave está nervoso com a ideia de ser pai. Como é normal nos homens.

Rosie riu.

— Ei, andei pensando sobre o que você disse na semana passada, sobre buscarmos algum aconselhamento psicológico. Acho que fiquei meio na defensiva, mas talvez seja uma boa ideia. Se você achar necessário.

— Não, não; eu só estava pensando no seu bem-estar. Estou altamente confiante. Eletrizado.

— Bem, ok então. Eu também estou bem. Mas me avise se mudar de ideia.

Oito dias antes eu teria aceitado a oferta de Rosie, mas a estratégia de usar Sonia agora parecia uma solução melhor. Menos estresse para Rosie, menor o risco de ela desafiar a assistente social e, consequentemente, de o processo se complicar, e menos risco de Rosie presenciar uma avaliação negativa da minha capacidade de ser pai.

Combinei de me encontrar com Sonia em seu local de trabalho, no Upper East Side, na esperança de aliar uma sessão de informações pré-entrevista com o aprendizado sobre os avanços na tecnologia reprodutiva. Mas "local de trabalho" acabou se revelando como "o café mais próximo".

— Não trabalho perto dos laboratórios. Eu e Dave só nos conhecemos porque pensei que a empresa dele estivesse superfaturando a minha.

— E estava?

— Não. Dave cometeu um erro com a papelada. Só que ele foi tão honesto sobre o assunto que eu o convidei para um café. Aqui.

— O que resultou em sexo apenas dois encontros depois.

— Dave te contou isso?

— Está incorreto?

— Totalmente mentira. Só dormimos juntos depois do casamento.

— Então Dave mentiu? — Incrível. Dave era escrupulosamente honesto.

Sonia deu uma gargalhada.

— Não, *eu* menti. Não deu pra perceber?

Balancei a cabeça.

— Sou extremamente crédulo. — Enganar Lydia seria bem mais difícil, tendo em vista que provavelmente ela estava acostumada a lidar com fraudes do sistema de saúde, com gente que tentava enganar a previdência social ou que deixava de pagar a pensão alimentícia dos filhos.

— Tem certeza de que não contou a ela que Rosie é australiana?

— Eu disse que Rosie não tinha família aqui. Ela... digo, você, pode ser de qualquer lugar, menos de Nova York.

— Certo. E esse tal teste de depressão?

— Talvez ela use outro. Pesquisei vários e, pelo visto, o que eles têm em comum é o fato de associarem o risco de depressão com a sensação de infelicidade e ansiedade do respondente.

— A psicologia é ou não é incrível? Às vezes me pergunto por que pagamos essa gente.

— Acha que vamos conseguir enganá-la?

— Não se preocupe, Don. O truque é só mentir no que for preciso. De resto, você vai ser você mesmo, e eu vou ser eu mesma, só que com outro nome. Eu sou uma mulher feliz. E completamente normal.

Mal reconheci Sonia no enorme saguão do Hospital Bellevue. Até então, só tinha visto Sonia com suas roupas de trabalho ou de calça jeans, em ocasiões sociais. No momento ela vestia uma saia larga estampada e uma camisa branca de babados, passando a impressão de ser uma bailarina de danças folclóricas. Ela me cumprimentou efusivamente.

— *Ciao*, Don. Lindo dia, *no*?

— Você está esquisita. Parece uma comediante fingindo ser italiana.

— Eu *sou* italiana. Moro aqui há apenas um ano. Como você mesmo disse à assistente social, ninguém da minha família mora em Nova York. Mas mesmo assim estou muito feliz! Por causa do *bambino!* — Ela girou em falso, e a força centrífuga fez sua saia inflar. Sonia riu.

Os avós paternos de Sonia eram mesmo da Itália, mas ela não falava nada de italiano. Se Lydia trouxesse um intérprete, teríamos um problema. Recomendei que Sonia moderasse no sotaque, embora de fato tivesse sido uma ideia brilhante criar uma Rosie de outra nacionalidade, já que o sotaque australiano pareceria falso perto do meu.

— Lamento interromper seus estudos — disse Lydia depois de fazer um gesto para nos sentarmos. — A senhora deve estar muito ocupada.

— Estou sempre muito ocupada — retrucou Sonia, e olhou para seu relógio de pulso. Fiquei impressionado com a atuação dela.

— Há quanto tempo está nos Estados Unidos?

— Desde o começo do curso de medicina. Eu veio aqui para *estudare*.

— E antes disso, o que a senhora fazia?

— Trabalhava numa clínica de fertilidade em *Milano*. Foi por isso que me *interessare* pela medicina.

— Como vocês se conheceram?

Desastre! Sonia olhou para mim. Eu olhei para Sonia. Se um dos dois precisava inventar uma história, era melhor que fosse ela.

— Em Columbia. Don é meu professor. Tudo está acontecendo *presto*.

— Para quando é o bebê?

— Dezembro. — Esta era a resposta correta no caso de Sonia.

— A senhora planejava engravidar tão rápido?

— Quando se trabalha numa clínica de fertilidade, você aprende a importância de ter um filho. Acho que sou uma pessoa de sorte. — O sotaque de Sonia havia desaparecido completamente, mas, mesmo assim, ela parecia bastante convincente.

— A senhora planeja trancar os estudos quando tiver o bebê?

Era uma pergunta capciosa. Sonia, a verdadeira Sonia, planejava tirar um ano de licença, o que estava deixando Dave muito estressado em virtude do impacto que isso causaria no orçamento familiar. Se Sonia respondesse como ela mesma e não como Rosie, eu seria obrigado a agir como se fosse Dave para manter a consistência da atuação, e sem dúvida não seria nem um pouco convincente. Era melhor que Sonia respondesse o que Rosie responderia. O problema é que ela não sabia o que Rosie responderia. Respondi em seu lugar:

— Rosie pretende continuar os estudos sem interrupção.

— Não vai pedir uma licença?

— Apenas o tempo mínimo, uma semana. Talvez um pouco mais.

Lydia olhou para Sonia.

— Uma semana? A senhora só vai tirar uma semana de licença depois de ter o bebê?

A surpresa evidente e a desaprovação de Lydia coincidiam com o conselho de David Borenstein. A surpresa de Sonia coincidia com o fato de ela não ser Rosie e de que seu plano para o pós-parto era parar de trabalhar por tempo indeterminado. Estávamos todos em comum acordo, menos Rosie, que não estava presente. Tentei apresentar a posição dela:

— A chegada de um filho não deve ser mais perturbadora do que seria uma pequena infecção do trato respiratório.

— O senhor acha que ter um filho é o mesmo que ficar resfriado?

— Sem o aspecto da doença, é claro. — A analogia de Rosie tinha sido falha naquele sentido e então corrigi: — Está mais para tirar uma semana de folga para assistir aos jogos do campeonato de beisebol. — Sonia me olhou de um jeito estranho; sem dúvida fiz aquela referência ao esporte porque devo ter me lembrado de Dave inconscientemente.

Lydia mudou de assunto.

— Então, com Rosie estudando em tempo integral, o senhor será o único responsável pelo ganha-pão.

Rosie odiaria que eu respondesse "sim" a essa pergunta. A resposta que dei logo em seguida seria verdadeira até pouco tempo atrás.

— Incorreto. Ela trabalha num bar à noite.

— Acredito que eventualmente ela tenha de deixar esse emprego.

— Negativo. Ela considera importantíssimo contribuir com as finanças. — Sonia tinha razão; na maior parte do tempo era possível dizer a verdade.

— E qual é o papel do senhor, segundo seu ponto de vista?

— Em que sentido?

— Estou pensando que, se Rosie vai estudar em tempo integral e trabalhar em meio período, o senhor talvez precise ajudar nos cuidados com o bebê.

— Já discutimos esse assunto. Rosie não precisa de nenhuma ajuda.

Lydia virou-se para Sonia.

— A senhora se sente à vontade com tudo isso? É isso o que a *senhora* acha?

Eu havia me esquecido de que Sonia era virtualmente Rosie naquele momento e comecei a falar dela como uma pessoa externa à conversa. Torci para que Lydia não tivesse percebido. A resposta correta por parte de Sonia seria um simples "sim". Lydia teria uma história plausível, compatível com a minha versão e com o fato de Rosie ter exatamente o que ela considerava necessário para sua felicidade. Em suma, uma história compatível com a *realidade*. Entretanto...

— Bem... — disse Sonia.

— Antes de responder — disse Lydia —, me fale um pouco sobre a sua família. Sua mãe tinha espaço para expressar as opiniões dela?

— Na verdade, não. Meu pai é quem decidia o que ela deveria dizer e fazer.

— Era uma família bastante tradicional, então?

— Se com isso a senhora quer dizer que meu pai trabalhava, voltava pra casa, nunca cozinhava e queria o jantar esperando por ele na mesa enquanto minha mãe, que tinha diabetes, precisava cuidar sozinha de cinco filhos, éramos uma família tradicional. A tradição era a desculpa. — O sotaque italiano havia sumido completamente. Sonia parecia brava.

— Parece que a senhora está prestes a seguir os passos de sua mãe.

— Parece mesmo, não é? Tudo girava em torno do trabalho do meu pai. Ah, ele precisava trabalhar tanto. *Tanto*. Bem, mas quer saber de uma coisa? Eu não me casei com meu pai. Espero um pouquinho mais por parte de Dave.

— Dave?

— Don.

Houve uma pausa. Lydia provavelmente estava partindo do erro de Sonia para analisar a situação em retrospecto e chegar à inevitável conclusão de que ela era uma impostora. Eu precisava explicar aquilo. Tentei pensar rápido e cheguei a uma solução tão elegante que superou minha aversão costumeira a mentir.

— Meu nome do meio é David. Como meu pai também se chama Donald, às vezes me chamam de Dave. Para evitar confusão. — A ideia me veio pela lembrança de meu primo Barry, a quem toda a família chama de Victor, seu nome do meio, já que o pai dele também se chama Barry.

— Bem, Don-Dave, o que acha do que Rosie acabou de dizer?

— Rosie? — Agora eu estava seriamente confuso. Sonia, Rosie, Don, Dave, Barry, Victor, que também era o nome do meu avô. Pai do meu pai. Eu estava prestes a me tornar pai, também. De um filho com um nome provisório.

— Sim, Donald-David, Rosie. Sua esposa.

Com o tempo eu teria me desenredado sozinho, mas, com Lydia me encarando, dei a única resposta possível:

— Preciso processar essa nova informação.

— Quando tiver processado, marque uma nova consulta. — Lydia agitou a ficha policial. Estávamos dispensados. Com o problema ainda sem solução.

Sonia precisava voltar ao trabalho, portanto discutimos o assunto no metrô.

— Preciso contar para Rosie — falei.

— E o que você vai dizer para Lydia? "Oi, esta é a Rosie verdadeira? Sou um vigarista, pedófilo e preguiçoso insensível?"

— Ninguém falou em falta de sensibilidade e preguiça.

— Se você tivesse sido um pouco mais sensível, talvez tivesse percebido. — Tínhamos chegado ao ponto onde Sonia descia, mas eu fui junto. A conversa era obviamente crítica, nos dois sentidos da palavra.

— Desculpe, estou irritada comigo mesma — disse Sonia. — Estraguei tudo. E não gosto de estragar as coisas.

— Usar o nome de Dave sem querer foi totalmente compreensível. Eu tive de me concentrar muito para não chamar você de Sonia.

— É mais do que isso. As coisas não estão indo como eu esperava entre mim e Dave. Tentamos engravidar por tanto tempo e agora ele não está interessado.

Eu sabia o motivo. Dave estava estressado com o trabalho e com a possibilidade de os negócios fracassarem, o que levaria à possibilidade de Sonia precisar trabalhar, o que ia contra os planos dela, o que levaria à rejeição de Dave como parceiro adequado, o que levaria ao divórcio, ao afastamento de seu filho e ao desaparecimento de todo o sentido da sua vida. Eu e ele havíamos repassado essa sequência várias vezes.

Infelizmente, eu não podia contar para Sonia o atual estado da empresa de Dave, pois isso poderia acelerar o processo. Agora, Sonia tinha identificado outro caminho que poderia levar à mesma conclusão.

Ela prosseguiu:

— Andei lendo um monte de coisas, tentando fazer tudo direito, mas parece que Dave acha que a gravidez não tem nada a ver com ele. Sabe o que ele fez ontem à noite?

— Jantou e foi dormir? — Parecia a probabilidade mais factível.

— Você não podia ter sido mais preciso. Preparei um jantar sugerido por um dos livros sobre gravidez, com sete dos dez superalimentos. Estava esperando por ele para comer quando ele chegou trazendo sabe o quê? Um hambúrguer. Na verdade, um cheeseburguer duplo com bacon e guacamole. E isso porque ele deveria estar de dieta!

— Tinha tomate e alface?

— O quê?

— Estou contando os superalimentos da gravidez presentes no hambúrguer.

— Ele se sentou e comeu tudo na minha frente. Depois foi deitar. Uma falta de consideração total.

Achei melhor não dizer nada. Dave estava tentando salvar seu casamento, o que o levava a trabalhar mais, o que levava a estresse, o que levava ao consumo de hambúrgueres e à exaustão, o que levava a problemas de saúde e no casamento. Mais informações para processar.

Nenhum de nós disse nada no caminho da estação do metrô até a clínica de fertilidade. Sonia inexplicavelmente fez menção de me abraçar, mas então se lembrou a tempo.

— Não diga nada ao Dave. Vamos superar isso.

— Posso contar essa parte para ele? A de que vocês vão superar? Talvez ele também esteja preocupado com os problemas no casamento.

— Ele disse isso?

— Correto.

— Ai, meu Deus. É tão difícil.

— Concordo. O comportamento humano é altamente confuso. Vou contar a Rosie sobre Lydia hoje mesmo.

— Não vai, não. Foi tudo culpa minha e não quero ser a responsável por deixar Rosie chateada. Pelo visto ela já está carregando o peso do mundo nas costas. Vamos fazer tudo direitinho da próxima vez.

— Não sei ao certo o que devemos fazer.

— Lydia e eu estamos tentando dizer a mesma coisa, Don: você precisa pensar numa maneira de apoiar Rosie. Não importa o que ela diga sobre ser independente. Ela precisa da sua ajuda.

— Por que ela mentiria?

— Ela não está mentindo, ao menos não de propósito. Rosie acha que é a Mulher-Maravilha, Don. Só isso. Ou talvez ache que você não quer ajudar, ou não que não é capaz.

— Então preciso contribuir para o processo da gravidez?

— Precisa apoiar. Mostrar interesse. Estar ao lado dela. É só isso que eu e Lydia queremos de você. E Don?

— Pois não?

— Quantos superalimentos havia naquele hambúrguer? Havia alface e tomate. Era duplo.

— Oito. Mas...

— Nada de mas.

Dessa vez, Sonia realmente me abraçou. Fiquei imóvel e o abraço logo chegou ao fim.

14

Lydia estava certa. Já haviam se passado seis semanas desde que Rosie anunciou que estava grávida. Entretanto, além de desenhar o calendário do Projeto Bebê nos azulejos, eu não tinha contribuído em quase nada para os preparativos da produção e manutenção do bebê — exceto comprar os ingredientes para uma refeição adequada para gestantes e fazer uma excursão de pesquisa que resultou no Incidente do Parquinho.

Gene estava errado. Os instintos que funcionavam no ambiente pré-histórico não bastavam num mundo que regulamentava idas ao parquinho e permitia que as pessoas escolhessem entre tofu e pizza. Ele estava certo, entretanto, em recomendar que eu resolvesse o problema do meu próprio modo, a partir dos meus pontos fortes. Porém, eu precisava começar imediatamente, e não depois que o bebê nascesse.

Minha busca por leituras adequadas sobre os aspectos práticos da gravidez resultou em uma lista substancial. Decidi começar com um livro confiável e usá-lo como um guia geral, e, em seguida, ler a bibliografia indicada nas referências para obter informações mais detalhadas. A vendedora da livraria da Faculdade de Medicina recomendou a quarta edição de *O que esperar quando você está esperando*, de Murkoff e Mazel, advertindo, entretanto, que alguns leitores o consideravam muito técnico. Perfeito. O exemplar tinha muitas páginas, e isso me tranquilizou.

Uma análise rápida de *O que esperar* identificou algumas características positivas e outras negativas no livro. A quantidade de tópicos abordados era impressionante, embora boa parte deles fosse irrelevante para o nosso caso: eu e Rosie não tínhamos um gato que pudesse causar infecção via fezes; não éramos usuários habituais de cocaína; Rosie não tinha qualquer receio quanto à sua competência como mãe. As referências bibliográficas eram pobres, sem dúvida por se tratar de um livro destinado a um público não acadêmico. Eu buscava *evidências científicas* constantemente.

O primeiro capítulo que li chamava-se "Nove Meses de Boa Alimentação". Ele me forneceu o meta estudo que eu estava buscando, unindo o que havia de melhor nas pesquisas sobre nutrição gestacional e usando essas informações como base para recomendações práticas. Pelo menos parecia ser essa a intenção.

O título do capítulo era outro lembrete de que Rosie e o feto em desenvolvimento — exposto e vulnerável às toxinas capazes de atravessar a placenta — haviam passado por nove semanas de alimentação *ruim*, incluindo três semanas de consumo de bebida alcoólica devido à falta de planejamento. Mas o álcool já consumido não poderia ser "desconsumido". Eu precisava me concentrar nas coisas que eu podia mudar e aceitar as que eu não podia.

O conselho de dar preferência a alimentos orgânicos e de produção local era previsível. Eu já havia pesquisado sobre o assunto antes por motivos óbvios de ordem econômica e de saúde. Qualquer recomendação relacionada à gravidez baseada na premissa do "natural é melhor" deveria vir acompanhada de estatísticas sobre bebês nascidos nesse ambiente "natural", privados de diversidade nutricional, antibióticos e salas de cirurgia esterilizadas. E, obviamente, de uma rigorosa definição do que realmente é "natural".

A disparidade entre as minhas conclusões — embasadas em pesquisas sólidas sobre orgânicos — e o sumário do livro foi uma boa advertência para não aceitar qualquer recomendação antes de checar as fontes. Nesse meio-tempo, eu não tinha outra escolha a não ser confiar em *O que esperar* como sendo a melhor fonte de informações disponível. Li por alto o restante do livro e aprendi alguns fatos interessantes. Depois, dediquei o resto da tarde ao desenvolvimento de um Sistema de Refeições Padronizadas (Versão Gravidez) que estivesse de acordo com as recomendações. O fato de Rosie não comer carne e frutos do mar de criação não sustentável simplificou a tarefa, já que reduzia o número de opções. Eu confiava que o cardápio final pudesse fornecer uma base nutricional adequada para a gestação.

Como ocorre com frequência na ciência, a fase de implementação provou-se bem mais difícil do que o planejamento. A reação inicialmente negativa de Rosie àquela refeição à base de tofu deveria ter me alertado. Eu precisava me lembrar de que possuir conhecimentos mais abrangentes sobre o assunto não mudava, em si, a opinião dela. Era lógico, mas nada intuitivo. Rosie trouxe o assunto sem nenhum estímulo da minha parte.

— Onde você comprou a cavala defumada? — perguntou ela.

— Não faz diferença — respondi. — Era um peixe defumado a frio.

— E daí?

— E daí que nada de peixes defumados a frio no seu caso.

— Por quê?

— Porque podem causar enjoo. — Eu estava consciente de que minha resposta era vaga. Não tivera tempo de pesquisar as evidências por trás daquela afirmativa sem referências, mas, àquela altura, eu precisava aceitá-la como o melhor conselho disponível.

— Muitas coisas podem me causar enjoo. Todo dia de manhã eu tenho ficado enjoada, mas estou com vontade de comer aquela cavala defumada. Provavelmente deve ser meu corpo sinalizando que precisa de cavala defumada. Cavala defumada a frio.

— Recomendo que faça uma minirrefeição de salmão em lata e grãos de soja. A boa notícia é que você poderá comê-la agora mesmo para satisfazer seu desejo. — Fui até a geladeira e peguei a Parte Um do jantar de Rosie.

— Minirrefeição? O que é uma minirrefeição?

Sorte que eu estava estudando sobre gravidez. Rosie obviamente tinha feito poucas pesquisas sobre o assunto.

— Uma solução parcial para o problema da náusea. Você deve fazer seis minirrefeições ao longo do dia. Preparei uma segunda refeição para as 21h.

— E você? Vai comer às nove?

— É claro que não. Não estou grávido.

— E as outras quatro refeições?

— Tudo pré-embalado. O café da manhã e mais três refeições para amanhã já estão na geladeira.

— Putz. Então... Isso é muito legal da sua parte, mas... Não quero que você tenha tanto trabalho, Don. Posso comer qualquer coisa no café da faculdade. Nem tudo o que eles vendem é porcaria.

Era uma contradição direta às reclamações anteriores de Rosie a respeito do café.

— Você deve resistir à tentação. Tanto para o bem da sua saúde quanto para a de Bud, precisamos planejar, planejar e planejar mais um pouco. — Eu estava citando O Livro. Neste sentido, o conselho dado por *O que esperar* estava de acordo com meu próprio modo de pensar. — Além disso, precisa controlar o consumo de café. Como as doses recomendadas no livro são inconsistentes, sugiro que beba um café pela manhã, em casa, e, quando estiver na universidade, apenas descafeinado.

— Você andou lendo, né?

— Correto. Recomendo *O que esperar quando você está esperando*. É para mulheres grávidas.

Nossa conversa foi interrompida pela chegada de Gene, que agora já tinha sua própria chave. Ele parecia estar de bom humor.

— Boa noite a todos. O que temos pro jantar? — Ele agitou uma garrafa de vinho tinto.

— Ostras da Nova Inglaterra de aperitivo, frios de entrada, o prato principal *steaks* malpassados ao estilo nova-iorquino com crosta de ervas e salada de alfafa, seguido por uma seleção de queijos azuis e queijos de leite cru, e, para finalizar, *affogato* com Strega. — Como parte da mudança do sistema de refeições, eu também havia programado refeições adequadas para mim e para Gene, levando em consideração que nenhum dos dois estava grávido e que não éramos ativistas pró-frutos-do--mar-de-origem-sustentável.

Como Rosie pareceu um pouco confusa, acrescentei:

— Rosie vai comer um curry de legumes, só que sem curry.

O Livro me advertira sobre possíveis comportamentos irracionais devido à oscilação hormonal. Rosie recusou-se a comer a minirrefeição e, em vez disso, consumiu um pouco de cada item do meu jantar e de Gene, incluindo uma pequena quantidade do *steak* (violando, portanto, seu compromisso de só consumir carne proveniente de frutos do mar de produção sustentável) e até bebeu um gole de vinho.

A consequência previsível foi enjoo na manhã seguinte. Rosie estava sentada na cama, com a cabeça nas mãos, quando eu a alertei sobre o horário.

— Vai sozinho — disse ela. — Vou tirar a manhã de folga.

— Não se sentir bem é normal na gravidez. É quase com certeza um bom sinal. A falta de enjoo matinal está relacionada a um maior risco de aborto espontâneo e anormalidades. Seu corpo provavelmente está desenvolvendo algum componente crucial, como um braço, por exemplo, e minimizando a possibilidade de que toxinas atrapalhem o processo.

— Você está falando besteira.

— Flaxman e Sherman, *Quarterly Review of Biology*, ano 2000. "Um mecanismo evoluído para reduzir deformidades induzidas por toxinas."

— Don, fico muito grata por tudo isso, mas você precisa parar. Eu quero comer comida normal. Quero comer o que eu sentir vontade de comer. Estou me sentindo um lixo, e comer salmão em lata com grãos de soja só vai me fazer sentir mais lixo ainda. O corpo é meu, e eu escolho o que fazer com ele.

— Incorreto. São dois corpos, e um deles tem cinquenta por cento dos meus genes.

— Então eu tenho um voto e meio e você, meio voto. Ganhei. Posso comer cavala defumada e ostras cruas.

Ela deve ter percebido minha expressão.

— Estou brincando, Don. Mas não quero você me dizendo o que eu posso ou não comer. Não vou me embebedar nem comer salame.

— Você comeu pastrami ontem à noite.

— Muito pouco. E eu só comi pra provar o que eu penso. Enfim, não importa; não estou planejando comer carne de novo.

— E mariscos? — Era um teste.

— Suponho que sejam proibidos para gestantes.

— Supôs errado. Mariscos cozidos não oferecem risco.

— É sério: qual a importância disso tudo? Tipo, eu sei que é a sua cara ficar obcecado com cada detalhezinho. Mas Judy Esler disse que nunca se preocupou com o que comia vinte e cinco anos atrás. Acho que é mais provável que eu seja atropelada indo a pé para Columbia do que ficar intoxicada comendo ostras.

— Minha previsão é que você está errada.

— Previsão? Você não tem certeza, tem?

Rosie me conhecia muito bem. O Livro tinha poucos dados concretos. Ela se levantou e apanhou a toalha que estava caída no chão.

— Faça uma lista do que eu não posso comer. Não mais do que dez itens. E nada de categorias genéricas como "doces" ou "coisas salgadas". Você prepara o jantar e eu como o que eu bem quiser durante o dia. Exceto as coisas da sua lista. E nada de minirrefeições.

Então me lembrei de um conselho extraordinariamente anticientífico de *O que esperar*, conselho esse que encorajava o maior defeito do exercício da medicina. Fazia referência à cafeína: "A recomendação pode variar de acordo com o médico, portanto, cheque com o seu ginecologista..." Incrível! Colocar julgamentos individuais na frente do consenso obtido pelas pesquisas! Só que isso me dava a oportunidade de fazer outra pergunta:

— Que conselho seu médico deu em relação à alimentação?

— Não consegui marcar uma consulta ainda. Tenho andado alucinada com a tese. Mas vou marcar logo.

Fiquei pasmo. Eu não precisava d'O Livro para me dizer que uma mulher grávida deveria agendar visitas regulares a um obstetra. Apesar das minhas reservas quanto à competência de alguns dos membros da classe médica, não havia dúvida de que, estatisticamente, ter um profissional envolvido no processo levava a melhores resultados. Minha irmã morreu por conta de um erro de diagnóstico, mas com certeza teria morrido do mesmo jeito, caso não tivesse ido ao médico.

— Já passou da hora de você fazer um ultrassom de oito semanas. Vou pedir a David Borenstein que recomende um profissional e marcarei uma consulta para você.

— Esquece isso. Segunda-feira eu resolvo. Vou almoçar com a Judy.

— David tem muito mais conhecimento.

— Judy conhece todo mundo. Por favor, deixa que eu resolvo.

— Promete que vai marcar uma consulta na segunda-feira?

— Ou na terça. Pode ser que só me encontre com Judy na terça. Ela mudou as datas, mas pode ser que a gente tenha mudado novamente. Não me lembro mais.

— Você é desorganizada demais para ter um filho.

— E você é obsessivo demais. Sorte que quem vai ter o bebê sou eu.

O que tinha acontecido com aquela história do "*Estamos grávidos*"?

15

Na terça-feira seguinte, fui até a sala de Gene depois de concluir o trabalho agendado para aquele dia.

— Hoje vou deixar vocês dois terem um jantar romântico a sós — disse ele. — Tenho um compromisso à noite.

Eu esperava ter a companhia dele no metrô na volta para casa e, com isso, algum estímulo intelectual. Em sua ausência, eu teria de baixar algum estudo científico para ler no caminho. Porém, o mais preocupante da história toda é que Inge havia saído mais cedo a fim de se arrumar para um jantar num restaurante chique. Detectei um padrão.

— Você vai sair para jantar com Inge?

— Muito perspicaz. Ela é uma companhia agradabilíssima.

— Programei o jantar contando com você.

— Tenho certeza de que Rosie não vai sentir minha falta.

— Inge é extremamente jovem. Inadequadamente jovem.

— Ela é maior de vinte e um anos. Pode beber, votar e sair com homens não comprometidos. Você está sendo preconceituoso, Don.

— Você deveria estar pensando em Claudia. Dando um jeito na questão da sua promiscuidade.

— Eu não sou promíscuo. Estou saindo com uma única mulher. — Gene sorriu. — Cuide dos seus próprios problemas, ok?

Gene tinha razão. Rosie ficou feliz por ele não estar presente. Quando nos casamos, presumi que precisaria passar uma quantidade de tempo incômoda na presença de outra pessoa. Na verdade, devido aos compromissos de trabalho e aos estudos, eu e Rosie passávamos a maior parte do tempo separados. Atualmente, nosso tempo juntos (exceto os períodos na cama, quando pelo menos um de nós — geralmente eu — estava dormindo) quase sempre contava com a presença de Gene. O contato exclusivo com Rosie tinha caído a um nível abaixo do desejável.

O Livro apresentava um item bastante estimulante, item esse que eu preferi não mencionar diante de Gene.

— Você notou algum aumento da libido? — perguntei.

— Por que, você notou? — perguntou ela.

— O aumento do apetite sexual não é incomum no primeiro trimestre da gravidez. Estava me perguntando se aconteceu com você.

— Você é hilário, Don. Acho que, se eu não estivesse vomitando nem me sentindo um lixo...

Então me ocorreu que nosso hábito de fazer sexo pela manhã e não à noite estava contribuindo para o problema.

Depois do jantar, Rosie foi para o escritório dela trabalhar na tese. Ela dedicava em média noventa e cinco minutos a essa sessão de trabalho antes de dormir, embora esse período variasse bastante. Depois de oitenta minutos, preparei um chá de frutas e o servi com alguns mirtilos frescos.

— Como está se sentindo? — perguntei.

— Até que estou bem. Tirando a parte da estatística, é claro

— Há muitas coisas feias neste mundo. Gostaria de afastar todas elas de você — falei, imitando o momento em que Gregory Peck, no papel de Atticus Finch, presta seu apoio. Provavelmente era essa a minha fala mais eficaz. As chances de imitar Gregory Peck haviam diminuído significativamente com a presença de Gene.

Rosie se levantou.

— Ótimo timing. Acho que já chega de coisas feias por hoje. — Ela me abraçou e me beijou, não como se estivesse me cumprimentando, mas apaixonadamente.

Fomos interrompidos por um ruído familiar vindo de um lugar não familiar: alguém estava ligando para o Gene pelo Skype. Eu não sabia ao certo quais eram as regras sobre atender chamada de VoIP de outra pessoa, mas poderia ser a Claudia ligando devido a uma emergência. Ou para propor uma reconciliação.

Entrei no quarto de Gene e vi o rosto de Eugenie na tela. A filha de Gene e Claudia tem nove anos e eu não falava com ela desde que nos mudamos para Nova York. Cliquei em *Responder com vídeo*.

— Pai? — A voz de Eugenie estava alta e clara.

— Saudações! Sou eu, Don.

Eugenie riu.

— Dá pra ver. E eu teria adivinhado só de ouvir o "saudações".

— Seu pai saiu.

— O que você tá fazendo na casa dele?

— Na verdade, a casa é minha. Só que estamos dividindo, como estudantes.

— Que demais. Você e meu pai eram amigos na escola?

— Não. — Gene é dezesseis anos mais velho, e eu não teria pertencido ao grupo social dele caso tivéssemos sido contemporâneos. Gene estaria saindo com garotas, praticando esportes e angariando votos para ser o aluno modelo da escola.

— Então oi, Don.

— Oi, Eugenie.

— Quando você acha que meu pai vai voltar pra Austrália?

— O período sabático dele dura seis meses. Portanto, tecnicamente, ele voltaria no dia 24 de dezembro, embora o semestre termine no dia 20 de dezembro.

— É um tempão.

— Quatro meses e catorze dias.

— Ei, chega a cabeça pra lá, Don.

Olhei para o quadradinho com a imagem do meu rosto no canto da tela e percebi que Rosie havia entrado no quarto e estava atrás de mim. Cheguei para o lado e expandi a imagem. Rosie estava usando sua única camisola impraticável. A camisola era o equivalente dela ao meu muffin de mirtilo, embora fosse preta, e não bege com bolinhas azuis. Rosie fez uma dancinha e Eugenie a chamou:

— Ei, Rosie!

— Ela está me vendo? — perguntou Rosie.

— Aham — respondeu Eugenie. — Você está vestindo uma...

— Eu acredito em você — interrompeu Rosie, rindo. Então ela saiu do quarto e acenou para mim da porta. Eugenie retomou a conversa, mas agora eu estava distraído.

— Meu pai quer voltar pra casa?

— É claro! Ele sente saudades de todos.

— Até da mamãe? Ele disse isso?

— É claro. Preciso ir dormir, Eugenie. Já está tarde aqui.

— Mamãe disse que ele precisa resolver algumas coisas. É verdade?

— Ele está fazendo um excelente progresso. Temos um grupo masculino, conforme recomendado no meu livro sobre gravidez. Um engenheiro de refrigeração, seu pai, um astro do rock e eu. Daqui a alguns dias enviarei um relatório sobre o andamento.

— Você é tão engraçado. Até parece que tem um astro do rock... Mas, ei! Peraí. Por que você tá lendo um livro sobre gravidez?

— Para ajudar Rosie na produção do nosso bebê.

— Vocês vão ter um bebê? Mamãe não me contou nada.

— Provavelmente porque ela não sabe.

— É segredo?

— Não, mas não vi motivo para informá-la. Claudia não precisa fazer nada a respeito.

— Mãe! Mãe! Don e Rosie vão ter um bebê!

Claudia empurrou Eugenie para o lado, o que me pareceu falta de educação, e ficou óbvio que a conversa iria continuar. Eu queria conversar com Claudia, mas não naquele momento nem na frente de Eugenie.

— Don, que notícia maravilhosa! Como você está se sentindo?

— Eletrizado, fim de papo — falei, combinando a resposta recomendada por Gene com a expressão de encerramento de conversa que eu havia aprendido com Rosie.

Claudia ignorou minha indireta.

— Que maravilha — repetiu ela. — Cadê a Rosie?

— Está deitada, provavelmente acordada devido à minha ausência. Está extremamente tarde.

— Ah, perdão. Bem, por favor, dê parabéns a ela por mim. Para quando é o bebê?

Depois de conduzir um interrogatório sobre temas relacionados à gravidez, Claudia disse:

— Quer dizer que Gene saiu? Ele tinha prometido conversar com Eugenie. Aonde ele foi?

— Não sei. — Desliguei a câmera.

— Não estou mais vendo o seu rosto, Don.

— Ah, deve ser algum problema técnico.

— Estou vendo. Ou melhor, não estou vendo. Bem, seja lá o que ele estiver fazendo, não vai ajudar Eugenie com a questão de ciências.

— Sou especialista em questões de ciências.

— E uma pessoa decente, também. Tem certeza de que tem tempo?

— Para quando é a tarefa?

— Ela estava muito ansiosa para resolver isso ainda hoje. Mas, se você tiver outros compromissos...

Levaria menos tempo para responder uma questão de ciências do curso primário do que negociar com Claudia.

— Prossiga.

Liguei a câmera novamente, mas Eugenie havia desligado a dela quando voltei.

— Qual é a questão de ciências? — perguntei.

— Não tem questão nenhuma. Eu é que falei isso pra mamãe. Como se eu não fosse capaz de resolver uma questão de ciências. Fala sério.

— Como assim falar sério?

— É, porque tipo, *dã*. Eu sou a melhor aluna de ciências da turma. E de matemática.

— Você sabe cálculo?

— Ainda não.

— Então, provavelmente, você não é um gênio. Excelente.

— Por que excelente? Achei que fosse bom ser inteligente.

— Eu recomendo ser inteligente, mas não um gênio. A menos que a única coisa que importe na sua vida sejam números. Em geral, os matemáticos profissionais são socialmente incapazes.

— Talvez seja por isso que todo mundo anda postando coisas maldosas sobre mim no Facebook.

— Todo mundo?

Ela riu.

— Não tooodo mundo, só um monte de gente.

— Não é possível criar algum tipo de filtro?

— Dá pra bloquear, mas eu meio que não estou a fim. Quero ver o que estão dizendo. Porque eles ainda são meio que meus amigos, sabe? Ai, parece meio idiota, né?

— Não. É normal desejar ter informações. É normal querer que gostem de você. Houve alguma ameaça de violência?

— Nah. Eles só ficam dizendo bobagens, só isso.

— Provavelmente por serem idiotas. Pessoas altamente inteligentes costumam sofrer bullying por serem diferentes. E, no seu caso, a diferença é o elevado grau de inteligência. — Eu estava ciente de que não parecia nem um pouco inteligente naquele momento.

— Você sofria bullying? Aposto que sim.

— Você ganharia a aposta. Inicialmente eram ataques violentos, até eu aprender artes marciais. Então as provocações ficaram mais brandas. Felizmente não sou uma pessoa sutil, portanto, quando a violência parou, as coisas ficaram bem melhores.

Conversamos por cinquenta e oito minutos, contando com a conversa inicial e a interação com Claudia, e, nesse tempo, trocamos informações sobre experiências com bullying. Não vi nenhuma solução óbvia para o problema de Eugenie, mas se ela estava enfrentando o mesmo tipo de dificuldades pelas quais passei quando criança, eu me sentia na obrigação de oferecer qualquer conhecimento que pudesse servir de ajuda.

No fim, ela disse:

— Preciso ir pra aula de equitação. Você é a pessoa mais inteligente que eu conheço. — Em termos de quociente de inteligência, provavelmente ela estava certa. Em termos de conhecimentos de psicologia prática, estava errada.

— Eu não confiaria nos meus conselhos.

— Você não me deu nenhum conselho. Mas gostei de conversar com você, só isso. Podemos fazer isso de novo outro dia?

— É claro. — Eu também havia gostado da conversa. A não ser ao pensar na atividade alternativa que me esperava no quarto ao lado.

Encerrei a conexão. Quando estava saindo do quarto de Gene, o computador apitou com uma mensagem de texto: *Boa noite. Eu <3 você, Don.*

Rosie estava semiacordada quando me juntei a ela na cama.

— Pelo visto a conversa foi boa — disse ela.

— Para começo de conversa, este caso jamais deveria ter vindo parar no tribunal — falei, imitando Atticus Finch ao defender o inocente Tom Robinson, usado como bode expiatório por causa de uma pequena diferença genética.

Rosie sorriu.

— Me desculpe, Sr. Peck, mas comi demais. Boa noite.

Embora eu tivesse chamado de grupo masculino o encontro recente em que comemos hambúrgueres e assistimos a um jogo de beisebol, minha sugestão de que formalizássemos a coisa não foi bem recebida por George.

— Eu já faço parte de um grupo masculino — disse ele. — Que acabou com a minha vida.

— Obviamente, você deveria sair dele e ingressar em outro que seja mais adequado.

— Ah, mas é a esse mesmo grupo que devo a minha vida. — Percebi que George estava falando dos Dead Kings.

— Não quer assistir ao jogo com a gente? E conversar sobre assuntos não relacionados a beisebol durante os intervalos?

— Por mim, tudo bem. Só não quero chamar atenção. Já faço isso demais no trabalho. Casanova e o grandão vão também?

Relacionei mentalmente as duas descrições a Gene e Dave e só respondi depois de uma breve pausa.

— Correto.

— Vou colocar meus sapatos confortáveis.

16

Calculon deseja se conectar com você pelo Skype.

Eu não conhecia ninguém chamado Calculon. Uma das vantagens de ter um número pequeno de amigos é a facilidade de filtrar as interações. Ignorei a solicitação. Na noite seguinte, recebi uma mensagem de Calculon: *Sou eu, Eugenie.*

Aceitei o convite e, em questão de segundos, meu computador começou a apitar.

— Saudações, Eugenie.

A imagem dela apareceu na tela.

— Ai, que nojo!

Reconheci o problema por já tê-lo enfrentado antes, numa conversa com Simon Lefebvre, meu colega de pesquisa em Melbourne.

— Meu escritório é aqui no banheiro. Ele possui um vaso sanitário próprio. Que por sinal não está em uso neste exato momento, somente como assento.

— Que bizarro. Vou contar pra mamãe, com certeza. Embora eu não devesse estar falando com você.

— Por que não?

— Eu fiz o que você disse. Levei tudo na brincadeira.

— O que exatamente você levou na brincadeira?

— Uma menina veio dizer que meu pai tem, tipo, umas cem namoradas, aí eu respondi "aham, porque ele é o máximo. Bem diferente do seu pai, que só conseguiu descolar a troll da sua mãe".

— Troll? Tipo os da mitologia nórdica?

Eugenie riu.

— Não, tipo alguém que gosta de ficar enchendo o saco dos outros nas redes sociais. Meu pai disse que a própria garota é uma troll. Enfim, todo mundo parou de rir de mim e começou a rir dela, mas aí veio outra menina e dedurou a gente, e depois todo mundo ficou uma semana suspenso e mandaram um bilhete pra minha mãe. E agora todo mundo tá enchendo o saco dela.

— Da sua mãe?

— Não, da menina que dedurou a gente.

— Acho que vocês deviam estabelecer um cronograma, um rodízio, e escolher quem vai sofrer o bullying em cada turno. Isso evitaria injustiças.

— Acho que não.

— Mas e o problema? Foi resolvido?

— Agora temos outro problema. — Eugenie ficou muito séria. — Carl.

— Ele também está sofrendo bullying?

— Não. Ele disse que, se algum dia o papai voltar, que vai matar ele. Por causa das namoradas. — A voz de Eugenie indicava emoção. Detectei risco de choro. — Mas eu quero muito que o meu pai volte. — Previsão correta: Eugenie começou a chorar.

— Não será possível resolver o problema enquanto você estiver emocionalmente incapacitada — falei.

— Você pode conversar com o Carl? Ele não quer falar com o papai.

* * *

A madrasta de Carl é psicóloga. O pai dele é Chefe do Departamento de Psicologia de uma importante universidade. Agora, eu — um cientista programado para compreender apenas lógica e conceitos, e não dinâmicas interpessoais — tinha sido escolhido para aconselhar o filho deles.

Eu precisava de ajuda. Felizmente ela estava disponível na figura de Rosie.

— O filho de Gene quer matá-lo — falei.

— Ele vai ter que entrar na fila e esperar. Não dá pra acreditar nisso! Ele saiu com a Inge de novo, não foi?

— Correto. Eu tentei alertá-la. E quanto a Carl? O que digo a ele?

— Não diz nada. Você não pode se responsabilizar pela vida de todo mundo, Don. Quem precisa conversar com Carl é o Gene, porque ele é o pai. E também a pessoa que divide apartamento com você. Pelas últimas seis semanas. Assunto sobre o qual precisamos conversar, aliás.

— Existe uma ampla gama de assuntos sobre os quais precisamos conversar.

— Eu sei, mas agora não, ok? Senão vou perder minha linha de raciocínio.

Duas horas depois, bati na porta do escritório de Rosie e entrei. Havia bolinhas de papel impresso no chão. Amassar o papel impossibilitava a reutilização do mesmo, além de torná-lo mais volumoso para o descarte. Também diagnostiquei frustração da parte de Rosie.

— Precisa de ajuda?

— Não, eu me viro. Só que isso é um saco. Acabei de falar com Stefan pelo Skype e tudo estava fazendo sentido, mas agora não faz mais. Não sei como vou conseguir terminar isso em três semanas.

— Não terminar nesse prazo seria um grande problema?

— Você sabe muito bem que preciso terminar até o fim das férias. Algo que eu poderia muito bem conseguir caso não estivesse com cabeça de grávida, nem precisasse me preocupar com os problemas de Gene. Ou com consultas médicas. Que já marquei, aliás. O ultrassom vai ser na terça-feira que vem, às duas da tarde. Tudo bem por você?

— Isso é quase duas semanas depois do indicado.

— Minha médica disse que não tem problema fazer o exame na décima segunda semana.

— Você vai estar com doze semanas e três dias. O Livro especifica que o exame deve ser feito entre oito e onze semanas, no máximo. Um consenso expresso numa publicação é mais confiável que a opinião de uma única médica.

— Enfim, não importa. Agora tenho uma obstetra. Fui à consulta hoje e ela é ótima. Vamos seguir as regras a partir daqui.

— Mas de acordo com as melhores recomendações médicas? O segundo ultrassom deve ser feito entre dezoito e vinte e duas semanas. Eu recomendo vinte e duas, uma vez que o primeiro já será feito com atraso.

— Vou agendá-lo para a vigésima segunda semana, nenhum dia ou hora a mais. Por falar nisso, aqui nos Estados Unidos eles chamam esse exame de sonograma. Mas, neste exato momento, a única coisa que eu quero é terminar essa análise antes de dormir. E uma taça de vinho. Só uma.

— Álcool está fora de questão. Você ainda está no primeiro trimestre.

— Se você não me servir uma taça de vinho, eu vou fumar um cigarro.

A não ser exercer violência ou contê-la fisicamente, não havia nada que eu pudesse fazer para impedir Rosie de beber.

Levei uma taça de vinho para ela no escritório e me sentei em uma das cadeiras desocupadas.

— Você não vai me acompanhar? — perguntou ela.

— Não.

Rosie deu um gole.

— Don, você colocou água nesse vinho?

— É um vinho de baixo teor alcoólico.

— Depois de colocar água, com certeza é.

Observei enquanto ela dava um segundo gole, imaginando o álcool atravessando a parede placentária, danificando neurônios, reduzindo nosso filho ainda não nascido de um futuro Einstein a um físico que jamais seria capaz de levar a ciência a outro patamar. Um filho que jamais viveria a experiência descrita por Richard Feynman, de saber algo sobre o universo que nunca ninguém antes soube. Ou, dada a herança médica vinda da família de Rosie, talvez ele até chegasse perto de descobrir a cura do câncer, mas, diante da falta de alguns neurônios, destruídos pelos atos irracionais de sua mãe, por sua vez induzidos pelos hormônios da gravidez...

Rosie estava me encarando.

— Ok, você venceu. Prepare um suco de laranja pra mim antes que eu mude de ideia. Depois venha aqui me mostrar como eu faço essa merda de análise.

Gene estava na minha sala na universidade quando Inge trouxe um pequeno pacote da FedEx.

— Estava na recepção. É para o Don, e veio da Austrália — disse ela.

Enquanto Gene e Inge faziam planos para o almoço, decifrei as informações do remetente, escritas num garrancho: Phil Jarman, jogador de futebol australiano aposentado, atual proprietário de uma academia de ginástica e pai de Rosie. Por que ele mandaria um pacote para Columbia?

— Presumo que seja para Rosie — falei para Gene quando Inge saiu.

— Está endereçado a ela? — perguntou ele.

— Não, está endereçado a mim.

— Então abra.

Era uma caixinha, com um anel de diamante. O diamante era bem pequeno, menor do que aquele que eu dera como anel de noivado para Rosie.

— Você estava esperando isso? — perguntou Gene.

— Não.

— Então deve ter uma carta.

Gene estava certo. Havia um pedaço de papel dobrado dentro do pacote.

Caro Don

Mando um anel. Era da mãe de Rosie e ela teria desejado que a filha ficasse com ele.

É uma tradição oferecer um anel da eternidade no primeiro aniversário de casamento, e eu ficaria honrado se você aceitasse este como um presente meu e da mãe de Rosie para ela.

Rosie não é a pessoa mais fácil do mundo, e sempre tive medo de que o homem com quem ela se casasse não desse conta do recado. Pelo que ela me diz, você parece estar indo bem até agora. Diga a ela que sinto saudades e que nunca acredite que o jogo está ganho.

Phil (seu sogro)

PS. Consegui entender como funciona aquele seu golpe de aikido. Se você estragar as coisas aí com Rosie, vou pessoalmente até Nova York te dar uma surra que você nunca mais vai esquecer.

Passei a carta para Gene. Ele leu e depois dobrou o papel novamente.

— Só um minutinho — pediu ele. Detectei emoção.

— Pelo jeito, Phil não está muito satisfeito comigo — falei.

Gene se levantou e andou de um lado para o outro na minha sala. É um hábito que nós dois temos enquanto pensamos em questões difíceis. Meu pai sempre citava Thoreau — "*Henry David* Thoreau, filósofo americano, Don" dizia ele, enquanto andava pela nossa sala pensando em algum problema de matemática ou de xadrez — "Nunca confie em nenhuma ideia que lhe ocorra sentado".

Gene fechou a porta.

— Don, quero que você faça um exercício pra mim. Quero que imagine que seu bebê nasceu, que é uma menina e que agora ela está com dez anos. Um belo dia Rosie bate o carro e você está no banco do passageiro, porque está bêbado. E aí — bem, você sabe como é o fim da história, e eu sei porque você mesmo me contou —, por instinto, você salva a sua filha em vez de Rosie. Restam apenas vocês dois.

Gene foi obrigado a parar por causa da emoção. Eu o ajudei.

— Estou familiarizado com a história, é claro. — Era a história de Phil, da mãe de Rosie e de Rosie, apenas com uma substituição dos nomes.

— Não, não está. Você apenas a encarou como algo que aconteceu com outra pessoa. Dá no mesmo se tivesse lido no jornal sobre a tragédia de uma família no Kansas. Quero que você se imagine dentro da história. Que se coloque no lugar do Phil. Depois imagine sua filha se casando com um cara que quebra seu nariz, que não é exatamente convencional, que leva sua filha para Nova York e faz um filho nela. Depois, imagine-se escrevendo esta carta.

— Exige imaginação demais. Muitas histórias sobrepostas. Rosie está em ambas, mas em papéis diferentes.

Gene olhou para mim com uma expressão que eu nunca havia visto nele. Provavelmente porque ele nunca sentira raiva de mim antes.

— Imaginação demais? Quanto tempo você levou pra conseguir se tornar faixa preta? Quanto tempo demorou pra aprender a desossar uma maldita codorna? Vou te dizer uma coisa, Don: você vai sentar aqui e se colocar nessa situação, não importa quanto tempo isso demore, até que você finalmente consiga *ser* o maldito do Phil Jarman andando ao redor do carro com a bacia quebrada para tirar a filha do banco de trás. E depois você mesmo vai escrever essa carta, e aí quero ver você vir pra cima de mim com esse papinho de "Phil não está muito satisfeito comigo".

Esperei alguns minutos até Gene se acalmar.

— Por quê?

— Porque você está prestes a ser pai. E todo pai é um Phil Jarman. — Gene se sentou. — Agora vá pegar um café pra gente. E depois vamos conversar sobre o seu aniversário de casamento. Para o qual você não planejou nada, não é?

17

Rosie fazia exercícios físicos com uma frequência extremamente aleatória, violando os preceitos d'O Livro. As aulas da Faculdade de Medicina voltariam em duas semanas e estávamos no que parecia ser o momento ideal para abordar o problema. Meu plano era inserir na rotina de Rosie sessões de uma hora de exercício antes da ida para a universidade. Ela poderia seguir do local do treino diretamente para a Columbia. Como agora morávamos mais perto da universidade, o impacto total sobre o horário de despertar seria de apenas quarenta e seis minutos.

Parecia tudo muito simples, mas novas iniciativas demandam pulso firme.

Acordei Rosie quarenta e seis minutos antes do horário de costume. A reação dela foi previsível.

— Que horas são? Ainda está escuro. O que houve?

— São 6h44. Só está escuro porque as cortinas estão fechadas. O sol já nasceu há aproximadamente quarenta minutos, e antes disso provavelmente havia alguma luz pré-aurora. Não houve nada. Vamos para a piscina.

— Que piscina?

— A piscina coberta que fica no Centro de Recreação do Chelsea, na West 25th. Você precisará de um traje de banho.

— Não tenho traje de banho. Odeio nadar.

— Você é australiana. Todos os australianos gostam de nadar. Quase todos.

— Sou uma das exceções. Vá você e depois me traga um muffin. Ou algo parecido. Até que pra este horário da manhã estou me sentindo um pouco melhor.

Deixei claro que a experiência de Rosie com aquele horário era limitada, que era ela quem precisava fazer exercícios e não eu, e que a natação era uma atividade física recomendada para gestantes.

— A natação é uma atividade física recomendada em qualquer caso.

— Correto.

— Então por que você mesmo não faz natação?

— Não gosto da multidão na piscina, odeio fortemente ter água entrando no meu olho e odeio ainda mais afundar a cabeça na água.

— Pronto — disse Rosie. — Então você me entende. Eu não obrigo você a nadar se você também não me obrigar. Na verdade, talvez tenhamos aqui uma regra a ser aplicada em tudo.

Comecei o Exercício de Empatia com Phil durante a minha corrida até Columbia, colocando-me no lugar dele, uma prática também recomendada por Atticus Finch em *O sol é para todos*. A situação hipotética era horrível, e eu não consegui alcançar o objetivo proposto por Gene. Estava chegando à conclusão de que o exercício levaria meses, e possivelmente exigiria a intervenção de um hipnotista ou de um bartender, quando meu inconsciente assumiu o comando.

Acordei naquela noite depois de ter o Pior Pesadelo do Mundo. Estava pilotando uma espaçonave, digitando instruções no quadro de comando. Rosie estava numa cápsula, afastando-se da nave mãe, e eu não conseguia trazê-la de volta. O teclado era sensível ao toque, e meus dedos toda hora digitavam algo errado. Minha frustração se transformou em raiva, e eu não conseguia mais agir.

Acordei respirando com dificuldade e estendi o braço. Rosie ainda estava ali. Eu me perguntei se Phil tinha pesadelos parecidos e se, ao acordar, ele descobria que o mundo era exatamente como no sonho.

Nosso primeiro aniversário de casamento seria no dia 11 de agosto. Este ano, cairia num domingo. De acordo com as instruções de Gene, eu deveria marcar um jantar num restaurante de alto padrão, comprar flores e também um presente feito do material determinado pelo ano do aniversário de casamento.

— Você está sugerindo que eu compre um objeto todos os anos? Pelo tempo que durar o casamento?

— As duas coisas podem estar relacionadas — disse Gene.

— Você fez isso com Claudia?

— Você está tendo a oportunidade de aprender com os meus erros.

— Rosie concorda que não precisamos acumular lixo em casa.

— Claudia dizia a mesma coisa. Sugiro que você ignore isso e compre alguma coisa de papel.

— Pode ser algo consumível? Descartável?

— Pode, desde que seja de papel. E que demonstre carinho. Você pode ser melhor que eu nisso, Don. Você *vai* ser.

Comecei a fazer planos de acordo com as instruções de Gene, mas tudo saiu dos trilhos quando encontrei um envelope no chão do meu banheiro-escritório no domingo de manhã, véspera do aniversário. Eu havia fechado a porta porque estava trabalhando no rascunho da 12ª semana de Bud. Gene ou Rosie devem ter colocado o envelope por baixo da porta para não correrem o risco de interromper alguma função biológica em andamento. Havia certas vantagens em juntar banheiro e escritório.

Era um convite — identificável pela palavra *Convite* na frente do envelope. Dentro havia um caderninho fino com capa vermelha. Na primeira página, Rosie havia escrito:

Don: quero oferecer a você o máximo de surpresa possível sem abusar da sua tolerância. Vire as páginas até ficar satisfeito. Quanto menos, melhor. Com amor, Rosie.

Pelo visto, a família Jarman havia decidido se comunicar comigo por manuscritos. Virei a página.

Nosso aniversário de casamento é amanhã. Estou no comando.

Eu tinha feito reservas em um restaurante, que agora teria de cancelar. Na verdade, a essa altura, eu já estava surpreso e incomodado com uma iniciativa cuja intenção era justamente me proteger de ambas as coisas.

Eu estava prestes a virar a página quando Gene bateu na porta.

— Tudo bem aí, Don?

Abri a porta e expliquei a situação.

— Na condição de homem íntegro, você não pode ler tudo e depois fingir que não leu — disse Gene.

— Minha intenção é minimizar o estresse e depois contar para Rosie.

— Errado. Aceite o desafio. Ela não vai fazer nada pra te magoar. Rosie só quer fazer uma surpresa. Algo que vai deixá-la feliz. Você também vai curtir, se relaxar um pouco. — Gene puxou o caderno de minha mão. — Agora você não tem mais escolha.

Cancelei a reserva e comecei a preparar minha mente para o inesperado.

O inesperado começou às 15h32 de domingo. A campainha tocou. Eram Isaac e Judy Esler, que eu não via desde o Incidente do Atum-Azul. Eles estavam indo para a exposição *Em Busca do Unicórnio*, no Metropolitan Museum of Art, e queriam saber se gostaríamos de ir junto.

— Vai, Don — disse Rosie. — Vejo Judy toda semana. Vou usar esse tempo livre pra trabalhar na tese.

Fomos de metrô até a exposição, que era moderadamente interessante, mas ficou claro que o principal propósito da excursão era verificar se nossa amizade ainda estava de pé depois do Incidente do Atum-Azul. Foi Judy quem falou tudo, basicamente.

— Não consigo acreditar no comportamento de Lydia! Ela não apareceu mais no clube de leitura desde aquele dia, e olha que tivemos três reuniões. Lamento muitíssimo, Don.

— Não precisa se desculpar — falei. — Você não fez nada de errado, e a culpa foi minha por ter sido insensível quanto às preferências alimentares dela. Rosie também teria argumentado se eu tivesse pedido atum-azul.

Parecia sensato não revelar que eu estava tendo uma relação profissional com Lydia, consultando-me com ela. E, enfim, havia outra questão mais crítica em jogo.

— Vocês contaram a Rosie sobre o diagnóstico de Lydia a meu respeito? — perguntei.

— Eu contei o que a Lydia falou. E também que Isaac a fez baixar a bola.

— Não, foi Seymour — retrucou Isaac.

— Com certeza foi você, mas, enfim, não importa. Lydia tem os problemas dela. Achei que ela e Seymour formariam um casal legal. Seymour só fica feliz quando encontra alguém que precisa dele, e ela teria um terapeuta particular. Não seria nenhuma novidade dizer que ela bem que precisa de um.

Judy não havia respondido a minha pergunta, ou pelo menos não fornecera a informação que eu queria.

— Você mencionou o que Lydia disse em relação à minha capacidade de ser pai? — perguntei.

— Não me lembro de Lydia ter dito nada a esse respeito. O que ela falou?

Parei bem a tempo.

— Que quadros interessantes...

É claro que Judy nem percebeu a mudança de assunto. Eu estava ficando bom nisso.

Cheguei em casa às 18h43, tendo comprado no caminho uma única rosa vermelha de alta qualidade (simbolizando um ano de casamento). Quando abri a porta, me ocorreu que Rosie poderia ter combinado com os Eslers para me tirar de casa enquanto preparava alguma surpresa. Eu estava certo, e meus piores medos se confirmaram: *Rosie estava na cozinha.*

Ela estava cozinhando. Ou pelo menos tentando preparar alguma coisa. Em nosso primeiro encontro, ela confessou ser "incapaz de cozinhar, nem que fosse para salvar a própria vida", e eu não vira nenhuma evidência capaz de contradizer isso. As vieiras do dia do Incidente do Suco de Laranja, quando fiquei ausente por causa do surto de raiva e em seguida por termos feito sexo, foram o desastre culinário mais recente de Rosie.

Eu estava indo até a cozinha para oferecer ajuda e alguns conselhos quando Gene saiu do quarto dele e me empurrou para fora do apartamento, fechando a porta sem demora.

— Você estava prestes a ir ajudar Rosie na cozinha, não é?

— Correto.

— E teria começado dizendo: "Precisa de ajuda, querida?"

Refleti por alguns instantes. Na realidade, eu teria analisado a situação e decidido o que precisava ser feito. A atitude apropriada de um profissional ao chegar à cena do acidente.

Gene falou antes que eu pudesse formular uma resposta.

— Antes que você faça qualquer coisa, pense no que é mais importante: a qualidade de uma simples refeição ou a qualidade do seu relacionamento. Se a resposta for a segunda opção, você está prestes a ter uma das melhores refeições da sua vida, preparada sem qualquer ajuda da sua parte.

Naturalmente, meu foco até então era a refeição, mas pude ver a lógica do argumento de Gene.

— Mandou bem com a escolha da rosa — disse Gene.

Entramos em casa novamente.

— Tudo bem com vocês? — perguntou Rosie.

— Claro — falei, e dei a rosa para ela sem fazer comentários.

— Don tinha pisado em cocô de cachorro. Salvei o carpete — disse Gene.

Rosie me instruiu a vestir trajes formais, o que significava usar minha camisa social e meu casaco que não era o de fazer trilha. Os sapatos de couro também eram necessários.

— Achei que iríamos jantar em casa — falei de dentro do quarto.

Gene entrou de novo.

— Estou saindo. Vista-se como se fosse a algum lugar muito formal. Faça tudo que ela mandar. Expresse a mais pura alegria diante de tudo. Colha os benefícios durante décadas.

Localizei minhas roupas sociais.

* * *

— Aqui! Na varanda — chamou Rosie. Eu estava no meu escritório, aguardando, onde as oportunidades de causar danos ao relacionamento eram menores. Racionalmente, o pior que poderia acontecer era intoxicação alimentar, resultando numa morte lenta e agonizante para nós dois. Comecei de novo. Estatisticamente, o resultado mais provável seria uma refeição pouco saborosa. Já havia comido várias dessas — algumas, confesso, resultantes de erros da minha própria parte. Havia, inclusive, servido alguns desses fracassos para Rosie. Mesmo assim, eu sentia uma tensão irracional.

Eram 19h50. Rosie tinha colocado uma mesinha lá fora — um dos móveis excedentes que habitavam seu escritório — e a arrumara como se estivesse em um restaurante, para duas pessoas. Estimei a temperatura em vinte e dois graus Celsius. Havia bastante luz. Eu me sentei.

Então Rosie apareceu. Fiquei estupefato ao ver que ela usava o incrível vestido branco que só havia usado uma única vez: no dia de casamento. Ao contrário do estereotipado vestido de noiva, aquele era — para usar um termo técnico — *elegante*, como um algoritmo de computador que obtivera um resultado impressionante com poucas linhas de código. A ideia de simplicidade era amplificada pela ausência do véu que ela havia usado doze meses antes.

— Você disse que nunca mais usaria este vestido — comentei.

— Posso usar o que eu quiser em casa — retrucou ela, em contradição direta às instruções que me dera em relação à minha roupa. — Está um pouco apertado.

Nisso ela estava certa, principalmente na região do tronco. O efeito era espetacular. Levei algum tempo para perceber que ela estava segurando duas taças. Na verdade, só notei quando me entregou uma delas.

— Sim, a minha também tem champanhe — disse ela. — Vou tomar só um pouquinho, mas eu poderia tomar a taça inteira sem causar praticamente nenhum dano ao bebê. Henderson, Gray e Brocklehurst, 2007. — Ela abriu um largo sorriso e ergueu a taça. — Feliz aniversário de casamento, Don. Foi assim que tudo começou, lembra?

Precisei me esforçar. Nosso relacionamento havia se desenvolvido significativamente durante a primeira viagem que fizemos a Nova York, mas não jantamos em nenhuma varanda... Ah, é claro! Ela estava falando do Jantar na Varanda do meu apartamento em Melbourne, nosso primeiro encontro. Que ideia brilhante reproduzi-lo! Torci para que Rosie não tivesse tentado fazer a salada de lagosta. Era importantíssimo não refogar demais o alho-poró, senão ele ficaria amargo... Interrompi esses pensamentos, ergui minha taça e disse as primeiras palavras que me vieram à mente.

— À mulher mais perfeita do mundo. — Que sorte meu pai não estar presente para me repreender. *Perfeita* é um estado absoluto, tal como única e *grávida*, e não pode ser graduado. Dizer *mais* perfeita, portanto, era um erro. Só que meu amor por Rosie era tão poderoso que fizera meu cérebro cometer um erro gramatical.

Tomamos champanhe e vimos o sol se pôr sobre o rio Hudson. Rosie trouxe fatias de tomate com muçarela de búfala e folhas de manjericão regadas com azeite. Tinham o sabor adequado. Possivelmente até melhor. Sabia que estava sorrindo.

— Bem difícil errar quando a receita é só intercalar fatias de queijo e tomate — disse Rosie. — Não se preocupe, não tentei fazer nada muito complicado. Só quero ficar aqui fora um pouco com você, observando as luzes e conversando.

— Existe algum assunto específico do qual deseje tratar?

— Tem um, sim, mas chegaremos lá. Seria bom só bater papo por enquanto. Mas, antes, vou pegar o primeiro prato. Prepare-se pra não surtar.

Rosie voltou com um prato coberto com fatias finas de alguma coisa com uma pitada de ervas. Olhei mais de perto. Atum! Sashimi de atum. Atum *cru*. Peixe cru, obviamente, estava na lista de substâncias banidas. Mas eu não "surtei". Alguns segundos de reflexão revelaram que Rosie, num ato de desprendimento, havia preparado minha comida preferida mesmo que não pudesse comê-la.

Eu estava prestes a agradecer quando percebi que ela havia trazido *dois pares* de hashi. Pude sentir o início de um surto nascendo dentro de mim.

— Eu disse pra não surtar — falou ela. — Sabe qual é o problema do peixe cru? Pode me deixar enjoada, como você falou. Da mesma forma que poderia me deixar enjoada a qualquer momento da vida, estando eu grávida ou não. Só que nunca passei mal comendo peixe cru, e ele não provoca nenhum dano ao feto, ao menos nada semelhante ao que a toxoplasmose ou uma infecção alimentar causariam. A presença de mercúrio é um risco, mas não nessa quantidade. O atum é uma ótima fonte de ácidos graxos ômega 3, que estão relacionados a um QI elevado. Hibbeln et al., "O impacto no desenvolvimento neurológico infantil em face do consumo de frutos do mar durante a gravidez", *The Lancet*, 2007. E preparei atum-azul. Uns poucos gramas uma vez na vida não vão provocar um impacto tão grande assim no planeta.

Ela sorriu, ergueu uma fatia de atum com seu hashi e mergulhou-a no molho de soja. Eu tinha razão. Havia mesmo me casado com a mulher mais perfeita do mundo.

* * *

A previsão de Rosie de que seria bom apenas bater papo estava correta. Conversamos sobre Gene e Claudia, Carl, Eugenie e Inge, sobre Dave e Sonia e o que faríamos quando nosso pseudoaluguel chegasse ao fim. George prometeu me dar três meses de aviso prévio. Não chegamos a nenhuma conclusão, mas percebi que eu e Rosie não tínhamos tido tempo suficiente para conversar desde que chegamos à cidade e ficamos ocupados com o trabalho. Nenhum de nós tocou no assunto da gravidez. Eu, porque ele havia sido a fonte dos conflitos recentes; Rosie, pelo mesmo motivo, talvez.

De vez em quando ela ia até a cozinha e voltava com alguma comida, em todas as vezes, preparada com excelência. Comemos bolinhos fritos de caranguejo e, depois, o prato principal, que Rosie tirou de dentro do forno.

— Badejo *en papillote* — disse ela. — Ou seja, no *papel*, uma vez que este é nosso primeiro aniversário de casamento.

— Incrível. Você resolveu o problema e o resultado é descartável.

— Eu sei que você odeia acúmulo. Vamos ficar só com a lembrança.

Rosie esperou enquanto eu provava o peixe.

— E então? Está bom? — perguntou ela.

— Delicioso. — Era verdade.

— Bem — disse ela —, isso me leva ao único assunto que eu gostaria de conversar hoje. Não é nada de mais. Eu *sei* cozinhar, o que não significa que irei cozinhar todas as noites. Você cozinha melhor que eu, mas sei seguir uma receita, se for preciso. E, se eu der mancada de vez em quando, não tem problema. Adoro tudo o que você cozinha pra mim, mas também quero que saiba que não sou uma incompetente. Isso é muito importante pra mim.

Rosie bebeu um gole de vinho da minha taça e continuou seu discurso.

— Eu sei que também faço a mesma coisa com você. Lembra a noite em que te deixei sozinho no bar e fiquei com medo de que não conseguisse dar conta do recado sem a minha ajuda? Mas você se saiu bem, não foi?

Devo ter demorado demais para mascarar minha expressão, porque ela perguntou:

— O que aconteceu?

Não havia motivo agora, sete semanas depois, para esconder a história da Mulher Escandalosa e a consequente perda de nossos empregos. Contei o que havia acontecido, e nós dois rimos. Foi um grande alívio.

— Eu sabia que tinha acontecido alguma coisa — disse Rosie. — Sabia que você estava me escondendo algo. Você não devia ter medo de me contar as coisas, Don.

Era um momento crítico. Será que eu deveria contar o Incidente do Parquinho e o ocorrido com Lydia? Rosie estava relaxada e compreensiva, mas na manhã seguinte talvez começasse a se preocupar, e o estresse substituísse o bom humor. Afinal, a ameaça de ser processado continuava presente.

Portanto, em vez disso, aproveitei a oportunidade para explorar uma mentira dita por um terceiro.

— Você acreditou quando Gene disse que eu tinha pisado em fezes de cachorro?

— Óbvio que não. Ele arrastou você porta afora pra dizer pra não ir me atrapalhar na cozinha. Ou pra entregar a rosa que você me deu. Certo?

— A primeira opção. A flor, eu comprei por conta própria. — Na posição de Rosie, eu teria sido facilmente enganado, mas não me surpreendi por ela ter detectado a mentira de Gene.

— Você acha que Gene sabe que não enganou você? — perguntei.

— Eu diria que sim. Ele sabe que conheço vocês dois.

— Então por que ele se daria ao trabalho de inventar uma mentira em que ninguém iria acreditar e que não faria a menor diferença para ninguém?

— Pra ser gentil — disse ela. — Acho que gostei do gesto dele.

Protocolos sociais. Incompreensíveis.

Era minha vez de revelar uma surpresa. Entrei em casa. Gene já estava de volta e tinha se servido de uma das garrafas excedentes de champanhe que estavam na geladeira.

Voltei até a varanda e tirei o anel da mãe de Rosie do meu bolso. Peguei a mão dela e coloquei-o em seu dedo, como havia feito com o outro anel nesta mesma data, um ano atrás. Mantendo a tradição, coloquei-o no mesmo dedo: teoricamente, o anel da eternidade previne que a aliança seja removida, algo que parece compatível com a intenção de Phil.

Rosie levou alguns segundos para reconhecer o anel e, então, começou a chorar. Neste momento, Gene já havia jogado todo o conteúdo de uma caixa de confete em cima de nós dois e, com a mão livre, tirado várias fotos.

18

Um jantar estava marcado para a noite de terça-feira. Na terça de manhã, lembrei Rosie sobre o assunto, pois desconfiava de que sua incapacidade de se recordar de compromissos estava ainda mais comprometida pela gravidez.

— Não se esqueça *você* — retrucou ela. — O ultrassom está marcado pra hoje.

Os problemas haviam se acumulado. Fiz uma lista de oito itens críticos.

1. O Problema da Realocação de Gene. Obviamente, Gene precisava participar dessa discussão.
2. A Lista das Substâncias Proibidas. Eu havia deixado o papel na mesa de Rosie, mas ela não indicara aprovação formal.
3. O problema de Rosie pedir ou não licença da faculdade. Precisávamos resolver isso o mais rápido possível para que não restassem dúvidas.
4. Uma rotina de atividades físicas para Rosie, algo que estava pendente depois que ela se recusou a aceitar o programa de natação.

5. A tese de Rosie, que estava atrasada e corria risco de interferir em outras atividades.
6. O Problema do Casamento de Gene e Claudia. Eu não havia feito nenhum progresso e precisava da ajuda de Rosie.
7. A Questão de Gene e Carl. Gene precisava conversar com Carl.
8. Diminuir os níveis de estresse de Rosie. Ioga e meditação são práticas amplamente reconhecidas como promotoras de relaxamento.

O simples fato de fazer a lista me deu a sensação de estar fazendo um progresso significativo. Entreguei cópias impressas a Gene e Rosie quando eles se sentaram para jantar — camarão, seguido de peixe (com baixo teor de mercúrio) grelhado e salada sem brotos de alfafa.

A reação de Rosie não foi muito positiva.

— Que saco, Don. Tenho duas semanas pra terminar de escrever minha tese. Não preciso disso.

Houve um silêncio de aproximadamente vinte segundos.

— Olhando essa lista — disse Gene —, parece que estou contribuindo para o item 8. Tenho andando tão preocupado com as dificuldades do jovem Carl que não levei seus problemas em conta. Não percebi o quanto você estava se sentindo pressionada por causa da tese.

— O que você acha que eu tenho feito esse tempo todo trancada no escritório? O que te leva a crer que eu não tenho vida? Don não contou o quanto estou atrasada? — As palavras eram agressivas, mas reconheci um tom conciliatório.

— Na verdade, não. Parece que você e Don têm muito o que conversar: licença da faculdade, gravidez, substâncias proibidas... Vou comer um hambúrguer em algum lugar por aí e amanhã mesmo começo a procurar um lugar pra morar.

Rosie conseguiu o que queria, mas, inexplicavelmente, recusou.

— Não, não, me desculpe. Vamos jantar. Conversamos sobre a comida e os exercícios outra hora.

— Precisamos conversar agora — retruquei.

— Isso pode esperar — disse Rosie. — Fale sobre Carl, Gene.

— Ah, Carl me culpa pela separação.

— Se você pudesse voltar no tempo...? — começou Rosie.

— Não mudaria nada em relação a Claudia. Mas, se eu soubesse o quanto isso iria afetar Carl...

— Infelizmente, o passado não pode ser alterado — intervim, desejando trazer a conversa de volta ao campo das soluções práticas.

— Reconhecer que está arrependido pode ajudar — disse Rosie.

— Duvido que seja o suficiente para Carl — falou Gene.

Bem, ao menos tínhamos abordado um dos problemas na agenda do dia, embora não o tivéssemos resolvido. Risquei esse item da lista dos dois.

Não fizemos progresso com os outros itens depois disso. Rosie tirou um envelope grande da bolsa e o entregou a Gene.

— Isso foi o que eu fiz essa tarde.

Gene tirou uma folha de papel do envelope e imediatamente passou-a para mim. Era a foto de um ultrassom, provavelmente de Bud. Para quem não é especialista, era indistinguível das imagens d'O Livro, com as quais eu estava bastante familiarizado. Era menos nítida do que o desenho que eu havia acrescentado ao azulejo da Semana 12, cinco dias atrás. Eu devolvi a foto para Rosie.

— Acho que você já tinha visto isso, não? — disse Gene para mim.

— Não, ele não viu — retrucou Rosie, e virou-se para mim. — Onde você estava às duas da tarde de hoje?

— No meu escritório, revisando um protocolo de pesquisa para Simon Lefebvre. Algum problema?

— Você se esqueceu do ultrassom?

— Claro que não.

— Então por que não foi?

— Era para eu ir? — Teria sido interessante, mas não consegui ver o que eu faria ali. Nunca havia ido a uma consulta médica com Rosie, nem ela comigo. Na verdade, Rosie fizera sua primeira consulta com um obstetra na semana anterior, na qual ela presumivelmente recebera orientações iniciais para conduzir a gravidez. Se fosse para eu comparecer a alguma consulta, essa teria sido a mais relevante, assegurando, portanto, que nós dois ouviríamos as mesmas informações. Porém, eu não havia sido convidado. O ultrassom era um *procedimento* que envolvia técnicos e tecnologia, e eu sabia, por experiência, que profissionais de qualquer área preferem trabalhar sem a presença de terceiros perguntando coisas que possam distraí-los.

Lentamente, Rosie assentiu.

— Tentei ligar, mas seu celular estava desligado. Achei que você tivesse sofrido um acidente ou algo do tipo, mas então lembrei que eu só disse o horário e o local do ultrassom duas vezes e que não cheguei a dizer com todas as letras: "Guarde essa informação pra estar lá na ocasião."

Foi generoso da parte de Rosie culpar-se pelo mal-entendido.

— Encontraram algum defeito ou falha em Bud? — perguntei. Com quase 13 semanas de gravidez, o ultrassom seria capaz de registrar problemas no tubo neural. Imaginei que, de acordo com o protocolo normal, Rosie me informaria se houvesse algo de errado, do mesmo modo como me informaria se perdesse o celular no metrô. O Livro deixara implícito que a ocorrência de anormalidades era pouco provável estatisticamente. Seja como for, não havia nada que eu pudesse fazer antes que algum problema fosse identificado.

— Não, não há nenhum defeito. Mas e se houvesse?

— Dependeria da natureza do defeito, obviamente.

— Obviamente — repetiu Rosie.

— Bem, são boas notícias, então — disse Gene. — Algumas pessoas imaginam todas as possibilidades, enquanto outras esperam o problema aparecer para encará-lo. Como Don.

— Ah, me esqueci de falar. Tenho outro item a discutir — disse Rosie. — Amanhã tenho uma reunião do meu grupo de estudos. Aqui em casa.

— Mas o semestre ainda nem começou — retruquei.— Você precisa se concentrar na sua tese.

— A tese já está arruinada. Não vou conseguir terminar em dez dias.

— Vai ficar tudo bem, Rosie — disse Gene. — Vou providenciar uma extensão de prazo pra você.

Rosie balançou a cabeça negativamente.

— Estamos falando de Columbia. Existem regras.

— Para os mortais. Relaxe.

Rosie não pareceu relaxar.

— Conversei com uma funcionária da Administração. Ela não foi exatamente prestativa.

Gene sorriu.

— Já conversei com Borenstein. Desde que você entregue a tese até o início do seu ano de residência, tudo bem.

A reunião do grupo de estudos seria uma enorme perturbação no meu cronograma diário, mas Rosie estava sobrecarregada. Eu precisava ser compreensivo neste difícil momento de mudança para nós dois, como O Livro recomendava.

— Posso preparar um jantar maior. Quantas pessoas vêm?

— Não se preocupe. Vamos pedir pizza. Uma noite só não vai fazer mal.

— Não estou preocupado. Posso facilmente cozinhar uma refeição infinitamente superior.

— Vocês poderiam programar a saída com os amigos para amanhã, que tal?

— Isso seria uma alteração ainda maior na minha programação do que simplesmente multiplicar a escala do jantar.

— É que... você é professor, e essa é a primeira vez que o pessoal vem aqui. Eles não conhecem você.

— Obviamente tem de haver uma primeira vez. Posso conhecer todos ao mesmo tempo.

— São estranhos, Don. Você não gosta de conhecer estranhos.

— São estudantes de medicina. Quase cientistas. Pseudocientistas. Posso ter discussões fascinantes com eles.

— É justamente por isso que prefiro que você não esteja aqui. Por favor.

— Você acha que vou incomodar?

— Acho que quero meu próprio espaço, só isso.

— Tudo bem — disse Gene. — Eu cuido do Don.

Rosie sorriu.

— Desculpe avisar de última hora. Obrigada pela compreensão. — Ela estava olhando para Gene.

Na noite seguinte, George ligou quando eu e Gene estávamos de saída para o bar.

— Don, que tal darem um pulo aqui em vez de irem pro bar? Podemos pedir uma pizza. Tenho umas coisinhas pra perguntar pro Gene, o Gênio.

Liguei para Dave. Se George iria bancar e se nós fôssemos assistir ao jogo de beisebol, o local tinha pouca importância.

No intervalo da sétima entrada, George virou-se para Gene e disse:

— Andei pensando no que você falou sobre genética. Pensando bastante, aliás, e ainda não consigo entender por que um dos meus filhos é viciado em drogas e os outros dois, não.

— Duas palavras: *genes diferentes*. Não posso afirmar ao certo, mas eu diria que ele recebeu uma overdose de genes que dizem ao corpo dele para continuar fazendo o que lhe dá prazer. O que não causaria problemas num ambiente sem a presença de fármacos.

George recostou-se na cadeira e Gene prosseguiu.

— Todos nós somos programados, geneticamente programados, para continuar fazendo o que provamos que funciona e evitar aquilo que não funciona.

— *Ayahuasca* — disse George. — Uma vez e nunca mais.

— Na maioria das vezes, o que fazemos dá mais ou menos certo. Então, aqui vai um princípio com o qual a maior parte dos psicólogos concordaria, mas que vem direto da genética: *as pessoas se repetem*.

Eu fiz a pergunta óbvia:

— Mas como as pessoas sabem o que fazer da primeira vez?

— Elas imitam os pais. No ambiente ancestral, os pais eram, por definição, pessoas que se saíram bem. Que tiveram êxito na reprodução. Se quiser entender o comportamento individual do ser humano, as palavras mágicas são: *repetição de padrões*.

— Nem me diga — disse George. — Sou baterista. Repito padrões. Mesmas músicas, mesmo navio, mesma viagem.

— E por que continua fazendo isso? — perguntei.

— Boa pergunta — disse George. — Quando comprei esse apartamento, achei que fosse me mudar pra cá e descolar um lugar onde pudesse fazer um show solo uma vez por semana. Eu também toco guitarra. Enfim, achei que fosse voltar a compor. Todo ano prometo que é isso que vou fazer, e todo ano acabo indo parar no mesmo maldito navio.

Ele pousou o copo de cerveja na mesa.

— E então, senhores, vamos trocar pra vinho? Comprei uma caixa de Chianti.

George pegou uma garrafa de Sassicaia, safra 2000, que tecnicamente não é Chianti, mas é da mesma região.

— Meu Deus — disse Gene. — Isso é bom demais pra acompanhar uma pizza.

— Vai ser a melhor pizza do mundo — eu disse, a título de esclarecimento, e todos riram. Foi um bom momento, ainda que breve, e lamentei que Rosie não estivesse ali para compartilhá-lo.

George começou a procurar um saca-rolhas, mas não teve sucesso. Havia uma solução simples para o problema.

— Vou buscar o meu. — Meu extrator de rolhas, selecionado depois de um significativo projeto de pesquisa, teria desempenho igual ou superior a qualquer saca-rolhas que George possuísse.

Fui até o andar de baixo e abri a porta do nosso apartamento, esperando encontrá-lo repleto de estudantes de medicina. A sala, porém, estava vazia. Rosie estava no quarto, dormindo. A luz estava acesa e havia um livro sobre a cama. No chão, uma única caixa de pizza pequena. O recibo estava colado na tampa: *US$ 14,50. Pizza Especial Apaixonados por Carne.*

19

— Algum problema? — perguntei a Rosie na manhã seguinte.

— Eu ia perguntar a mesma coisa — respondeu ela. — Você ficou mais de uma hora no banheiro.

Copiar a imagem de Bud no Azulejo 13 foi mais difícil do que reproduzir um diagrama linear da internet, mas pareceu sensato utilizar a imagem real. Rosie tinha razão: assistir ao exame de ultrassom teria sido interessante.

— Nenhum — falei. — Estava fazendo a manutenção dos azulejos.

Também estava analisando o Incidente da Pizza de Carne. Concebi cinco possibilidades:

1. O grupo de estudos de Rosie tinha comido a pizza, o que não explicava o fato de a caixa estar no quarto.
2. Rosie estava tendo um caso com um carnívoro. Isso explicaria o lugar da caixa, mas, então, eles certamente teriam escondido as evidências.
3. A caixa tinha vindo com a descrição errada e na verdade continha uma pizza vegetariana.

4. A pizzaria havia entregado a pizza de carne por engano. Rosie descartou a carne e comeu o restante da pizza. Era uma teoria plausível, mas não havia carne na lata de lixo.
5. Rosie violara seu princípio de comer apenas frutos do mar de produção sustentável. Parecia altamente improvável, embora já houvesse um pequeno precedente, quando ela comeu uma pequena quantidade do steak que preparei para mim e para Gene.

Por incrível que pareça, a opção mais altamente improvável era a correta. Não houve reunião do grupo de estudos na noite anterior e Rosie só estava "precisando de um pouco de espaço". Ela então preferiu mentir para mim em vez de fazer um pedido direto. E ela mesma pediu a pizza de carne.

Não podia culpá-la por desonestidade. Eu era culpado por uma farsa ainda maior, o incidente com Lydia, basicamente pelas mesmas razões: não querer chatear Rosie e proteger tanto Bud quanto ela dos efeitos danosos do excesso de cortisol. Rosie não quis me magoar dizendo que não desejava minha presença em casa. Eu poderia ter apresentado várias soluções alternativas — e teria mesmo feito isso, mas talvez ela tenha preferido mentir a ter de escutá-las.

Pelo visto, Gene tinha mesmo razão. A desonestidade era parte do preço de sermos animais sociais — e do casamento, em particular. Me perguntei se Rosie estaria escondendo mais alguma coisa.

A violação ao vegetarianismo era mais interessante.

— Sei lá, simplesmente deu vontade de comer carne. Mas pedi pra não colocarem salame — explicou ela.

— Desconfio de que você esteja com alguma deficiência proteica ou de ferro.

— Não foi um desejo de grávida, eu simplesmente decidi comer carne. Estou de saco cheio de todo mundo me dizendo o que fazer. Sabe por que eu só como frutos do mar sustentáveis?

Essa condição foi uma das primeiras que vieram no Pacote Rosie, do qual fui informado no dia em que nos conhecemos. Eu havia aceitado o pacote completo, em contradição direta à filosofia do Projeto Esposa, que focava em agregar componentes individuais.

— Suponho que por razões de saúde.

— Se eu me preocupasse com a saúde, não teria fumado. Faria natação. E sustentabilidade não teria a mínima importância.

— Você não come carne por questões éticas?

— Tento fazer o que é certo para o planeta, sem impor a minha visão aos outros. Vejo você e Gene engolirem metade de uma vaca e não falo nada. Pelo menos agora eu posso usar a desculpa de estar comendo por dois.

— Perfeitamente razoável. As proteínas...

— Que se danem as proteínas. Que se dane todo mundo me dizendo o que comer, quando me exercitar, como devo estudar e que tenho que praticar ioga, coisa que, aliás, já estou fazendo com Judy. E, pro seu governo, não é ioga Bikram. É a ioga ideal para grávidas. Consegui descobrir essa modalidade sozinha, sabia?

Desconfiei de que "todo mundo" não englobava de fato todo mundo, mas era melhor do que ouvir Rosie dizendo "Você que se dane" — que obviamente foi o que ela realmente quis dizer.

Ofereci uma explicação.

— Estou tentando ajudar no processo da produção do bebê. Você pareceu estar sem tempo para fazer as pesquisas necessárias, por causa da tese e da natureza não planejada da gravidez. — Eu poderia ter acrescentado que Lydia e Sonia, uma profissional e uma mulher grávida, haviam *mandado* eu agir dessa forma e que eu não teria tido tal iniciativa sem as orientações de ambas. Isso, contudo, implicaria revelar minhas mentiras; mentiras essas que haviam me causado problemas. Não posso dizer que isso era uma surpresa.

Eu também poderia ter acrescentado que não fiz mais nenhuma recomendação importante em relação à alimentação ou às atividades físicas desde o Jantar do Aniversário de Casamento, um ponto alto em nosso relacionamento. Por que Rosie estava chateada agora?

— Entendo que você está tentando ajudar — disse ela. — Realmente entendo... Mas vamos deixar uma coisa bem clara, Don? É o meu corpo, é o meu trabalho, são os meus problemas. Não vou deixar que me sufoquem, não vou comer salame e vou chegar lá do meu jeito.

Ela foi andando em direção ao escritório e gesticulou para eu segui-la. Abriu a bolsa e tirou O Livro de dentro dela.

— É este o livro que você anda lendo? — perguntou ela.

— Obviamente. — Não havia dado falta dele.

— Você podia ter economizado uns trocados se tivesse pedido o meu emprestado. Tudo aqui é meio básico pra mim. Estou por dentro do assunto, Don.

— Você não precisa de nenhuma assistência?

— Não. Só continue fazendo o que você já está fazendo. Trabalhando, comendo carne de vaca, ficando bêbado com o Gene. Pare de se preocupar. Estamos bem.

Eu deveria ter ficado feliz com o resultado, já que estava livre da responsabilidade num momento em que tinha várias outras coisas com as quais me preocupar. Mas eu vinha me esforçando para me colocar no lugar de Rosie e tive a ligeira impressão de que, apesar do que dissera, ela não estava satisfeita comigo.

A solução dela para o problema da alimentação — na verdade, para todos os problemas da gravidez, que eu havia encarado como um projeto em comum — era prosseguir sozinha. Pelo menos agora eu tinha uma direção clara a seguir a respeito da próxima reunião com Lydia.

— Você está se esforçando demais — disse Gene. — Sabe o que o meu médico disse sobre esse livro que você está lendo? "Dê de presente pra alguém que você odeia." Por que essa obsessão? A diferença no resultado final é ínfima em comparação com o que realmente está em jogo.

Era nossa segunda saída do grupo de homens em cinco dias, estimulada pela proximidade das instalações de George, nas quais poderíamos assistir ao jogo de beisebol e beber. Rosie não fizera objeções.

— E o que realmente está em jogo? — perguntou George.

— Eu já disse isso antes — respondeu Gene. — Os genes nos controlam. Vocês dois já deram a maior contribuição possível ao forneceram parte do seu DNA.

Era evidente que Dave discordava.

— Todos os livros dizem que a genética é só o começo e que a educação dada pelos pais é que faz toda a diferença — disse ele.

Gene sorriu.

— É claro que os livros iriam dizer isso. Senão ninguém mais compraria livros que ensinam como criar filhos.

— Mas você mesmo disse isso, que os filhos imitam o comportamento dos pais.

— Ah, mas só depois que os genes já cumpriram seu papel — explicou Gene. — Vou dar um exemplo de uma área em que tenho certa experiência. Sua mulher é descendente de italianos?

— Os avós dela são italianos. Ela nasceu aqui.

— Perfeito. Genes italianos, educação americana. Prevejo então uma personalidade histriônica. Fala alto, é meio extravagante, meio teatral. Entra em pânico quando está sob pressão e fica histérica diante de uma emergência.

Dave não disse nada.

— Pergunte a qualquer psicólogo sobre estereótipos culturais e todos dirão que isso é fruto da educação — disse Gene. — Da cultura.

— Correto — falei. — A evolução de traços comportamentais é muito mais lenta do que a formação de grupos geográficos.

— A não ser quando se trata de cruzamento seletivo. Uma determinada característica se torna sexualmente atraente por motivos genéticos ou culturais, não importa, e então as pessoas com essa característica se reproduzem mais. Os italianos adoram mulheres histriônicas. *Ergo*, o gene histriônico assume o controle. A personalidade da sua mulher já estava programada muito antes de ela nascer.

Dave balançou a cabeça.

— Você não poderia estar mais equivocado. Sonia é contadora. Completamente equilibrada.

— Acho que não consigo fazer isso. Não faz o menor sentido. É o contrário do que falei pra ela antes. — Sonia ficava cada vez mais nervosa à medida que o dia do nosso encontro com Lydia se aproximava. Parecia estar com dificuldades para se livrar de sua própria personalidade.

— É simples. Basta dizer que você errou; que não quer nenhuma ajuda.

— E você acha que ela vai acreditar nisso? — perguntou Sonia.

— Essa é a verdade. Supondo que você seja Rosie.

— Se você soubesse o quanto estou desesperada pro Dave simplesmente mostrar interesse, Don! Tentamos durante cinco anos e agora ele age como se não quisesse o bebê!

— Provavelmente ele está ocupado demais com o trabalho. Provendo apoio financeiro.

— Mas, Don, no seu leito de morte ninguém se arrepende por não ter passado mais tempo no escritório, sabe?

Era difícil entender como aquela afirmação contribuía para a discussão. Dave não estava morrendo, nem trabalhava em um escritório. Trouxe de volta o foco da conversa.

— Como foi você que causou o problema da última vez, e como estou mais familiarizado com a posição de Rosie, proponho que eu forneça as informações necessárias para Lydia e que você simplesmente confirme.

— Se eu for passiva demais, ela vai achar que estou sendo oprimida por você. Ela já está achando que eu sou meio provinciana.

Parecia sensato que Lydia tivesse chegado àquela conclusão, dada a roupa e o sotaque de Sonia no primeiro encontro. Hoje ela estava usando um terninho convencional, pois viera direto do trabalho. Percebi que era uma roupa igualmente inadequada para uma estudante de medicina.

— Excelente argumento. Talvez fosse melhor se você agisse mais como a Rosie, ou seja, com raiva por eu ter tentado controlá-la.

— Rosie ficou com raiva?

Depois de dizer isso, constatei que era mesmo verdade. Eu não precisava ser especialista em linguagem corporal para perceber que "que se dane todo mundo me dizendo o que devo comer" era uma declaração agressiva.

— Correto.

— Vocês estão bem?

— Claro. — A resposta era exata, supondo que eu estivesse empregando a expressão "boa" da mesma maneira que eu a empregaria para descrever uma refeição ou uma atuação: "A peça foi boa, mas não ótima." Estimei que o nível atual de satisfação de Rosie em relação a mim seria "não ótimo".

— Vou fazer o melhor possível, Don. Mas, se você e Dave conversarem sobre isso, poderia dizer a ele que sou diferente da Rosie? Sei lá, dê a ele esse seu livro, se você não estiver mais precisando dele. Eu adoraria que Dave chegasse mais cedo em casa e preparasse curry de legumes pra mim.

A sessão com Lydia não saiu como planejado. Eu só tinha enumerado cinco itens da minha lista detalhada de acontecimentos citando ocasiões em que Rosie recusou ajuda quando Lydia me interrompeu e dirigiu-se à Sonia.

— Por que você não quer aceitar os conselhos do Don?

— Não quero nenhum homem me dizendo o que devo fazer com o meu corpo. — Sonia disse isso com a voz calma, mas depois fez uma pausa e contorceu o rosto no que, supus, deveria ser uma expressão de raiva. Em seguida ela esmurrou a mesa. — *Bastardos!*

Lydia pareceu surpresa. Torci para que a surpresa fosse diante da atitude de Sonia, e não pelo fato de ela haver usado uma palavra em espanhol.

— Pelo visto, você já teve algumas experiências ruins.

— Na minha vila existe muita opressão patriarcal.

— Você vem de uma vila da Itália?

— *Si*. Uma pequena vila. *Poco*. — Sonia indicou o tamanho da vila com um espaço de aproximadamente dois centímetros entre o dedo indicador e o polegar.

— E trabalhar numa clínica de fertilidade e estudar em Columbia fez você mudar sua visão a respeito dos homens?

— Não quero que Don me diga o que devo comer, a quantidade de exercício que devo fazer e a que horas devo dormir.

— E é isso o que você acha que ele está fazendo?

— *Si*. Não é isso o que eu quero.

— Entendo. — Lydia virou-se para mim. — E você consegue entender, Don?

— Completamente. Rosie não precisa da minha ajuda. — Achei melhor não argumentar que tinha sido exatamente essa a minha posição inicial até Lydia exigir que eu agisse.

— Bem, Rosie, na última sessão você parecia bastante interessada em ter o apoio do Don.

— Agora que eu sei como é, acho que não é uma ideia tão boa assim.

— Posso imaginar o motivo. Don, apoiar não é dizer a Rosie o que ela deve fazer. Se me permite ser direta, o problema é com você. Em vez de dizer a ela como ser mãe, você devia estar se preparando para ser um pai presente.

Mas é claro! O bebê teria um pai e uma mãe, e até então eu havia concentrado todas as minhas energias apenas em otimizar a performance de Rosie. Fiquei surpreso por não ter percebido isso antes, mas, como cientista, eu sabia que qualquer mudança de paradigma só parece óbvia em retrospecto. Além disso, eu só havia me concentrado em fazer o que parecia necessário para evitar que Lydia produzisse um relatório desfavorável a meu respeito, supondo que não havia nenhum problema em mim como pai em potencial. Críticas recentes por parte de Rosie, no entanto, indicavam que o julgamento original de Lydia estava correto. Meu respeito por ela aumentou enormemente.

Fiquei de pé num pulo.

— Brilhante! Problema resolvido. Preciso melhorar minhas habilidades como pai.

Lydia manteve um nível de calma profissional. Virou-se para Sonia.

— Como se sente a respeito disso? Acha que Don entende o que é necessário?

Sonia assentiu.

— Estou muito feliz. Como estou sempre muito ocupada com os estudos, fico feliz por todas as coisas que Don me ensinou sobre gravidez. Mas agora vou garantir que se preocupe apenas em ser um bom *papa*.

Lydia pegou o documento da polícia, que estava em cima da mesa, e sorriu.

— Bem — disse ela —, sessão encerrada. Ajudá-lo nas habilidades de pai nunca foi nosso objetivo aqui, e para isso você será assistido pelo Programa Bons Pais. Eles irão me enviar um relatório.

Era o grupo masculino ao qual ela me encaminhou em nossa primeira sessão, para que avaliassem minha propensão à violência. O programa no qual eu estava inscrito só começaria dali a sete semanas.

Ela balançou o papel.

— Mas, no quesito paternidade, se vocês dois puderem sempre lembrar um ao outro o que disseram aqui hoje...

— Excelente — falei. — Uma sessão altamente produtiva. Vou marcar outra sessão no seu próximo horário disponível.

— Ela ia liberar você, Don — disse Sonia.

— Desconfiei disso, mas o que ela disse me ajudou muito!

— Ela ainda está com a ficha da polícia. Será que não seria melhor a gente... Digo, você, arrumar outro terapeuta?

— Há um número significativo de profissionais incompetentes por aí. E agora ela já está familiarizada conosco.

— Conosco. Com você e Rosie, a garota provinciana.

— Não importa. A ideia que ela me deu foi incrível. Lydia resolveu o problema.

20

Em retrospecto, eu estava no caminho certo quando fui observar as crianças brincando no parquinho. Se não tivesse sido interrompido — e desviado — por um aspecto técnico legal, teria obtido os conhecimentos necessários para ser pai, que, agora eu entendia, era onde deveria focar minha atenção.

Experiências recentes sugeriam que eu não podia ignorar o estágio pré-natal. A própria Sonia era um exemplo de mulher insatisfeita com o nível de envolvimento do parceiro na fase da gravidez. Depois de refletir, resolvi que havia no mínimo quatro áreas que exigiam ação e desenvolvimento de habilidades e que não envolviam interferir na autonomia de Rosie:

1. Aquisição de conhecimentos sobre o cuidado com crianças. O Livro deixava bem claro que eu deveria desenvolver habilidades para o cuidado de bebês, a fim proporcionar intervalos de descanso para a minha parceira. Embora Rosie não tivesse dado muita importância ao meu papel de cuidador, O Livro (e Sonia e Lydia também) tinha uma visão contrária bastante contundente.

2. Aquisição de equipamentos, incluindo a preparação do ambiente. O bebê exigiria proteção contra objetos pontiagudos, substâncias tóxicas, vapores de fermentação alcoólica e ensaios de bandas de rock.
3. Aquisição de conhecimentos obstetrícios gerais e seus procedimentos. O Livro insistia na importância de consultas médicas regulares. Rosie era desorganizada nesse aspecto e confiava excessivamente em seus próprios conhecimentos médicos. Além disso, sempre havia a possibilidade de que surgisse algum tipo de emergência.
4. Uma abordagem não intrusiva ao problema da nutrição. Eu não confiava na capacidade de Rosie em manter sua alimentação de acordo com as recomendações. O fato de ela ter pedido uma pizza de carne sugeria que outros fatores, além da análise racional, estavam influenciando suas escolhas.

O último item era o mais fácil. Rosie havia concordado implicitamente com a lista de substâncias proibidas. Eu faria a suposição conservadora de que os alimentos comprados por Rosie na rua tinham conteúdo nutricional nulo e idealizaria nossas refeições de modo a incluir todos os nutrientes necessários e nas proporções apropriadas.

Iria variar os detalhes do Sistema de Refeições Padronizadas (Versão Gravidez) escolhendo peixes diferentes e vegetais verde-escuros, escondendo assim sua estrutura dos olhos de Rosie. Seria mais simples agora que ela estava comendo carne. Além disso, ela havia entrado no segundo trimestre, em que era menor o risco de danos a Bud causados por toxinas possivelmente ingeridas em suas refeições não supervisionadas. O trabalho duro já havia sido concluído — a certo custo para o nosso relacionamento, é verdade, mas agora eu poderia relaxar um pouco.

As coisas começavam a parecer bem mais positivas.

As aulas em Columbia voltaram no outono. Rosie tinha sessões de orientação nas manhãs de sábado e me disse que, diante disso, aproveitaria para passar o resto do dia por lá.

Comecei meu dia livre desenhando um Bud em escala de um para um, do tamanho de uma maçã, no Azulejo 15. O Livro dizia que as orelhas dele haviam migrado do pescoço para a cabeça, e que seus olhos estavam no meio. Teria sido fascinante conversar sobre isso com Rosie, mas ela não estava em casa. Além disso, eu não havia esquecido a advertência dela para que não fornecesse comentários técnicos.

O ponto de partida óbvio para o projeto de aquisição de equipamentos era o carrinho: todos os bebês precisam de carrinhos, e eu me considerava melhor qualificado do que Rosie para selecionar itens mecânicos. Minha bicicleta foi o resultado de três meses de pesquisa, que culminaram na seleção de um quadro apropriado com modificações posteriores. Eu esperava que essa experiência pudesse ser totalmente transferida para a aquisição do carrinho.

Ao fim de um dia recompensador, interrompido apenas pela compra de alimentos, pelo almoço e pelas funções corporais básicas, minha pesquisa na internet gerou uma série de requerimentos necessários para o carrinho ideal e uma lista de modelos disponíveis, nenhum deles perfeito, mas todos potencialmente viáveis após algumas modificações. Experimentei a agradável sensação de estar fazendo progresso, mas decidi não compartilhar isso com Rosie. Poderia fazer disso mais uma surpresa.

Havia ainda um segundo equipamento essencial para o bebê, que era ainda mais crítico, pelo menos em matéria de tempo de reflexão e implementação. Rosie havia identificado o problema do barulho no andar de cima, mas eu não dissera a ela os termos exatos do acordo feito com George, que permitia ensaios a qualquer hora do dia ou da noite.

A chamada via Skype foi na hora marcada, às19h do sábado, Eastern Daylight Time; 9h do domingo, Australian Eastern Standard Time.

— Como está o tempo por aí, Don? — perguntou minha mãe.

— Praticamente nenhuma alteração desde a semana passada. Ainda estamos no verão. O tempo é o esperado para o final de agosto.

— O que é isso aí no fundo? Você está no banheiro? Pode me ligar depois que tiver terminado.

— Meu escritório é aqui. Bastante privado. — Rosie estava em casa e eu não queria que ela escutasse a conversa enquanto eu elaborava a segunda surpresa.

— Espero que seja mesmo. Como foi a sua semana?

— Boa.

— Tudo bem com você?

— Tudo bem.

— E Rosie?

— Bem também.

Se estivéssemos conversando via mensagem de texto, eu poderia ter me substituído por um aplicativo de computador. O aplicativo do Tudo Bem. Provavelmente ele se sairia melhor do que eu em intercalar "bem" com "ótimo", "tudo bem" e "muito bem". Entretanto, naquela noite/manhã, uma variação seria necessária.

— Preciso falar com o papai.

— Você quer falar com o seu pai? — Não havia nada de errado na qualidade da ligação, que estava excelente, para não dizer indo "bem", mas minha mãe sem dúvida desejava confirmar aquele pedido incomum. — Tem certeza de que está tudo bem mesmo?

— Claro. Só estou com um problema técnico.

— Vou chamar o seu pai. — Em vez de sair para chamá-lo, minha mãe berrou: — Jim! É o Donald. Ele está com um problema.

Meu pai não desperdiça tempo com formalidades.

— Qual é o problema, Don?

— Preciso de um berço à prova de som. — Embora os protetores auriculares fornecessem uma solução simples, imaginei que tornar um bebê à prova de som poderia afetar negativamente o seu desenvolvimento.

— Interessante. Suponho que o problema seja a respiração.

— Correto. A comunicação pode ser resolvida eletronicamente e...

— Não precisa me dizer o que nós dois já sabemos. A minha dificuldade é imaginar um material à prova de som que possa ser atravessado pelo ar.

— Fiz algumas pesquisas. Há um projeto na Coreia...

— Coreia *do Sul,* você quer dizer.

— Correto. Eles desenvolveram um material impermeável ao som, mas permeável ao ar.

— Suponho que esteja na internet. Mande o link para a sua mãe. Já tenho muito no que trabalhar por ora. Vou chamar a sua mãe agora. Adele!

O rosto da minha mãe apareceu na frente do rosto do meu pai.

— O que está acontecendo?

— Don quer ajuda para projetar um berço.

— Um berço? Um berço *para um bebê?* — Berço de bebê me parecia redundante. Meu pai fez essa observação para minha mãe.

— Não estou nem aí! — retrucou ela. — Donald, é para algum amigo?

— Não, não; é para o bebê da Rosie. Nosso bebê. Preciso protegê-lo do som, mas ele precisa respirar.

Minha mãe imediatamente ficou histérica. Eu devia ter contado a ela antes, é claro que essa notícia era relevante!, pelo amor de Deus, nós conversamos todos os domingos, quando ele deve nascer?, sua tia vai ficar eufórica, Rosie está bem?, espero que seja uma menina, não, eu não quis dizer isso, simplesmente falei sem pensar, eu estava pensando em Rosie, as meninas são mais fáceis, vocês já sabem se é menino ou menina?, não é impressionante o que é possível descobrir hoje em dia? Por fim, as várias perguntas e observações acrescentaram oito minutos ao tempo que eu havia reservado para a conversa com meu pai. Eu já tinha aprendido que lágrimas não necessariamente significam tristeza e, apesar de minha mãe estar compreensivelmente desapontada por estarmos em Nova York e não em Melbourne ou Shepparton, pareceu ficar feliz com a situação.

Passei quase duas semanas às voltas com o livro *Dewhurst — Ginecologia e obstetrícia* (oitava edição) e assistindo a vídeos na internet até decidir que todos esses materiais precisavam ser complementados com experiências práticas. Era como ler um livro sobre caratê: útil até certo ponto, mas não o bastante para prepará-lo para o combate. Felizmente, como membro do corpo docente da Faculdade de Medicina, eu tinha fácil acesso a clínicas e hospitais.

Agendei uma reunião com David Borenstein em seu escritório.

— Gostaria de fazer um parto.

A expressão do diretor foi difícil de interpretar, mas "entusiasmado" não era uma das opções.

— Don, quando contratei você, esperava mesmo receber pedidos estranhos. Portanto, em vez de relatar todos os motivos práticos e jurídicos pelos quais você não pode realizar um parto, que tal me dizer por que quer fazer isso?

Comecei a explicar a necessidade de me preparar para uma emergência, mas ele me interrompeu, rindo.

— Bem, como posso explicar? As chances de você precisar fazer um parto sem assistência em Manhattan são bem menores do que as chances de você ser competente em criar o bebê quando ele nascer. Que são de cem por cento. Concorda?

— Claro. Tenho um subprojeto em paralelo que...

— Com certeza, tem. Aliás, você acabou de me dar uma ideia. Como Inge está se saindo? Há quanto tempo ela já está com você mesmo?

— Onze semanas e dois dias. — Ela havia começado no dia do Incidente do Parquinho, o dia que levou ao meu segundo encontro com Lydia, ao recrutamento das habilidades de Sonia como atriz e à minha obrigação de comparecer a um grupo de ajuda para homens violentos. O dia em que os segredos começaram.

— Como ela está se saindo?

— Ela é extremamente competente. Modificou significativamente minha opinião habitual em relação a pesquisadores assistentes.

— Então talvez esteja na hora de você fazer algo diferente.

— Há algum outro projeto de genética disponível?

— Não exatamente. Não trouxe você para cá porque você é especialista em fígado de rato, Don, nem porque é especialista em genética. Eu o trouxe para cá porque você é um cientista que se preocupa exclusivamente com a ciência.

— Mas é claro.

— Nada de "mas é claro". Noventa por cento dos cientistas têm algum outro objetivo secreto em mente: seja provar algo em que já acreditam, conseguir um financiamento, se promover com a publicação de algum estudo... não importa. E esse pessoal aqui não é exceção.

— Que pessoal?

— O pessoal com quem quero que você trabalhe. Estão pesquisando os hormônios relacionados ao tipo de vínculo e aos diferentes tipos de sintonia dos filhos com suas mães e seus pais.

— Não sei absolutamente nada sobre isso. Nem sequer entendo sobre o que é a pesquisa. — Entretanto, reconheci a palavra "vínculo" e me lembrei do conselho de Gene para "sair correndo". Mas deixei David continuar explicando assim mesmo.

— Não tem problema. A questão na verdade é se um bebê pode se beneficiar mais tendo um pai de cada sexo, em vez de um único pai ou uma única mãe, ou dois pais ou duas mães. O que você acha, Don?

— Continuo não sabendo absolutamente nada a respeito. Como poderia ter uma opinião?

— É justamente por isso que quero que assuma a cadeira da Faculdade de Medicina nesse projeto. Para garantir que a metodologia aplicada e que seus resultados sejam tão livres de preconceitos, exatamente como você é. — Ele sorriu. — E, de quebra, você poderá brincar com alguns bebês.

O diretor da faculdade nem sequer marcou um horário: seguimos imediatamente para o Instituto de Vínculo e Desenvolvimento Infantil de Nova York, localizado a quatro quarteirões da sala dele, e lá fomos recebidos por três mulheres.

— Briony, Brigitte e Belinda, este é o professor Don Tillman.

— O Complexo B — eu disse, fazendo uma piadinha. Ninguém riu. Era um bom sinal elas não terem propensão a reconhecer padrões em tudo, mas fiz um registro mental das três como sendo B1, B2 e B3. Eu tinha sido escalado para o projeto a fim de fornecer objetividade, e era importante evitar que se criassem relações pessoais com os demais pesquisadores.

— Don é da minha equipe — continuou o diretor. — É um católico fervoroso e apoiador da Tea Party.

— Espero que seja brincadeira — disse B1. — Esse projeto já tem muitos...

— É brincadeira — disse David. — Mas isso não deveria ter importância. Eu disse que Don é da minha equipe. Sua filosofia pessoal não afetará seu julgamento.

— As duas coisas são inseparáveis. Mas não vamos discutir isso agora. Se era isso o que você queria, era melhor nos mandar um computador. — Era B1 falando novamente. Ela parecia ser a líder do grupo.

— Don não é tão fácil de desligar quanto um computador. Como, acredito, vocês logo irão descobrir.

— Você sabia que esse é um projeto exclusivo para pesquisadoras do sexo feminino? Com um financiamento substancial da fundação Women Working for Women?

— *Era* um projeto exclusivo para pesquisadoras do sexo feminino — retrucou o diretor. — Don, como podem ver, muda esse cenário. Acredito que o financiamento esteja condicionado à aprovação da metodologia do projeto e de sua análise pela Faculdade de Medicina e Cirurgia. Não acredito que existam restrições de gênero quanto ao pesquisador indicado por nós. Aliás, tenho plena certeza de que isso seria considerado bastante inadequado. Quero que Don faça o que for preciso para garantir que esse projeto esteja cientificamente blindado. O que é do interesse de todos.

— Ele está credenciado para trabalhar com crianças? — perguntou B1.

— As mães não estão com elas o tempo inteiro?

— Suponho então que a resposta seja não. Ele vai precisar de autorização. Coisa que, imagino, pode demorar um pouco.

B1 olhou para mim por aproximadamente sete segundos.

— O que você acha de duas mulheres criando um filho?

Num ambiente científico, considerei aquela pergunta equivalente a perguntar: "O que você acha do potássio?"

— Não tenho nenhum conhecimento relevante a esse respeito. Está fora da minha área de estudos.

Ela se virou para o diretor.

— Você não acha que é relevante ter uma opinião sobre modelos familiares?

— Pensei que a sua equipe já suprisse essa necessidade. Escolhi Don porque ele vai fornecer algo de que talvez precisem.

— Que seria...? — A pergunta foi dirigida a mim.

— Rigor científico — respondi.

— Ah! — disse ela. — Bem, certamente isso pode ser útil para nós, já que não passamos de psicólogas, não é? — Ela me examinou mais uma vez. Durante outros sete segundos. — Você tem algum amigo gay?

Eu estava prestes a dizer que não, por ter apenas sete amigos (incluindo George), e não em virtude de algum preconceito quanto à orientação sexual das pessoas, mas David interrompeu.

— Vou deixar vocês fazendo o networking e solicitar uma declaração da polícia liberando Don. Não imagino que isso venha ser um problema.

O Projeto das Mães Lésbicas era muito mais interessante do que a interferência de fatores genéticos na vulnerabilidade à cirrose hepática em ratos, que tinha sido o foco da minha pesquisa nos últimos seis anos. O incentivo para o projeto foi um estudo israelense que havia observado respostas diferentes dos bebês a pais e mães. Os níveis de ocitocina dos bebês aumentavam ao serem acalentados pela mãe, mas não pelo pai. Os mesmos níveis aumentavam quando o pai brincava com o bebê, mas não quando a mãe o fazia. Muito interessante. Entretanto, o verdadeiro motivador do projeto parece ter sido uma matéria que saiu em um jornal intitulada "Pesquisa prova que crianças precisam de uma mãe e de um pai". Alguém tinha escrito *lixo* em vermelho ao lado do título da matéria. Era um ótimo começo. Os cientistas precisam cultivar uma atitude de desconfiança em relação às pesquisas.

Ao ler o estudo original, porém, não vi nenhuma indicação de que fosse mesmo um lixo. A matéria fornecia uma interpretação inexata, bastante típica da imprensa, mas o argumento geral de que pais e mães exercem impactos diferentes nos bebês parecia sustentado pelas conclusões dos pesquisadores.

O estudo israelense tinha se concentrado apenas em casais heterossexuais. A equipe do Complexo B estudaria casais de lésbicas. A hipótese do Complexo B era de que a segunda cuidadora, ao brincar com a criança, causaria a mesma resposta nos níveis de ocitocina dos bebês que a observada no estudo israelense em relação aos pais.

Tudo parecia bastante bem resolvido e não entendi muito bem por que o diretor da faculdade quis me envolver nisso. Mas observar a pesquisa me daria um background ideal para a paternidade, desde que, é claro, eu me considerasse o equivalente a uma segunda cuidadora lésbica. A própria pesquisa em si esclareceria se essa identificação poderia ser considerada válida ou não.

O único problema era a autorização da polícia que David iria providenciar. Eu agora poderia acrescentar uma terceira consequência ao risco já existente de processo judicial e deportação: perda da reputação profissional, caso Lydia fornecesse um diagnóstico desfavorável.

Imaginei que Rosie fosse se interessar pelo Projeto das Mães Lésbicas e poderia ficar impressionada por eu estar adquirindo conhecimentos sobre bebês e paternidade. Depois de uma semana de familiarização intensa e muitas leituras sobre obstetrícia, eu me sentia preparado para discutir o assunto com alguma autoridade.

Planejei abordar o tópico durante o jantar. Rosie agora passava tanto tempo na Faculdade de Medicina e trabalhando na tese que o horário das refeições e o trajeto de metrô até a universidade estavam se tornando os únicos momentos em que ficávamos juntos, com exceção da cama.

Gene e eu já havíamos bebido metade de uma garrafa de vinho quando Rosie juntou-se a nós à mesa de jantar. Estava segurando uma taça.

— Me desculpe, gente, mas eu precisava terminar o que estava escrevendo, senão ia perder a linha de raciocínio. — Serviu meia taça de vinho para si. — Preciso passar uma horinha sendo um ser humano.

— Acabo de começar um novo projeto de pesquisa — falei. — Ele se baseia num estudo que...

— Don, podemos conversar sobre alguma coisa que não seja genética? Preciso relaxar um pouco.

— Não é um projeto de genética. É de psicologia.

— Como assim?

— Fui escalado para uma equipe de pesquisa de psicologia, a fim de fornecer rigor científico.

— Por quê? Os psicólogos não são capazes disso? — perguntou Rosie.

Gene estava com a expressão facial contorcida, balançando a cabeça em movimentos curtos e rápidos.

— Correto — respondi.

— Que ótimo — disse Rosie. — Acho melhor eu correr atrás de mais rigor científico para a minha tese em vez de perder meu tempo tomando vinho com meu marido e meu orientador.

Ela levou a taça para o escritório.

— Você está invadindo o território dela, Don. E não é a primeira vez — disse Gene, depois que Rosie fechou a porta.

— Como podemos ter conversas produtivas se não temos áreas de interesse comum?

— Não sei, Don. Mas Rosie não gosta de geneticistas dizendo aos psicólogos o que eles devem fazer. No caso, eu. E, no segundo caso, você.

Expliquei como o Projeto das Mães Lésbicas forneceria a base para valiosos conhecimentos a respeito da paternidade.

— Bom trabalho — disse Gene. — Agora você pode dizer como Rosie deve agir tanto como mãe quanto como psicóloga. — Ele ergueu as mãos em sinal de "pare". — Estou sendo sarcástico. Não é bom dizer a ela como agir como mãe. Se você aprender algo com esse projeto, ótimo; mas surpreenda Rosie com suas habilidades em vez de esfregar seus conhecimentos na cara dela.

Gene recomendou que eu não voltasse a falar do Projeto das Mães Lésbicas.

21

O meu início no Programa Bons Pais estava agendado para quarta-feira, dia 9 de outubro, no Upper West Side. Tal como a Consulta para Diagnóstico de Pedofilia, fiquei estupefato com a demora em fornecer apoio a uma pessoa potencialmente perigosa para a sociedade.

Falei para Rosie que eu havia marcado uma saída com os rapazes e, para minimizar a farsa, liguei para Dave e o convidei para ir comigo. Gene ia sair para jantar com Inge.

— Preciso trabalhar — disse Dave. — Tenho uma pilha de documentos dessa altura.

Obviamente eu não podia ver o gesto que Dave estava fazendo para indicar a altura da pilha, mas eu tinha um forte argumento:

— Recomendo que você faça alguma coisa relacionada ao bebê — falei. — Sonia não está nem um pouco feliz com a sua falta de interesse. Ela acha que isso é porque você está focado só no trabalho. Opinião que você está confirmando agora.

— Ela disse isso? Quando?

— Não me lembro.

— Don. Você faz um monte de coisas, mas se esquecer não é uma delas.

— Tomamos café juntos um dia desses.

— Ela não me contou nada.

— Provavelmente porque você não perguntou. Ou porque estava ocupado demais com o trabalho. Encontro você na plataforma da linha A na estação da rua 42 às 18h47 para irmos juntos à reunião. Estimei que chegaremos ao local indicado em treze minutos.

— Imagino que estimou mesmo.

O curso seria num salão anexo a uma igreja. Dave e eu nos vimos ao lado de mais catorze homens, incluindo o moderador, que tinha idade aproximada em quarenta e cinco anos, IMC de mais ou menos vinte e oito e uma aparência peculiar graças à combinação de calvície frontal com cabelos muito compridos e barba. A noite estava quente e ele usava uma camiseta que deixava claro o investimento pesado que fizera em tatuagens.

Ele se apresentou como Jack e explicou que fora integrante de um grupo de motociclistas, que tinha passado um tempo na prisão e que costumava se comportar de modo equivocado com as mulheres. Foi um discurso bastante logo, mas que omitiu informações importantes. Supus que ele estivesse sendo modesto. Quando ele perguntou se alguém tinha alguma dúvida, levantei a mão.

— Quais são suas qualificações profissionais?

Ele riu.

— A universidade da vida. A escola das porradas que a vida dá.

Eu teria gostado de obter mais informações sobre as disciplinas cursadas, mas não queria monopolizar o tempo das perguntas. Como ninguém mais teve dúvidas, foi nossa vez de nos apresentarmos. Todos forneceram apenas seus nomes. Devido ao fato de vários participantes o dizerem em voz muito baixa,

Jack foi obrigado a pedir que alguns o repetissem algumas vezes antes de marcá-los na lista de presença. Quando chegou a vez de Dave, Jack balançou a cabeça, inconformado.

— Você não está na lista, mas não se preocupe, porque esses caras dão mancada o tempo todo. Por favor, soletre seu nome pra mim, bem devagar.

Dave obedeceu.

— Bechler. Iugoslavo?

— Servo-croata, acho. Mas muito distante.

— De vez em quando aparecem uns sérvios por aqui. Deve ser alguma coisa genética. Não que eu esteja a fim de incentivar estereótipos, longe de mim. Bem. Tem mais algum sérvio por aqui?

Ninguém levantou a mão, e Jack falou novamente com Dave:

— Sua mulher está grávida?

— Sim.

— Quem recomendou que você viesse aqui?

Dave apontou para mim. Jack me olhou por um instante.

— Você é amigo dele?

— Correto.

— Você trouxe Dave porque achou que seria bom pra ele?

— Correto.

— Muito bem, Don. Se todo mundo se preocupasse com os amigos como Don se preocupa, veríamos muito menos mães na emergência dos hospitais, e muito menos bebês que morrem ao serem sacudidos por homens que depois nem sequer conseguem olhar pra própria cara no espelho.

Dave pareceu bem mais sacudido do que qualquer bebê hipotético.

— Bem — disse Jack. — Todo mundo está aqui por algum motivo, incluindo Dave. Todo mundo fez alguma coisa da qual se arrepende. Quero ouvir essas histórias, e quero saber como vocês se sentem em relação a elas agora. Quem quer começar?

Silêncio. Jack virou-se para Dave.

— Dave, você está parecendo meio...

Interrompi. Precisava impedir que identificassem Dave como impostor, uma vez que ele não era violento.

— Eu me disponho a iniciar os trabalhos.

— Ok, Don. Então conte o que você fez.

— Qual incidente?

— Bem, pelo jeito foram alguns.

"Alguns" era a palavra exata. Houve três incidentes na minha vida adulta, mas recentemente a frequência aumentara bastante.

— Correto. Dois no mês passado. Por causa da gravidez.

— Isso não é legal, Don. Talvez os acontecimentos ainda estejam muito recentes. Talvez seja melhor voltarmos um pouco mais no tempo e falar de um incidente sobre o qual você já tenha tido tempo de refletir. Entendeu o que eu estou querendo dizer?

— Claro. Você está sugerindo que a análise de eventos recentes pode não fornecer um contexto mais amplo e estar mascarada pelas emoções.

— É. Isso aí. Então vamos voltar um pouco no tempo.

— Eu estava num restaurante. Minha roupa foi criticada. Houve um desentendimento que ganhou maiores proporções, e então dois seguranças tentaram me segurar. Eu reagi com o mínimo de força necessária e desarmei ambos.

Um dos homens interrompeu:

— Você finalizou dois seguranças?

— Você é australiano, né? — Era outro aluno perguntando. — Isso quer dizer que você finalizou dois seguranças australianos?

— Correto e correto. Eu os desarmei em legítima defesa.

— Dois caras falam mal da roupa do camarada e aí, meu amigo, sai de baixo: *pou, pou, pou!* — O participante deu alguns socos no ar, ao mesmo tempo que pronunciava a expressão "pou".

— Não foi necessário nenhum *pou*. Apliquei um golpe de baixo impacto e lancei os dois para longe, fazendo uma manobra simples de restrição em seguida.

— Judô?

— Aikido. Também sou proficiente em caratê, mas nesses casos é mais seguro aplicar aikido. Também apliquei um golpe de aikido em um vizinho que estragou minhas roupas na...

— Gente, *não se metam*, deixem as roupas desse cara em paz! — O participante começou a rir.

— ... e também no policial que...

— Não! Você também finalizou um policial? Aqui? Em Nova York? E onde o parceiro dele estava?

Jack interrompeu:

— Acho que em todos esses casos Don sofreu as devidas consequências. Não importa quem ganhou a briga, você acabou preso, não é?

— Correto.

— E aí, o que aconteceu?

— Desastre total. Ameaça de processo judicial, de deportação, de não ter acesso ao meu filho; restrições para trabalhar com crianças, exigência de comparecimento a grupos de apoio... E necessidade de enganar a minha esposa, o que é incrivelmente estressante e pode ter consequências imprevisíveis.

— Você ficou com vergonha de contar à sua esposa o que fez, certo? Pra confessar que tinha arrumado problemas de novo.

Fiz que sim. Embora minha justificativa para não contar a Rosie tivesse sido poupá-la do estresse, havia certo fundo de verdade na afirmação de Jack.

Jack dirigiu-se ao grupo.

— Reagir com violência agora não parece mais ser algo tão inteligente, não é? Ficamos com raiva e estragamos tudo. Mas por quê? O que nos deixa tão irritados?

Mais uma vez, ninguém levantou a mão. Eu me identifiquei com Jack. Era como a primeira aula do semestre com alunos novos. Na posição de colega professor, era minha responsabilidade ajudá-lo.

— Para compreendermos a raiva — comecei —, é necessário primeiro entender a agressão e seu valor evolutivo. — Continuei meu discurso por aproximadamente um minuto. Eu nem havia começado a explicar a evolução e a internalização da raiva enquanto emoção quando Jack me interrompeu.

— Por ora chega, professor. — O uso do título formal era estimulante. Com certeza eu era o melhor aluno da sala naquele momento e não via nenhum rival. — Vamos fazer um intervalo e depois quero que os outros contribuam também. Don, você já ganhou sua estrelinha e pode ficar de boca fechada.

Todo mundo riu. Eu era novamente o palhaço da turma.

A maioria dos alunos saiu da sala e a necessidade do intervalo ficou óbvia: vários deles, incluindo Jack, eram viciados em nicotina. Fiquei no pátio tomando meu café instantâneo com Dave.

Um dos alunos, um homem de uns vinte e três anos e IMC de aproximadamente vinte e sete — devido à massa muscular e não à gordura — aproximou-se de nós, jogou seu cigarro no chão e pisou nele com a bota.

— E aí? Tá a fim de ensinar uns golpes pra gente?

— Em instantes estaremos de volta na sala — retruquei. — O exercício nos fará sentir calor e nos deixará desconfortáveis, além de causar incômodo aos demais.

Ele deu alguns golpes de boxe no ar.

— Ah, qual é. Quero ver o que você sabe fazer além de falar.

Não era a primeira vez que alguém me desafiava a demonstrar minhas habilidades em artes marciais. Eu não precisava ouvir nenhuma recomendação de Jack para saber que não era nem um pouco aconselhável lutar com um oponente desconhecido, à noite e sem nenhuma proteção. Felizmente eu tinha uma solução padrão para isso. Afastei-me alguns passos para ganhar espaço, retirei meus sapatos e a camisa para minimizar o problema da transpiração e em seguida executei um *kata* que preparei para meu exame do terceiro Dan. Ele levava quatro minutos e dezenove segundos. Os alunos formaram um círculo para observar a cena e no fim bateram palmas e soltaram ruídos de aprovação.

Jack se aproximou de mim e dirigiu-se ao grupo.

— Isso tudo é muito legal, mas ninguém é invencível. — Sem nenhum aviso, ele me segurou num mata-leão. O golpe foi executado de maneira competente e desconfiei de que já tivesse sido aplicado várias vezes com sucesso. Previ, contudo, que era a primeira vez que Jack o aplicava num praticante de aikido do quarto Dan.

A defesa mais segura é evitar o golpe e eu automaticamente me movi para bloqueá-lo. Mas, no meio da manobra, que deixaria Jack imobilizado no chão, decidi deixar que ele terminasse de aplicar o mata-leão. Ele estava tentando demonstrar algo, e minha defesa impediria que transmitisse seu ensinamento. Esperei que Jack me imobilizasse por alguns instantes a fim de demonstrar a eficácia de sua técnica e depois me soltasse.

Antes que ele pudesse fazer isso, uma voz estranha disse:

— Chega. Solte ele. Agora.

A voz era estranha porque era Dave fazendo sua mistura de Marlon Brando com Woody Allen. Jack me soltou, olhou para Dave e assentiu.

Dave estava tremendo.

Voltamos para a aula e segui as instruções de Jack de ficar de boca fechada. Ninguém falou muito. O conselho de Jack em relação ao autocontrole consistia em dois princípios, repetidos diversas vezes:

1. Não fique bêbado (nem consuma metanfetamina).
2. Afaste-se.

Ambos não tinham a menor relevância no meu caso com a polícia, mas havia uma relação evidente com meu problema de surto de raiva, embora na ocorrência mais recente eu tivesse saído correndo, e não apenas me afastado. E se não fosse possível se afastar? E se eu estivesse num bote salva-vidas depois de um naufrágio? Ou numa estação espacial? Eu precisava do conselho de Jack, mas havia recebido instruções para permanecer calado.

Sussurrei para Dave:

— Pergunte o que fazer se não for possível se afastar.

— Não.

— Será mais uma chance de treinar sua autoconfiança — falei. Dave tinha parado de tremer.

Ele levantou a mão.

— O que a pessoa deve fazer se não puder se afastar?

— E por que não poderia? — perguntou Jack.

Dave ficou em silêncio. Eu estava prestes a oferecer assistência quando ele disse:

— Se eu sofresse um ataque de raiva enquanto estivesse cuidando do bebê, por exemplo? Sem poder me afastar porque preciso cuidar dele.

— Dave, se você puder se afastar, faça isso. É melhor deixar o bebê sozinho por algum tempo. Mas, pelo que entendi, você quer saber como se acalmar rapidamente, certo? Bem, respire fundo, tente visualizar um cenário relaxante, converse com você mesmo, tente repetir uma palavra ou frase tranquilizante sem parar.

Jack fez com que todos nós escolhêssemos uma frase tranquilizadora e praticássemos repetindo-a várias vezes. Dave começou a dizer *calma, calma, calma*. Então me ocorreu que aquela palavra poderia na verdade exercer um efeito paradoxal, por me fazer pensar em alguém tentando me fazer calar a boca. O homem ao meu lado começou a entoar algo numa língua que eu não consegui identificar, mas uma das palavras, que parecia Ramanujan, me fez lembrar do famoso matemático indiano que tinha esse nome. O número de Hardy-Ramanujan é o menor número natural capaz de ser expresso de duas maneiras diferentes como a soma de dois cubos. Matemática. O mundo irredutível da racionalidade. Quando Jack passou por mim, eu estava repetindo o nome do número no mesmo tom de meu vizinho cantor. A técnica pareceu exercer o efeito necessário; eu estava me sentindo bem mais relaxado. Arquivei-a mentalmente para uso futuro.

No fim da aula, Jack me pediu para ficar.

— Me diz uma coisa. Você teria conseguido se safar daquele mata-leão?

— Sim.

— Me mostre.

Ele aplicou o mata-leão e demonstrei três técnicas diferentes para me libertar sem causar impacto. Também mostrei como impedir que o mata-leão fosse aplicado e um refinamento da técnica, que a tornava mais segura.

— Valeu. Bom saber — disse ele. — Eu não devia ter feito aquilo na frente de todo mundo, sabe? Resolver um problema com violência. Para não dar mau exemplo.

— Que problema?

— Deixa pra lá. Não tem importância. Você já bateu em alguma mulher ou criança?

— Não.

— Imaginei. Você apenas deixou um policial constrangido e os caras sujaram sua ficha. Me fazendo perder a porra do meu tempo de novo. Alguma vez foi você quem deu o primeiro soco numa briga?

— Só na aula. Tive três confrontos externos, em nenhum deles foi necessário o uso de golpes, exceto um, com meu sogro, que ocorreu numa academia de ginástica e com equipamentos apropriados.

— Seu sogro. Minha Nossa Senhora. Quem ganhou?

— Não havia juiz ou árbitro, mas ele acabou com o nariz quebrado.

— Olhe nos meus olhos e me prometa que você nunca vai bater numa mulher ou numa criança. Nunca.

Dave estava ouvindo tudo.

— É melhor ele não olhar você nos olhos.

— Olhe — insistiu Jack.

Olhei diretamente nos olhos de Jack enquanto repetia a promessa.

— Meu Deus do céu — disse Jack. — Agora entendi o que você quis dizer. — Mas ele estava rindo. — Se alguém for liberado dessa aula e voltar a cometer uma infração, dá uma merda grande para mim. Mas acho que não vou ter problemas com você. E vai ser melhor pra nós dois.

— Quer dizer que não preciso mais voltar?

— Você está *proibido* de voltar. Direi à sua assistente social que você está diplomado.

Ele se virou para Dave.

— Não posso obrigá-lo a voltar, mas você devia pensar seriamente nisso. Você anda tendo umas ideias bem perigosas.

* * *

Dave e eu fizemos um desvio até um bar antes de seguirmos para nossas respectivas residências, pois eu levantaria suspeitas se chegasse em casa sem estar cheirando a álcool depois de uma saída com os rapazes. Assim como eu, Dave não havia contado para Sonia sobre o Programa Bons Pais.

— Não há motivo para esconder isso da Sonia — falei.

— É melhor que ela não saiba. É assunto de homem.

Sonia, obviamente, sabia do Programa Bons Pais, mas ela não poderia revelar isso a Dave sem contar que estava fingindo ser Rosie.

Quando cheguei em casa, Rosie estava deitada, mas ainda acordada.

— Como foi a noite? — perguntou ela.

Eu tinha resolvido uma parte do problema criado com o Incidente do Parquinho e adquirido novos conhecimentos. Dave havia aumentado seu nível de autoconfiança na administração de conflitos, embora depois tivesse precisado de dois hambúrgueres para se recuperar do trauma.

Quis contar todos os detalhes a Rosie, mas tudo levava ao Incidente do Parquinho e a Lydia. O potencial de estresse daquela revelação havia diminuído, mas agora eu sentia medo de que a explicação completa pudesse revelar o diagnóstico de Lydia quanto à minha competência no papel de pai, aumentando assim as dúvidas de Rosie.

— Excelente — respondi. — Nada a declarar.

— Idem — disse ela.

A minha demonstração de artes marciais me fez lembrar de Carl e de suas tentativas de me surpreender com um soco. Isso tinha virado um hábito em todas as visitas que eu fazia à casa de Gene e Claudia e inevitavelmente terminava com Carl imobilizado e pequenos danos a alguns objetos de decoração. Agora, havia o risco de que Carl direcionasse essas tentativas ao pai.

— Já conversou com Carl? — perguntei a Gene na noite seguinte.

Gene havia comprado vinho do Porto, que tinha três vantagens em relação aos demais ingredientes para preparação de drinques:

1. Existência. Havíamos esgotado o estoque de artigos alcoólicos, exceto a cerveja de George.
2. Gosto melhor. Alguns ingredientes não são palatáveis isoladamente.
3. Menor teor alcoólico do que os destilados. Tinha identificado que o álcool era a causa provável das recorrentes dores de cabeça que eu tinha pela manhã.

— Carl não quer falar comigo. Tentei de tudo, pode acreditar. Não tem como negar o fato de que fui infiel a Claudia.

— Sempre tem como.

— Talvez com o tempo. Mas isso é problema meu, não seu.

— Incorreto. Rosie quer que você vá embora, portanto sou obrigado a pedir que você vá. A melhor solução é você voltar para Claudia, mas você só poderá fazer isso depois de resolver o problema com Carl.

— Peça desculpas a Rosie por mim. Já estou procurando outro lugar pra morar. Eu daria qualquer coisa pra resolver o assunto com Carl, mas não posso mudar o passado.

— Somos cientistas — lembrei. — Não deveríamos nos deixar derrotar pelos problemas. Se pensarmos com bastante afinco, iremos encontrar uma solução.

22

Os protocolos do Projeto das Mães Lésbicas eram de simples revisão. A limitação mais evidente era a ausência de um grupo de controle formado por casais heterossexuais ou adultos de sexos diferentes que fossem estranhos aos bebês.

— Não havia nenhum casal do mesmo sexo no estudo original — argumentou B2.

B1 me instruiu a conduzir todas as interações com o grupo via B2, que recentemente concluíra um doutorado.

— Era um estudo exploratório — falei.

— Este também é. Temos direito à mesma consideração.

A autorização da polícia tinha saído, presumivelmente porque o Policial da Margarita deixara meu relatório pendente, aguardando o diagnóstico de Lydia. Portanto, agora eu estava autorizado a observar os experimentos.

O Complexo B havia montado uma pequena sala de estar com sofá e poltronas. O protocolo era simples: B3, a enfermeira, retirava uma amostra de ocitocina do bebê; depois, ele era aninhado por uma das cuidadoras. B3 então retirava outra amostra. Mais tarde, a cuidadora voltava e repetia todo o processo, porém desta vez ela brincava com o bebê em vez de aninhá-lo. Então o experimento era repetido com a segunda mãe.

— Quais são os resultados preliminares? — perguntei a B1.

— Você, mais do que ninguém, deveria estar cansado de saber que não é recomendado tirar conclusões a partir de dados iniciais. Não tem nenhum rato pra você dissecar, não? Falando sério, vamos receber a visita de um grupo de mulheres esta tarde e seria bom que você não estivesse por perto.

B3, que tinha observado tudo, perguntou para mim:

— Posso te oferecer um café?

— São 15h13. A cafeína tem uma meia-vida de...

Ela se virou, mas me interceptou novamente na porta da saída.

— Você quer saber o que os dados preliminares indicam, não é? Encontro você no café.

Segredos, segredos, segredos. Rosie não sabia por que eu estava trabalhando naquele projeto. Não sabia do Incidente do Parquinho, não sabia de Lydia, nem da avaliação do Programa Bons Pais. Gene enganou Claudia durante anos a fio. Agora B3 compartilharia dados que B1 não queria compartilhar. Em determinado momento não havia segredos em minha vida e meus relacionamentos, embora poucos, não corriam perigo. Suspeitava de uma correlação entre as duas coisas.

— Estou coletando as amostras e inserindo todos os resultados — disse B3. — A primeira tarefa eu faço por ser enfermeira. A segunda também. E por isso também trago o café para elas, aliás. Mas não é preciso doutorado nenhum pra perceber o que está acontecendo. A ocitocina aumenta quando o bebê é acalentado e não se altera quando brincam com ele. Com ambas as mães. Pelo jeito, somente os pais são capazes de fazer a ocitocina aumentar com uma brincadeira. Só que elas estão mudando o conceito de brincar para que fique mais parecido com acalentar. Não quando você está por perto, lógico. Certamente vão encontrar um motivo para descartar os resultados iniciais.

Retornei ao laboratório com B3.

— Volte amanhã, quem sabe — disse ela. — Briony está meio nervosa. — Briony era B1.

Em uma situação social, eu teria aceitado aquela dica sutil de que minha presença não era desejada, mas estávamos falando de ciência. Às vezes, ser imune a sutilezas é conveniente.

Quando voltei, as pesquisadoras estavam cumprimentando um grupo de treze mulheres. B1 e B2 me ignoraram, mas uma das integrantes do grupo (de aproximadamente sessenta e cinco anos e IMC de vinte e seis) dirigiu-se a mim.

— Você é o macho simbólico? — perguntou ela, rindo.

Usei as palavras de David Borenstein.

— Fui enviado pelo diretor da faculdade para garantir que a pesquisa não seja influenciada por políticas lésbicas.

Ela riu novamente. Detectei simpatia.

— O que você fez para conquistar o posto? Dormiu com a filha do diretor?

B1 interrompeu nossa conversa e apontou para uma mulher. Ao lado dela havia um bebê deitado num carrinho de qualidade mediana.

— Quando o bebê acordar, essa mulher irá brincar com ele e então vamos medir os níveis de ocitocina. Ela é a mãe não gestacional, e queremos descobrir se o nível de ocitocina do bebê aumenta quando ela brinca com ele. Como ocorreu no caso dos pais do estudo israelense.

Acrescentei:

— No estudo israelense não havia nenhum grupo de controle de mulheres e homens estranhos ao bebê, portanto não há evidência de que para que os níveis de ocitocina aumentem seja necessário que os homens e as mulheres sejam um casal ou os cuidadores da criança.

B1 me olhou do mesmo jeito que Rosie olharia para alguém se quisesse dizer "cale essa boca". Desconfiei de que ela queria dizer o mesmo. A situação, entretanto, não era a mesma. Ciência precisa de honestidade e transparência.

Mulher Simpática perguntou:

— O que aconteceria com o nível de ocitocina do bebê se um estranho, homem ou mulher, brincasse com ele?

— Exatamente! — exclamei.

B1 interrompeu.

— Isso não faz parte do estudo. E não podemos permitir a entrada de homens estranhos aqui, nem que eles toquem nos bebês.

O bebê que estava no carrinho começou a chorar. Eu precisava agir depressa antes que um dos processos, aninhar ou brincar, começasse. Corri até o carrinho.

— Tudo bem se eu brincar um pouco com o seu filho? — perguntei à mãe. — Sou integrante da equipe de pesquisa e tenho autorização da polícia para estar perto de bebês.

— Tudo bem, eu acho. — Ela sorriu. — Pensei que eu é que teria que brincar com ele, mas sem problemas. Desde que você não o aborreça.

Não fazia a menor ideia de como um bebê reagiria a um homem adulto. Nunca havia segurado um bebê, a não ser, possivelmente, meu irmão. Tinha uma vaga lembrança da minha mãe me entregando Trevor para que eu o segurasse e de eu entregando-o de volta para ela o mais rápido possível.

Percebi que era importantíssimo não deixar o bebê cair ou colocá-lo em perigo. Resolvi os dois problemas me deitando no chão de barriga para cima antes de a mãe entregá-lo para mim. Segurei o bebê com as duas mãos e deixei que ele engatinhasse em cima de mim. Meu instinto de repulsão a corpos humanos não disparou. Foi muito divertido, e o bebê começou a fazer barulhos engraçados. As mulheres do grupo de visitantes começaram a tirar fotos. Continuamos assim por aproximadamente dois minutos e em seguida olhei ao redor, procurando por B3. Acenei para ela, que abaixou a filmadora.

— Recolha a amostra, por favor. — Eu desconfiava de que meus próprios níveis de ocitocina houvessem aumentado, mas apenas os do bebê eram relevantes.

— Não — disse B1. — Isso não faz parte do protocolo.

— Incorreto — retruquei. — O protocolo foi modificado para não excluir dados obtidos por um feliz acaso, uma vez que se trata de um estudo exploratório. Caso contrário o protocolo não será aprovado pela Faculdade de Medicina.

Mulher Simpática sorriu e assentiu.

B3 abriu a boca do bebê e coletou a amostra com um cotonete. A mãe me deixou brincar com ele por mais um minuto.

O carrinho que eu havia encomendado chegou quando eu não estava em casa. Rosie o desembalou e agora insistia para que eu o devolvesse.

— Don, você sabe que não faço o gênero garotinha e que não curto coisas de bebê cheias de rendas e babados, mas isso aqui parece mais um... tanque militar. O carro-forte dos carrinhos.

— É o carrinho mais seguro do mundo. — Eu estava falando literalmente. O modelo base que escolhi era o mais seguro disponível no mercado, e eu o aperfeiçoara em matéria de segurança com diversos aparatos customizados. Tinha certeza de que Bud não iria se machucar num capotamento e sobreviveria a uma batida em um automóvel em baixa velocidade, principalmente se estivesse usando o capacete que comprei como acessório. Os únicos pontos negativos eram o aumento do tamanho e certa complexidade para acessar o bebê. E, obviamente, o custo.

— A aparência do carrinho é mais importante que a segurança? — perguntei.

Rosie ignorou a pergunta.

— Don, fico feliz por você estar tentando, de verdade, mas isso não é muito a sua praia, não é? Você não entende muito de bebês. Carrinhos, grandes carrinhos de metal com rodas de borracha... isso, sim, é mais a sua praia.

— Não sei. Tenho experiência limitada com ambos.

Minhas chances de aumentar minha experiência por meio do Projeto das Mães Lésbicas pareciam minguadas. A mudança de protocolo que sugeri, de que cada bebê tivesse a experiência "engatinhar sobre o Don", estava sujeita à aprovação das mães. Porém, depois do meu sucesso inicial, todas se recusaram. Passei meu número de telefone a B2 e B3, para o caso de alguma delas mudar de ideia.

— Não fique acordado esperando um telefonema — advertiu B2.

Mas B3 me enviou uma mensagem de texto: *Ocitocina nas alturas com a sua intervenção. O maior resultado da atividade da brincadeira. E você nem sequer é o cuidador da criança!*

Isso sugeria que meu sexo tinha influenciado o resultado, mas uma única ocorrência em si não tinha valor e só serviria para incitar futuras investigações.

B1 escreveu um e-mail para David Borenstein, sem me colocar em cópia.

— Dê uma lida por alto — disse o diretor da faculdade, indicando a tela de seu computador.

Não estou acostumado a ler por alto. Ler por alto requer ignorar algumas palavras. E se eu ignorasse um "não"? Era uma mensagem longa, mas notei os termos "nada profissional", "perturbador" e "insensível".

— Basicamente, ela quer que você saia da pesquisa. Disse que irão descartar o resultado do teste de que você participou porque não está em conformidade com o protocolo, e que não foi fruto de um feliz acaso, e sim consequência de uma intervenção proposital, e blá-blá-blá.

— Ela disse qual foi o resultado?

— Ela deixou implícito que não havia sido analisado. Duvido. Se o resultado tivesse sido baixo, ela estaria pulando de felicidade e louca para incluí-lo.

— Péssimo procedimento científico.

— Concordo. Fiz bem em colocar você na pesquisa, não é?

— É possível que alguém que desse mais importância aos comportamentos sociais apropriados colocasse isso em primeiro plano, e não como o objetivo da pesquisa.

O diretor da faculdade riu.

— Devo confessar, professor Tillman, que você é um ótimo cientista, mas às vezes fico me perguntando como a Rosie aguenta.

Rosie não estava me aguentando mais.

Uma das coisas curiosas sobre animais, incluindo aí os seres humanos, é que passamos cerca de um terço das nossas vidas dormindo. É impossível contornar essa ineficiência. Quando eu tinha uns vinte e poucos anos, realizei uma série de experimentos para descobrir a quantidade mínima de sono necessária para mim e cheguei ao resultado de sete horas e dezoito minutos por noite, sem a menor presença de luz no quarto e sem nunca mais usar anfetaminas.

À medida que envelhecemos, nosso sono se torna menos profundo: uma das explicações evolucionárias para isso é que, no ambiente ancestral, os jovens caçadores e guerreiros precisavam dormir sem interrupções, enquanto os membros mais velhos da tribo faziam as vezes de sentinelas e, portanto, precisavam despertar ao menor ruído.

Em termos de sono, Rosie já era uma sentinela. Ela acordava frequentemente e o problema aumentava com uma ida ao banheiro e o consumo de uma xícara de chocolate quente, o que, logicamente, dava início a um círculo vicioso. Antes de engravidar, Rosie às vezes ia se deitar cedo, exausta ou bêbada; em outras ocasiões estudava até depois de 1 da manhã e ia para a cama animada, às vezes até mesmo querendo conversar. À 1 da manhã! Às vezes mostrava interesse em fazer sexo; nesse caso, eu incorporava a mudança à minha rotina e agendava um tempo de sono adicional para a noite seguinte.

Eu já tinha me acostumado a ser acordado com frequência e em geral conseguia pegar no sono de novo em questão de minutos. Mas não era possível ignorar o efeito acumulado das interrupções e fui obrigado a reorganizar meu horário de deitar, indo para a cama treze minutos mais cedo.

A gravidez agravou o problema. Conforme previsto n'O Livro, o bebê em crescimento e o consequente sistema de suporte que o corpo de Rosie criou para ele reduziram a capacidade de sua bexiga. Além disso, Rosie começou a roncar, não alto, mas de um jeito incômodo. Precisei mais uma vez reorganizar meus horários de ir para a cama.

Tivemos uma conversa sobre o assunto às 3h14 da manhã.

— Você não devia ter tomado chocolate quente. Isso recriar o ciclo do banheiro. E depois você vai tomar outro chocolate e...

— O chocolate quente me ajuda a dormir.

— Ridículo. Chocolate contém cafeína, um estimulante com quatro horas e meia de meia-vida. É desaconselhável consumir café ou chocolate depois das 15h. Eu nunca...

— *Você* nunca. Eu sei que você nunca. Mas eu sim. O corpo é meu, lembra?

— Cafeína é uma das substâncias proibidas.

— Posso tomar dois cafés por dia. Não estou mais tomando café, portanto o chocolate compensa.

— Já calculou o teor de cafeína do chocolate?

— Não, nem vou calcular. Que tal se eu resolver o seu problema? E o meu também, aliás.

Rosie puxou o edredom da cama e saiu do quarto.

Diante disso, meu corpo rebelou-se, recusando-se a dormir. Usei aquele tempo para refletir sobre a partida de Rosie. Seria por uma única noite ou era algo permanente? Do ponto de vista racional, era uma boa solução para o problema, que ao menos em parte era temporário. Com o fim da gravidez, ela poderia voltar a dormir normalmente. Por enquanto, precisaríamos comprar outra cama. Então me dei conta de que Rosie não tinha onde dormir: não havia outra cama na casa. *A menos que ela fosse dormir na cama de Gene.*

Saltei da cama e andei de fininho até o quarto dele. A porta do escritório de Rosie estava aberta, então vi que ela estava enroscada na poltrona, coberta com o edredom. Ela não se mexeu. Voltei ao quarto, retirei o colchão da cama e o manobrei até o escritório dela, que era consideravelmente maior que nosso quarto. Rosie acordou.

— Don? O que você está fazendo?

— Criando uma cama temporária.

— Ah. Pensei que...

Ela não concluiu a frase. Em vez disso, saiu cambaleando da cadeira e se deitou no colchão. Eu a cobri com o edredom e voltei para o quarto, onde consegui dormir na base acolchoada da cama. Era perfeitamente satisfatório, e meu professor de caratê sem dúvida consideraria isso um exemplo de disciplina. Nossa cama, na verdade, tinha sido um meio-termo entre o desejo pessoal de Rosie por maciez e a firmeza ideal recomendada pelos estudos científicos. Agora eu havia criado um arranjo mais satisfatório para ambos.

Rosie obviamente concordava comigo, pois continuou a dormir no escritório todas as noites, e eu retomei meu horário normal de ir para a cama.

23

Tive o pesadelo da nave espacial mais uma vez. Foi igual ao anterior, com o mesmo resultado fatal. Só que desta vez, ao acordar, Rosie não estava ao meu lado.

Gene também ficou preocupado com a mudança dos nossos locais de dormir, que ele percebeu dois dias mais tarde. Segundo sua análise, o fato de Rosie estar dormindo em outro cômodo equivalia a me rejeitar.

— Seja prático, Don. Por que as pessoas dormem juntas?

— Para fazer sexo. — Aquela era sempre a resposta com mais chances de estar correta a qualquer pergunta que Gene fazia sobre motivação. — O que agora não é mais necessário em termos evolutivos, porque ela está grávida.

— Superficial demais, meu amigo. Os seres humanos escondem sua fertilidade para estimular proximidade, por uma série de motivos. Podemos não ser monógamos, mas adoramos ter um par, e Rosie está te mandando um recado e tanto.

— O que eu fiz de errado?

— Saiba, Don, que você não é o primeiro homem a fazer essa pergunta. Em geral ela ocorre quando a gente chega em casa e percebe que a televisão sumiu.

— Nós não temos televisão.

— Já percebi. De quem foi essa ideia?

— Não existe motivo para termos televisão. É possível ter acesso a um noticiário de alta qualidade por outras mídias e sem propagandas; podemos assistir a filmes em telas maiores no cinema e, para todas as outras coisas, cada um de nós tem seu monitor de computador.

— Não foi isso o que eu perguntei. Eu perguntei de *quem* foi a ideia.

— A decisão era óbvia.

— Rosie alguma vez mencionou a ideia de comprarem uma televisão?

— Provavelmente. Mas os argumentos eram falhos. Você está sugerindo que nosso casamento está em perigo por causa da ausência de uma televisão? Se for isso, eu posso...

— Desconfio de que o buraco seja mais embaixo. Mas, se quer uma resposta específica à pergunta "o que eu fiz de errado?", eu respondo: o ultrassom. Você devia ter ido com ela. Foi ali que Rosie começou a duvidar se você realmente quer ser pai. Não se você é capaz ou não de ser pai, o que já é outra questão, mas acho que ela começou a questionar se você está realmente *interessado* nisso.

— Como você pode ter tanta certeza?

— Sou chefe do Departamento de Psicologia de uma universidade, você já me confidenciou suas dúvidas, que, aliás, Rosie certamente percebeu a essa altura, e sei que o histórico dela inclui uma situação problemática com o pai.

— Esse problema já foi resolvido.

— Don, os problemas da infância nunca são "resolvidos". É por causa disso que os terapeutas conseguem ganhar a vida.

— E se você estiver errado e não houver problema nenhum? Posso acabar criando um problema onde não existe. Como quando tropeçamos em um degrau imaginário.

Gene se levantou, foi até a porta de sua sala, olhou para fora e depois voltou.

— Há um ditado entre os enófilos que diz o seguinte: "Uma olhada no rótulo vale vinte anos de experiência."

— Você está sendo hermético.

— Rosie me contou. Disse que vocês dois estão passando por uma fase difícil e que ela não tem certeza se você quer mesmo ser pai.

— Ela compartilhou essa informação sobre o estado do nosso casamento por livre e espontânea vontade? Do nada?

— Eu perguntei. Na verdade, Stefan me deu um alerta.

Stefan! Agora Rosie estava compartilhando informações importantes com ele, em vez de dividi-las com o homem que poderia usá-las do modo mais eficiente.

Embora o método da transmissão tivesse sido frustrantemente indireto, identificar o Erro do Ultrassom foi importantíssimo para que eu soubesse como melhorar minha competência enquanto pai em potencial e como demonstrar interesse para Rosie.

Gene disse que eu deveria ter ido ao exame sabendo de antemão sobre os procedimentos e seus possíveis resultados. Felizmente, eu agora tinha uma segunda chance. Rosie concordara em estipular uma data para o segundo ultrassom: vinte e duas semanas, zero dias e zero horas a partir do início da gestação, que havia sido determinada no primeiro ultrassom como 20 de maio, segunda-feira. Fiz meus cálculos e descobri que cairia no dia 21 de outubro. Reservei o dia inteiro apenas para isso. Dessa vez eu estaria preparado.

Estudei O Livro para identificar outros eventos com semelhante potencial para gerar equívocos de minha parte e oportunidades de agir bastante bem, compensando o erro inicial. Um deles era óbvio: o parto. Os paralelos com o exame de ultrassom eram impressionantes:

1. Comparecimento a instalações hospitalares ou clínicas.
2. Um momento crítico em que os problemas poderiam ser identificados.
3. Baixa probabilidade de problemas, mas alto nível de ansiedade.
4. Presença esperada do companheiro, apesar de ele ou ela não ter nenhum papel no procedimento.

A partir d'O Livro e de minhas próprias pesquisas posteriores, pude formular a melhor descrição do meu papel: "reduzir a ansiedade da parceira". Eu poderia conseguir isso me familiarizando com o procedimento do parto: assim, poderia informá-la o tempo todo sobre o que estava acontecendo enquanto ela se concentrava na execução dos procedimentos necessários. Conhecimento é uma coisa em que sou bom. Como estudante de medicina, Rosie provavelmente tinha uma compreensão básica sobre o assunto, mas eu planejava me transformar num especialista em parto e em todas as suas possíveis complicações. Voltei a abrir *Dewhurst — Ginecologia e obstetrícia* e me empenhei ainda mais em suplementar a teoria com a prática.

Depois de solicitar várias vezes a David Borenstein para que eu pudesse auxiliar ou simplesmente observar um parto, ele finalmente me deu o contato da Dra. Lauren McTighe, de Connecticut.

Ela me ligou num sábado à noite, quando eu e os rapazes, em uma de nossas noites, terminávamos de comer uma pizza na casa de George. Expliquei a situação para eles e, para minha surpresa, não só Dave como também George e Gene decidiram me acompanhar.

— Vocês não precisam desse conhecimento — falei.

— Vai ser por solidariedade masculina — disse George. — Não é por isso que a gente se reúne?

Liguei de novo para Lauren para saber se a presença deles não seria um problema.

— Se quiser, tudo bem. Mas é melhor alertá-los sobre as complicações. Essa situação pode não ter um final feliz.

Chamamos um táxi e demos o endereço de Dave. O objetivo era ir até a casa dele buscar o carro.

— Deixa isso pra lá! — disse George. — Estamos diante de uma emergência, não é?

— É um bebê pélvico, ele está sentado — falei. — E aparentemente há outros problemas também. Minha expectativa é aprender bastante.

— Então vamos direto pra Lakeville, Connecticut — disse George ao motorista do táxi. — Quero que fique nos esperando lá e depois nos traga de volta.

— Eu não vou além de...

George, que estava no banco da frente, deu um maço de dinheiro preso com elástico para o motorista, que ficou em silêncio enquanto contava as notas e não fez mais objeções.

Era difícil acreditar que George tivesse ficado tão rico somente no breve período de glória dos Dead Kings, há quase cinquenta anos. Supus que, por ser roqueiro, ele teria gastado a maior parte em drogas ilícitas. Aquele pagamento para o taxista me deu uma boa oportunidade para perguntar:

— De onde vem tanto dinheiro?

— É isso o que eu gosto em você, Don. Vai direto ao ponto.

Ir direto ao ponto era uma coisa que as pessoas em geral *não gostavam* em mim.

— Pergunta direta, resposta direta — disse George. — Pensão alimentícia.

Gene riu.

— Deixa eu adivinhar. Você precisou trabalhar tanto pra sustentar quatro mulheres que no fim acabou faturando uma grana. Ou então uma delas morreu e o valor que você pagava para ela foi suficiente pra te dar uma vida de rei.

— Quase isso — disse George. — Minha primeira mulher morreu há três anos. De câncer. Eu a abandonei quando a banda começou a ficar conhecida. Achei que encontraria coisa melhor. Afinal de contas, eu era roqueiro e tal. Só que eu nunca encontrei. Eu até poderia dizer, "ah, elas eram todas iguais", mas na verdade a questão era comigo. Quando você passa pela mesma situação difícil com quatro mulheres diferentes, começa a pensar que talvez o problema seja você.

— Não entendi como isso pode ter ajudado você financeiramente — retrucou Gene. — Não está dizendo que ela deixou todo o dinheiro pra você, está?

— Sim, *exatamente* isso. Não todo, mas o suficiente. Na época eu precisava dar dois terços dos meus rendimentos pra ela, e, quando emplacamos algumas músicas de sucesso, isso passou a significar uma boa grana. Enquanto eu torrava o terço que me cabia, ela estava investindo em imóveis. Quando morreu, deixou metade da fortuna pra mim.

— Muito generoso da parte dela — comentou Gene.

— Era eu ou o nosso filho, e ele já torrou a parte dele. Ela deve ter imaginado que isso iria acontecer e me deixou um pouco da grana pra que eu tivesse como livrar a cara dele quando fosse preciso. Ela não era uma Jerry Hall, mas nunca consegui nada melhor. Não se esqueça disso, meu jovem Donald.

Eu não esqueceria. O conselho de George, primeiro generalizado e depois particularizado para a minha situação, parecia claro. Se eu não pudesse fazer as coisas darem certo com Rosie, não faria com mais ninguém. Se meu casamento desse errado, eu não tentaria me casar novamente. Era dar certo com Rosie ou passar o resto da vida sem uma companheira. Ou um filho.

A viagem levou duas horas e dezesseis minutos, oito minutos a mais do que o previsto pelo meu aplicativo de trânsito.

— Chegou bem na hora — disse Lauren (idade aproximada de quarenta e cinco, IMC de vinte e três). — Estava protelando até você chegar, mas ela está sentindo muita dor e não daria para esperar muito mais. Este é o Ben.

Ela apontou para um homem de camisa xadrez (idade aproximada de quarenta anos, IMC de trinta), que estava de pé a poucos metros de distância. Ele se aproximou e trocamos um aperto de mão, como mandam as convenções sociais. A mão dele estava extremamente suada; diagnostiquei ansiedade. Era uma boa oportunidade de praticar minhas técnicas de tranquilização:

— As chances de sobrevivência da mãe são de quase cem por cento, mas a dificuldade do parto talvez possa acarretar uma diminuição temporária da fertilidade. A probabilidade de sobrevivência do bebê é de aproximadamente oitenta e cinco por cento.

Ben pareceu aliviado.

— Nada mau — disse. — Dedos cruzados.

George olhou para a mãe.

— Pobre vaca — disse ele.

Lauren era brilhante! É sempre fascinante observar um profissional competente trabalhando. Ela me explicou exatamente o que estava fazendo e forneceu comentários adicionais sobre possibilidades e procedimentos alternativos. George segurava uma lanterna de halogênio ligada na bateria do carro de Lauren enquanto eu a ajudava a alterar a posição do bezerro. A vaca estava presa numa baia, portanto não podia se movimentar muito.

Era um trabalho esteticamente desagradável, mas eu estava familiarizado com a disposição mental adequada graças à minha experiência em dissecar ratos. O estímulo intelectual também era maior do que o incômodo. Era um acontecimento muito interessante!

Gene começou a conversar com Ben. Dave, que não estava passando bem, ficou dentro do táxi.

— Certo — disse Lauren. — Vamos precisar do trator.

Lauren enfiou o braço dentro da vaca e explicou que estava amarrando uma corrente na pata do bezerro ainda não nascido. George entregou a lanterna para Gene e começou a falar com a vaca, que emitia ruídos indicando dor.

Ben amarrou a outra ponta da corrente no trator e o processo de puxar se iniciou. Num parto humano, um fórceps teria substituído o trator, ou, mais provavelmente, seria feita uma cesariana. Apesar disso, havia inúmeras semelhanças anatômicas e a experiência tridimensional era de valor inestimável.

— Ok, Don. Você vai precisar me ajudar a agarrar o bezerro. — Felizmente, "agarrar" não exigia a mesma coordenação de agarrar uma bola; Lauren e eu simplesmente precisávamos aguentar o peso do bezerro quando ele saísse. E ele saiu, junto com enormes quantidades de fluido, ensopando Lauren e eu. Uma das patas do animal estava num ângulo estranho, mas ele começou a respirar. A mãe continuava de pé.

— Perna quebrada — disse Lauren. — O que quer fazer?

— O que você acha? — perguntou Ben.

— Receio que seja melhor sacrificá-lo, a não ser que você esteja disposto a dar comida na boca dele.

Dave saiu trôpego do táxi.

— Não atire nele. Se for preciso, eu levo o bezerro pra casa.

A primeira coisa que me passou pela cabeça foi como aquela era uma ideia brilhante. O sistema imunológico do bebê de

Sonia e Dave se fortaleceria ao coabitar com um animal de fazenda. Porém, após um momento de reflexão, vi múltiplos problemas em manter um bezerro aleijado num apartamento de Nova York.

Ben sorriu.

— Devo uma a vocês. Como você se chama, mesmo?

— Dave.

— Ok. Dave, apresento Dave, o Bezerro. Ele deve a vida a você. E a Lauren, e a todos vocês. Minha esposa vai alimentá-lo. E vai xingar vocês todos os dias.

24

Depois de fazer uma ligação para pedir informações, George ordenou que o táxi fizesse um desvio no caminho até um bar em White Plains. Eram 22h35 e ainda não havíamos comido nada.

— Hoje vamos de cerveja — declarou George, e pediu quatro. Bebemos rapidamente, e George pediu mais.

— Vou contar um segredo — disse ele. — Ajudar aquela pobre vaca me trouxe um bom carma. Compensou um pouco o fato de eu não estar presente no nascimento do meu primeiro filho.

— O da mãe cheia da grana? — perguntou Gene.

— Esse mesmo. Eu estava na estrada. — Ele fez uma pausa. — Ligaram pro hotel, mas eu estava com uma *groupie*. Naqueles tempos era assim.

Fiquei impressionado.

— Você estava fazendo sexo com outra mulher enquanto a sua mulher estava parindo o seu filho?

— Como você sabe que era um menino?

— Você mesmo acabou de dizer! Além disso, está na internet.

— Que merda, hein? Eu não tenho mais nenhum segredo. A não ser esse, que acabei de contar pra vocês.

— Acho que, assim como George, todos nós deveríamos compartilhar um segredo — disse Gene. — Um por pessoa. Don começa.

— Um segredo? — Nas dezesseis semanas desde o Incidente do Parquinho eu havia acumulado múltiplos segredos, mas me parecia pouco sábio revelá-los depois de beber cerveja. Por outro lado, a decisão de George de revelar algo moralmente repugnante parecia ser um gesto de amizade, permitindo que cada um de nós revelasse algo imoral ou ilegal e recebesse conselhos dos demais, sabendo que era muito pouco provável que nosso comportamento fosse tão vergonhoso quanto o dele. Era uma manobra social sutil, mas levei algum tempo para fazer essa análise.

— Eu começo então — disse Gene. — Mas isso não sai daqui, certo?

George fez com que trocássemos um aperto de mãos ridículo a quatro mãos.

— Adivinhem com quantas mulheres eu já transei.

— Menos do que eu — disse George. — Se der pra contar, menos do que eu.

— Mais do que eu — falei.

Gene riu.

— Chuta.

Eu me lembrei do mapa de Gene, com um alfinete para cada nacionalidade. Acrescentei cinquenta por cento a mais para incluir várias mulheres da mesma nacionalidade e as conquistas mais recentes.

— Trinta e seis.

— Passou longe. — Gene tomou mais um gole da cerveja e depois levantou a mão aberta. — Cinco.

Fiquei atônito. Seria mentira de Gene? Era uma hipótese razoável, dado que, se não estava mentindo agora, teria mentido repetidamente no passado. Talvez, por não poder competir com George no total geral, estivesse tentando parecer o menos promíscuo entre nós.

Dave também pareceu atônito, uma reação apropriada.

— Cinco? — disse. — Quer dizer, é...

— ... menos do que você, certo? — Gene estava sorrindo.

— Eu não traio a minha esposa, mas...

Era apenas quatro a mais do que eu!

— E a história do casamento aberto? O mapa?

— O casamento aberto nunca saiu do papel. A primeira mulher fora do casamento tinha problemas. Problemas do tipo Glenn Close em *Atração fatal*. E isso eu já tinha demais com minha primeira esposa.

— Seria gastar vela boa com defunto ruim — disse George.

— Nessa idade, pelo menos, não compensa — disse Gene.

— E o mapa? — perguntei, de novo. Havia vinte e quatro alfinetes no mapa de Gene antes de ele entrar temporariamente nos eixos e retirá-lo da parede. — E a Mulher Islandesa?

— Levo as mulheres pra jantar. Se estão dispostas a sair pra jantar a sós comigo, considero isso um encontro. Você não sai pra jantar com um homem casado, a menos que esteja a fim de algo mais. O resto aconteceria, se eu quisesse.

Era incrível. As consequências de Gene ter mentido para fazer seu comportamento parecer *pior* do que realmente era foram desastrosas. Observei o óbvio:

— Claudia o dispensou porque você admitiu ter feito sexo com a Mulher Islandesa. Mas você só pagou o jantar. Correto?

— Na verdade, eu fui obrigado a conter os avanços dela, que não era... como é que você disse, George?

— Uma Jerry Hall.

Gene riu. Retomei o foco da conversa:

— Basta dizer a verdade para Claudia e ela vai aceitar você de volta. Tudo resolvido.

— Não é tão simples assim.

— Por que não?

Todos olhamos para Gene. Ninguém disse nada. Estávamos agindo como terapeutas. Eu tinha esperanças de conseguir resolver o problema com Rosie simplesmente contando a verdade.

— Duvido que Claudia tivesse qualquer interesse por mim se eu não fosse quem ela acha que sou. Isso faz parte da atração que ela sente por mim.

— Ela se sente atraída por você porque você é infiel? — perguntei. — Todas as teorias... as *suas* teorias...

— As mulheres gostam de homens que atraem outras mulheres. Precisam sempre ser lembradas de que estão com um parceiro que as outras mulheres desejam. Vejam George, por exemplo. Essa aparência não impediu você de encontrar outras três esposas.

— Se eu não tivesse essa aparência, talvez tivesse me virado com uma só. Mas Don tem razão: você não tem nada a perder abrindo o jogo.

— O buraco é mais embaixo. Deixamos as coisas desse jeito por tempo demais, até não haver mais salvação. Olhando para trás, acho que começou depois que Eugenie nasceu. Comecei a jogar esse jogo, mesmo não indo até o fim. Não se pode negligenciar um casamento durante nove anos e esperar que ele tenha volta. E, seja como for, encontrei outra pessoa.

— Quem?

— Você sabe quem. Pronto, já compartilhei o meu segredo. — Ele se virou para Dave. — E você?

Dave retribuiu o olhar de Gene.

— Vocês vão entender o que isso significa: o filho não é meu.

Ficamos tão atônitos que viramos terapeutas mais uma vez e esperamos Dave continuar.

— Fizemos o procedimento de inseminação artificial, mas eu apresentei alguns problemas. Alguns relacionados ao meu peso, outros não. Enfim... Acabou sendo o óvulo dela e o bonitão de outro cara.

Supus que aqui "bonitão" fosse sinônimo de espermatozoide e não de pênis.

— Agora fico pensando se o fato de eu não estar mais tão presente, de sempre trabalhar até tarde... Enfim, todas essas coisas das quais Sonia reclama... Será porque eu não quero investir meu tempo numa criança que não tem meus genes? Inconscientemente, digo. — Ele olhou para Gene. — Como você mesmo falou.

— Putz — disse Gene. — Mas não há nada de errado em suar a camisa pra ganhar dinheiro.

— Engraçado é que — disse Dave —, até você contar como funciona esse lance dos genes, eu tinha medo de que Sonia me deixasse. Agora vejo que estou investindo tanto nesse filho quanto investi em Dave, o Bezerro. E, se Sonia descobrir, por que ela iria desejar que eu esteja por perto?

Gene riu.

— Me desculpe, Dave. Não estou rindo de você. Estou rindo é da complexidade dessa história toda. Confie em mim: Sonia não vai deixar você por causa disso. O bom do *homo sapiens* é que nosso cérebro é capaz de dominar os instintos. Se quisermos.

Tinha passado os últimos minutos tão interessado nas revelações de George, Gene e Dave, todas elas surpreendentes, que nem tive tempo de pensar no que eu iria contar. George me salvou.

— Don já contou o segredo dele na outra noite, quando falou que estava tendo problemas no casamento. Quer atualizar a gente?

— Estou adquirindo conhecimentos sobre o procedimento do parto. Tenho expertise profissional em vínculo infantil com casais do mesmo sexo ou de sexos diferentes e sobre o consequente impacto desse vínculo sobre os níveis de ocitocina do bebê. Também estou me consultando com uma terapeuta para analisar meu progresso.

— E como anda o relacionamento? — perguntou George.

— Com Rosie?

— Isso, essa mesmo.

— Não houve mudança. Não tive a oportunidade de aplicar meus conhecimentos ainda.

No táxi, a caminho de casa, permanecemos todos em silêncio. Dois pensamentos ocupavam minha mente: as mentiras de Gene, que haviam custado a ele o casamento, e o fato de que contar a verdade já não poderia salvá-lo.

Quando o elevador parou no meu andar, George perguntou se eu tinha um tempinho para checar uma coisa no apartamento dele.

— Está extremamente tarde — falei, embora desconfiasse de que teria dificuldade em adormecer. Não havia consumido álcool suficiente para contrabalançar os efeitos da adrenalina do parto de Dave, o Bezerro, e, apesar de haver restabelecido meu horário normal de dormir, meu sono estava irregular desde a remoção do colchão.

— Vai ser rápido — insistiu George.

— O álcool vai afetar meu julgamento. Melhor fazer a checagem de manhã.

— Tudo bem então — disse George. — Acho que vou tocar um pouco de bateria pra relaxar.

Gene estava segurando a porta do elevador.

— George quer conversar com você a sós — disse ele. — Não tem problema. Beba uma por mim.

Não tive escolha a não ser acompanhar George. Ele serviu dois copos generosos de uísque Balvenie vinte e um anos.

— Um brinde a você — disse ele. — Eu falei que não queria participar de outro grupo, mas você fez a coisa andar. Nenhum de nós levantaria um dedo se não fosse por você telefonando e fazendo a gente incluir o encontro na *agenda* toda semana.

— Está sugerindo deixarmos o grupo de lado? Que sou o único que se beneficia?

— Muito pelo contrário. Só estou dizendo que essas coisas precisam ter alguém no comando, senão vão pelo ralo. Se não fosse por Mr. Jimmy, os Dead Kings teriam terminado trinta anos atrás. E isso teria sido péssimo pra todo mundo.

Bebi meu uísque. Supus que o recado de George já tivesse sido dado, mas ele tornou a encher nossos copos. Desconfiei de que o segundo copo me ajudaria a dormir — e dificultaria ficar de pé.

— Lembra quando eu falei que não tinha nenhum segredo? — perguntou ele.

Fiz que sim.

— Era mentira. Sabe o meu filho, aquele do parto que eu não presenciei? Ele é viciado. Até aí, nenhum segredo. O segredo é: foi culpa minha. Ele não fumava, nem sequer bebia. Era baterista de jazz. Um baterista de primeira, aliás.

— Você acredita que uma falha na sua atitude de pai fez com que ele buscasse as drogas?

— Bem, posso te garantir que isso não estava na genética dele. — George levou um bom tempo para terminar seu copo de uísque. Segui a regra dos terapeutas e permaneci em silêncio. George encheu o copo mais uma vez. — Fui eu que induzi o garoto. Eu que incentivei. Disse que ele tinha medo de experimentar as coisas, de se jogar na vida. Gene pode te explicar por que fiz o que fiz.

— Achei que fosse um segredo. Você quer que eu conte a Gene?

— Não. Mas, se você contasse, ele diria que eu estava querendo rebaixar meu filho ao meu nível. Inconscientemente, acho. Mas não tão inconscientemente assim.

George agora parecia, sem sombra de dúvida, atormentado. Torci para que isso não me obrigasse a ter de passar o braço — ou os braços — ao redor dele.

— Então é isso aí — disse ele. — Você é a única pessoa que sabe, além de mim e do meu filho, que, aliás, nunca me acusou de nada.

— Você quer ajuda para resolver o problema?

— Se eu quisesse ajuda, você seria o primeiro a quem eu pediria, Don. Mas agora é tarde demais. Eu só queria contar a alguém que fosse capaz de ver as coisas como elas são. Se é pra ser julgado, quero ser julgado por alguém que eu respeito.

Ele ergueu o copo num brinde, depois tomou todo o conteúdo. Fiz o mesmo.

— Valeu — disse George. — Devo uma a você. Se um dia você encontrar uma cura para o vício em drogas, me avise quando for receber o Prêmio Nobel. Se eu tivesse que investir em alguém pra descobrir algo assim, seria em você.

Nosso apartamento estava escuro quando voltei da casa de George. Eu já havia retirado minhas roupas molhadas do saco de lixo no qual as trouxera, escovado os dentes e checado minha agenda do dia seguinte quando me veio uma ideia. Fui obrigado a agir.

Gene estava dormindo e não ficou feliz quando eu o acordei.

— Precisamos ligar para o Carl — falei.

— Por quê? O que foi? Aconteceu alguma coisa com ele?

— Não, mas pode acontecer. Ele pode começar a usar drogas. Por causa do estado mental em que se encontra.

Gene dera um motivo, embora pouco convincente, é verdade, pelo qual não contava a verdade a Claudia. Mas estava óbvio que essa mentira era o motivo de Carl odiar Gene. Ódio causa infelicidade, o que potencialmente pode levar a problemas de saúde física e mental. Adolescentes são muito vulneráveis. Era tarde demais para salvar o filho de George, mas poderíamos salvar Carl.

— O estado mental de Carl está baseado numa suposição incorreta sobre o seu comportamento. Você precisa corrigir isso.

— Não dá pra deixar pra amanhã de manhã?

— São 2h14 da manhã, 17h14 em Melbourne. É o horário perfeito para ligar.

— Não estou nem vestido.

Verdade. Gene estava dormindo só de cueca, uma escolha muito pouco saudável, aliás. Comecei a explicar sobre o risco de *tinea cruris*, mas ele me interrompeu:

— Ok, vamos resolver isso logo, então. Mas não ligue o vídeo.

Calculon estava on-line. Eu me conectei e ela foi chamar Carl. Continuei no modo mensagens de texto.

Saudações, Carl. Gene (seu pai) deseja falar com você.

Não, obrigado. Desculpa, Don, eu sei que você só tá tentando ajudar.

Ele tem uma confissão a fazer.

Não quero saber de mais nada do que ele fez. Boa noite.

Espere. Ele não fez sexo com várias mulheres. Era tudo mentira.

O quê?

Achei que aquele era o momento perfeito para ligar o vídeo. O rosto de Carl preencheu a tela. Ele havia parado de se barbear, tal como Stefan, e parecia bastante capaz de cometer um patricídio.

— O que você está falando, Don?

Dei um soco no braço de Gene, um gesto que eu achava natural para pedir que alguém falasse.

— Ai, merda! Isso doeu, Don.

— Transmita as informações para Carl.

— Hã, Carl... Olha, eu não transei com todas aquelas mulheres. Só estava me gabando. Não conte nada pra Claudia.

Silêncio.

— Você é um zero à esquerda — disse Carl finalmente, depois encerrou a conexão.

Gene, que estava sentado na beirada da banheira, tentou se levantar, mas, sem dúvida por estar bêbado, caiu em cima das minhas roupas encharcadas de líquido amniótico bovino e que não cheiravam nada bem. Gene não pareceu ter se machucado, e, de onde eu estava, sentado no vaso sanitário, era mais fácil deixar que ele mesmo se levantasse sozinho.

O grito que Gene deu quando caiu na banheira deve ter acordado Rosie. Ela abriu a porta do banheiro-escritório e olhou de um jeito estranho para nós, provavelmente por causa das tentativas de Gene de sair da banheira e da minha roupa estranha — as calças de Ben, o Fazendeiro, eram largas demais para mim, e por isso eu tinha usado uma corda como cinto. Gene, é claro, estava só de cueca.

Rosie rapidamente deu as costas para ele e olhou para mim.

— A noite está divertida? — perguntou ela.

— Está excelente — respondi. O parto do mamífero de grande porte representara um marco importante para a recuperação do nosso relacionamento.

Rosie não parecia interessada em estender a conversa. Gene voltou a cair dentro da banheira.

— Me desculpe — falei para ele. — Eu não devia ter dito que a noite estava excelente. Parece que não convencemos Carl.

— Acho que você está errado — retrucou Gene. — Ele só precisa de um tempo pra pensar no assunto.

Eu me levantei, mas Gene ainda não havia terminado.

— Don, muito em breve você terá um filho. Então vai entender até onde somos capazes de ir para proteger nossa relação com ele.

— É claro. Eu mesmo encorajei você a se esforçar ao máximo para resolver o problema com Carl.

— Então, se um dia você descobrir o que eu fiz, espero que pelo menos me entenda. Mesmo que não consiga me perdoar.

— Como assim?

— Carl não acreditaria nessa história vinda de mais ninguém que não fosse você.

— Por que você não foi trabalhar? — perguntou Rosie na segunda-feira de manhã. Eram 9h12 e ela estava preparando seu café da manhã. Parecia uma refeição saudável, algo que provavelmente ela não conseguiu evitar, já que nossa geladeira continha apenas itens compatíveis com a nutrição adequada para gestantes. O formato do corpo dela estava mudado, como era de se esperar; confirmava os diagramas do quinto mês de gravidez exibidos pel'O Livro. Eu estava assistindo a variações da mulher mais linda do mundo. Era como ouvir uma versão nova de uma canção que gostamos muito. "Satisfaction" na voz de Cat Power, por exemplo.

— Tirei o dia de folga. Para comparecer ao segundo exame de ultrassom — respondi. Eu não havia mencionado isso para aumentar o impacto do meu nível de participação. Para fazer uma surpresa.

— Eu não falei nada sobre ultrassom nenhum — disse Rosie.

— Você não vai fazer o ultrassom hoje?

— Fiz na semana passada.

— Antes do tempo?

— Na vigésima segunda semana. Como você mesmo insistiu, dois meses atrás.

— Correto. Mas a semana passada foi a vigésima primeira semana e alguns dias. — Nós dois havíamos concordado: vinte e duas semanas e zero dias.

— Que merda, Don — disse Rosie. — Eu peço pra você ir e você não dá as caras. Aí, quando eu não peço, você tira o dia de folga. — Ela me deu as costas e encheu a chaleira. — Mas na verdade você não queria ir comigo, queria, Don? Você não foi no primeiro.

— Foi um erro. Que eu queria corrigir.

— Por quê?

— Espera-se que os homens compareçam aos exames de ultrassom. Eu desconhecia essa convenção social. Me desculpe por isso.

— Não quero que você vá só porque é uma convenção.

— Você não queria que eu fosse?

Rosie despejou a água quente sobre o saquinho de chá "herbal" (que na verdade não era de ervas, e sim de frutas, sem cafeína).

— Don, acho que estamos falando de coisas diferentes. Não é culpa sua, mas você não está realmente interessado, não é?

— Incorreto. A reprodução humana é incrivelmente interessante. A gravidez me estimulou a obter conhecimentos sobre...

— O bebê está chutando, sabia? Ele já se mexe. Eu vi tudo na tela e consigo sentir quando estou deitada.

— Excelente. Os movimentos passam a ser sentidos mais ou menos por volta da décima oitava semana.

— Eu sei — disse ela. — Estou vivendo isso.

Fiz um lembrete mental para registrar essa informação no azulejo de número 18. A queda de Gene na banheira havia apagado alguns dos meus diagramas, mas os azulejos mais recentes escaparam. Rosie estava me olhando como se esperasse ouvir algo mais.

— É um bom sinal que as coisas estejam correndo normalmente. Coisa que o ultrassom deve ter confirmado. — Eu estava fazendo uma suposição. — Está *mesmo* indo tudo bem, dentro da normalidade?

— Obrigada por perguntar. Todos os componentes estão em seus devidos lugares, de acordo com o programado. — Ela tomou um gole do chá. — Já dá pra saber se é menino ou menina...

— Nem sempre. Isso depende da posição do bebê.

— Bem, o bebê estava na posição certa.

Tive uma ideia:

— Quer ir ao Museu de História Natural comigo? Deve ser menos movimentado num dia de semana.

— Não, obrigada. Vou ler um pouco. Pode ir. Você quer saber se é menino ou menina?

Não entendia como essa informação poderia ser útil a essa altura, a não ser para estimular a compra de objetos relacionados ao sexo do bebê, coisa que Rosie com certeza consideraria sexista. Minha mãe já havia me perguntado de que cor ela deveria comprar as meias para o bebê.

— Não — respondi. Em virtude da prática, sou mais competente em interpretar as expressões faciais de Rosie do que de qualquer outra pessoa. Detectei tristeza ou desapontamento: definitivamente uma reação negativa. — Mudei de ideia. Quero. Qual é o sexo do bebê?

— Não sei. Dava pra ver, mas eu não quis saber.

Rosie tinha criado uma surpresa para ela mesma. Isso resolvia o problema das meias.

Peguei a mochila no banheiro-escritório. Quando estava de saída, Rosie me interrompeu, pegou minha mão e colocou-a sobre a sua barriga, que agora estava perceptivelmente dilatada.

— Olha aqui, está chutando.

Senti e confirmei o fato. Fazia algum tempo que eu não tocava em Rosie, e meu cérebro formou a ideia de comprar um café espresso triplo e um muffin de mirtilo. Ambos, porém, estavam na lista das substâncias proibidas.

25

Rosie concluiu a tese de doutorado. Mantendo a prática tradicional de comemorar acontecimentos importantes, reservei uma mesa para dois num restaurante de prestígio e verifiquei se eles poderiam preparar uma refeição adequada para grávidas. A pedido de Rosie, adiei a comemoração para que ela pudesse se concentrar nos estudos para um exame da disciplina de dermatologia, que ela realizou naquela tarde.

Não houvera qualquer mudança significativa em nosso relacionamento desde o Mal-Entendido do Segundo Ultrassom. No sábado anterior eu havia completado o Azulejo 26 — na verdade, eram dois azulejos adjacentes, pois Bud não cabia mais em um azulejo só.

Eu e Rosie não íamos mais juntos de metrô para a universidade. Depois que o tempo esfriou, criei a rotina de ir correndo do Hudson River Park até Columbia e vice-versa. Não fizemos mais sexo. Quando eu tinha vinte e poucos anos, dividi uma casa com outros estudantes; nossa situação atual era parecida.

Rosie já estava em casa no seu quarto-escritório quando eu e Gene chegamos. Ela gritou de lá:

— Oi, gente. Como foi o dia de vocês?

— Interessante — respondi da sala, enquanto removia o painel de acesso à adega de cerveja para conferir o sistema e retirar duas amostras para provar o sabor. — Inge descobriu uma anomalia estatisticamente significativa no grupo 17B. — Depois da reação inicial de Rosie ao Projeto das Mães Lésbicas e do conselho de Gene de que aquilo era "território" dela, achei melhor limitar minhas informações ao terreno seguro da pesquisa em fígados de rato. — Ela aplicou um teste de Wilcoxon... Vou interromper temporariamente, estou checando a cerveja.

Gene aproveitou a oportunidade para mudar o foco da conversa.

— Como foi a prova?

— Minha memória está uma merda. Não conseguia me lembrar de coisas que eu sei que estudei.

Voltei com duas canecas de cerveja e dei uma delas para Gene. O sistema de refrigeração estava funcionando perfeitamente e eu me perguntei quando George se daria conta de que poderia dispensar meus serviços.

Eu agora estava no modo falante outra vez.

— A análise indicou um inesperado...

— Ei, a gente estava falando da prova da Rosie — disse Gene. Em vez de observar que antes estávamos falando dos resultados dos testes com ratos e que esse assunto não tinha sido encerrado, fiz um rápido ajuste mental e me juntei a eles na conversa.

— O comprometimento das funções cognitivas é um efeito colateral comum da gravidez. Você deveria pedir um tratamento especial.

— Por estar grávida?

— Correto. A ciência é muito clara quanto a isso.

— Não.

— Me parece uma resposta irracional. O que também é outro efeito colateral bastante conhecido da gravidez.

— Foi só um dia ruim, ok? Com certeza passei na prova. Esquece esse assunto.

As pessoas não se esquecem de alguma coisa só porque alguém mandou. Ser instruído a esquecer algo é o mesmo que ser instruído a não pensar num elefante cor-de-rosa ou a não comprar certas comidas.

A redução do poder cognitivo na gravidez teria algum valor evolutivo ou era apenas resultado do desvio de determinado recurso em virtude do processo reprodutivo? Essa última hipótese me parecia mais provável. Refleti sobre o assunto enquanto Gene fazia o discurso padrão dos professores para consolar os alunos no período entre as provas e os resultados e, em seguida, apresentei minha conclusão resumidamente.

— Ter ido mal na prova provavelmente produzirá um bebê de maior qualidade.

— Oi? Don, vá se trocar para irmos jantar, ok?

Rosie entrou novamente em seu quarto-escritório, presumivelmente para trocar de roupa também. Gene ainda estava em modo de interrupção de conversa. Desconfiei de que fosse excesso de café ou estímulos relacionados a Inge.

Ele gritou para Rosie:

— Pense na tese. A prova é só um detalhe, enquanto a tese é fruto de seis anos de trabalho. Se isso ajudar na comemoração de hoje à noite, posso afirmar que você será aprovada. Na pior das hipóteses, precisará de um ou outro ajuste. Independentemente de concordarmos ou não filosoficamente, sua tese é uma contribuição e tanto para o mundo, e você deveria estar orgulhosa. Tenho enchido seu saco só pra manter sua postura sincera na pesquisa. Então, trate de sair e se divertir.

— Você não vem com a gente? — gritou Rosie em resposta.

— Vou pedir uma pizza.

Eu disse:

— Achei que você ia jantar com Inge.

— Não jantamos juntos toda noite. Ainda não.

— Achei que você viesse com a gente. Você foi fundamental na tese — disse Rosie.

— Não, vou deixar vocês a sós.

— É sério, eu quero que você vá. Gostaria muito da sua presença hoje. Por favor.

Rosie estava criando um problema totalmente inesperado. Ela reclamava constantemente de Gene como orientador, hóspede e como ser humano em geral, portanto, imaginei que ela não gostaria que ele estivesse presente na comemoração daquilo a que ela frequentemente se referia como "estar finalmente livre daquele sacana". Eu tinha feito reservas para dois apenas, e o restaurante era extremamente conhecido. Expliquei a situação, sem mencionar as declarações negativas sobre Gene, mas Rosie insistiu mesmo assim:

— Que besteira. Eles podem colocar outra cadeira na mesa. Não irão mandar a gente embora.

De acordo com as conversas que tive com a equipe do restaurante mais cedo, desconfiava de que Rosie provavelmente estava certa.

O restaurante ficava no Upper East Side, a uma distância que dava para percorrer a pé, mas Gene e Rosie pareceram lutar para vencer os últimos vinte quarteirões. Os dois precisavam entrar em forma. Eu disse para Rosie que se exercitar certamente seria uma boa maneira de aproveitar o tempo livre, agora que ela havia concluído a tese e feito a prova.

Atrás de um púlpito, uma mulher nos recebeu na entrada do restaurante. Abordei a recepcionista da maneira convencional:

— Boa noite, tenho uma reserva em nome de Tillman.

Foi como se eu tivesse dito: "Detectamos um foco de peste negra no restaurante." Ela se afastou rapidamente.

— Qual o problema dessa mulher? — perguntou Rosie. — Você está de paletó. Esporte fino.

Verdade, embora o restaurante não tivesse uma política de vestuário formal. Percebi que Rosie estava fazendo referência à noite em que jantamos juntos pela primeira vez. A série de acontecimentos que teve início quando minha entrada no restaurante foi barrada por causa de uma confusão quanto ao termo "esporte fino", no fim das contas, tinha levado ao nosso namoro. Muita coisa mudara desde então.

A Mulher da Peste Negra retornou com um homem vestido formalmente, que imaginei ser o maître.

— Professor Tillman. Seja bem-vindo. Estávamos mesmo esperando o senhor.

— Claro que sim. Fiz reservas. Exatamente para este horário.

— Sim. Mas era para duas pessoas, se não me engano?

— Correto. *Era*. Agora são três.

— Bem, estamos muito lotados. E, pelo que sei, o chef teve bastante trabalho para atender suas solicitações específicas.

"Muito lotados" era intensificar um termo absoluto. Fiquei feliz por meu pai não estar presente. Porém, é claro que seria uma grosseria inaceitável excluir Gene, agora que ele tinha ido a pé até o restaurante.

— Podemos encontrar outro lugar — respondi ao maître.

— Não, pelo amor de Deus, não. Daremos um jeito. Aguarde só um momento.

Um casal chegou e ele voltou sua atenção para eles.

— Reserva para dois, às oito — disse o homem. Eram 20h34.

Eles não se identificaram, mas o maître aparentemente os reconheceu, pois riscou algo em sua lista. Olhei de novo para os recém-chegados. Era Mulher Escandalosa, da noite em que fui despedido do bar!

Ela definitivamente estava grávida. E, até onde pude perceber, não estava bêbada. Sacrificar meu emprego para proteger o filho dela da síndrome fetal alcoólica não fora um erro de julgamento da minha parte, pelo menos.

O acompanhante se dirigiu a ela:

— Você vai morrer de amor pelo queijo brie trufado.

Morrer. Aquela escolha vocabular tinha tudo para estar exata. Não tive escolha, a não ser intervir.

— Queijos não pasteurizados podem causar infecções intestinais e, portanto, seu consumo não é adequado durante a gravidez. Você estará colocando o feto em risco. Mais uma vez.

Ela olhou para mim.

— *Você!* O nazista dos drinques! Que diabos você está fazendo aqui, hein?

A resposta era óbvia, mas não precisei me dar ao trabalho de pronunciá-la, uma vez que fomos interrompidos pelo maître.

— Na verdade, estamos oferecendo um cardápio de degustação bem especial esta noite. Um de nossos clientes fez algumas exigências incomuns, e o chef decidiu preparar o menu para todo o restaurante. — Ele me olhou de um jeito estranho e falou lentamente: — Para não enlouquecer.

— O queijo brie trufado continua no menu? E o sashimi de lagosta? — perguntou Mulher Escandalosa.

— Esta noite, o brie foi substituído por queijo de ovelha de produção artesanal local, e a lagosta do Maine foi preparada num caldo enriquecido com...

— Deixa pra lá.

— *Madame*, atrevo-me a dizer que o cardápio desta noite pode ser particularmente apropriado para o seu... estado — disse o maître.

— Meu "estado"? Puta merda. — Ela puxou o acompanhante em direção à porta. — Vamos pro Daniel.

Era a segunda vez que eu salvava o bebê dessa mulher, ou pelo menos dava a ele uma nova chance. Eu merecia ser padrinho. Restava-me torcer para que o Daniel estivesse ciente dos riscos de intoxicação alimentar durante a gravidez.

Rosie começou a rir. Gene estava balançando a cabeça. De toda forma, um problema tinha sido resolvido.

— Agora vocês têm dois lugares disponíveis — falei para o maître. — E uma redução no problema da lotação.

Fomos conduzidos a uma mesa junto à janela.

— Eles garantiram que todos os pratos serão compatíveis com as necessidades de um bebê em desenvolvimento, segundo os padrões mais rígidos, e que seu aspecto nutricional estará perfeitamente equilibrado. E que tudo estará delicioso.

— Como é possível? — perguntou Rosie. — Chefs não sabem essas coisas. Não com o seu nível de... detalhamento.

— Este aqui agora sabe. — Eu havia passado duas horas e oito minutos ao telefone explicando tudo, e depois liguei mais algumas vezes para acompanhar o processo. Gene e Rose acharam aquilo engraçadíssimo. Gene então ergueu uma taça de champanhe para brindar o sucesso de Rosie e, seguindo a convenção, Rosie e eu erguemos nossas taças com água mineral e champanhe, respectivamente.

— À futura doutora Jarman — disse Gene.

— Doutora *doutora* Jarman — observei. — Quando terminar a faculdade de medicina, você terá dois títulos de doutora.

— Bem — disse Rosie —, essa é uma das coisas que eu queria contar. Vou trancar a faculdade.

Até que enfim! Rosie tinha ouvido a voz da razão.

— Decisão correta — falei.

A comida chegou.

— Vitamina A — informei — em forma de fígado de vitela.

— Você realmente levou minha renúncia ao pescetarianismo sustentável ao pé da letra, não é?

— Se quisermos minimizar o impacto ambiental, é melhor comer o animal inteiro — retruquei. — Além do mais, é delicioso.

Rosie provou.

— Não é ruim. Ok, é gostoso. Ok, é ótimo. Seja lá o que aconteça, nunca vou dizer que você foi insensível em relação à comida.

Depois dos *petit fours* de alfarroba e do café descafeinado, pedi a conta — *a conta, por favor* —, e Gene perguntou sobre os planos de Rosie.

— Vai ficar vinte e quatro horas por dia em casa com o bebê? Você não acha que vai enlouquecer?

— Vou arrumar um emprego de meio expediente para nós sermos autossuficientes. Estou pensando em algumas opções. Talvez eu volte a morar na Austrália por um tempo.

Havia uma contradição nessa frase. "Para *nós* sermos autossuficientes." "Talvez *eu* volte a morar na Austrália." Minha esperança de que Rosie pudesse apenas ter cometido um erro gramatical acabou quando eu percebi que o *nós* se referia a ela e Bud. Se *nós* se referisse a mim e Rosie, ou a mim, Rosie e Bud, nossa autossuficiência agregada não exigiria que ela arrumasse um emprego. Além disso, ela não havia me consultado a respeito de voltar para a Austrália. Fiquei surpreso. O garçom trouxe a conta e eu, automaticamente, coloquei meu cartão de crédito sobre ela.

Rosie respirou fundo e olhou para Gene, depois para nós dois.

— Acho que isso meio que me leva ao segundo assunto que eu gostaria de tratar. Quer dizer, acho que não é nenhum segredo, afinal, não dá pra ter muitos segredos morando na mesma casa...

Ela parou quando Gene se levantou e acenou para o garçom, que se aproximou de nossa mesa com o meu cartão de crédito numa bandeja de prata. Calculei a gorjeta e acrescentei à conta, mas Gene pegou a bandeja das minhas mãos antes que eu pudesse assinar.

— Que espécie de gorjeta é essa? — perguntou ele.

— Dezoito por cento. A quantia recomendada.

— Exatamente dezoito por cento, a julgar pelos centavos.

— Correto.

Gene riscou o comprovante e escreveu outra coisa. Rosie tentou continuar o que dizia:

— Eu preciso muito dizer que...

Mas Gene interrompeu:

— Acho que devemos dar um pouquinho mais hoje. Esse pessoal nos proporcionou uma noite bem especial, embora um tanto maluca. — Ele ergueu sua xícara de café. Eu nunca havia visto um brinde feito com xícaras de café, mas imitei o gesto. Rosie não levantou a dela. — A Don, que investiu tanto nesta noite e que faz a vida de todos nós ser um pouquinho mais maluca. — Pausa. Rosie lentamente ergueu sua xícara e fez tim-tim na de Gene e na minha. Ninguém disse nada.

Quando saímos do restaurante, fomos interpelados pelo flash de máquinas fotográficas. Um grupo — um *bando* — de fotógrafos estava tirando fotos de Rosie!

Então um deles gritou:

— Mulher errada, galera. Foi mal.

Pegamos um táxi de volta para casa e, ao chegar, cada um foi para o seu quarto.

26

Na noite seguinte, Gene confirmou minha análise. Rosie estava mesmo planejando terminar nosso casamento.

— Ela só não falou nada porque o jantar de ontem fez com que ela se lembrasse do motivo pelo qual vocês dois começaram a namorar. Mas o problema não é esse.

— Concordo. O problema não é minha adequação como parceiro. É minha adequação como pai.

— Receio que sim. Claudia diria que as duas coisas são inseparáveis, mas pelo visto Rosie fez essa distinção.

Rosie estava na cama. A mesma Rosie que havia me encorajado a olhar para além das minhas limitações, que era a razão pela qual minha vida era muito mais do que eu jamais poderia imaginar. Eu estava sentado numa varanda em Manhattan com meu melhor amigo, olhando para o rio Hudson e para as luzes de Nova Jersey, enquanto a mulher mais linda do mundo e meu filho em potencial dormiam lá dentro. E eu quase havia colocado tudo a perder. Ainda corria esse risco.

— O problema — disse Gene — é que as coisas que fizeram Rosie se apaixonar por você são exatamente as mesmas que a fazem achar que você é... diferente... demais para ser um bom pai. Pode até ser que nos relacionamentos ela seja do tipo que arrisca, mas nenhuma mulher se arrisca quando o que está em jogo são os filhos. No fim das contas, a questão é convencê-la de que você é... normal o bastante para ser um bom pai.

Parecia uma análise sensata. A solução, entretanto, continuava sendo a mesma: dar duro para melhorar minhas habilidades como pai.

Embora eu tivesse feito um enorme progresso, graças aos meus estudos sobre obstetrícia — e mais a experiência do parto de Dave, o Bezerro, e do trabalho com o Projeto das Mães Lésbicas —, Rosie não tinha percebido minhas novas habilidades porque ainda não existia um bebê com o qual eu pudesse demonstrá-las. Outras iniciativas que tomei, como a compra do carrinho de bebê, por exemplo, exerceram um impacto inesperadamente negativo.

Previ que depois do parto as coisas iriam melhorar, mas agora eu estava diante do desafio de sobreviver às últimas catorze semanas de gravidez sem ser rejeitado por Rosie. Um simples descuido poderia fazer toda a diferença: dada minha propensão a cometê-los, era importantíssimo que eu criasse um campo de segurança.

Eu precisava de ajuda especializada para criar um plano de sobrevivência ideal.

Dave ficou chocado.

— Você e Rosie? Tá brincando. Quer dizer, eu sei que vocês estavam tendo problemas, mas não eram piores do que os meus com a Sonia.

— O bebê é a prioridade dela, não o nosso relacionamento. E isso está levando ao fracasso do casamento.

George riu.

— Foi mal, não estou rindo de você, mas bem-vindo ao mundo real. Não diria que seu casamento acabou só porque ela está se comportando como qualquer outra mulher. Está nos genes delas, não é, Gene, o Gênio?

— Não vou ganhar o Prêmio Nobel por dizer que as mulheres estão programadas para focar no bebê. Mas acho que Don tem mesmo um problema. — Gene olhou para mim. — Que começou quando ele não foi ao ultrassom.

— Putz — disse Dave. — Eu reservei um horário pra ir ao ultrassom da Sonia. E olha que eu *nunca* reservo horário pra nada. Você perdeu um momento importante, Don.

— Eu vi uma cópia. — Fiquei na defensiva, porque era verdade: eu tinha mesmo feito uma burrada.

— É diferente. Vimos o bebê se mexendo e... enfim... depois de tanto empenho, lá estava ele. — Dave demonstrou sinais de emoção.

George pegou uma garrafa que estava embaixo da mesa e eu a abri com o saca-rolhas. A temporada de beisebol tinha acabado há muito tempo e estávamos no Arturo's Pizza, no Greenwich Village. As altas gorjetas que George dava permitiam violação de regras e por isso trouxemos os tais vinhos da Toscana absurdamente caros, que ele agora dizia gostar mais do que cerveja *ale* inglesa. A interrupção na conversa nos deu tempo para pensar.

Gene provou o vinho.

— O que você acha? — perguntou George.

— Do vinho? Ah, nada de mais, é só um dos dez melhores rótulos que eu já provei na vida. E estou com três caras numa pizzaria! Não devia ter pedido o *diavolo*. Mas, voltando a Don e Rosie...

Gene girou o vinho na taça, que era pequena demais para a apreciação de vinhos.

— Não precisa dourar a pílula com Don. Rosie acha que ele não vai ser um bom pai. Pensem em repetição de padrões. Rosie foi criada só pelo pai, portanto, talvez acredite que esse seja o destino dela também.

A observação de Gene não tinha nenhuma aplicação prática para mim. Eu não podia mudar o passado.

Dave estava em silêncio, terminando de comer nossa primeira pizza.

— Estou tentando fazer essa empresa de refrigeração ir pra frente. É como jogar beisebol — disse ele. — Minha única saída é tentar fazer as coisas direito todos os dias e torcer para os resultados aparecerem. E torcer para que nesse meio-tempo Sonia não desista de mim. A única coisa que Don pode fazer é tentar ser o melhor que puder e torcer pra Rosie perceber isso.

Dave tinha razão. Eu precisava fazer o máximo possível para ser o melhor pai que conseguisse. Já tinha dado o pontapé inicial. Sem Rosie saber, tinha interagido tão bem com um bebê que o nível de ocitocina dele aumentou. Só que eu precisava fazer mais.

Quarenta e dois vírgula oito por cento dos meus amigos me deram conselhos para lidar com a crise, incluindo meu novo amigo George. Ele havia refinado todas as suas declarações até chegar a: "Há um problema" e "Não desista".

Decidi não ligar para os Eslers. Não queria que eles se juntassem ao grupo dos que sabiam do problema, formado por Rosie, Gene, George, Dave, Sonia e Stefan — Stefan!

Portanto, só restava Claudia. A melhor psicóloga do mundo.

Dessa vez decidi me conectar pelo Skype usando chamada de voz em vez das mensagens de texto. Ainda não tinha entendido por que ela preferia as mensagens, mas a velocidade da voz me permitiria explicar o problema em menos de uma hora.

Claudia fez sua análise quase que imediatamente depois que eu terminei de falar.

— Ela está em busca do amor perfeito, Don. Rosie idealizou algo que ela perdeu antes de conseguir entender que o amor nunca é perfeito.

— Isso é abstrato demais.

— A mãe da Rosie morreu quando ela tinha dez anos. Mesmo que a mãe dela, ou melhor, que o amor da mãe dela não fosse perfeito, Rosie não teve a chance de descobrir isso. Então ela saiu em busca do pai perfeito, que não existia, é claro, e em seguida encontrou o marido perfeito.

— Eu não sou perfeito — falei.

— À sua maneira, você é. Você acredita no amor mais do que qualquer um de nós. Não existem zonas cinza para você.

— Está sugerindo que sou incapaz de lidar com conceitos contínuos; que minha mente é, de certa maneira, booliana?

— Você jamais trairia Rosie, não é?

— Lógico que não.

— Por quê?

— Porque isso é errado. — Eu me dei conta do que tinha acabado de dizer. — A menos que o casamento seja um casamento aberto, claro.

— Não vamos entrar nesse mérito, Don. Estamos falando sobre você e Rosie. Mas, cedo ou tarde, ela acabaria descobrindo que você é humano. Bastaria você esquecer um aniversário de casamento ou não ler o que se passa na mente dela.

— É pouquíssimo provável que eu esqueça uma data, mas ler mentes realmente não é minha qualidade mais marcante.

— Portanto, agora ela está se lançando em outra busca pelo amor perfeito.

— Repetindo padrões — falei.

— De onde você tirou isso? Não, não precisa se dar ao trabalho de responder. Bem, pois é: nesse caso o argumento funciona. E, pelo que você me disse, para ela, você não faz parte desse amor perfeito. Ser você mesmo provavelmente funciona às mil maravilhas quando a relação diz respeito somente a vocês dois, mas a coisa muda quando há um bebê envolvido. Muda na cabeça dela, digo.

— Porque eu não sou um pai convencional.

— Talvez. Mas talvez não baste ser convencional. A imagem que ela tem da figura paterna é problemática. Ela teve muitos problemas com o pai, não é?

— Os problemas com Phil já foram resolvidos. Eles são amigos agora. — Quando disse isso, me lembrei da observação de Gene sobre os problemas de infância.

— Isso não muda o passado. Não muda o inconsciente dela.

— Então o que eu devo fazer?

— Essa é sempre a parte mais difícil. — Eu estava chegando à conclusão de que os pesquisadores em psicologia precisavam dar mais atenção à área da resolução de problemas. — Continue se esforçando para se tornar pai. Discuta o assunto com a Rosie, talvez; mas não nos termos que eu usei.

— E como posso discutir o assunto sem usar os termos que você usou? — Seria como tentar explicar genética sem mencionar o DNA.

— Boa pergunta. Bem, então simplesmente continue tentando e faça Rosie perceber que você está comprometido com a causa.

Há um problema. Não desista.

— Ah, e Don. Só mais uma coisinha.

Esperei que Claudia terminasse a frase.

— Gostaria que não comentasse isso com o Gene, mas estou saindo com outra pessoa. Estou num relacionamento com outro homem. Portanto, creio que você não precisa mais se preocupar em tentar reatar nosso casamento.

A conversa parecia ter terminado, por isso finalizei a chamada. Mas Claudia, obviamente, ainda não havia dito tudo o que queria dizer, porque me mandou duas mensagens de texto.

Boa sorte, Don. Até agora, você surpreendeu todos nós.

E, em seguida: *Acho que você conhece o novo homem da minha vida. Simon Lefebvre — diretor do Instituto de Pesquisas em Medicina.*

O estágio da coleta de dados do Projeto das Mães Lésbicas estava concluído, e eu já havia revisado a primeira versão do trabalho escrito. A meu pedido, B3, a enfermeira prestativa, enviou-me os dados brutos e realizei minha própria análise. Os resultados eram fascinantes e, definitivamente, uma contribuição útil para aquela área de pesquisa. Havia diversas maneiras de aprimorar o documento e enviei minhas observações para B2. Ela não respondeu, mas B1 exigiu uma reunião com o diretor, que me convidou para participar também.

— Don solicita a inclusão dos dados que foram coletados antes da implementação dos protocolos atuais. Isso leva a resultados enganosos.

— São os dados mais interessantes — argumentei. — Mostram como nenhuma das duas mães aumenta o nível de ocitocina dos bebês por meio de brincadeiras.

— Isso porque inicialmente as brincadeiras estavam contaminadas pelo conceito masculino de brincar. As cuidadoras não estavam familiarizadas com elas, e os bebês sentiram isso. Tivemos que adaptar as brincadeiras para que fossem mais adequadas às mulheres.

— Acabaram sendo a mesma coisa que acalentar o bebê — retruquei. — Não eram mais brincadeiras.

— Você não viu a execução da metodologia. Não estava presente.

A segunda frase era verdadeira. Os e-mails que deveriam me avisar da programação por algum motivo nunca chegavam, e os técnicos que designei não conseguiram detectar o problema, apesar de diversas tentativas e acompanhamentos. Felizmente, B3 tinha me oferecido uma solução mais eficiente.

— Eu assisti às gravações em vídeo.

— Quem...

— Faz alguma diferença? — perguntou David. — Don certamente tem autorização para assistir aos vídeos.

— Ele não está qualificado para determinar a diferença entre brincadeira e carinho.

— Concordo — falei. — Por isso, enviei os vídeos para especialistas no assunto.

— Que especialistas? Para quem você enviou os vídeos?

— Para os pesquisadores do estudo original em Israel, é óbvio. Eles confirmaram que o segundo protocolo deveria ser classificado como "acalentar o bebê". Assim, sua pesquisa demonstra que o segundo cuidador, se for do sexo feminino, estimula a produção de ocitocina na criança ao acalentá-la, e não brincando com ela. O que representa uma diferença clara dos resultados obtidos com os cuidadores secundários do sexo masculino. Portanto, bastante interessante.

Pelo visto, B1 não entendeu meu argumento, pois se levantou com uma expressão que eu temporariamente diagnostiquei como sendo raiva. Esclareci.

— E, por conseguinte, altamente publicável. O pesquisador com quem conversei pelo Skype pareceu extremamente interessado.

— O que Don fez é completamente antiético — declarou B1. — Mostrar nossos resultados a outros pesquisadores!

— Ingênuo, talvez. Mas não antiético. Estamos falando da Faculdade de Medicina de Columbia, uma instituição aberta a pesquisadores do mundo inteiro e cooperativa. Don tem nosso apoio.

Depois que B1 saiu, Borenstein me parabenizou pela persistência.

— Elas tentaram cortar você da pesquisa, Don. Acho que a maioria dos cientistas teria desistido. Sua recusa em aceitar um não como resposta trouxe um bom resultado.

O tempo tinha esfriado, como era de costume no início de dezembro. O diagrama de Bud agora ocupava quatro azulejos. Com vinte e nove semanas, ele poderia sobreviver no mundo externo com a ajuda dos serviços médicos disponíveis em Nova York.

Nosso casamento sobrevivia em regime de casa compartilhada.

Rosie convidou o pessoal de seu grupo de estudos para ir à nossa casa a fim de comemorar o final das aulas, antes das provas, e também o trancamento do curso.

— Provavelmente será a última vez que vou ver esse povo — explicou ela. — Não temos muita coisa em comum. A maioria é bem mais jovem que eu.

— São poucos anos de diferença. Eles são adultos.

— Acabaram de se tornar adultos. E bebês e coisas do tipo não são bem a praia deles. Enfim, se você e Gene quiserem sair com Dave...

— Saímos ontem à noite. Dave está sendo criticado por dar atenção insuficiente a Sonia e também precisa cuidar da papelada do trabalho. Gene tem um encontro romântico com Inge.

— Encontro romântico?

— Correto. — Era inútil usar um termo menos preciso. Gene havia confessado que estava apaixonado por Inge. George argumentara que a diferença de idade era irrelevante, e Dave não tinha opinião a respeito. O visto de Gene permitia que ele continuasse nos Estados Unidos por mais um mês de férias após o fim do período sabático, e ele planejava usar esse tempo para procurar um cargo permanente em Nova York.

— E o George? — Rosie ainda não conhecia George.

A insistência de Rosie em encontrar alternativas me levou a uma conclusão inevitável. Alguma coisa eu havia aprendido com o Projeto das Mães Lésbicas.

— Você não quer que eu esteja presente?

— É meu grupo de estudos.

— Eu também moro aqui. A reunião do grupo de estudos é uma ocasião social. Sou seu marido. As pessoas virão acompanhadas de seus parceiros?

— Talvez.

— Excelente. Estou confirmando seu convite com um sim. Borenstein teria ficado impressionado.

27

Gene me deu algumas orientações sobre como ser anfitrião de uma festa.

— Música alta, meia-luz, alguns petiscos, muita bebida. Camiseta e calça jeans. Os sapatos que você usou no dia do Dave, o Bezerro, se já estiverem limpos. Não coloque a camisa para dentro da calça. Barba por fazer está ok. Cumprimente as pessoas com um aperto de mão, sirva as bebidas, não faça nada que possa constranger Rosie.

— O que te faz pensar que eu constrangeria Rosie?

— Experiência. E ela mesma me contou. Não com essas palavras, mas ela tentou me fazer desmarcar o encontro com Inge. Assim eu salvaria você das garras dela, Don. Mas de jeito nenhum eu desmarcaria com Inge. Chegou a grande noite.

— A grande noite? Está planejando fazer sexo com Inge?

— Acredite ou não, a coisa toda foi bastante respeitosa até agora. Mas meus instintos profissionais me dizem que hoje será a grande noite.

Fiz todos os preparativos para a festa. E Rosie confirmou que estava tudo de acordo com o planejado quando cheguei em casa.

— Por que toda essa bebida? — perguntou ela. — Precisei assinar pela entrega de cinco caixas. Não podemos ficar gastando desse jeito.

— Não cobraram taxa de entrega. E recebi desconto pela quantidade. Além disso, a julgar pelo seu comportamento prévio, você vai voltar a beber em excesso depois que Bud nascer.

— Eu disse para as pessoas trazerem bebida. Somos estudantes.

— Eu não sou — retruquei.

— Ah, Don? Não se esqueça de que estou pensando em voltar para a Austrália. Antes de o bebê nascer. Não vou estar aqui pra beber isso.

Eu havia adiantado a conversa semanal com a minha mãe trinta minutos, para acomodar a festa, e decidi mentir para ela a fim de evitar infligir dor emocional.

— O berço chegou? — perguntou minha mãe.

Respondi a verdade.

— Chegou na quinta-feira.

— Você devia ter ligado. Seu pai estava enlouquecido por causa disso. Foi uma fortuna enviar esse berço. Deus sabe o quanto ele já gastou. Conversou metade da noite com umas pessoas da Coreia. Da *Coreia!* Então as caixas chegaram e ele teve de assinar um monte de documentos sobre patentes e sigilo e é claro que teve de ler cada palavrinha. Você sabe como seu pai é, trabalhou nisso dia e noite; Trevor está sozinho na loja há semanas... Acho que você deveria conversar com ele. — Minha mãe se virou e gritou: — Jim, é o Donald!

O rosto do meu pai substituiu o da minha mãe.

— Era o que você queria? — perguntou ele.

— Excelente. Perfeito. Incrível. Já o testei. Cumpre todos os requisitos. — Isso era verdade também.

— E Rosie? O que ela achou? — perguntou minha mãe, ao fundo.

— Ficou totalmente satisfeita. Ela acha meu pai o maior inventor do mundo.

Isso era mentira. Eu não tinha mostrado o berço para Rosie. Estava guardado no closet de Gene. Depois do problema com o carrinho, achei que havia uma grande probabilidade de que ela rejeitasse o projeto mais impressionante do meu pai.

Os primeiros a chegarem à festa do grupo de estudos foram um casal, justificando assim minha decisão de estar presente. Rosie os apresentou.

— Josh, Rebecca, este é o Don.

Estendi minha mão e trocamos cumprimentos.

— Sou o marido da Rosie — falei. — O que vocês gostariam de beber?

— Eu trouxe umas cervejas — disse Josh.

— Tem cerveja gelada na geladeira — informei. — Podemos tomá-la enquanto a sua atinge a temperatura ideal.

— Obrigado, mas trouxe cerveja inglesa. Trabalhei num pub em Londres durante seis meses e acabei curtindo cerveja *ale*.

— Temos seis *ales* diferentes em barris.

Ele riu.

— Tá brincando.

Eu mostrei a adega para ele e tirei uma caneca de Crouch Vale Brewers Gold. Rebecca nos acompanhou e perguntei se ela gostaria de tomar cerveja ou se preferia um drinque. Os protocolos sociais eram familiares para mim, e fiquei à vontade ao preparar um Ward 8 para ela, executando alguns truques com a coqueteleira.

Os outros convidados chegaram. Preparei drinques segundo as especificações e servi pimentões Padrón e edamame. Rosie tirou a música que eu havia escolhido e a substituiu por um

CD mais recente. O nível de ruído permaneceu alto, as luzes, baixas, o consumo de álcool era contínuo. As pessoas pareciam estar se divertindo. A fórmula de Gene estava dando certo. Até então, não havia sinais de que eu tivesse constrangido alguém.

Às 23h07, ouvi uma batida na porta. Era George. Em uma das mãos ele trazia uma garrafa de vinho tinto e, na outra, um case de violão.

— Vingança, hein? Impedir que um velho durma em paz. Posso me juntar a vocês?

George era o proprietário do nosso apartamento, portanto, parecia desaconselhável mandá-lo embora. Eu o apresentei aos convidados, peguei a garrafa de vinho e ofereci um drinque a ele. Quando voltei com o martíni, todos os convidados estavam sentados, e George tinha começado a tocar e a cantar. Desastre! Era uma música dos anos 1960 parecida com a que Rosie tinha desligado antes. Imaginei que a performance de George seria igualmente mal recebida pelos jovens.

Estava errado: antes que eu pudesse pensar numa maneira de silenciar George, os convidados de Rosie começaram a aplaudir e a cantar junto com ele. Eu me concentrei em manter os copos cheios.

Quando George estava tocando, Gene chegou. Tínhamos um apartamento cheio de gente jovem, com uma porcentagem significativa de mulheres desacompanhadas e desinibidas em virtude do consumo de álcool. Tive medo de que ele pudesse se comportar de maneira inadequada, mas Gene foi direto para o quarto. Presumi que sua libido estivesse esgotada.

A festa terminou às 2h35. Um dos últimos convidados a ir embora foi uma mulher que havia se apresentado como Mai, de mais ou menos vinte e quatro anos e IMC aproximado de vinte. Conversamos na adega de cervejas enquanto eu selecionava as bebidas para seu último drinque.

— Você é tão diferente do que a gente imaginava — comentou ela. — Pra ser sincera, todo mundo achava que você era meio *geek*.

Aquela era uma conquista notável. Naquela noite, ao menos num campo restrito de interação social, eu havia conseguido convencer uma jovem descolada, e, pelo jeito, seus colegas também, mesmo apesar do preconceito, que eu estava dentro da normalidade da habilidade social. Mas quis saber como esse preconceito havia surgido; isso me preocupava.

— Como vocês deduziram que eu seria um *geek*?

— Ah, a gente achou que... Porque, bem, você é o marido da Rosie, a única pessoa na face da Terra que está fazendo um doutorado e uma graduação em medicina ao mesmo tempo. E esse jeito dela de simplesmente falar o que pensa, na lata, e que a gente precisa arrastá-la pra qualquer compromisso social... E também o modo como ela se comporta, tipo, "ah, eu vou ser mãe, mas primeiro preciso resolver esse probleminha de estatística", sabe? A gente achou que ela fosse casada com uma pessoa parecida com ela. Mas não: aqui está você, com essa camiseta retrô, esse apartamento, essa habilidade de barman, com um amigo astro do rock.

Ela tomou um gole do drinque.

— Tudo isso é demais. Sem querer ofender, Rosie tá tendo alguma ajuda pra lidar com a parte clínica?

— Que parte clínica?

— Foi mal. Estou metendo o nariz onde não devo. Mas só falamos sobre isso porque a gente quer ajudar. Tá na cara que Rosie está usando a gravidez como desculpa pra pular fora.

— Pular fora do quê?

— Da residência. Tipo, o que ela quer mesmo é ser psicóloga, e não vai precisar tocar em nenhum paciente depois do ano que vem, se conseguir ajuda. Acho que a Rosie deve ter algum trauma de infância, de algum acidente de carro ou algo do tipo, alguma coisa que faz ela surtar só de pensar em botar os pés numa emergência.

Rosie estava no carro quando a mãe dela morreu, e Phil ficou gravemente machucado. Parecia razoável que ficar diante dos ferimentos alheios pudesse incitar lembranças traumáticas. Rosie, porém, nunca comentou nada disso comigo.

Inge pediu para me ver com urgência na manhã da segunda-feira seguinte à festa e se ofereceu para me pagar um café.

— É um assunto meio pessoal — explicou ela.

Não entendo a lógica dos assuntos pessoais e sociais precisarem ser discutidos em um café, acompanhados de bebidas, enquanto os assuntos profissionais podem ser discutidos tanto no ambiente de trabalho quanto em cafés. Mas mudamos de local e compramos café para poder iniciar a conversa.

— Você tinha razão em relação a Gene. Eu devia ter escutado o seu conselho.

— Ele tentou seduzir você?

— Pior. Disse que está apaixonado por mim.

— E esse sentimento não é recíproco?

— Claro que não. Ele é mais velho que o meu pai. Eu vejo Gene como uma espécie de mentor, e ele sempre me tratou de igual para igual. Mas nunca fiz nada para sugerir que... Não consigo acreditar que ele entendeu tudo errado. Não sei como *eu* entendi tudo errado.

À noite, bati na porta do quarto de Rosie e entrei. Achei que ela estivesse fazendo alguma coisa no computador, mas estava deitada no colchão. Não havia nenhum livro por perto. A falta de distrações criava a oportunidade ideal para tocar num assunto importante.

— Mai me disse que você teve um problema com a residência. Uma fobia em tocar nos pacientes. Isso procede?

— Merda. Eu já te falei, Don. Eu vou *mesmo* abandonar a faculdade de medicina. Os motivos pelos quais vou fazer isso não importam.

— Você me disse que ia trancar a faculdade. David Borenstein...

— Que se dane David Borenstein. Eu *vou* trancar. Pode ser que eu volte, ou talvez não. Quem sabe? Nesse momento estou um pouquinho ocupada fazendo exames e me preocupando com a gravidez.

— Se existe um obstáculo impedindo você de atingir seu objetivo, obviamente você deveria investigar métodos para superá-lo.

Eu conseguia entender Rosie e tinha condições de ajudá-la. Havia enfrentado um problema quase idêntico quando troquei minha área de estudos de computação para genética. Minha repulsa em manusear animais aumentava proporcionalmente com o tamanho do animal. Era irracional e instintivo, portanto, algo muito difícil de superar.

Fiz sessões de hipnoterapia, mas atribuía minha cura ao Incidente do Salvamento do Gato, no qual foi necessário salvar o filhote do gato de um colega que morava comigo: o gatinho pulou na privada, tornando a tarefa duplamente desagradável. Aprendi que, numa emergência, eu era capaz de criar um modelo de separação intelectual da sensação física. Quando descobri essa configuração cerebral, consegui reproduzi-la bem o bastante para ser capaz de dissecar ratos e ajudar no parto de um bezerro. Tinha certeza de que seria capaz de agir diante de uma emergência médica e de que conseguiria treinar Rosie para fazer o mesmo.

Comecei a explicar isso, mas ela me interrompeu.

— Esquece isso, por favor. Se eu quisesse muito, daria um jeito. Mas não estou tão interessada assim.

— Quer assistir a uma peça? Hoje?

— Que peça?

— Surpresa.

— Você não comprou ingressos? Não tem nada... agendado?

— Agendei uma peça. Com você. Um programa de casal.

— Acho que não, Don. Me desculpe.

Em seguida, fui ver Gene. Ele também estava deitado. Nosso lar estava conjuntamente deprimido.

— Não diga nada — pediu ele. — Inge conversou com você, não foi?

Gene tinha me pedido para não dizer nada e depois me fez uma pergunta que exigia uma resposta. Decidi que a pergunta era mais importante.

— Correto.

— Meu Deus, como vou olhar na cara dela agora? Fui um completo idiota.

— Correto. Felizmente ela também não foi nada perceptiva em notar que suas interações tinham a intenção de seduzir. Eu recomendo que...

— Tudo bem, Don. Não preciso de um conselho de etiqueta vindo de você.

— Incorreto. Sou extremamente experiente em lidar com constrangimentos gerados por insensibilidade ao sentimento alheio. Sou especialista nisso. Recomendo que peça desculpas e admita que foi um tonto. Recomendei que Inge pedisse desculpas a você por não ter deixado a posição dela clara. Ela está tão envergonhada quanto você. Ninguém mais sabe de nada, a não ser eu.

— Valeu. Eu agradeço.

— Quer ir comigo a uma peça? Comprei ingressos — falei.

— Não, acho que vou ficar em casa mesmo.

— Péssima decisão. Você deveria ir ao teatro comigo, caso contrário vai ficar aí refletindo sobre o seu erro sem fazer qualquer progresso.

— Certo. Que horas é a peça?

Don Tillman. Conselheiro.

Antes de sair, preparei um jantar para Rosie e guardei duas outras porções na geladeira para que eu e Gene pudéssemos comer mais tarde. Eu me atrapalhei ligeiramente com o papel filme — resultado de um erro de design do fabricante da embalagem. Rosie se levantou da mesa e puxou uma folha nova.

— Não dá pra acreditar que você não consegue usar o papel filme direito! Como vai conseguir trocar uma fralda? Será que não dá pra você ser normal em alguma coisa pelo menos? — Ela se virou e deu de cara com Gene, que tinha saído do quarto. — Desculpe, não foi o que eu quis dizer. Esqueça o que eu disse. Só fico chateada às vezes por você fazer tudo de um jeito diferente.

— Não é verdade — disse Gene. — Don não é o único homem que tem dificuldade em manusear o papel filme. Ou que não consegue encontrar as coisas na geladeira. Eu me lembro do seu amiguinho Stefan de Melbourne dando um chilique porque achou que alguém tivesse roubado o açúcar da cafeteria. Ele fez um sermão de cinco minutos e, quando terminou, metade do departamento estava olhando para o açucareiro, que estava bem na frente dele.

— O que Stefan tem a ver com isso? — perguntou Rosie.

"Você ou Rosie estão a fim de pegar um turno?" Era uma mensagem de texto de Jamie-Paul, do The Alchemist, que agora tinha virado um bar de vinhos, recebida na noite seguinte.

Respondi: "O Cara do Vinho me perdoou?"

"Quem é O Cara do Vinho? Hector não trabalha mais aqui."

Rosie se ofereceu para me ajudar, mas Jamie-Paul havia dito "você *ou* Rosie", expressão que interpretei segundo o uso mais convencional: uma alternativa que excluía as demais.

Não foi como antes, em parte devido à ausência de Rosie. Jamie-Paul me informou que os antigos clientes estavam voltando e que pediam drinques. O Cara do Vinho tinha sido despedido depois de um incidente em que ninguém conseguiu preparar um *whisky sour* decente para o irmão do dono. Em apenas quinze dias já era Natal, e o bar estava movimentado, por isso meus serviços eram necessários. Deixei Rosie e Gene em casa, comendo o jantar que eu havia preparado.

Foi bom preparar drinques, incrivelmente bom. Eu era competente naquela tarefa, e as pessoas apreciavam isso. Ninguém dava a mínima para o que eu pensava sobre casais do mesmo sexo com filhos, nem se eu podia adivinhar o que eles estavam sentindo, ou se eu sabia manusear papel filme. Fiquei até depois do turno terminar, trabalhando de graça até o encerramento do bar. Então voltei para casa andando na neve, até chegar a um apartamento que parecia vazio, uma vez que seus habitantes estavam dormindo.

A coisa não funcionou exatamente como o planejado. Enquanto eu escrevia um bilhete para dizer a Gene e a Rosie para não me acordarem antes das 9h17, a porta do quarto de Rosie se abriu. O formato do corpo dela definitivamente havia mudado. Tive uma sensação que não consegui nomear: uma combinação de amor e tristeza.

— Você chegou muito tarde — disse ela. — Sentimos sua falta. Mas Gene foi bacana. Está sendo difícil pra todos nós.

Ela me deu um beijo no rosto, completando o conjunto de mensagens contraditórias.

28

Surgiu uma oportunidade de compensar por não ter comparecido a nenhum dos dois ultrassons.

O curso de preparação para gestantes e pais seria realizado no hospital onde Rosie planejava ter o bebê. Eu estava decidido a comparecer e me sair bem. O curso no Bons Pais, que eu tinha concluído depois de uma única aula, era agora minha referência.

Dave já tinha feito um desses cursos preparatórios.

— É basicamente para os homens — explicou. — Sobre o que esperar, como ajudar a parceira, esse tipo de coisa. As mulheres já sabem tudo, mas os caras envergonham a si mesmos e a suas mulheres porque não sabem nada.

Eu não seria motivo de vergonha para Rosie.

— Só estou fazendo isso porque é parte do acordo — disse Rosie no metrô, a caminho do hospital. — Estava até pensando em não ir. Eles fariam o quê? Me impediriam de fazer o parto lá? Enfim, não tem importância; provavelmente nem vou ter o bebê aqui mesmo.

— Não seria inteligente correr riscos numa etapa tão crucial.

— Tá, tá. Mas, como eu já disse, você não precisava ter vindo comigo. Se eles obrigassem os pais a ir, seria uma discriminação com as mães solteiras.

— Espera-se que os homens compareçam — retruquei. — Somos orientados a respeito do que esperar num ambiente de cooperação, divertido e não ameaçador.

— Fico grata — disse Rosie. — "Não ameaçador" é bom. Não seria legal ver uma exibição de caratê.

A afirmação de Rosie era completamente injustificada, pois ela não tinha conhecimento das duas ocasiões em que eu aplicara as artes marciais em *legítima defesa* em Nova York. Provavelmente estava se referindo ao Incidente do Esporte Fino, ocorrido em nosso primeiro encontro, e confirmando sua recente memória seletiva para acontecimentos em que fico numa posição ruim, *muito embora, naquela ocasião específica, ela tivesse se divertido e até voltado para casa comigo.*

No salão principal havia uma urna, uma seleção de bebidas instantâneas de baixa qualidade, várias incluíam cafeína em sua composição, e biscoitos doces que definitivamente não pertenciam à lista dos superalimentos da gravidez. Chegamos três minutos adiantados, mas já havia aproximadamente dezoito pessoas lá. As mulheres estavam em diferentes estágios de gravidez, e não vi ninguém que parecesse ser uma cuidadora secundária lésbica.

Um grupo de três pessoas veio até nós se apresentar, duas grávidas e um homem. As mulheres se chamavam Madison (idade aproximada de trinta e oito anos, IMC não estimado devido à gravidez, mas provavelmente baixo em condições normais) e Delancey (de mais ou menos vinte e três anos e IMC provavelmente acima de vinte e oito em condições normais). Disse ao grupo que tanto Madison quanto Delancey eram nomes de ruas nova-iorquinas. Minha mente estava trabalhando em modo de eficiência máxima, e, portanto, notava padrões interessantes. O homem, que era marido de Madison e tinha cerca de cinquenta anos e IMC aproximado de vinte e oito, chamava-se Will.

— Também existe uma rua chamada William — observei.

— Isso não é nenhuma grande surpresa — disse Will, sensatamente. — Já escolheram nomes de menino e menina para o bebê?

— Ainda não — respondeu Rosie. — Ainda nem conversamos sobre esse assunto.

— Sorte de vocês — retrucou Will. — É nosso único assunto.

— E você? — Rosie perguntou para Delancey.

— Madison e eu conversamos muito sobre isso, mas é uma menina e vai se chamar Rosa em homenagem à minha mãe, que também era mãe solteira. — Repetição de padrões.

Rosa era um nome parecido com Rosie. Se o sobrenome de Delancey fosse Jarmine, seu nome seria um anagrama de "Rosie Jarman". E, se fosse Mentilli, um anagrama de "Rosie Tillman", o que só teria sido interessante se Rosie houvesse adotado o meu sobrenome quando casamos.

— Recomendo evitar um nome associado com sua etnia, a fim de diminuir a ocorrência de preconceitos — falei.

— Acho que você é que está sendo preconceituoso — disse Madison. — Estamos em Nova York, não no Alabama.

— A pesquisa sobre discriminação a candidatos de emprego feita por Bertrand e Mullainathan baseou-se em Boston e Chicago. Não me parece inteligente arriscar.

Outra ideia me veio à cabeça sem querer.

— Você poderia chamar a sua filha de Wilma: uma combinação de William e Madison.

— Eis aí um nome que deveria voltar à moda — falou Will. — Lembra os tempos pré-históricos. O que você acha, Mad? —

Ele estava rindo. Eu estava me comportando socialmente bem. Hiperbem.

— Como você e Madison se conheceram? — perguntou Rosie a Delancey.

Madison respondeu:

— Delancey é minha melhor amiga. Ela trabalha lá em casa.

O relacionamento parecia ser bem eficiente. O interessante é que as duas primeiras letras de "Delancey" unidas às duas primeiras letras de "Madison" formavam a palavra "*made*", que significava "empregada", um homófono para a função de Delancey, em inglês. E também um anagrama de "*dame*", que parecia uma palavra relacionada ao papel de Madison enquanto patroa. E de "*edam*", o nome de um queijo, e de "*mead*", que é uma bebida alcoólica à base de mel. Seria interessante criar uma refeição em que todos os alimentos viessem acompanhados das bebidas de seus anagramas.

Meus pensamentos desenfreados foram interrompidos pela chegada tardia da moderadora. Antes que ela pudesse se distrair com tarefas didáticas, dei informações detalhadas sobre o problema da alimentação oferecida no local.

Rosie me interrompeu.

— Acho que ela já entendeu o recado, Don.

— Ah, fico feliz em termos um pai que entende de nutrição na gravidez. A maioria não faz a menor ideia dessas coisas. — Ela se chamava Heidi (idade aproximada de cinquenta, IMC de vinte e seis) e parecia muito simpática.

A etapa didática iniciou-se com as apresentações. Em seguida, foi exibido um vídeo de partos reais. Passei para um assento que vagou na primeira fila, quando o ocupante original, um estudante, saiu correndo da sala. Eu já havia assistido a diversos vídeos na internet sobre a maioria das situações e sobre as complicações mais comuns em trabalhos de parto, mas a tela maior com certeza ajudava.

Por fim, Heidi perguntou:

— Alguma dúvida? — Ela se colocou diante de uma lousa branca que havia num canto da sala.

Lembrei-me da recomendação de Jack, o Motoqueiro, e fiquei de boca fechada, dando a oportunidade para outras pessoas falarem.

A primeira pergunta foi de uma mulher que se apresentou como Maya.

— No vídeo que mostrou o parto do bebê pélvico, não deveria ter sido feita uma cesariana?

— Sim. Mas acho que no caso desse vídeo, especificamente, eles só descobriram que o bebê estava sentado quando o parto estava bem adiantado e era tarde demais. E, como vimos, mesmo assim deu tudo certo.

— Disseram que vou precisar fazer uma cesariana, a menos que o bebê vire. Mas eu queria muito que fosse parto normal.

— Bem, existem fatores de risco no caso de parto normal quando o bebê está sentado.

— É muito arriscado?

— Não sei as estatísticas, mas...

Felizmente eu sabia. Fui até a lousa e, usando canetas preta e vermelha, mostrei como o cordão umbilical poderia ser esmagado num parto normal em que o bebê estivesse sentado. Também forneci uma série de dados que contribuiriam para a decisão de optar pela cesariana. Heidi ficou ao meu lado, boquiaberta.

Maya estava esperando o terceiro filho, portanto, esse risco era menor.

— Sua bacia e sua vagina já devem estar bastante largas — esclareci.

— Obrigada por compartilhar essa informação, amigo — disse o marido de Maya.

Quando terminei, todos bateram palmas.

— Suponho que o senhor seja obstetra — comentou Heidi.

— Não, sou apenas um pai que reconhece o valioso papel que tem a desempenhar na gravidez.

Ela riu.

— Você é um exemplo para todos nós.

Eu esperava que Rosie, que estava sentada em uma das últimas fileiras, tivesse percebido isso.

Passamos por diversos tópicos e pude contribuir com informações na maioria deles. Não que eu tivesse me esquecido do conselho de Jack, mas, pelo visto, eu era a única pessoa bem-informada da sala, fora Heidi, e tudo pareceu correr muito bem. O assunto então passou para amamentação, tópico em que eu havia estendido minhas pesquisas para além do que informava O Livro.

— Nem sempre será fácil, e vocês, pais, precisam apoiar suas esposas na escolha de amamentar — disse Heidi.

— Ou não — acrescentei, uma vez que a palavra "escolha" implica mais de uma opção.

— Tenho certeza de que você concorda, Don, que amamentar é sempre a melhor opção.

— Nem sempre. Existem diversos fatores que podem interferir nessa decisão. Recomendo fazer uma planilha.

— Mas um fator crucial é o aumento da imunidade que a amamentação proporciona ao bebê. Precisamos de um motivo muito importante para negar à criança um sistema imunológico fortalecido.

— Concordo — falei.

— Vamos adiante, então — disse Heidi. Porém, ela havia deixado de fora um fato importantíssimo!

— Um sistema imunológico superior pode ser obtido compartilhando bebês entre as mães. No ambiente ancestral, as mulheres alimentavam os filhos umas das outras. — Apontei para as Mulheres com Nomes de Ruas. — Madison e Delancey são muito amigas, moram na mesma casa e seus filhos terão praticamente a mesma idade. Obviamente, elas deveriam alimentar o bebê da outra a fim de potencializar ao máximo a imunidade dessas crianças.

No metrô, de volta para casa, continuei argumentando a favor dessa ideia com Rosie. Em retrospecto, talvez a argumentação tenha soado mais como um sermão, já que eu era o único que falava.

— Dizem que as rachaduras nos mamilos causam muita dor, mas espera-se que as mães continuem amamentando para melhorar o sistema imunológico das crianças. Entretanto, basta uma convenção, uma convenção social *artificial* minimamente embasada em conceitos racionais, para evitar uma simples extensão do que...

— Por favor, Don, cala a boca — pediu Rosie.

Ela pediu desculpas alguns minutos depois, quando estávamos caminhando da estação para casa.

— Desculpe ter dito para você calar a boca. Eu sei que você é assim e não pode fazer nada pra mudar isso, mas foi bem constrangedor.

— Dave previu a possibilidade de constrangimento. É normal.

Eu sabia, no entanto, que era improvável que alguém na turma de Dave tivesse sido responsável pela separação pública de duas amigas, pelo fim de sua relação de trabalho, e, em seguida, por uma discussão nada estruturada que acabou envolvendo a maioria dos participantes, violando a promessa de que as aulas seriam em um ambiente "não ameaçador".

— Continue jogando — dissera Dave. Seguindo sua analogia com o beisebol, eu estava correndo o risco iminente de ser riscado da escalação. Eu precisava da ajuda do meu treinador: minha terapeuta.

— Não sou sua terapeuta, Don.

Interceptei Lydia quando ela estava saindo da clínica no fim do expediente. Eu não tinha conseguido marcar uma consulta e detectei a existência de algum tipo de obstrução. Ela recusou meu convite para um café e insistiu em voltar para a sua sala. Eu tinha ido sozinho à clínica.

Contei tudo a ela, menos a substituição de Rosie por Sonia. Mais precisamente, *planejei* contar tudo, mas a descrição do Tumulto no Curso Pré-Natal, que comecei quando ela me perguntou "O que levou você a vir me procurar?", demorou trinta e nove minutos, e ela me interrompeu antes do fim. Porque estava *rindo*. Jamais poderia imaginar ver Lydia rindo, mas ali estava ela, *inapropriadamente* rindo de uma situação que havia levado meu casamento à beira do desastre.

— Ai, meu Deus, nazistas da amamentação. Mulheres cujas melhores amigas são as empregadas. Sabe o que David Sedaris diz a respeito disso? Que nenhuma dessas mulheres é amiga da empregada *dos outros*.

Era uma observação interessante, mas não ajudava a resolver o meu problema.

— Certo — disse Lydia. — Não começamos muito bem, eu e você, o que em parte foi culpa minha. É verdade, o mundo realmente precisa de gente como você. Fique sabendo que livrei sua barra na polícia logo depois da nossa primeira sessão. A única criança para quem você representa perigo é o seu próprio filho.

Fiquei chocado.

— Eu represento perigo para o meu próprio filho?

— Eu achava que havia um risco. Foi por isso que usei a justificativa da polícia para conversar com você novamente. Queria ter certeza de que você não oferecia perigo. Pode me denunciar se quiser, mas fiz isso por um bom motivo, e agora, veja só, você me procurou de forma espontânea. — Ela olhou para o relógio. — Quer tomar um café?

Quase deixei passar despercebido aquele indício de sociabilidade, de tão inesperado. Era sinal de que ela desejava continuar a conversa.

— Sim, por favor.

Ela me deixou na sala e voltou com dois cafés.

— Meu turno de hoje está oficialmente encerrado. Fiquei mais de uma hora depois do meu horário, aliás. Mas quero te dizer uma coisa que pode ajudar a explicar certas questões.

Lydia tomou um gole de seu café e eu fiz o mesmo. Era da qualidade que eu esperaria encontrar na cafeteria de uma universidade. Mesmo assim, continuei bebendo e Lydia prosseguiu com sua explicação.

— Há cerca de um ano, perdi uma paciente. Ela teve psicose pós-parto. Sabe o que é isso?

— Claro. Uma em cada seiscentas mulheres desenvolvem o quadro, frequentemente sem histórico anterior da doença. É mais comum em primigestas, mães de primeira viagem — expliquei.

— Obrigada pelos esclarecimentos, doutor — disse ela. — Enfim, perdi a mãe e o bebê. Ela matou o filho e cometeu suicídio.

— Você não conseguiu diagnosticar o quadro?

— Eu nem imaginava. O marido não relatou nada fora do comum. O cara era tão... insensível que nem sequer percebeu que a esposa estava em surto psicótico.

— E você achou que eu fosse capaz de tamanha insensibilidade?

— Eu sei que você está tentando fazer a coisa certa, mas achei que Rosie estava correndo risco de manifestar depressão, e que você não seria capaz de perceber.

— A depressão pós-parto ocorre após dez a catorze por cento dos partos. Mas sou proficiente na aplicação da Escala de Depressão Pós-Parto de Edimburgo.

— Ela respondeu o questionário?

— Eu fiz as perguntas.

— Confie em mim, Don, você não é proficiente. Mas conheci Rosie. Ela é muito robusta, provavelmente por ter passado a juventude na Itália. Ela sabe como você é, e obviamente te ama. É uma mulher com objetivos, estruturada, cursa medicina, resolveu suas questões familiares e tem bons amigos.

Levei um instante para perceber que ela estava falando da Sonia.

— E se ela deixasse de estudar? E se não tivesse amigos? E se não me amasse? Com certeza até mesmo o apoio de um marido insensível deve ser melhor do que nada.

Lydia terminou seu café e se levantou.

— Por sorte, esse não é o seu caso. Mas, paradoxalmente, ter um marido assim é pior do que não ter apoio nenhum. Ele pode impedir que a mulher consiga ajudar a si mesma. Na minha opinião, e existem pesquisas que sustentam isso, essa mulher estaria bem melhor sozinha.

29

Passei o dia seguinte no trabalho, sozinho, tentando lidar com o problema causado pelas observações de Lydia. Fiz mais algumas pesquisas sobre os atributos desejáveis para ser um bom pai.

"Não ser violento" estava no topo da lista. Meus atos me fizeram ser preso e obrigado a comparecer a uma aula de não violência. Meu surto de raiva era praticamente igual aos surtos de raiva descritos por Jack, o Motoqueiro. Eu não me considerava uma ameaça, mas supunha que muitas pessoas violentas poderiam ter essa mesma ideia a respeito de si.

"Não ser usuário de drogas." Meu consumo de álcool, que já estava no limite máximo da ingestão diária recomendada, aumentara significativamente durante a gravidez. Isso era sem dúvida uma reação ao estresse. Jack, o Motoqueiro, tinha razão: provavelmente o consumo de bebidas alcoólicas me deixava mais propenso a ter surtos de raiva.

"Ser emocionalmente estável." Três palavras: surto de raiva.

"Ser sensível às necessidades da criança." Uma palavra: empatia. Minha maior fraqueza enquanto ser humano.

"Ser sensível às necessidades emocionais da parceira." Ver item anterior.

"Ter capacidade de reflexão." Como cientista, eu seguramente era bom nisso, mas o fato de não ter encontrado uma solução para o problema do meu relacionamento indicava que eu era incapaz de aplicar minhas habilidades de reflexão no ambiente doméstico.

"Ter apoio social." A lista, repleta de falhas, poderia ser considerada um desastre não fosse por esse único item salvador. Minha família morava na Austrália, mas eu tinha a sorte de contar com o apoio de Gene, Dave, George, Sonia, Claudia e do diretor da faculdade. E, claro, com a ajuda profissional de Lydia.

"Honestidade" não estava na lista, mas era obviamente um atributo desejável. Achei que poderia contar tudo sobre o Incidente do Parquinho para Rosie depois de resolvê-lo. Eu havia me comportado de maneira não convencional nessa situação, e isso já não era mais aceitável.

Fiz uma planilha e rapidamente ficou claro que os pontos negativos superavam os positivos. Como pai em potencial, eu era ostensivamente inadequado, e aos poucos ia ficando cada vez mais evidente que também era dispensável como parceiro.

Depois de mais pesquisas, descobri que não era incomum que os relacionamentos terminassem durante a gravidez ou logo após o nascimento do bebê. A atenção da mulher deslocava-se naturalmente para o bebê, o que comprometia a relação dela com o parceiro. Outro caso comum era o parceiro não querer arcar com a responsabilidade de ser pai. Nós certamente nos encaixávamos no primeiro caso. Embora eu estivesse disposto a arcar com as responsabilidades de pai, fui classificado como incompetente tanto por uma terapeuta profissional quanto pela minha própria esposa. E, agora, por mim mesmo também.

Minhas pesquisas me forneceram algumas orientações para o divórcio: era possível obter melhores resultados agindo de maneira rápida e definitiva, e não com conversas prolongadas. Isso condizia com o fim de relacionamentos demonstrado em dois dos filmes a que assisti na época do Projeto Rosie: *Casablanca* e *As pontes de Madison*. Para imitar esses filmes, preparei um discurso breve de nove páginas delineando a situação e a inevitabilidade da conclusão final. Foi um trabalho emocionalmente doloroso, mas articular meus argumentos me ajudou a esclarecê-los para mim mesmo.

Durante minha corrida de volta para casa, depois de preparar meu discurso, deixei os pensamentos vagarem. Eu havia passado dezesseis meses e três dias casado com Rosie. O fato de eu ter me apaixonado por ela foi a melhor coisa que já havia me acontecido. Eu tinha me esforçado ao máximo para manter o casamento, mas — tal como Dave e Sonia — sempre suspeitei de que um dia algum tipo de erro cósmico aconteceria e que eu ficaria sozinho novamente. Agora isso de fato havia acontecido.

Porém, é claro, isso não era culpa do cosmos, e sim das minhas próprias limitações. Eu simplesmente havia errado demais, e os danos foram se acumulando.

Saí mais cedo do trabalho para chegar em casa antes de Gene. Mais uma vez, encontrei Rosie deitada no colchão. Ela estava lendo, mas era o tipo de romance best-seller dos quais minha tia gostava. Eu havia deixado Rosie tão infeliz que agora ela buscava conforto na ficção.

Comecei meu discurso.

— Rosie, parece óbvio que as coisas não estão indo bem entre nós. Existe uma falha em...

Ela me interrompeu.

— Não diz mais nada. Não fale sobre falhas. Fui eu que fiquei grávida sem combinarmos nada. Acho que sei o que você vai dizer. Andei pensando a mesma coisa. Eu sei o quanto você tentou, mas esse relacionamento só era adequado para duas pessoas independentes que se divertiam juntas. Não tinha base para virar uma família convencional.

— Então por que você engravidou?

— Como ser mãe é algo muito importante pra mim, acho que eu tinha a fantasia de que poderíamos criar um filho juntos. Não pensei direito.

Rosie não disse mais nada, mas minha capacidade de processar um discurso, principalmente um discurso sobre emoções, foi comprometida por minhas próprias emoções. Eu me dei conta de que, na verdade, estava torcendo para ela discordar de mim, para quem sabe até rir de algum raciocínio equivocado da minha parte. Eu estava torcendo para que as coisas voltassem ao normal.

Finalmente ela disse:

— O que você vai fazer?

— Você sinalizou que vai voltar para a Austrália — respondi. — Obviamente vou prover o sustento financeiro de Bud, como manda a convenção.

— Estou falando de agora. Posso continuar aqui?

— Claro. — Eu não ia deixar Rosie desabrigada. Ela não tinha nenhum amigo próximo em Nova York além de Judy Esler, e eu não queria que os Eslers soubessem da separação ainda. Eu tinha a esperança irracional de que o problema pudesse ser resolvido. — Vou ficar na casa do Dave e da Sonia. Temporariamente.

— Não vai ser por muito tempo. Vou comprar a passagem logo, antes que não me deixem mais embarcar.

Rosie insistiu que estava muito tarde para eu ir para a casa de Dave naquela noite e, portanto, dormi no apartamento. De madrugada, acordei com ela executando seu ritual de chocolate quente e banheiro e, em seguida, a porta do quarto se abriu. À luz da sala, que nunca ficava completamente escura, ela parecia interessante de uma maneira extremamente positiva. O formato de seu corpo havia mudado mais ainda e fiquei desapontado por não ter podido monitorar essas alterações com um contato mais próximo.

Rosie voltaria para a Austrália. Eu ficaria mais alguns dias na casa de Dave e Sonia e depois me mudaria de novo para o apartamento, sozinho. Talvez eu também voltasse para a Austrália em algum momento. Fazia pouca diferença. Não sou particularmente interessado no ambiente ao meu redor. Gostava do meu cargo em Columbia, ao lado de David Borenstein, Inge, do Complexo B e, ao menos por enquanto, de Gene.

Em algum lugar do mundo eu teria um filho, mas meu papel na vida dele seria muito parecido com o de um doador de esperma. Eu mandaria dinheiro para ajudar Rosie com os custos, e talvez retomasse meu emprego como barman para complementar minha renda e estimular a interação social. Mesmo em Nova York, meu estilo de vida era eficiente. Minha vida voltaria a ser o que era antes de eu conhecer Rosie. Seria melhor por causa das mudanças que ela me estimulou a fazer e pela minha nova maneira de perceber a realidade. E também pior, pois eu saberia que um dia tudo tinha sido muito melhor.

Sem dizer nada, Rosie se deitou na cama ao meu lado. Estava se movimentando de um jeito diferente, por causa do peso adicional de Bud e do sistema de suporte necessário a ele (ou ela). Rosie inclinava-se para trás para tirar vantagem da terceira vértebra em formato de cunha que as mulheres possuem justamente para essa função. Achei que ela deveria ter me pedido permissão, pois nunca me passara pela cabeça me juntar a ela depois que ela se mudou para o escritório. Mas eu não iria reclamar.

Ela me abraçou e desejei ter tido a ideia de congelar uma fornada emergencial de muffins de mirtilo. Para minha surpresa, esse ritual preliminar não foi necessário.

De manhã, dormi até depois do meu horário automático de despertar. Rosie ainda estava ao meu lado. Chegaria atrasada à sua sessão de orientação de sábado.

— Você não precisa ir embora — disse ela.

Analisei a frase gramaticalmente. Ela estava me dando uma escolha, mas não sugeriu que mudaria seus planos de voltar para a Austrália. E também não disse: "Quero que você fique."

Eu arrumei uma mochila e, depois de gastar uma hora desenhando uma imagem precisa de Bud no Azulejo 31, peguei o metrô e fui para a casa de Dave.

Quando Sonia voltou de uma visita à casa de seus pais, insistiu para que Dave me levasse de volta ao meu apartamento. Imediatamente. Dave já tinha me ajudado a me instalar em seu escritório, que também seria o quarto do bebê em fase de elaboração, que chegaria dali a dez dias.

— Ela está grávida — disse Sonia. — Todos nós temos nossos altos e baixos. Não é, Dave? — Ela virou-se para mim. — Você não pode abandonar Rosie só porque vocês tiveram uma briga. É sua obrigação fazer esse casamento dar certo.

Observei a expressão de Dave. Ele parecia surpreso. Qualquer psicólogo, incluindo Rosie, certamente concordaria que o sucesso de um casamento era uma responsabilidade conjunta.

— Nós não brigamos. Consultei uma terapeuta e, diante disso, ficou claro que exerço uma influência negativa sobre Rosie. Ela vai voltar para a Austrália, onde poderá ter o apoio adequado.

— Você é o apoio adequado.

— Não sou apto para a paternidade.

— Dave. Leve Don pra casa. Ajude os dois a resolverem isso.

Eram 19h08 quando chegamos ao apartamento. Gene estava em casa, já que sua vida social com Inge terminara.

— Por onde você andou? — perguntou ele. — Você não atende mais o celular?

— Está na minha mochila. Na casa do Dave. Estou morando lá agora.

— E a Rosie, cadê?

— Achei que ela estivesse aqui. Em geral ela chega antes de uma da tarde aos sábados.

Expliquei a situação. Gene concordava com Sonia que deveríamos tentar nos reconciliar de alguma maneira.

— Eu estava tentando fazer esse relacionamento dar certo — argumentei. — Acho que Rosie também. A culpa tem a ver com algo intrínseco na minha personalidade.

— Ela está esperando um filho seu, Don. Você não pode fugir disso.

— Segundo sua teoria, as mulheres buscam os melhores genes ao escolher um pai biológico para o seu filho, mas, para decidir quem cuidará da criança, usam outros critérios.

— Uma coisa de cada vez, Don. Como eu disse a Dave, tudo isso é teoria. A prioridade número um é encontrar Rosie. Provavelmente ela está em algum bar afogando as mágoas.

— Acha que ela consumiria álcool?

— Você não?

— Eu não estou grávido.

Se Gene estivesse certo, tínhamos uma emergência. Talvez Rosie tivesse deixado alguma pista em seu escritório.

Ao entrar, vi que o computador dela estava ligado. Uma mensagem no Skype brilhava na tela. De alguém cujo apelido era 34, do fuso horário de Melbourne, Austrália.

Eu disse que estaria sempre ao seu lado. Força. Eu te amo.

Eu te amo! Abri o programa e li as conversas anteriores.

Deu merda. Acabou tudo entre mim e Don.

Tem certeza?

Tem certeza de que você ainda pode me receber? Com o bebê e tudo o mais?

Rosie entrou. Não parecia bêbada.

— Olá, Dave. O que você está fazendo no meu quarto, Don?

Era óbvio o que eu estava fazendo.

— Existe outro homem? — perguntei.

— Já que perguntou, sim, existe. — Ela deu as costas para nós e olhou pela janela. — Ele disse que me ama, e acho que sinto o mesmo por ele. Me desculpe, Don, mas foi você mesmo que perguntou.

Repetição de padrões. A mãe da Rosie havia dormido com um homem e se casado com outro que foi fiel a ela, embora ambos acreditassem que Rosie era filha do primeiro. Rosie havia me enganado, exatamente como eu a enganei. E pelo mesmo motivo: para não machucar o outro.

Dave me levou embora para a casa dele. Tinha escutado a conversa toda. Nenhum de nós conseguiu pensar em nada útil para dizer. Apesar da plausibilidade — ou, mais provavelmente, da inevitabilidade — do que havia acabado de descobrir, eu estava atônito. Não tinha dúvida de quem era o outro homem: Stefan, colega de Rosie, um homem atraente de modo convencional, que, a própria Rose admitiu, a perseguia em Melbourne antes do nosso relacionamento começar. Ele tinha trinta e dois anos quando eu o conheci, devia ter trinta e quatro agora. Ela escolhera Stefan para ajudá-la com as análises estatísticas antes de pedir ajuda a mim. Agora, tinha escolhido o mesmo Stefan para ajudá-la a criar Bud. Ele era mesmo idiota o bastante para usar uma linha instável de caracteres como apelido no Skype.

30

O escritório de Dave, que agora era meu quarto, era uma bagunça! A mesa estava coberta de papéis, a pilha de sete bandejas para documentos estava lotada, e as caixas de papelão que ele usava como arquivo corriam o risco de estourar por causa da pressão interna. Para mim ficou óbvio o motivo pelo qual a empresa dele ia mal.

As aulas daquele ano haviam terminado. A análise da pesquisa com os ratos estava sendo competentemente executada por Inge, e minha presença não foi mais solicitada no Projeto das Mães Lésbicas. Seria a oportunidade perfeita para fazer atividades com Rosie, mas, em vez disso, eu agora dispunha de muito tempo livre. Então eu me ofereci para organizar os documentos de Dave.

Ele estava desesperado o bastante para confiar seu negócio a um geneticista com aversão a burocracias administrativas. E eu estava em busca de qualquer coisa que distraísse meu cérebro de construir imagens mentais de Rosie com Número 34.

— As cópias das notas fiscais ficam aqui neste arquivo — disse Dave.

— Mas você já tem tudo isso no seu computador. Não há necessidade de imprimir.

— E se o computador pifar?

— Você recorre ao backup, óbvio.

— Backup? — perguntou Dave.

Foram necessários apenas dois dias de trabalho focado, sem pausa para o almoço, para consertar o sistema.

— Onde estão os arquivos? — perguntou Dave.

— No computador.

— E os arquivos em papel?

— Foram destruídos.

Dave pareceu surpreso, na verdade, chocado. Corrigindo: arrasado.

— Parte daquilo tudo vinha dos clientes: pedidos, autorizações, rascunhos. Tudo em papel.

Indiquei a função scanner do aparelho que eu havia adquirido por US$ 89,99 e comuniquei o único problema remanescente.

— Você está criando as notas fiscais uma por uma. Você não tem um aplicativo para isso?

— É difícil demais de usar.

Eu raramente acho programas de computador difíceis de usar, mas encontrei alguns problemas com os de contabilidade, por não ser contador. Enquanto Dave estava no trabalho, solicitei a ajuda de Sonia, que agora tinha parado de trabalhar por causa da iminência do parto. Ela não conhecia o programa, mas conseguiu responder todas as minhas perguntas de contabilidade.

— Não entendo por que Dave não me pediu ajuda com isso. Ele vive dizendo que está tudo sob controle, mas, obviamente, não está.

— Desconfio de que, depois da primeira mentira, para poupar você do estresse, ele começou a achar cada vez mais difícil admiti-la após tanto tempo.

— Casais não deveriam ter segredos. Um não deveria esconder nada do outro. Já falei isso pro Dave — falou a mulher que tinha fingido ser uma estudante italiana de medicina e que me disse para não contar nada a Dave porque ele se preocupava demais.

— Você pode imprimir um relatório do livro-razão da empresa pra mim? — pediu Sonia quando o sistema estava configurado e todos os dados haviam sido inseridos. — Quero saber quanto estão nos devendo.

O relatório foi disponibilizado com um clique no menu.

— US$ 418,12, hoje.

— E quanto aos pagamentos vencidos?

— US$ 9.245, de quatro notas fiscais. Todas elas emitidas há mais de cento e vinte dias.

— Ai, meu Deus — disse ela. — Ai, meu *Deus*. Agora entendi por que ele não queria comprar um carrinho de bebê! Se isso já faz quatro meses, provavelmente ele está com problemas no trabalho. Pode me mostrar as notas? As vencidas?

— Claro.

Sonia olhou para a tela por alguns instantes, depois apontou para o telefone da nova multifuncional.

— Isso aqui funciona?

— Claro.

Sonia passou cinquenta e oito minutos ao telefone, empregando diversas táticas aparentemente designadas para criar culpa, pena, medo ou, em determinada ocasião, apenas ciência da situação. Ela era incrível. Quando terminou, eu a elogiei.

— Passei metade da minha vida fazendo a mesma coisa com pessoas comuns que haviam gastado o que não tinham na tentativa de ter um filho. É algo com que me identifico, aliás. Isso aqui, em comparação, não é nada.

— Eles vão pagar?

— Vou precisar ligar para os donos do bar de vinhos da West 19th. Houve uma mudança na administração depois que Dave executou o serviço e parece que o último gerente deixou tudo bagunçado. Mas com os outros três não haverá problemas. Só precisavam de um empurrãozinho.

Sonia tocou no assunto de forma sutil durante o jantar.

— Dave, preciso de dinheiro pra pagar meu cartão de crédito. Você tem?

— Neste exato momento, não — respondeu ele. — Estou esperando uns pagamentos. Os caras andam meio devagar, mas está tudo bem na empresa.

— Quanto você disse mesmo que nos deviam?

— Bastante — respondeu Dave. — Mas não se preocupe com isso.

— Ah, eu me preocupo, *sim*. Se for preciso, posso voltar a trabalhar depois de ter o bebê. Meio período.

— Não precisa. Vou dar um jeito de fazer a grana entrar.

— Só me diz quanto estão nos devendo e eu decido.

Dave deu de ombros.

— Você me conhece, Sonia. Eu não sei direito. Uns vinte, trinta mil. Está tudo bem.

Na manhã seguinte, Sonia ficou brava com Dave — mas não *na frente* dele, uma vez que ele tinha saído cedo para o trabalho. Ela dirigiu a raiva para mim.

— Ele fica fora de casa o dia inteiro e metade da noite, e não ganha nada! Ele está realmente trabalhando? Talvez esteja indo pra biblioteca, como esses caras que perdem o emprego e não conseguem confessar para a esposa. É isso o que está acontecendo, Don?

Pouco provável. Dave conversava comigo sobre o trabalho, em detalhes. Parecia ter bastante serviço, aliás, mas talvez não estivesse cobrando o suficiente ou estivesse mentindo sobre o nível de satisfação dos clientes. Eu já havia errado em relação aos meus amigos. Ainda não tinha certeza se um dos componentes centrais da personalidade de Gene não passava de uma ficção criada por ele. Claudia estava num relacionamento com Simon Lefebvre. E Rosie, apaixonada por outro homem.

— Se eu precisar voltar a trabalhar, ele pode ficar em casa cuidando do bebê. Talvez isso o obrigue a se interessar pelo filho.

Fui para o escritório de Dave a fim de trabalhar no problema. Uma possibilidade é que ele não tivesse dado entrada em todas as notas fiscais no sistema. Retifiquei o problema quando percebi que aconteceu exatamente isso. Agora só faltavam duas, de baixo valor. Mas, quando pensei melhor sobre o assunto, achei estranho que Dave estivesse praticamente atualizado no registro das notas.

Então uma pequena lâmpada metafórica se acendeu em minha mente. A explicação mais lógica não era que Dave tivesse sido estranhamente cuidadoso em relação a um único aspecto da administração da empresa. Pelo contrário! Dave tinha consistentemente negligenciado tudo, e simplesmente se esquecido de gerar as notas fiscais.

Abri o arquivo das planilhas escaneadas e comecei a bater os valores com os das notas. Eu tinha razão. A maioria dos serviços prestados não tinha sido inserida no sistema e, portanto, não fora faturada. Mas eu só poderia ajudar até certo ponto. Criar e emitir notas fiscais exigia um conhecimento em contabilidade que eu não tinha. Se eu cometesse erros, Dave poderia ser considerado incompetente ou vigarista.

Por sorte, eu tinha acesso a uma contadora qualificada. Eu e Sonia ficamos até as 15h18 criando as notas fiscais: os impostos estaduais variavam, as notas de serviços prestados e de material tinham de ser arquivadas separadamente, Dave oferecera vários descontos e *markups* inconsistentes.

Os comentários de Sonia se alternavam entre compreensivos e críticos: "Meu Deus, isso é tão complexo! Agora sei por que ele deixava de lado." "Oito mil dólares. De três meses atrás!" "A gente estava vivendo graças à grana da instalação de George. Dave é um idiota." Depois pediu:

— Quero ver o total de dívidas primeiro. Quero saber o que estamos devendo antes de ficar animada.

Verifiquei: US$ 0,00.

— E eis aí o seu Dave — disse Sonia. — Não temos dinheiro pra comer, mas nenhum fabricante de artigos de refrigeração jamais vai ter problemas de fluxo de caixa por causa de Dave Bechler. Pode me mostrar quem nos deve. Até agora eu estava com muito medo de acompanhar esses números.

— US$ 53.216,65 — falei. — A estimativa de vinte a trinta mil de Dave estava incorreta. E esse número só não é maior porque, depois das ligações que você fez, entraram dois pagamentos on-line.

Sonia começou a chorar.

— Você esperava que houvesse mais? — perguntei.

Sonia estava rindo e chorando ao mesmo tempo. Como alguém pode compreender manifestações de emoção tão conflitantes?

— Vou preparar um café pra comemorar — disse ela. — Um café de verdade.

— Você está grávida.

— Ah, você percebeu? — Teria sido impossível não perceber. A barriga dela estava imensa. O fato de eu lembrá-la que precisava moderar na cafeína não poderia ter motivo mais óbvio.

— Quantos cafés você já tomou hoje?

— Sou italiana. Estou tomando café *il tempo tutto*. — Ela riu.

— Vou tomar uma bebida alcoólica com Dave quando ele chegar em casa. — Eu estava me solidarizando com Dave à distância.

— Dave é o responsável por isso. — O choro parecia ter parado. — Don, você salvou a minha vida.

— Incorreto. Eu...

— Eu sei, eu sei. Don, lembra quando você me contou que uma terapeuta disse que você não era a pessoa certa pra Rosie? Bem, eu não podia perguntar na frente do Dave, mas você não estava falando da Lydia, estava?

É muito irritante o fato de a língua inglesa não dispor de fórmulas sem ambiguidade para responder a perguntas feitas na negativa. A mera adição do equivalente à palavra "*si*" em francês (que substituiria toda a frase "*Sim*, eu realmente estava falando da Lydia") resolveria o problema. Sonia, entretanto, deve ter lido minha expressão, porque não houve necessidade de qualquer verbalização da minha parte.

— Don. A Lydia nem sequer conhece Rosie. A pessoa que ela conhece *sou eu*.

— E esse é justamente o problema. Fui aprovado para ser pai com você, mas não com alguém como Rosie. E Lydia descreveu Rosie perfeitamente.

— Ai, meu Deus, Don. Você está cometendo um erro enorme.

— Estou seguindo o melhor conselho. Um conselho objetivo, baseado em pesquisas, profissional.

Sonia não queria aceitar de jeito nenhum as evidências de que Rosie não me queria a seu lado, evidências que complementavam o diagnóstico dado por Lydia.

— Você quer que esse casamento dê certo ou não? — perguntou ela.

— Minha planilha identificou que...

Interpretei a expressão de Sonia como: "Não estou nem aí pro que sua maldita planilha diz ou deixa de dizer. Você, emocionalmente, como uma pessoa madura, quer passar o resto da sua vida com Rosie e o Bebê Único em Desenvolvimento ou vai deixar um computador tomar essa decisão por você, seu *geek* ridículo?"

— Quero. Mas não acho que...

— Você acha demais. Leve Rosie pra jantar e converse sobre o assunto.

31

Gene, Inge e eu somávamos um total de sete conexões ao site do Momofuku Ko: um laptop e um smartphone cada, mais o laptop do meu escritório em Columbia. Eu estava passando a eles instruções calculadas para maximizar as chances de conseguirmos uma mesa quando o restaurante abrisse as reservas.

Gene tinha apoiado a ideia de levar Rosie para jantar.

— Independentemente de você conseguir consertar essa situação, vocês vão ser pais de uma criança. Rosie não parece ter muitos amigos além da coroa judia que aparece todos os dias. — Supus que ele estivesse se referindo a Judy Esler.

Em nossa primeira visita a Nova York juntos, há um ano e oito meses, Rosie marcara um jantar para nós no Momofuku Ko e tinha sido a melhor refeição da minha vida. Rosie tinha ficado igualmente impressionada.

Às 10h em ponto, nós três clicamos em reservas. Apareceram os lugares disponíveis no dia exibido, e nós selecionamos diferentes horários, como planejado.

— Esse já era — disse Gene. Alguém já havia reservado aquele lugar. — Vou tentar a segunda opção.

— Os meus também já eram — disse Inge.

— E esse aqui também — falou Gene.

— Já era — reclamara Inge.

Minhas mensagens voltaram. Nós, meros seres humanos, tínhamos fracassado na tentativa de realizar uma tarefa que era melhor executada por programas de computador.

Atualizei a tela. Era possível que alguém estivesse empregando uma estratégia semelhante e realizado várias reservas, em seguida disponibilizando as que não usaria. Atualizei novamente. Nada.

— O que tem de errado nesta aqui? — perguntou Inge, que estava olhando por cima do meu ombro. Ela apontou para a tela.

Eu estava tão concentrado nas reservas recém-disponibilizadas para os dez dias seguintes que não notei uma reserva disponível para as 20h daquele dia. Provavelmente estivera ali o tempo todo. Cliquei nela e o programa respondeu pedindo os dados do meu cartão de crédito. Eu tinha conseguido uma reserva para dois naquela mesma noite!

— Confie em mim — disse Gene. — Rosie não deve ter feito planos. Vou marcar um jantar com ela só pra garantir, e aí você entra na jogada para surpreendê-la.

— O que aconteceu com a sua camisa? — perguntou Sonia.

— Um acidente na lavanderia.

— Parece até *tie-dye*. Você não pode sair assim.

— É extremamente improvável que o restaurante barre a minha entrada. Se minha camisa fosse anti-higiênica, ou se eu não a tivesse lavado, ou...

— Não é por causa do restaurante. É por causa da Rosie.

— Rosie me conhece.

— Então já está na hora de você ser um pouco menos previsível. De um jeito bom.

— Vou pegar uma camisa...

— Você não vai pegar uma camisa do Dave emprestada. Já deu uma olhada nele nos últimos tempos? — O projeto de emagrecimento de Dave ia tão mal quanto o meu casamento.

A caminho do apartamento, fiz um desvio até a Bloomingdale's. Havia outras lojas de roupas masculinas no caminho, mas seria ineficiente me movimentar num ambiente estranho. Graças à experiência dos vendedores, comprei um jeans adequado à nova medida da minha cintura. Eu estimava que meu atual IMC estivesse na casa dos vinte e quatro, um aumento de dois pontos. Algo totalmente inesperado. Minha volta ao Sistema de Refeições Padronizadas garantia novamente uma ingestão controlada de carboidratos. Minha rotina diária de atividades físicas, que incluía correr, andar e treinar artes marciais tinha se estabilizado, e eu provavelmente estava queimando calorias extras por causa do frio. Alguns segundos de reflexão foram suficientes para identificar qual era a variável em jogo: álcool. Agora eu tinha mais um motivo para diminuir meu consumo alcoólico.

Quando estava chegando ao prédio, um homem mais ou menos da minha idade aproximou-se vindo pelo lado oposto. Carregava dois cafés, um em cada mão. Ele sorriu e aguardou que eu digitasse o código de segurança da porta da entrada. Os laboratórios e as salas de computador das universidades contam com uma proteção semelhante, e nosso treinamento obrigatório abordava situações exatamente iguais a esta.

— Pode deixar que eu seguro um dos cafés — falei. — Assim você pode digitar o código e eu não vou ser acusado de contribuir para uma falha de segurança.

— Não precisa — disse ele. — Não vamos gastar vela boa com defunto ruim. — E começou a se afastar.

Pelo visto, eu tinha evitado uma invasão no prédio. Se eu não avisasse a polícia, aquele homem poderia voltar e se aproveitar da credulidade de um morador menos cuidadoso. Ele podia ser um assassino, um estuprador ou alguém capaz de violar impunemente uma das muitas leis do regimento de um condomínio. E Rosie estava no prédio!

Enquanto eu tirava o celular do suporte que o prendia ao cinto para ligar para a polícia, outra possibilidade me veio à cabeça. O sotaque daquele homem me era familiar, assim como aquela associação metafórica do defunto ruim com uma causa perdida. Gritei para ele:

— Você estava indo visitar o George?

Ele voltou.

— Era essa a ideia.

— Aperte o interfone. Ele mora na cobertura.

— Eu sei. Mas queria bater direto na porta.

— Melhor usar o interfone. Se ele não quiser receber você, não precisará abrir a porta.

— Exatamente.

Eu tinha tomado a decisão certa. Era fácil esquecer que George era um astro do rock, ou pelo menos ex-astro do rock e, portanto, alvo de possíveis perseguições de fãs e outros tipos de *stalkers*.

— Você é fã dos Dead Kings? — perguntei.

— Não exatamente. Já estou de saco cheio deles porque cresci ouvindo esse som. George é meu pai.

Minha capacidade de reconhecimento facial é limitada, e os seres humanos tendem a reconhecer padrões onde eles não existem a fim de evitar correr o risco de não os reconhecerem. Entretanto, havia uma semelhança gritante naquele rosto fino e no nariz comprido e curvo.

— Você é o viciado?

— Acho que o termo exato seria "viciado em recuperação". Meu nome é George.

— Também?

— Na verdade, sou George IV. A coisa começou com meu tataravô George. Portanto, meu pai é o George III. Vocês se conhecem?

— Correto.

— Então faz sentido, né? A loucura de George III. E eu sou George IV, o príncipe regente. É assim que a minha família costumava me chamar. O Príncipe.

É possível que o Príncipe fosse um impostor, um fã disfarçado, mas eu tinha certeza de que poderia proteger George se fosse necessário. Desde que o homem não estivesse armado.

— Vou revistá-lo em busca de armas e então o deixarei subir — informei. Aquela declaração parecia normal, embora, provavelmente, fosse derivada de entretenimentos cinematográficos, e não de experiência própria.

O Príncipe riu.

— Você tá debochando da minha cara.

— Estamos nos Estados Unidos — retruquei, torcendo para que meu tom tivesse sido autoritário, e dei um tapinha no ombro dele: ele estava limpo.

George não estava em casa ou então não quis atender. Eram 19h26, e eu precisava de trinta e cinco minutos para chegar ao restaurante.

Não podia deixar o Príncipe no prédio sem supervisão.

— Proponho que telefone para o seu pai.

— Deixa pra lá. Não vou estar por aqui amanhã. Só resolvi aparecer de surpresa pra ver se tinha sorte.

— Se ele disser não, o resultado será o mesmo caso você vá embora agora: vocês não irão se ver.

— Não será o mesmo. Nem de longe. Mas pode ligar se quiser.

George não estava atendendo.

— Vou nessa então — disse o Príncipe.

— Quer que eu dê o recado a George?

— Diga que não foi culpa dele. Somos nós que construímos nossa própria vida.

Eu não queria deixar o Príncipe ir embora. George parecia incomodado com o dano que havia causado ao filho, e seria bom para ele ouvir diretamente do Príncipe que não era culpado. Mas não era possível deixar o rapaz continuar no prédio sem violar as normas de segurança ou sem que eu também estivesse presente.

— Recomendo que volte mais tarde.

— Valeu. Talvez eu volte.

Eu sabia com absoluta certeza que o Príncipe estava mentindo e que não voltaria. Era uma sensação estranha ter tanta certeza de uma coisa sobre a qual eu não possuía a menor evidência concreta. Talvez eu tivesse processado alguma informação inconscientemente. Ainda estava tentando descobrir o que era quando bati na porta do meu próprio apartamento.

Rosie atendeu. Estava incrivelmente linda. Estava maquiada e usava um vestido justo que aderia ao novo formato de seu corpo, e ela havia colocado perfume. Gene estava atrás dela.

Ela sorriu.

— Oi, Don, o que você está fazendo aqui? Achei que Gene ia me levar pra jantar. — Ela sorriu de novo.

— Achou certo — falei. — Só vim checar a cerveja. Mas não há sinal de vazamentos. Inspeção concluída.

Corri de volta até o elevador e coloquei o pé na fresta antes que a porta se fechasse. Gene foi atrás de mim.

— Que diabos você está fazendo, Don? Pra onde você vai?

— É uma emergência. Não estou mais disponível. Rosie estava esperando que você a levasse para jantar, e a mudança ficou clara para ela.

— Eu não vou levar Rosie ao Momofuku Ko!

Não havia tempo para discussões.

No térreo, olhei de um lado para o outro até que o vi na rua, fazendo sinal para um táxi. Comecei a correr quando um táxi parou, e cheguei bem a tempo de conseguir arrastar o Príncipe para fora do carro. O motorista não ficou nada contente com minha intervenção, e tive de segurar o Príncipe até o carro se afastar.

— Mas que diabos você está fazendo? — perguntou o Príncipe, expressando surpresa com as mesmas palavras que Gene tinha usado.

— Estou te convidando para jantar — respondi. — No Momofuku Ko. O Melhor Restaurante do Mundo. Enquanto esperamos seu pai voltar.

Eu tinha feito a conexão no momento em que Rosie abriu a porta e me deixou impressionado com sua beleza. Uma onda de dor me atravessou, era a constatação de que eu iria perdê-la e, por conseguinte, a sensação de que não valeria mais a pena viver. Era uma emoção extrema e uma conclusão irracional, e ambas passariam. Como passaram quando eu tinha vinte anos, quando fui ao fundo do poço da depressão e consegui voltar. Foi isso o que reconheci no Príncipe: ele estava à beira desse poço. Disse que não estaria mais aqui amanhã.

Eu estava confiando nas minhas habilidades menos confiáveis quando decidi ir atrás dele. Era possível que estivesse perdendo a última chance de salvar meu casamento. Eu tinha certeza de que Rosie ou Gene me diriam que eu havia entendido tudo errado, mas o risco associado ao erro era simplesmente grande demais.

Soltei o Príncipe.

— Você vai ter que me explicar tudo antes de me levar a qualquer lugar — disse ele. — Quem é você?

— Explico no caminho. Nossa prioridade número um é pegar o metrô. Estamos a quinze minutos do fim da reserva.

Eu estava tentando descobrir se minha hipótese de depressão estava correta sem ter de perguntar isso diretamente. Tentei relembrar como era minha mentalidade nessa época negra e, com isso, descobrir que espécie de pergunta poderia trazer à tona respostas sinceras. Relembrar esse período não foi nada agradável.

— Tá tudo bem? — perguntou o Príncipe.

— Sim, só estou relembrando algumas coisas ruins — respondi. — Já fiquei tão deprimido que cheguei a pensar em cometer suicídio.

— Sei bem como é — disse ele.

Para o caso de Gene mudar de ideia e resolver usar a reserva com Rosie, mandei uma mensagem de texto para ele dizendo que eu a utilizaria. O Príncipe e eu chegamos doze minutos atrasados, três minutos dentro do tempo de tolerância. Eu preferia ter vindo jantar com Rosie, mas, nesse caso, teria enfrentado o problema do que dizer. Apesar do incentivo de Sonia, eu ainda não tinha encontrado uma solução para o Problema do Casamento.

Só que o jantar com o Príncipe foi fascinante.

— George me disse que convenceu você a usar drogas e que isso acabou transformando você num viciado.

— Ele disse isso?

— Correto.

— Jogo limpo da parte dele. Acho que posso te contar a história toda, então.

O garçom veio anotar nossos pedidos de bebidas. O Príncipe pediu uma cerveja. Aparentemente, seu programa de reabilitação permitia a ingestão de álcool, portanto, recomendei o saquê como a bebida mais compatível com aquela comida. E pedi um club soda para mim.

— Basicamente, a onda do meu pai era todo esse lance do rock and roll, e eu representava o oposto disso. Exceto por também ser baterista. Mas eu não queria nenhum estimulante artificial. — O Príncipe usou uma entonação nada padrão para pronunciar essa última declaração, como se fosse um super-herói de desenho animado. — Eu estava falando sério quanto a isso. Mas aí ele disse: "Você não pode passar pela vida sem ficar doidão pelo menos uma vez. Sem saber como é ter essa sensação." E eu era tão nerd, acho que você entende bem o que é isso, que decidi que se eu ia ter uma única experiência, que ela precisava ser a melhor de todas.

— Você pesquisou os tipos de drogas?

— Parece maluquice, eu sei.

Parecia completamente razoável. Eu me perguntei por que havia começado a consumir álcool e cafeína sem fazer uma pesquisa adequada sobre as possíveis alternativas — ou acerca dos impactos de ambas as substâncias. As duas estavam dentro da lei, mas os cigarros também estavam. O aspecto legal com certeza era menos importante que o risco de morrer. A única exceção no meu caso foram as anfetaminas, que eu encarava como tendo um propósito preciso e focado. Expliquei o experimento que realizei quando estudante e o desastre que ele causou na minha prova.

— O professor me mostrou o pedido por escrito que eu fiz exigindo reavaliação da nota. Era incompreensível. Puro blá-blá-blá!

O Príncipe riu.

— Enfim, decidi que o ácido seria a droga escolhida em termos de qualidade de experiência... E de segurança e tudo mais.

— Você escolheu o ácido lisérgico? Como melhor droga?

— Tomei um quadradinho inteiro de LSD. Sabe esse lance que todo mundo fala? Que uma dose só não vicia ninguém? Bem, eu sou o cara que deveriam colocar em todos esses vídeos educativos. Porque aquele quadradinho foi a melhor experiência da minha vida, a mais fantástica. Tudo que eu queria era repeti-la, sem parar. E sabe de uma coisa?

— Não.

— Eu não consegui. Pelo menos não de maneira regular. Eu tinha *bad trips*, pseudo *bad trips*, todo tipo de merda. Aí comecei a testar coisas diferentes. Durante muito tempo experimentei tudo quanto era droga, mas nunca consegui viver de novo o que estava buscando. Por isso, comecei a tentar largar. E é nesse ponto que estou agora. Só álcool.

Ele pegou o copo de saquê e o agitou. Eu não estava consumindo álcool devido à minha decisão recente de diminuir a ingestão. Era interessante observar o humor do Príncipe mudando conforme a bebida fazia efeito. Percebi que provavelmente era essa a mesma experiência vivida por Rosie ao observar Gene e eu ficando alcoolizados, já que ela estava temporariamente sem beber.

— Então você resolveu o problema — falei.

— Mas joguei fora os melhores anos da minha vida. Não tenho mulher, filho, emprego.

— Não tem emprego? — Desastre. — Você precisa de um emprego. As outras coisas são opcionais, mas o trabalho, não.

— Sou baterista. Um baterista razoável. Sabe quantos bateristas razoáveis existem neste mundo? Achei que eu pudesse ter algum talento, mas a coisa não deu certo.

Meu celular vibrou. Era Gene.

Tô c Rosie no Café Wha?. Cd vc, merda?

Mandei uma mensagem para ele, que me convidou a ir até lá. *Mandou* eu ir até lá.

— Que tal um pouco de música? — perguntei ao Príncipe. Ele continuava sendo a prioridade número um e, embora seu estado emocional parecesse ter melhorado muito, eu sabia, por experiência própria, que o problema ainda não estava resolvido.

— Por que não? Se a banda não aparecer, quem sabe posso tocar uns solos por umas duas horas.

Pedi ao Príncipe que ficasse quieto. Eu precisava pensar. Caminhar é bom para refletir, assim como outras atividades repetitivas. Infelizmente o caminho até o Greenwich Village foi insuficiente para me trazer a solução para o problema do Príncipe.

A boate ficava no subsolo. Ao abrirmos a porta, percebi que Gene estranhamente havia escolhido ouvir música ao vivo. Na bateria lia-se *Dead Kings*. Atrás dela, estava George.

Olhei para o Príncipe.

— Você sabia que ele estava tocando aqui hoje? — perguntou ele.

— Não. Isso é resultado das interconexões humanas.

Embora já tivesse escutado George praticando várias vezes, jamais o tinha visto realizar sua atividade repetitiva mais característica. Ficamos à porta observando por algum tempo. O Príncipe olhava para o pai, e eu tentava localizar Rosie e Gene. Devido ao grande número de clientes, não consegui encontrá-los.

Pedi a opinião do Príncipe quanto à competência de seu pai.

— Ele está melhor do que antes.

— Melhor do que você?

— Ele é o cara certo para os Dead Kings. A questão aí não é competência técnica, tem mais a ver com a performance em conjunto. As pessoas costumavam criticar o Ringo, mas ele era um ótimo baterista pros Beatles.

Permanecemos junto à entrada por mais três músicas e, enquanto isso, minha mente completou seu processo de resolução de problemas. Fiz uma anotação mental de ser menos crítico em relação ao uso de fones de ouvido pelos meus alunos enquanto estudam.

O cantor anunciou um rápido intervalo e vi George caminhar até uma mesa na frente do palco. Os cabelos ruivos de Rosie eram inconfundíveis. Instruí O Príncipe a aguardar e fui até lá. George e Gene ficaram felizes em me ver, Rosie provavelmente nem tanto.

— Legal da sua parte ter vindo também — disse ela. — Suponho que já tenha jantado.

— Correto. Preciso falar com Gene.

— Claro que sim.

Puxei Gene para um canto e expliquei o que eu estava tentando fazer. Tinha uma solução teórica, mas os protocolos sociais eram complexos demais para serem executados por mim. Gene, claro, não tinha o menor problema com isso.

— Eu falo com o George. Você fala com o não-sei-quem.

— O Príncipe.

— O Príncipe, claro. Mas vou fazer isso com duas condições, Don. A primeira é que você precisa, *precisa*, fazer um esforço para consertar a situação com a Rosie.

— Fiz todos os esforços possíveis.

— Não foi a impressão que eu tive hoje. A segunda é que você precisa quebrar uma regra.

Um arrepio me percorreu. O que Gene estava pedindo tinha um preço muito alto. Ele apontou para uma placa na qual se lia: É absolutamente proibido filmar ou fotografar neste ambiente.

— Pegue o celular. Vai ser um momento que vai entrar pra história.

Gene voltou à sua mesa. Eu o vi conversar com George, cuja reação foi olhar freneticamente para todos os lados. O momento era perfeito: a banda estava voltando ao palco após o intervalo e a presença de George era necessária.

Eles tocaram uma música, e depois George, que tinha seu próprio microfone, deu um aviso:

— Senhoras e senhores, meu filho, que não vejo há muito tempo, está aqui esta noite. Ele também se chama George e, da última vez que ouvi ele tocar, era muitíssimo melhor que eu. — Aplausos. O Príncipe acenou. George chamou o filho até o palco, mas ele se recusou a ir. Então eu o empurrei e informei que continuaria fazendo isso caso fosse necessário.

O Príncipe subiu no palco e George indicou que ele deveria se sentar no seu lugar, atrás da bateria. A banda começou a tocar. George e eu nos sentamos à mesa com Gene e Rosie, e George não tirava os olhos do palco. O Príncipe parecia competente. Quando a música terminou, George fez menção de se levantar. Abaixei o celular, que estava filmando e que culminou na minha detenção, e bloqueei a passagem dele.

— A troca de papéis é permanente — declarei. — O Príncipe precisa de um emprego, e você precisa escapar do círculo vicioso de tocar em cruzeiros. Você precisa escapar dessa repetição de padrões. — Detectei resistência da parte dele. — Também vai servir como uma forma de compensar o erro que você cometeu e que destruiu a vida do seu filho temporariamente.

George voltou a se sentar e serviu-se de uma taça de vinho tinto.

— E, uma vez que ele é melhor que você como baterista, os passageiros do cruzeiro terão acesso a um entretenimento de qualidade superior.

32

— Rosie. Preciso conversar um assunto com você.

Eu tinha ido ao apartamento para checar a cerveja. O sistema de refrigeração estava funcionando bem; antes de ir embora, eu vinha checando as instalações uma vez por semana. Agora, porém, o clima estava quente demais para dezembro, e parecia sensato fazer mais visitas. Também aproveitei a oportunidade para desenhar o diagrama de Bud na Semana 32 nos azulejos. O desenvolvimento dele continuava interessante, apesar da diminuição da conexão que tinha com a minha vida. Mas, já que eu tinha ido até aquele ponto, parecia fazer sentido continuar até a quadragésima semana.

— Fechei a porta do meu quarto por um bom motivo, Don. Não é fácil pra mim você aparecer por aqui duas vezes por dia.

Gene havia indicado que Rosie não estava mais disposta a encarar nenhum jantar surpresa (ou mesmo marcado), tampouco discussões de relacionamento.

— Receio que você precisará ter um pouco de paciência — falei.

Mas eu não estava falando sobre o relacionamento

— Quero fazer uma pergunta científica. Já que você está pensando em voltar para a área da psicologia, achei que pudesse se interessar.

— Deixe o julgamento por minha conta.

Expliquei o Projeto das Mães Lésbicas. Já não eram relevantes quaisquer justificativas que me impedissem de mencioná-lo e tinha chegado a hora de começar a revelar as informações que escondi. Aquele era o primeiro passo, e o menos arriscado. Minha participação no projeto não era ilegal, antiética ou esquisita.

— É o projeto que você começou a descrever, certo? — perguntou Rosie. — Você nunca mais tocou no assunto.

— Eu não queria invadir seu território.

— Não: você não queria *me contar* que estava invadindo meu território.

— Correto. O problema é que elas não querem publicar os resultados.

— Por que motivo? — perguntou Rosie.

— Se eu soubesse a resposta, não teria acordado você para perguntar.

— O que você acha de pessoas que descontextualizam descobertas científicas só para adequá-las a interesses próprios?

— Você está falando do Gene? — perguntei.

— Também. Essas mulheres estão tentando provar que duas mulheres podem criar um filho tão bem quanto um casal heterossexual. — Ela se sentou na cama. — Não querem publicar um estudo que sugira o contrário.

— Com certeza isso é o que podemos chamar de manipulação para servir a interesses próprios.

— Mas pra um bambambã da ciência, a pesquisa diria que as crianças que não têm pai estão sendo prejudicadas. E essa é uma questão que me toca muito pessoalmente no momento. Portanto, não espere que eu seja racional a respeito.

— Mas os resultados não indicam a necessidade de que exista um pai — falei. — Os dois cuidadores podem elevar o nível de ocitocina do bebê. A única questão é que o cuidador não convencional utiliza um método não convencional. Eu não prevejo nenhum problema para a criança.

— Não vá esperando que o *Wall Street Journal* encare as coisas assim.

Eu já tinha me virado para ir embora quando Rosie disse:

— Ah, Don. Meu voo é amanhã. Judy vai me levar ao JFK. Consegui a tarifa mais barata. Que, aliás, não é reembolsável.

Eu estava saindo para checar a cerveja novamente antes do jantar quando Sonia me impediu.

— Espere uma horinha que irei com você.

— Por quê?

— Vamos encontrar com a Lydia.

— Ela já sinalizou que não está mais disponível para consultas. E hoje é domingo. Domingo à noite.

— Eu sei. Mas liguei pra ela. Disse que você e Rosie, o que significa você e eu, tínhamos terminado por causa do que ela te falou. Ela ficou meio surpresa. Achou que tivesse encorajado você a continuar comigo. Com Rosie, na verdade.

— Ela apenas me deu um conselho de ordem objetiva.

— Bem, agora ela está se achando responsável por tudo. Ela foi além dos limites e sabe disso. Vamos até a casa dela, ok? Não dava pra marcar o encontro aqui por causa do Dave. Eu falei pra ele que vou levar você pra ver Rosie antes de ela voltar para a Austrália. Não mencionei Lydia, óbvio.

— E Rosie?

— Gene vai tirar ela de lá.

— Gene está envolvido nisso também?

— Todo mundo está envolvido, Don. A gente acha que vocês estão cometendo um erro, e, se você só escuta a Lydia, então é ela quem vai te dizer isso. Vou fazer o papel de Rosie, e Lydia vai nos dizer para continuarmos juntos. E, quando ela falar isso, você vai resolver o Problema do Desastre no Casamento, ok? Estou falando a sua língua?

Sonia e eu chegamos ao meu ex-apartamento dois minutos antes do horário marcado com Lydia. Eu me dei conta de que Sonia nunca tinha ido nos visitar; nunca me ocorrera convidar Dave e ela para jantar. Provavelmente foi um erro social.

— Meu Deus, que cheiro é esse? — perguntou ela. — Acho que vou vomitar. Passei mal o dia inteiro hoje.

— Cerveja. Temos um pequeno vazamento impossível de acessar. Dave acha que a culpa é do homem que trocou o teto.

Sonia sorriu.

— É a cara dele falar isso. Como Rosie aguenta esse cheiro?

— Os seres humanos se adaptam rapidamente aos odores — informei. — Faz pouco tempo que a higiene pessoal regular se tornou uma convenção. Antes disso, os seres humanos passavam meses sem tomar banho, e não tinha o menor problema. A não ser as doenças, óbvio.

Lydia chegou na hora certa.

— Meu Deus, que cheiro é esse? — perguntou ela.

— É cerveja — respondeu Sonia. — Os seres humanos se adaptam rapidamente aos odores. Faz pouco tempo que a higiene pessoal regular se tornou uma convenção.

— Acho que a higiene dos vilarejos italianos não deve se enquadrar aos padrões de Nova York.

— Exatamente. Por sorte Don é maníaco por higiene, se não o bebê...

Lancei um olhar para Sonia lembrando-a de que ela deveria ser Rosie, que, por sua vez, nunca defenderia qualquer comportamento bizarro e não tinha sido criada num vilarejo italiano com pouca higiene. Sonia, é claro, também não. Desconfiei de que as coisas ficariam um pouco confusas.

Então, um dos Georges começou a tocar bateria.

— O que é isso? — perguntou Lydia.

Era uma pergunta razoável, já que as batidas iniciais poderiam ser confundidas com os tiros de uma arma de fogo. O som, porém, ficou mais ritmado em seguida, e agora ouvíamos também um baixo e duas guitarras. A resposta estava óbvia para Lydia — o que foi uma sorte, pois ela não poderia ouvir o que eu dizia.

Tentamos nos comunicar em uma linguagem de sinais rudimentar por mais ou menos três minutos. Deduzi que Lydia estava perguntando "Como o bebê vai dormir?", e que Sonia tinha respondido: "Caveira, tchau-tchau, pássaro, canguru, não, não, não, comer espaguete."

A música parou. Sonia disse:

— Estou pensando em voltar para a Itália.

— E se você ficar? Você e Don não conseguiriam superar esse mal-entendido?

Levei as duas até o quarto de Gene, onde havia guardado o presente do meu pai.

— Meu Deus, é um caixão! Um caixão transparente.

— Não seja ridícula — disse Sonia. — A impressão que dá é que você está tentando encontrar motivos para criticar o Don.

— O que é isso, então? Uma nave espacial?

Na verdade, o berço à prova de som era incompatível com viagens pelo espaço, já que era permeável ao ar. Programei o alarme do meu celular e, assim que ele começou a tocar, coloquei o aparelho dentro do berço e fechei a tampa. O barulho desapareceu.

— Mas, se o telefone precisasse respirar, ele conseguiria — informei.

— E se ele chorar? — perguntou Lydia.

— O celular? — Percebi meu engano e apontei para o microfone com transmissor que havia dentro do berço. — Rosie vai dormir com fones de ouvido. Eu vou usar protetores auriculares e, portanto, não serei perturbado pelo bebê.

— Ah, que ótimo pra você — disse Lydia, que então olhou em volta. — Tem mais alguém morando aqui?

— Meu amigo. A esposa o abandonou por comportamento imoral, e agora ele está morando conosco.

— No quarto do bebê.

— Correto.

— Rosie — disse Lydia, e Sonia olhou para a porta antes de perceber que Lydia estava falando com ela. — Tudo bem pra você?

A reação de Sonia indicava que não estava nada bem. Ela voltou para a sala e olhou ao redor freneticamente. Diagnostiquei pânico.

— Preciso ir ao banheiro. Cadê o banheiro? — perguntou ela, embora supostamente morasse ali.

Estávamos diante do meu banheiro-escritório. Abri a porta para Sonia.

— Tem uma mesa no banheiro — comentou Lydia quando Sonia fechou a porta. Eu sabia disso. Não tinha levado a mesa para a casa de Sonia e Dave, pois seria impraticável transportá-la no metrô.

Fomos interrompidos por Sonia chamando lá de dentro.

— Aconteceu um problema aqui.

— Com o encanamento? — perguntei. A descarga do banheiro às vezes emperrava.

— Com o *meu* encanamento. Tem alguma coisa errada.

É *extremamente* contra as etiquetas sociais entrar no banheiro onde há um membro do sexo oposto que não é seu parente. Eu sabia disso, mas minha ação era justificada pela possibilidade de o problema estar relacionado ao estado avançado da gestação de Sonia. Achei que ela estivesse em início de trabalho de parto.

Entrei na zona proibida, e Sonia me explicou o problema. Sua descrição dos sintomas não deixava margem pra dúvidas.

— O que você vai fazer? — perguntou Lydia. — Está tudo bem?

— Vou fazer uma ligação — respondi. — Não está tudo bem.

— O que aconteceu?

— Prolapso do cordão umbilical. Chamei uma ambulância. O problema não exige intervenção médica imediata se o trabalho de parto não tiver começado.

— Ai, meu Deus — disse Sonia. — Acho que já estou em trabalho de parto.

Lydia, seguindo minhas orientações, ajudou a levar Sonia até o escritório de Rosie e, mais uma vez, eu arrastei o colchão do quarto principal, que Rosie tinha voltado a usar. Eu já havia especificado o máximo de urgência ao ligar para a emergência, portanto, não fazia sentido ligar novamente e criar uma sobrecarga ao sistema. Isso poderia atrasar o atendimento a outras pessoas.

Sonia estava extremamente agitada, quase histérica.

— Ah, meu Deus, eu já li sobre isso. A cabeça do bebê esmaga o cordão e ele não consegue mais respirar. Merda, merda, merda...

— Potencialmente, sim — falei. Tentei adotar a postura tranquilizadora de um médico, exatamente o aspecto que me dissuadira de tentar uma carreira nessa área. — As chances de morte materna são quase nulas. O bebê provavelmente só morreria se não fosse prestado atendimento médico. O que já solicitei.

— E se eles não chegarem? *E se eles não vierem?*

— Eu me considero capaz de realizar a intervenção necessária. Tenho significativa prática. — Achei desnecessário mencionar que no parto de Dave, o Bezerro, não houve nenhum prolapso do cordão umbilical.

— Que prática? *Que prática?* — A histeria de Sonia parecia estar fazendo com que dissesse tudo duas vezes.

Eu a tranquilizei.

— O procedimento é simples. Precisarei fazer um exame. — Eu não estava ansioso por isso: a ideia de ter contato íntimo com uma mulher que era uma amiga próxima estava causando uma onda de repulsa, mas eu não aceitaria ser responsabilizado por não ter feito todo o possível para salvar o bebê. Seria extremamente frustrante se o projeto de cinco anos de Dave e Sonia falhasse na última etapa. Eu me esforcei ao máximo para imaginar Sonia como a mãe de Dave, o Bezerro. Seguramente eu teria de lidar com alguma espécie de estresse pós-traumático, mas tudo bem.

Lydia andava de um lado para o outro, inquieta. Diagnostiquei ansiedade.

— Você sabe o que está fazendo, Don? — Péssima conduta para um acompanhante médico.

— Claro. Claro. — Eu estava começando a me sentir cada vez menos seguro, mas estava me apegando ao princípio de como inspirar calma: fingir total confiança, ainda que à custa da honestidade. Estava prestes a iniciar o exame quando ouvi um barulho na porta do apartamento.

— Oi? É você, Don? — Era a voz de Rosie. Gene estava com ela. Os dois ficaram parados à porta do escritório de Rosie. — O que está acontecendo aqui?

Expliquei o problema.

— Preciso realizar um exame.

— *Você* precisa realizar um exame? — questionou Rosie. — *Você* vai examinar a Sonia? Eu acho que não, professor. Todo mundo pra fora. Incluindo você. — Ela apontou para mim.

— Graças a Deus que vocês chegaram a tempo — disse Lydia para Gene e Rosie.

Rosie nos expulsou e fechou a porta. Menos de um minuto depois, ela tornou a sair e fechou a porta atrás de si.

— Você tem razão — disse ela, esforçando-se para falar. — Ai, meu Deus, o que vamos fazer? Não tive aula de obstetrícia.

Tentei imitar o mesmo volume de sua voz.

— Você estudou anatomia.

— E que merda de utilidade isso tem? Precisamos de alguém que sabe o que deve ser feito. Imediatamente.

— Eu sei o que deve ser feito.

— A estudante de medicina sou eu, eu é que deveria saber o que deve ser feito.

O tom de Rosie indicava que ela estava à beira de perder a consciência.

— Quer dizer que agora a emergência manda estudantes de medicina? — perguntou Lydia a Gene, em um tom de voz que também indicava pânico.

Sonia estava chamando por nós com palavras incoerentes. Gene estava certo a respeito das mulheres italianas.

— Eu sei o que fazer — repeti para Rosie.

— Sabe nada! Você não tem a mínima experiência.

— A teoria será suficiente. Mas você vai precisar seguir as minhas instruções.

— Don, você é geneticista. Você não sabe nada de obstetrícia.

Eu não queria mencionar o evento que tinha sido fundamental para o fim do nosso relacionamento, mas, naquele momento, era mais importante que ela confiasse em meus conhecimentos de obstetrícia do que em minhas habilidades sociais.

— Heidi, a moderadora do curso de pré-natal, tinha certeza absoluta de que eu era obstetra.

Eu estava calmo, agora que havia sido liberado da parte do contato humano, mas então me lembrei do problema de Rosie com o atendimento em emergências.

— Você teria algum problema em tocar Sonia? — perguntei.

— Não tanto quanto você, professor. Só me diga o que devo fazer.

Lydia virou-se para Gene.

— E você, não pode fazer nada? Você é um profissional qualificado, não é?

— Professor pleno — respondeu Gene. — Novo na cidade. Minha esposa e eu nos separamos e recebi uma oferta irrecusável da Universidade de Columbia. — Ele estendeu a mão. — Gene Barrow.

Deixei Gene conversando com Lydia e comecei a instruir Rosie no procedimento. Basicamente, o objetivo é impedir que a cabeça do bebê pressione o cordão umbilical, empurrando-o para trás, se necessário. Era difícil, pelo visto. Rosie não parava de dizer "merda", o que deixava Sonia histérica e, por sua vez, fazia Rosie voltar a repetir "merda". Enquanto isso, eu repetia a informação de que éramos totalmente competentes, o que parecia exercer um efeito calmante temporário (mas bem curto) em Sonia. Teria sido mais fácil se cada um de nós dissesse respectivamente: "Ai, meu Deus, ele vai morrer", "Merda, faça ela ficar parada" e "Não entre em pânico, está tudo sob controle", como instruções para repetir se necessário.

Infelizmente os seres humanos não são computadores. A intensidade da nossa conversa aumentou, e Sonia passou literalmente a gritar e não parava de se mexer, enquanto Rosie berrava "Ah, merda!", e eu tentava acalmar as duas falando num tom não estridente e aumentando o volume da voz. Nossos esforços verbais tornaram-se irrelevantes quando a banda recomeçou a tocar no andar de cima.

Depois de não mais que noventa segundos, a banda parou. Mais ou menos trinta segundos depois, a porta do escritório se abriu. Gene entrou, seguido de George III, o Príncipe e os Dead Kings restantes, que eu havia conhecido em Greenwich Village, na noite da Passagem do Bastão. Também havia uma mulher de mais ou menos vinte anos (IMC normal, não pude precisá-lo por causa da confusão generalizada) e um homem na casa dos quarenta e cinco, com uma câmera pendurada no pescoço. Alguns segundos depois, três paramédicos uniformizados abriram caminho pela multidão carregando uma maca.

— Você é médica? — perguntou uma mulher (aproximadamente quarenta anos, IMC normal) para Rosie.

— E você, é? — perguntou Rosie. Fiquei impressionado. O estado emocional dela havia se transformado naquele meio-tempo do ensaio musical, passando de pânico para calma profissional.

— A situação médica está sob controle — informei, e em seguida ofereci um breve resumo do caso.

— Excelente trabalho — disse a médica. — Vamos assumir a partir daqui. — Ela tomou o lugar de Rosie. Mantendo coerência com minha postura de tranquilizar o paciente, comuniquei à Sonia o que estava acontecendo.

— Os paramédicos parecem competentes. As chances de sobrevivência do bebê aumentaram significativamente.

Sonia queria que eu e Rosie fôssemos com ela na ambulância, mas um dos paramédicos (com cerca de quarenta e cinco anos e IMC aproximado de trinta e três) tranquilizou Sonia de modo extremamente profissional, e ela deixou-se levar até a ambulância. O fotógrafo tirou fotos. O paramédico com sobrepeso me deu um cartão com o endereço do hospital.

Lydia abriu caminho pela multidão até me encontrar.

— Você não vai com ela?

— Não vejo motivo para isso. Os paramédicos parecem altamente competentes. Minha contribuição está finalizada. Planejo tomar uma cerveja.

— Meu Deus do céu! — exclamou ela. — Você não tem sentimentos.

De repente, fiquei com raiva. Senti vontade de sacudir não apenas Lydia mas todas as pessoas que não entendem a diferença entre controlar as emoções e não tê-las, e que fazem uma conexão completamente sem lógica entre ser incapaz de ler emoções alheias e ser incapaz de sentir as próprias emoções. Era ridículo pensar que o piloto que fez um pouso forçado no rio Hudson amasse menos a esposa do que o passageiro que entrou em pânico. Rapidamente controlei a minha raiva, mas minha confiança na qualificação de Lydia para me dar conselhos diminuiu.

Rosie interrompeu meus pensamentos.

— Vou tomar um banho. Dá pra pôr todo mundo pra fora?

Percebi que não havia executado o ritual social básico de fazer as apresentações, em parte por não conhecer algumas das pessoas recém-chegadas. Comecei a preencher as lacunas que pude.

— Lydia, estes são George III, o Príncipe, Eddie, Billy e Mr. Jimmy. Pessoal, esta é Lydia, assistente social.

George apresentou a jornalista (Sally) e o fotógrafo (Enzo), que estavam entrevistando os Dead Kings sobre a mudança na formação da banda.

— Quem era aquela mulher? — perguntou George.

— Esposa de Dave.

— Você está em choque. Está fazendo dissociações — disse Lydia para mim. — Tente respirar fundo algumas vezes.

— Alguém já ligou pra ele, aliás? — perguntou George.

Eu tinha me esquecido completamente de Dave. Ele, com certeza, estaria interessado no que estava acontecendo.

Esperei os jornalistas e os Dead Kings irem embora e depois liguei para o Dave. Lydia entrou na cozinha e encheu a chaleira de água. Diagnostiquei confusão.

Ao telefone, Dave pareceu entrar em pânico.

— Está tudo bem com a Sonia? — perguntou.

— Sonia corria risco mínimo. O perigo era com...

— Estou perguntando se está tudo bem com a Sonia!

Precisei responder a pergunta de Dave várias vezes. Ele parecia estar com o mesmo problema de repetição de frases. Obviamente minha resposta não mudava, portanto, nosso diálogo era como um erro de *looping*. Por fim, consegui forçar uma interrupção e transmitir detalhes sobre a localização do hospital. Como ele não perguntou, não informei nada sobre os riscos ao bebê. Enchi uma caneca de cerveja em uma das torneiras da adega. Lydia veio atrás de mim.

— Quer uma cerveja? — perguntei. — Temos um estoque ilimitado.

— Nada mais me surpreende — disse ela. — Mas aceito, sim.

33

Quando Rosie saiu do banho, com roupas limpas, Lydia e eu estávamos sentados no sofá.

— Quem é você? — perguntou Rosie para Lydia. Detectei um leve grau de agressividade.

— Sou assistente social. Lydia Mercer. Vim visitar Don e Rosie quando tudo isso aconteceu.

— Don não me disse nada. Algum problema?

— Acho que não se trata de nada que eu possa discutir com... Ei, você acabou de tomar banho? Achei que você fizesse parte da equipe da ambulância. Da *primeira* equipe. Aquela do professor alto.

Era uma descrição estranha de Gene, que é cinco centímetros mais baixo que eu e, portanto, mais ou menos da mesma altura de Lydia. A própria Lydia parecia estar confusa. Por que um professor universitário estaria numa equipe de paramédicos?

— Gene saiu com a banda — expliquei. — Mas vai voltar. Ele mora aqui.

— Eu me chamo Rosie — disse Rosie. — E também moro aqui. Portanto, espero que não veja nenhum problema no fato de eu tomar banho.

— Você se chama Rosie?

— Algum problema? Você mesma acabou de dizer que...

— Não... É só uma coincidência com o nome da esposa de Don-Dave... Ela também se chama Rosie. Você é o que eu poderia chamar de Rosie II.

— Não há nenhuma Rosie II — expliquei. — Apenas os Georges são numerados.

— Eu sou a Rosie I, casada com Don — disse Rosie. — Tudo bem pra você?

— *Você* é a mulher dele? — Lydia se virou para mim. — Preciso conversar com você em particular, Don-Dave.

Imaginei que Lydia tivesse concluído que eu tinha duas esposas, ambas chamadas Rosie, ambas grávidas e morando na mesma casa, e que agora estivesse chamando as duas de Rosie I e Rosie II para evitar confusão. Era improvável, mas as chances de a situação que estávamos vivendo acontecer de verdade também eram improváveis. Porém, nada daquilo tinha acontecido por acaso, é claro. Levei alguns momentos para refletir sobre as causas. Eu, Don Tillman, tinha tecido uma teia de mentiras. Incrível. Felizmente, não havia mais sentido em continuar mentindo. Além disso, Lydia agora poderia fornecer conselhos com base na verdadeira Rosie.

— Podemos conversar aqui mesmo — falei.

Comecei a contar a história para as duas. Em detalhes. Tornei a encher a caneca de Lydia e depois a minha, e também trouxe uma para Rosie, atitude justificada com base em três fatos:

1. Ela estava no terceiro trimestre da gravidez, portanto, o risco de dano ao feto provocado por pequenas quantidades de álcool era mínimo, conforme demonstrado pelas pesquisas já citadas por Rosie.

2. A cerveja *ale* inglesa possui menor teor alcoólico do que a *lager* americana ou australiana.
3. Rosie disse: "Preciso beber alguma coisa", com uma expressão que indicava que algo de ruim poderia acontecer se essa necessidade não fosse atendida.

Mais ou menos vinte minutos depois de eu começar a história, durante os quais Rosie alternava seus habituais pedidos de "resuma" ou "vá direto ao ponto" com expressões desrespeitosas de espanto, Gene voltou.

— É melhor se juntar a nós — disse Lydia. — Você é professor de quê?

— Sou o chefe do Departamento de Psicologia da universidade mais bem colocada no ranking australiano, atualmente pesquisador visitante em Columbia. — A declaração de Gene estava correta, mas não respondia à pergunta, que poderia ter sido esclarecida com uma única palavra: *genética*. E eu é que estava sendo acusado de fornecer detalhes desnecessários.

— Bem — continuou Lydia —, é bom ter algum apoio profissional. Vou resumir o que Don acabou de nos contar, o que, até agora, não é nenhuma novidade pra mim, mas pra Rosie sim, pelo visto.

— Não é necessário — interrompi. — Gene está familiarizado com o Incidente do Parquinho e com a necessidade de avaliação psicológica.

Rosie olhou para Gene e não pareceu nada satisfeita.

— Jurei guardar segredo — justificou ele. — Don não queria chatear você.

Continuei a história.

— Então pedi a Sonia para interpretar Rosie.

Essa parte eu não havia contado para Gene. Tinha deixado que ele pensasse que as acusações haviam sido retiradas depois da primeira consulta com Lydia. Era mais um fio da minha trama de mentiras.

As reações de Gene, Rosie e Lydia vieram em diferentes intensidades e níveis de detalhe, mas eram todas variações de "você o quê?"

— Peraí, peraí — disse Lydia. — Você está me dizendo que ela — Lydia apontou para Rosie — é a sua esposa? Que Rosie é Rosie?

Essa pergunta podia ser respondida sem qualquer informação contextual. Era a mais simples das tautologias, e a pergunta era apenas um indício do nível de confusão de Lydia. Afinal, Rosie também havia afirmado com todas as letras que era casada comigo.

Gene aproveitou a oportunidade para fazer um comentário engraçadinho, citando Gertrude Stein.

— Uma Rosie é uma Rosie é uma Rosie — disse.

Tentei ajudar.

— Só existe uma Rosie relevante nessa história. Ela é ruiva. É casada comigo. Tenho exatamente uma única esposa, e essa esposa é ela.

— Quem é a Sonia, então? — perguntou Lydia.

Isso era fácil.

— Você conheceu a Sonia. Ela está em trabalho de parto neste exato momento.

— Não, quer dizer: *quem* é ela? Você realmente contratou uma garota provinciana para...

— Sonia é esposa do Dave.

— Dave?

— Ai, meu Deus — começou Rosie. — Precisamos ligar pra ele. Eu estava tão preocupada em não fazer nenhuma merda que esqueci do Dave.

— Dave? — perguntou Lydia para mim. — Existe outro Dave? Seu pai? Achei que ele fosse outro Don.

— Eu já liguei para ele — informei.

— Isso está ficando surreal — disse Gene. — Agora estamos contando com Don pra resolver problemas pessoais.

Estávamos nos distraindo do assunto. Havia distrações por toda parte: mensagens de texto, Lydia olhando o relógio, Gene respondendo a Lydia que estava olhando o relógio.

— Você tem algum compromisso? — perguntou Gene a Lydia.

— Não, mas preciso comer. Acho que isso aqui vai demorar.

— Vou pedir uma pizza — falou Gene.

Quando Gene estava ao telefone, ouvimos uma batida na porta. Eram a jovem jornalista e o fotógrafo que entrevistaram os Dead Kings: Sally e Enzo.

— Desculpe interromper — disse Sally. — Só queríamos checar se estava tudo bem com a mulher que foi pro hospital. E... parece que tem uma matéria aqui. Gostariam de contar a história pra gente?

— Não, se isso significar que Don vai precisar contar tudo de novo — respondeu Gene, que havia desligado o telefone. Ele fez uma pausa. — Bom, pensando bem, não faz diferença: acho que vou passar a noite toda aqui mesmo. Vou pedir mais uma pizza e vocês comem com a gente, pronto.

— Não vai demorar tanto assim — disse Sally.

— Ah, isso é o que você pensa — disse Gene. — Meia marguerita, meia pepperoni tamanho família?

Sally, a jornalista, ficou *obcecada* por detalhes da história do Parto de Emergência de Sonia, enquanto eu estava mais interessado em evitar interpretações errôneas do Projeto das Mães Lésbicas, uma preocupação tanto de Rosie quanto de B1. Eu considerava muito mais importante que os leitores fossem informados sobre uma pesquisa relevante do que sobre uma complicação gestacional isolada. Embora eu tenha me esforçado ao máximo para relatar as duas histórias com precisão e ao mesmo tempo atender aos pedidos frequentes de Sally para pular os detalhes, desconfio de que ela não obteve uma compreensão total dos acontecimentos. Rosie passou a maior parte do tempo falando ao telefone.

Quando Sally e Enzo foram embora, retomei a conversa com Lydia, Rosie e Gene. Apesar de eu tê-la classificado como muito importante, não achei que fosse tão urgente a ponto de recusar uma entrevista com a imprensa. Eu estava sendo obrigado a ajustar minha programação em tempo real a fim de preservar a sanidade.

— Estava tentando falar com o Dave — disse Rosie.

— Por quê?

— Pra descobrir o que aconteceu com a Sonia e o bebê, só isso — disse Rosie.

— Cesariana de emergência, conforme previsto. Nenhum dano permanente a nenhuma das partes.

— O quê? Como você sabe disso?

— Recebi uma mensagem do Dave há 138 minutos.

— E por que não falou nada?

Expliquei quais eram as prioridades. Agora eu poderia retomar a explicação sobre a farsa na terapia.

— É menino ou menina? — Rosie quis saber.

— Menino, eu acho. — Conferi a mensagem. — Não, menina. — Era um detalhe que poderia ter esperado. A diferença só seria importante de fato dali a alguns anos.

— Calma aí — disse Lydia. — Mas por que a Sonia fez tudo isso por você? Ela corria o risco de arrumar um problema e tanto. Ainda corre. — Essa última afirmativa era obviamente uma ameaça, mas até mesmo eu percebi que faltava convicção em Lydia.

— Ela disse que era um modo de compensar a ajuda que eu dei a Dave. Eu realizei alguns serviços necessários para impedir que a empresa dele falisse. Na verdade, necessários sim, mas não suficientes. O arquivamento e o sistema computacional de Dave também eram inadequados. As cobranças dele, em geral...

Rosie interrompeu.

— A empresa do Dave está mal?

— *Estava*. Agora solucionei todos os problemas, a não ser a falta de tempo dele para controlar a parte administrativa. Comprei uma multifuncional da Hewlett Packard e reconfigurei...

Foi a vez de Gene interromper.

— O sistema de arquivamento do Dave é muito interessante, mas vamos nos concentrar na prioridade número um: Don enfiou na cabeça que ele não serve como pai. Que Rosie ficaria melhor sem ele. E, baseado nisso, Rosie concluiu que ele *não quer* ser pai. O que é uma grande besteira. Don pode fazer o que quiser. Estou certo ou não, Lydia?

— Tecnicamente, tenho certeza de que sim — disse Lydia. — Minha preocupação em relação a ele era que não compreendesse as necessidades dos outros e não conseguisse apoiá-los.

— Entendi. Você estava preocupada, por exemplo, que ele não fosse capaz de entender que a empresa de um amigo estava à beira da falência e que, se isso acontecesse, esse amigo colocaria tudo a perder, inclusive o próprio casamento? E tampouco que Don pudesse consertar a situação?

— Não, estou falando de apoio emocional e...

— Eu apenas forneço conselhos de ordem prática — interrompi. — Evito os assuntos emocionais.

— Eu tento não dar conselho nenhum — disse Lydia. — Isso é uma coisa que vocês precisam resolver sozinhos.

— Calma aí, Lydia — disse Gene. — Don largou Rosie porque *você* disse que ele não servia pra ela. Ele tomou uma decisão importantíssima por causa de um conselho seu.

— Um conselho dado diante de uma situação fictícia. Com uma contadora que fingia ser uma garota provinciana que fingia ser uma estudante de medicina australiana.

Corrigi a situação simplificada de Lydia.

— Você já me considerava inadequado antes mesmo de conhecer a Sonia.

Ela disse a Gene:

— Eu estava preocupada. Eu conheci Don num almoço.

Rosie se levantou. Reconheci raiva:

— Você almoçou com o Don? E depois o atendeu como paciente? Quando almoçou com ele?

— Um dia qualquer, a convite de uma amiga minha, Judy Esler.

— *Minha* amiga Judy Esler. No restaurante japonês *fusion* em Tribeca? Quer dizer que você é a vaca que diagnostica autismo num piscar de olhos? Cacete!

— Judy disse isso?

Lydia se levantou, depois Gene se levantou também e colocou uma das mãos sobre o ombro de Rosie e a outra no de Lydia.

— Vamos ouvir o que Lydia tem a dizer primeiro. Ela não foi a única a passar dos limites.

Lydia sentou-se.

— Olhe — disse ela. — Eu perdi a cabeça naquele almoço. Don me tirou do sério. Eu me envolvi porque senti pena da Rosie... Sonia... porque sentiria pena de qualquer mulher que estivesse prestes a ter um filho com um homem tão insensível.

Rosie também se sentou.

— Depois de tudo o que aconteceu — continuou Lydia —, não tenho mais medo de que Rosie desenvolva psicose ou depressão, e que ninguém perceba. Se você tivesse me dito que mora com um eminente professor de psicologia, um observador com olho treinado — ela sorriu para Gene, que sorriu de volta —, eu teria deixado pra lá.

Pelo visto, o problema estava resolvido. Mas Lydia ainda não tinha terminado.

— Não sou a terapeuta do Don, mas vocês dois terão que enfrentar alguns desafios. Não creio que ele seja perigoso, e tenho certeza de que fez muitas coisas boas para os amigos, mas...

Poupei Lydia do inconveniente de encontrar as palavras mais adequadas.

— Não é exatamente uma pessoa convencional.

Ela riu.

— Boa sorte com isso. Vocês dois são pessoas inteligentes, mas ter um filho não é fácil pra ninguém. E esqueça a psicologia evolutiva chinfrim daquele seu amigo idiota.

O que ela chamava de "psicologia evolutiva chinfrim" provavelmente eram as informações sobre compatibilidade sexual que eu tinha descrito no dia do Incidente do Atum-Azul.

— Como você vai voltar pra casa? — perguntou a pessoa que Lydia tinha acabado de chamar de "aquele seu amigo idiota".

— De metrô.

— Eu acompanho você — disse Gene. — Acho que temos um problema em comum com geneticistas que pensam saber tudo sobre comportamento humano.

Rosie e eu ficamos a sós no apartamento. Havia sobrado um pouco de pizza. Puxei o filme plástico e Rosie fez menção de tirá-lo das minhas mãos. Fiquei onde estava e, num movimento treinado — *bastante* treinado —, arranquei uma lâmina de tamanho perfeito e embrulhei a pizza.

Rosie ficou olhando. Ainda não tinha falado nada desde que descobriu que Lydia era uma pessoa criticada por Judy Esler.

— Você não precisa voltar pra casa do Dave hoje — disse ela. — Mas você sabe que eu viajo amanhã, não é?

— O que Lydia disse não fez você mudar de ideia? — perguntei.

— Por quê? Fez você mudar?

— Eu só fui embora porque pensei que exercia um impacto negativo na sua vida. Essa crença estava fortemente baseada na avaliação de Lydia de que eu seria um pai inadequado.

— Don, Lydia estava errada. A questão é exatamente o contrário. Você provavelmente vai ser o melhor pai do mundo, mas com a parceira certa. Você sabe tudo. Sabe sobre alimentação, exercícios, qual carrinho comprar. Sabe coisas sobre prolapso de cordão umbilical que nem eu sabia, e olha que sou estudante de medicina. A gente brigaria o tempo todo, e você teria razão o tempo todo. Como sempre.

— Incorreto. Eu...

— Não me venha com um exemplo contrário. Tenho certeza de que alguma vez você já errou. Estou falando de modo geral. Eu quero cuidar do meu filho, amar e criar essa criança sem você me dizendo o que eu devo ou não fazer. Não quero só fazer o trabalho braçal. Como hoje. — Rosie se levantou e andou a esmo. — Nem ser só uma parte do seu Projeto Bebê. Só quero poder me relacionar do meu jeito com o meu filho.

— Você acha que meus conselhos seriam opostos aos seus? — Claudia tinha razão. Rosie queria um novo relacionamento perfeito e sem interferências.

Rosie foi até a cozinha e ligou a chaleira. O ciclo do chocolate quente daquela noite estava começando. Usei aquele tempo para tentar construir um argumento que fosse capaz de fazê-la ficar em Nova York. Cerca de seis minutos se passaram até que ela voltasse à sala de estar.

— Pode ser até que a gente não discordasse em tudo, mas isso seria um problema também. Eu não tenho mais nenhum outro papel na vida agora, a não ser o de mãe. E você sempre se sairia melhor do que eu, mesmo sendo pai em meio período, e eu mãe em tempo integral. Se tentar ser uma mãe mais ou menos já é difícil, imagine tendo um marido que constantemente fica me lembrando de como eu faço tudo errado?

— E se eu transferisse parte do meu conhecimento para você em vez de aplicá-lo diretamente?

— Não! Talvez eu esteja sendo boazinha demais. Do jeito como estou falando, parece que você é o Superpai! Só que, pra ser pai, não basta entender de teoria. Os bebês precisam de mais do que uma fralda bem trocada.

— Você vai mesmo voltar para a Austrália? Sem mim?

— Don, eu não queria tocar nesse assunto, mas eu já disse: existe outra pessoa. É a decisão mais difícil que eu já tomei. Fiz uma planilha.

34

Dormimos novamente na mesma cama, pelo que imaginei ser a última vez. Fazer sexo não me pareceu apropriado, principalmente levando em conta a existência de "outra pessoa". Além disso, estávamos extremamente cansados. Eu tinha uma enorme quantidade de informações para processar, e não fazia sentido começar essa tarefa antes de descansar a mente. Já não havia mais urgências. Eu poderia revisar o projeto no momento adequado.

— Não tenho cara pra olhar pra Sonia e pro Dave — disse Rosie, de manhã. — Vou ficar aqui. Judy vem me buscar às dez.

Era o segundo adeus a Rosie depois da despedida original, quando me mudei para a casa de Dave. A pesquisa que eu tinha feito indicava que separações complicadas causam ainda mais dor. A experiência sustentava essa teoria.

Quando voltei da corrida, Rosie estava guardando os objetos do escritório nas malas. Estava extremamente linda, como sempre, mas o novo formato do seu corpo acrescentava uma dimensão adicional.

— Ele ainda se mexe? — perguntei.

— Eu ficaria preocupada se não se mexesse.

— Quis dizer agora.

— Nesse momento, não. Mas estava se mexendo alguns minutos atrás.

Fiquei confuso. Eu sabia, por ter conversado com Dave sobre o assunto, que uma pessoa normal gostaria muito de sentir o bebê único em desenvolvimento "chutar" a barriga da mãe. Mas eu não. Havia três motivos possíveis:

1. Se isso se revelasse uma experiência emocional poderosa, a dor de deixar Rosie partir aumentaria. Se Dave ou outra pessoa normal estivesse na mesma situação que eu, talvez chegasse a essa mesma conclusão.
2. Eu ainda estava vivenciando algum tipo de negação da existência do bebê, relacionada ao fato de a gravidez não ter sido planejada. Sentir o bebê se mexendo iria de encontro à comodidade desse sentimento.
3. Minha aversão natural a contatos corporais com estranhos. Rosie dormiu ao meu lado na noite anterior, mas havia uma mudança clara em nosso relacionamento.

Eu sabia que poderia fazer a opinião de Rosie em relação a mim mudar se agisse de modo diferente, mas isso seria uma mentira. Portanto, optei por me portar com integridade: sendo eu mesmo.

— Posso ver uma cópia da sua planilha? — perguntei. Eu teria alguma chance se Rosie tivesse cometido um erro.

Gene e eu fomos visitar Sonia no hospital. Até a noite anterior, ele nem sequer conhecia Sonia, mas sua motivação para ir comigo fazia sentido.

— Estamos indo por causa do Dave. Os homens dão charutos de presente para os amigos porque precisam ter alguma coisa pra fazer nessa situação. Durante os seis primeiros meses, aí sim, o cara vai ver o que é ter um monte de coisas para fazer. E não me venha com essa história de "conexão". Se Dave está esperando que o bebê o abrace e diga "papai", ele vai precisar esperar um bom tempo.

O conselho de Gene era compatível com o que eu havia lido. Aconselhava-se que os homens ajudassem nas tarefas domésticas, tarefas essas que poderiam facilmente ser terceirizadas, principalmente num país onde o salário mínimo era baixo. Dave estava focado em trabalhar por conta própria e obter o máximo possível por hora de trabalho. Isso era racional.

— Cadê a Rosie? — perguntou Sonia assim que chegamos. O bebê estava dormindo no berçário, enquanto a mãe estava instalada em um quarto individual. Dave viria assim que saísse do trabalho, mas já tinha passado para ver o bebê. Aparentemente, a criança não tinha falhas, e sua aparência não mudaria substancialmente de um dia para o outro.

— Infelizmente, não houve nenhuma alteração nas condições atuais. A separação foi confirmada. Rosie está a caminho da Austrália.

— Não! Por quê? O que vocês fizeram por mim, Don... Vocês formaram uma ótima equipe.

A lógica de Sonia era falha. Segundo ela, profissionais que trabalham num projeto em comum se transformam em parceiros permanentes num relacionamento. É óbvio que isso às vezes acontecia, mas, em nosso caso, era insuficiente.

A conversa foi interrompida pela chegada de uma enfermeira com um bebê nos braços. Supus ser a filha de Sonia e Dave. Depois do Tumulto no Curso Pré-Natal, eu estava perfeitamente ciente de que as convenções sociais eram mais importantes do que maximizar a imunidade do bebê, compartilhando o aleitamento materno.

Sonia iniciou o processo de amamentação e o fornecimento de defesas imunológicas ao bebê.

— Mas o que aconteceu? — perguntou ela, depois que o bebê começou a mamar. — Com você e a Rosie. Se isso for culpa da Lydia, eu vou denunciá-la. Estou falando sério.

Sonia era contadora e, portanto, compreenderia a lógica do processo de tomada de decisões. Tirei a planilha da Rosie do bolso e mostrei a ela. Sonia pegou a folha com uma das mãos enquanto segurava o bebê com a outra. Eu estava impressionado com tamanha destreza depois de um período tão curto de experiência como mãe.

— Meu Deus, vocês dois são malucos — disse ela. — E é por isso que deveriam ficar juntos. — Ela olhou para a planilha por mais alguns segundos. — O que é esse item, *passagem aérea já comprada?*

— A passagem da Rosie não é reembolsável. Ela se sentiu na obrigação de não perder o dinheiro investido. Isso obviamente pesou na decisão de voltar para a Austrália.

— Você prefere terminar seu casamento a perder dinheiro com uma passagem de avião? Bem, seja como for, ela errou do mesmo jeito. Quando você toma a decisão de investir, não pode contabilizar os custos irrecuperáveis. O que está gasto está gasto.

Gene pegou a planilha das mãos de Sonia.

— Que se dane a passagem de avião então! Bom trabalho, Sonia. Às vezes é preciso conversar com essa gente na língua deles.

Ele olhou para a planilha.

— Rosie mentiu pra você.

— Como você deduziu isso?

— Cadê o outro cara? O tal Número 34? Na minha opinião, esse cara não é o Stefan. Eu conheço o Stefan. Ele sairia correndo só de ver uma mulher com um filho pequeno. Mesmo que essa mulher fosse Rosie. Se esse homem fosse um fator importante na decisão dela, seria o fator *mais* importante, e ela não precisaria de planilha nenhuma — afirmou Gene.

Era verdade que a planilha não continha qualquer fator emocional. O foco estava em coisas práticas, como a criação da criança (ajuda do pai e da família na Austrália), oportunidades de emprego (basicamente iguais) e se ela deveria ou não continuar a faculdade de medicina (fatores múltiplos, nenhum resultado claro).

— Talvez Rosie tenha criado a planilha para que eu me sentisse melhor — falei.

— Sabe do que mais? — perguntou Gene. — Uma afirmação dessas só seria possível no seu relacionamento com ela. Vocês precisam continuar juntos para proteger todos nós. Não existe nenhum Número 34, Don. Ele não passa de uma desculpa.

— Mas eu vi a mensagem do Skype.

— Não sei de mensagem nenhuma do Skype, mas o que eu sei, do ponto de vista prático, é que Rosie não é nem um pouco fácil. E a teoria me diz que os homens em geral não se candidatam a assumir um filho que não tenha seus genes.

Sonia olhou para Gene de um jeito que eu não conseguia compreender.

— Se você trabalhasse numa clínica de fertilidade, você...

Mas minha cabeça já estava indo para outra direção. Rapidamente. Sempre fui melhor com números do que com nomes. Finalmente tinha me lembrando de onde foi que vi o número trinta e quatro.

Antes que eu tivesse tempo de processar a informação, Sonia falou:

— Quer segurar a Rosie um pouquinho?

Achei que aquela era uma pergunta pessoal totalmente inadequada, até que entendi o que ela estava dizendo. Nomes não são marcadores exclusivos.

— Ela também se chama Rosie?

— Rosina. Mas o apelido dela vai ser Rosie. Se o ultrassom tivesse errado e o bebê fosse um menino, seria Donato. Ela só está aqui por sua causa. Sua e de Rosie.

— Vai ser meio confuso.

— Espero que sim. Significa que você terá Rosie novamente na sua vida. O que é algo que você precisa fazer. Tome. Segure ela. — Ela colocou o bebê nos meus braços. Eu segurei a menina por alguns instantes, mas minha mente ainda estava analisando as consequências do novo dado sobre o Número 34. Devolvi Rosie II para Sonia.

— Qual é o total? — perguntei a Gene. — Excluindo o custo irrecuperável.

— Sem isso, são nove pontos a menos. Portanto, o total é menos dois.

— Tem certeza? — Na minha lembrança, a passagem só valia quatro pontos. Quis pegar a planilha para conferir, mas Gene deu o papel para Sonia.

— Pode checar os meus cálculos? — perguntou ele.

— Menos dois — disse Sonia.

Fiquei estupefato.

— Ela cometeu um erro? A planilha recomenda que a gente continue junto?

— No mundo em que você vive, sim. No mundo da Rosie, não sei. Talvez ela tenha instituído uma multa de três pontos para compensar a dor de cabeça de mudar de ideia. Como saber?

Dave chegou justamente quando eu estava pensando na minha resposta.

— Está tudo bem? — perguntou ele.

— Nenhuma mudança no status do bebê — falei. — Seu veículo está aqui?

— Sim, o carro está...

— JFK — falei. — Imediatamente.

Dave já estava agitando as chaves, mas Sonia não me deixaria ir sem dar mais um conselho.

— Não encha o saco dela com seus argumentos infinitos. E não se esqueça de dizer que a ama.

— Ela sabe.

— Quando foi a última vez que você disse isso a ela?

— Está sugerindo que eu preciso dizer isso várias vezes?

O amor era um estado contínuo. Não houve nenhuma mudança significativa no meu sentimento desde que nos casamos, talvez uma diminuição no estado denominado paixão, quem sabe, mas não me parecia útil ter de fornecer relatórios contínuos para Rosie a respeito do meu sentimento.

— Sim. Todos os dias.

— Todos os dias?

— Dave diz que me ama todos os dias. Não é, Dave?

— Hã-hã. — Dave agitou as chaves de novo.

35

Reservei minha passagem aérea pela internet no trajeto até o apartamento. Agora só havia passagens com preço cheio, mas todas tinham a vantagem de ser reembolsáveis. Rosie era notoriamente desorganizada, mas, em assuntos importantes como viagens internacionais, ela compensava chegando com bastante antecedência. Torci para que, quando chegássemos, ela ainda não tivesse passado pela segurança do aeroporto. Rosie não tinha o mesmo tratamento diferenciado que conquistei depois de oferecer à companhia aérea inúmeras contribuições, portanto, não teria acesso ao lounge especial. Se precisasse procurá-la, eu poderia mandar uma mensagem de texto, mas não queria alertá-la antes do tempo.

Paramos em casa para que eu pudesse pegar meu passaporte.

— Você não vai precisar dele — disse Gene. — Até Los Angeles o voo é doméstico. Dá pra usar a carteira de motorista.

— A minha está vencida.

— Você não vai levar nada? Eu levaria uma mochila, só por precaução.

— Só vou até o aeroporto.

— Coloque algumas coisas dentro da mochila e pronto.

— Não posso fazer isso sem uma lista.

— Eu vou te dizendo o que colocar.

— Não. — Eu estava chegando ao meu limite de estresse, e Gene deve ter percebido.

Peguei meu passaporte, que estava guardado no armário do banheiro-escritório. Eu usaria o tempo do trajeto até o aeroporto para solicitar conselhos de Dave e Gene. Era importantíssimo aprimorar meus argumentos antes de encontrar Rosie. Percebi que havia uma chance de melhorar ainda mais o quadro de consultores e, quando estávamos saindo, fui até o apartamento de George e o convidei para ir conosco.

Eu me sentei no banco do carona, ao lado de Dave, e Gene e George foram no banco de trás.

— O que você vai dizer pra ela? — perguntou Dave.

— Vou dizer que ela cometeu um erro na planilha.

— Se eu não conhecesse você tão bem, diria que não está falando sério. Tá bom. Vamos fingir que eu sou a Rosie. Está pronto?

Se Sonia podia imitar Rosie, por que Dave não poderia? Olhei pela janela para não me distrair com a aparência física anômala.

— Don, esqueci de colocar uma coisa na planilha: você ronca. Cinco pontos. Adeus.

— Pode usar sua voz normal. Eu não ronco. Já chequei isso com um gravador.

— Don, você pode dizer o que quiser que sempre vou encontrar alguma coisa pra colocar na planilha. Ela só foi feita para convencer você de que tomei a decisão certa.

— Então você não vai voltar, não importa o que eu faça?

— Talvez. Você consegue enxergar o que fez pra que eu chegasse a esse ponto?

— Explique de novo.

— Não consigo. Sou Dave. *Você* explica pra *mim*, e aí eu vejo se você entendeu.

— Eu estava fazendo coisas que você mesma podia fazer, só que de um jeito irritante.

— Certo. Você ficou o tempo todo no meu pé. Sei que, para o pai, a coisa mais difícil é descobrir qual é o papel dele nisso tudo. Mas, pra mim, o maior desafio é ser responsável pelo ganha-pão.

— Você quer ser a responsável pelo ganha-pão? Achei que quisesse cuidar do bebê e depois arrumar um emprego como pesquisadora.

— Estou sendo eu mesmo agora, Don. Você precisa descobrir onde você se encaixa. Em que posição você joga. Rosie acha que não precisa de você e, nesse momento, só existe um relacionamento na cabeça dela: o dela com o bebê. Isso é biológico.

— Ah, você andou prestando atenção — disse Gene.

Um relacionamento. Nosso relacionamento tinha sido usurpado, suplantado, transformado em algo obsoleto pelo bebê. Rosie tinha conseguido o que queria. Agora, não precisava mais de mim.

— Isso deve acontecer com todos os relacionamentos, certo? — perguntei. — Mas por que nem todos terminam?

— Por causa das *groupies* — disse George. — Não, falando sério agora, você precisa encontrar seu próprio jeito de resolver isso, Don. Nenhum dos meus relacionamentos foi o mesmo depois do primeiro filho.

— Espere seis meses — disse Gene. — Depois melhora. — Gene parecia ter escolhido um intervalo de tempo que sustentasse o argumento, como se fosse um populista negando o efeito estufa. É óbvio que o casamento dele estava pior agora do que seis meses depois que Eugenie nasceu, mas recentemente ele havia retomado o contato com Carl. Parecia razoável concluir que a felicidade no casamento não era uma mera função do tempo, e que a instabilidade era um preço a pagar por uma melhora geral do bem-estar. Minha experiência comprovava isso.

Dave acrescentou:

— Você precisa tirar esse peso das costas da sua mulher. Assim ela vai ter tempo de ficar com você. De lavar a roupa, de passar o aspirador de pó na casa. É o que todo mundo diz. Bem, todo mundo que nunca tentou administrar uma empresa, é claro.

— Sonia pode cuidar da papelada — falei. — E com isso você fica livre para as atividades que irão melhorar o relacionamento.

— Eu sei administrar minha empresa — retrucou Dave. — Não preciso da ajuda da minha mulher.

— Acho que, se a sua mulher se oferece pra cuidar da contabilidade, você simplesmente diz "muito obrigado" e vai lavar a porcaria da roupa suja. Quando terminar, use o tempo livre para uma boa trepada.

Dave só voltou a falar depois que estacionou na zona de embarque e desembarque do aeroporto.

— Quer que eu espere?

— Não — respondi. — É mais eficiente voltar de transporte público.

— Nenhuma bagagem, senhor?

O segurança (idade estimada de vinte e oito anos, IMC aproximado de vinte e três) me parou depois de eu passar pelo scanner sem nenhum problema.

— Apenas o meu celular e o passaporte.

— Posso ver seu cartão de embarque? O senhor despachou alguma mala?

— Não.

— O senhor vai viajar para Los Angeles sem nenhuma bagagem?

— Correto.

— Posso ver sua identidade?

Eu entreguei meu passaporte australiano.

— Por favor, me acompanhe. Alguém virá conversar com o senhor em alguns instantes.

Eu sabia o que "em alguns instantes" significava nos Estados Unidos.

Na sala de entrevistas, eu estava ciente de que o horário de partida do voo de Rosie estava se aproximando. Felizmente, meu entrevistador, um homem careca de aproximadamente quarenta anos, IMC de vinte e sete, dispensou as formalidades.

— Vamos direto ao assunto. O senhor decidiu ir para Los Angeles, certo?

Assenti.

— Não teve tempo de colocar umas cuecas numa mala, mas se lembrou de pegar o passaporte. O que o senhor planeja fazer lá?

— Ainda não fiz planos. Provavelmente vou voltar para a Austrália.

Depois disso, ele inspecionou cuidadosamente minhas roupas e meu corpo. Não fiz objeção porque não queria perder tempo. Só foi ligeiramente mais desagradável do que meu exame de rotina para câncer de próstata.

Fui novamente conduzido até a sala de entrevistas. Decidi que dar algumas informações poderia ajudar.

— Preciso encontrar minha esposa no voo.

— Sua esposa está nesse voo? Com as malas? Por que não disse isso antes?

— Teria aumentado a complexidade da situação. Quase sempre me acusam de fornecer detalhes desnecessários. Tudo o que quero é embarcar nesse avião.

— Qual é o nome da sua esposa?

Forneci as informações sobre Rosie, e o policial fez uma ligação para confirmá-las.

— Ela está indo para Melbourne, Austrália. E o senhor, não.

— Eu queria fazer companhia a ela durante o voo. Para maximizar nosso tempo juntos.

— O senhor deve gostar mais de conversar com a sua mulher do que eu.

— Provavelmente, uma vez que nós dois escolhemos nos casar e que o senhor nem sequer a conhece.

Ele me olhou de um jeito estranho. Não era a primeira vez que isso acontecia.

— Acabaram de fazer a última chamada para o seu voo, senhor Tillman. Melhor correr. Aguardam o senhor no portão com um novo cartão de embarque. Modificaram os assentos para que o senhor pudesse se sentar ao lado da sua esposa.

O portão estava vazio. Rosie já estava dentro do avião. Minha única opção era embarcar também.

Ela ficou surpresa quando me sentei na poltrona ao lado da dela. Extremamente surpresa.

— Como você veio parar aqui, Don? O que você está fazendo aqui? Como entrou no avião?

— Dave me trouxe. Vim convencer você a voltar. Comprei uma passagem.

Aproveitei o silêncio para iniciar a explicação do meu argumento, que, graças ao conselho de Dave, não começou identificando o erro do custo irrecuperável na planilha.

— Eu amo você, Rosie. — Era verdade, mas, provavelmente, tinha soado fora de contexto.

— Foi a Sonia quem mandou você me dizer isso?

— Correto. Eu deveria ter dito isso com mais frequência, mas não tinha ciência de que era preciso. Mas posso confirmar que o sentimento não desapareceu em nenhum momento.

— Eu também amo você, Don, mas a questão não é essa.

— Quero que você desça desse avião e volte pra casa comigo.

— Pensei que você tivesse dito que comprou uma passagem.

— Só para ter acesso à área de embarque do aeroporto.

— Tarde demais, Don. Minha passagem não é reembolsável.

Comecei a explicar o erro do custo irrecuperável, mas Dave estava certo em relação à planilha.

— Chega, chega — disse Rosie. — A planilha foi só para te mostrar que pensei racionalmente no assunto. Tem um monte de outras coisas envolvidas, coisas que não dá pra quantificar. Eu já disse que tem outra pessoa também.

— Phil. — O 34 era visível no uniforme do time com o qual ele aparecia nas fotos das paredes da Academia do Jarman.

Rosie pareceu envergonhada, ou pelo menos achei que sua expressão denotasse constrangimento por ter me enganado.

— Por que você não me disse que o outro homem era o seu pai?

Rosie teve um tempo extra para pensar porque, naquele instante, um anúncio da tripulação soou num volume tão alto que era incompatível com a continuidade de qualquer conversa.

— Senhores passageiros, estamos aguardando a chegada de três passageiros de uma conexão vinda de...

— Eu só queria facilitar as coisas, simplificar.

— Inventando um namorado imaginário?

— Você inventou uma Rosie imaginária.

Talvez Rosie estivesse fazendo uma análise psicológica profunda da situação, mas também era possível que estivesse falando de Sonia. Tanto faz.

— Você está me substituindo pelo Phil, o pior pai do mundo. — Essa, claro, não era a opinião que eu tinha sobre ele, mas um reflexo dos comentários de Rosie antes da reconciliação dos dois. Dar informações precisas não era a minha prioridade no momento.

— Acho que ele era mesmo — concordou Rosie. — Porque, olha só pra mim... Um desastre, que não sabe nem como fazer um casamento dar certo e que vai criar um filho sozinha, assim como ele fez.

Repetição de padrões. Em certa manhã chuvosa, depois que Rosie recusou meu primeiro pedido de casamento, eu fui de bicicleta até o Clube Universitário para tentar mais uma vez. Como estava tentando agora. A diferença é que, naquela ocasião, eu tinha um plano, e ele era muito melhor do que apontar a falácia do tal custo irrecuperável.

Três passageiros passaram por nós pelo corredor.

— O avião está prestes a decolar — falei.

— Então é melhor você sair — disse Rosie.

— Existem várias razões para você ficar em Nova York. — Eu estava improvisando, persistindo, embora soubesse que a probabilidade de convencer Rosie usando qualquer argumento era mínima. — A número um é o prestígio da Faculdade de Medicina de Columbia, que...

— Senhores passageiros, por favor desliguem todos os aparelhos eletrônicos agora.

Provavelmente foi melhor para minha saúde mental Rosie me interromper.

— Don, fico muito feliz por você estar tentando, mas pense. Você não está de fato envolvido com o bebê. Ao menos não emocionalmente. Você está envolvido comigo. Nisso eu acredito. Acredito que você me ama, mas não é disso que eu preciso agora. Por favor, Don, vá embora. Ligo pra você pelo Skype quando chegar lá.

Infelizmente, no fundo, Rosie estava certa. Claudia estava certa a respeito da motivação dela, e nenhum argumento racional mudaria sua decisão. Bud ainda não passava de uma construção teórica na minha cabeça. Eu não poderia enganar Rosie dizendo que estava emocionalmente configurado para ser pai. Apertei o botão para chamar a aeromoça. Um comissário de bordo (IMC estimado em vinte e um) apareceu quase que instantaneamente.

— Posso ajudar?

— Preciso descer do avião. Mudei de ideia em relação à viagem.

— Lamento, senhor, já fechamos as portas. Estamos prontos para entrar na pista de decolagem.

O homem sentado ao meu lado, no assento do corredor, ofereceu seu apoio.

— Deixe o sujeito descer. Por favor.

— Desculpe, mas teríamos de descarregar toda a bagagem. Isso adiaria o voo para todos os passageiros. O senhor está passando mal?

— Eu não trouxe nenhuma bagagem. Nem de mão.

— Lamento muito, senhor.

— Passageiros e tripulação, preparar para a decolagem.

Olhando em retrospecto, vejo que o que me deixou à beira de um surto de raiva foi entender que, se eu tivesse dito que estava passando mal, teriam me deixado descer. Depois do estresse da emergência de vida ou morte do dia anterior, do fracasso da minha tentativa de salvar meu casamento, da incompetência administrativa e da grosseira invasão da minha privacidade na sala de entrevistas do aeroporto, aquilo foi a gota d'água. Uma mentira, uma mentira ínfima, e eu poderia ter descido do avião. Só que eu tinha chegado ao limite em todas as dimensões possíveis.

Eu não podia ir embora. Estava *impedido* de ir embora.

Fechei os olhos e respirei fundo. Visualizei números, somas alternadas de cubos comportando-se com racionalidade previsível, como sempre fizeram antes mesmo da existência dos seres humanos e das emoções, como sempre fariam até o fim dos tempos.

Percebi que alguém estava se inclinando sobre mim. Era o comissário de bordo.

— Me desculpe, senhor, poderia colocar seu assento na posição vertical para o procedimento de decolagem?

Não, porra, não poderia! Eu já havia tentado obedecer a instrução, mas o assento estava emperrado e a probabilidade de que isso interferisse na sobrevivência de qualquer pessoa era quase *zero*...

Respirei fundo. Inspirar. Expirar. Não confiava na minha capacidade de falar alguma coisa naquele momento. Senti o comissário de bordo esticar o braço por cima do passageiro vizinho e balançar meu assento justamente quando o surto de raiva se iniciou. O cinto de segurança foi o que impediu que eu me mexesse. *Eu não podia ter um surto de raiva na frente da Rosie.*

Comecei a recitar meu mantra, estabilizando novamente a respiração, enquanto mantinha um tom de voz neutro. *Hardy-Ramanujan, Hardy-Ramanujan, Hardy-Ramanujan.*

Não sei quantas vezes repeti isso, mas, quando minha mente desanuviou, senti a mão de Rosie tocar meu braço.

— Você está bem, Don?

Não, eu não estava, mas o motivo foi revertido ao problema original. E eu tinha mais cinco horas para encontrar uma solução.

36

— Don, preciso dormir. Não vou mudar de ideia daqui até Los Angeles. Eu realmente agradeço por você ter tentado. Ligo assim que chegar em casa, ok? Prometo.

Logo depois que Rosie fechou os olhos e inclinou o assento, o comissário de bordo voltou e ofereceu ao passageiro vizinho uma acomodação na classe superior. Supus que o assento dele fosse ficar vago. Graças à minha condição de passageiro especial naquela companhia aérea, eu estava acostumado a ter assentos vazios ao meu lado, exceto em voos muito lotados. Era uma solução que costumava agradar aos meus vizinhos e a mim. Entretanto, o passageiro foi substituído por outro homem, de mais ou menos quarenta anos e IMC de vinte e três.

— Acho que você já adivinhou quem eu sou — comentou ele.

Talvez ele fosse alguma celebridade esperando ser reconhecida — mas eu duvidava que celebridades viajassem na classe econômica. Portanto, temporariamente, diagnostiquei o caso como esquizofrenia.

— Não — respondi.

— Sou da Polícia Federal, à paisana neste voo. Estou aqui para ficar de olho em você... e no restante dos passageiros e da tripulação.

— Excelente. Algum perigo específico?

— Talvez você possa me dizer.

Era esquizofrenia mesmo. Eu iria viajar ao lado de uma pessoa mentalmente doente.

— Você tem alguma identificação? — perguntei. Estava tentando fazê-lo esquecer a ilusão de que eu possuía algum conhecimento especial.

Para meu espanto, o homem tinha. Chamava-se Aaron Lineham. Até onde pude perceber depois de aproximadamente trinta segundos de análise cuidadosa, o cartão de identificação era genuíno.

— O senhor embarcou neste avião sem a intenção de viajar, certo? — perguntou ele.

— Correto.

— Qual era seu objetivo ao embarcar, então?

— Minha mulher vai voltar para a Austrália. Eu queria convencê-la a ficar.

— Sua esposa é essa senhora ao seu lado, sentada junto à janela, certo?

Era definitivamente Rosie, emitindo os mesmos ruídos suaves que haviam começado ao longo do desenvolvimento do projeto bebê.

— Ela está grávida?

— Correto.

— O filho é seu?

— Suponho que sim.

— E o senhor não conseguiu convencê-la a ficar? Sua esposa está indo embora para sempre levando o seu filho?

— Correto.

— E o senhor está um tanto chateado com isso.

— Extremamente.

— Então resolveu fazer alguma coisa meio... meio maluca?

— Correto.

Ele tirou um aparelho comunicador do bolso.

— Situação confirmada — disse ele.

Achei que minha explicação tivesse sido satisfatória. Ele ficou em silêncio por algum tempo. Olhei para o céu limpo pela janela de Rosie. Observei a asa do avião inclinar-se e a força centrífuga me prendeu ao assento. Se não tivesse o horizonte como referência, eu não teria como saber que o avião estava dando meia-volta. A ciência e a tecnologia eram incríveis. Enquanto ainda existissem problemas científicos para resolver, viver ainda valeria a pena.

Aaron, o Policial Federal, interrompeu minhas reflexões.

— O senhor tem medo de morrer? — perguntou ele.

Era uma pergunta interessante. Como animal, eu estava programado para resistir à morte e garantir a sobrevivência dos meus genes. Configurado também para sentir medo em circunstâncias que ameaçavam se transformar em dor e morte, como, por exemplo, um confronto com um leão. Mas eu não tinha medo da morte enquanto conceito.

— Não.

— Quanto tempo ainda temos? — perguntou Aaron.

— Você e eu? Quantos anos você tem?

— Quarenta e três.

— Mais ou menos a minha idade — retruquei. — Estatisticamente, nós dois ainda temos quarenta anos pela frente, mas você parece estar em boas condições físicas. Também estou em excelente forma, portanto, eu acrescentaria mais cinco ou dez anos para cada um.

Fomos interrompidos por um aviso da cabine do comandante.

— Boa tarde. Aqui é o comandante. Talvez tenham percebido que nosso avião deu meia-volta. Tivemos um pequeno problema e o controle aéreo solicitou que voltássemos para Nova York. Começaremos o procedimento de descida e aterrissagem no aeroporto JFK dentro de aproximadamente quinze minutos. Lamentamos pela inconveniência, mas sua segurança é nossa prioridade.

Quase que imediatamente, as pessoas ao nosso redor começaram a falar.

— Aconteceu algum problema mecânico? — perguntei a Aaron.

— Vamos levar mais ou menos quarenta minutos para voltar a Nova York e trocar de avião. Olha, eu tenho mulher e filhos. Então, simplesmente me responda: eu vou vê-los novamente?

Se não fosse pela evidência do avião dando meia-volta, eu teria insistido para fazer um exame mais minucioso no cartão de identificação de Aaron. Porém, em vez disso, perguntei:

— O que está acontecendo?

— Mulher grávida compra passagem aérea para seu país de origem, despacha três malas volumosas. Homem conhecido pela companhia aérea por seu comportamento não convencional vai atrás dela, sem bagagem, age de modo suspeito e em seguida tenta desembarcar do avião antes da decolagem. Fica agitado quando se recusam a permitir que desembarque. Depois reza em voz alta numa língua estrangeira. Isso já seria o bastante; mas então o senhor ainda me diz que sua esposa o abandonou. O que o senhor pensaria disso?

— Não sou qualificado para analisar as motivações humanas.

— Eu gostaria de ser. Não sei se entenderam tudo errado ou se demos meia-volta a tempo. Ou se o senhor é o cara mais cabeça fria que eu já conheci, aqui batendo papo comigo enquanto a própria vida está por um fio.

— Não estou entendendo. Qual é a natureza do perigo, exatamente?

— Sr. Tillman, o senhor despachou alguma bomba dentro da bagagem da sua mulher?

Incrível. Eles estavam achando que eu era um terrorista. Pensando melhor, não era tão incrível assim. Terroristas não são exatamente pessoas convencionais. Com base em meu comportamento não convencional, as autoridades poderiam acreditar que, por ter sido abandonado pela minha mulher, eu fosse alguém com mais probabilidades de cometer algo não convencional, como um assassinato em massa.

Eu estava lisonjeado por alguém ter me considerado uma pessoa cabeça fria, mesmo que sob falsas premissas. Mas, agora, os passageiros de um avião inteiro iriam voltar a Nova York. Suspeitei que as autoridades iriam querer me culpar por isso de alguma maneira.

— Não existe bomba nenhuma, mas eu o aconselho a supor que eu esteja mentindo. — Eu não queria que um policial federal se sustentasse na palavra de um suposto terrorista para decidir se havia ou não uma bomba a bordo. — Supondo que eu esteja dizendo a verdade e que não exista mesmo uma bomba, eu cometi algum ato ilegal?

— Até onde sei, não. Mas aposto que a Agência de Segurança do Transporte vai encontrar alguma coisa. — Ele se recostou no assento. — Gostaria de ouvir a sua história. Já que não vou a lugar nenhum mesmo. Vou tentar descobrir se vamos todos morrer.

Tentei pensar em alguma maneira de tranquilizá-lo.

— Se houvesse uma bomba, com certeza a máquina de raios X teria localizado.

— É o que gostaríamos de pensar, mas o senhor pode chegar às suas próprias conclusões.

— Se eu quisesse matar minha esposa, poderia ter feito isso sem matar os passageiros de um avião inteiro. Em casa. Com minhas próprias mãos ou usando uma variedade de artefatos domésticos. Poderia ter feito a coisa toda parecer um acidente. — Olhei bem em seus olhos para demonstrar minha sinceridade.

A pedido de Aaron, o Policial Federal, contei minha história. Era difícil saber por onde começar. Diversos acontecimentos exigiam contextualização para serem compreendidos em sua totalidade, mas imaginei que não houvesse tempo o bastante para contar a história completa da minha vida antes de eu ser considerado suspeito de terrorismo. Comecei então pelo meu primeiro encontro com Rosie, uma vez que os eventos que interessavam a Aaron eram todos relacionados a ela. Como era de se esperar, isso significava deixar de lado diversas informações importantes.

— O senhor está basicamente dizendo que não houve mais ninguém antes de conhecer sua esposa.

— Se "basicamente" significa excluir encontros que não levaram a relacionamentos, a resposta é sim.

— Sorte de principiante — disse ele. — Quer dizer, ela é muito bonita.

— Correto. Ela excedeu em muito as expectativas que eu tinha para uma parceira.

— O senhor achou que ela fosse areia demais para seu caminhãozinho?

— Correto. Metáfora perfeita.

— Então o senhor achava que não a merecia, mas agora tem chance de ter uma família. Parece que ser o Sr. Don Tillman, marido e pai, também é areia demais, não é? Acha que consegue dar conta do recado?

— Fiz uma quantidade considerável de pesquisas sobre paternidade.

— Lá vem o senhor de novo com isso. Essa preocupação exagerada em compensar as coisas. Se eu fosse um palestrante motivacional teria uns conselhos a dar ao senhor.

— Provavelmente. Afinal, seu trabalho seria me motivar.

— Eu diria que o senhor ainda não *visualizou* a coisa. Se queremos algo, precisamos visualizá-lo. O senhor só vai conseguir chegar a algum lugar se conseguir se enxergar nessa posição. Eu trabalhava como segurança, sem qualquer perspectiva, até ouvir falar do cargo de policial federal à paisana depois do 11 de Setembro. Eu me visualizei nessa função e aqui estou eu. Mas, se não fosse por isso, neca.

Uma coisa que eu tinha aprendido sobre gravidez era que os conselhos nunca param de chegar.

Rosie dormiu durante toda a minha conversa com Aaron e não ouviu o burburinho agitado entre os passageiros. Foi acordada pelo aviso de preparar para a aterrissagem.

— Nossa. Dormi o caminho todo até Los Angeles — disse ela.

— Incorreto. Estamos pousando em Nova York novamente. Suspeita de que há um terrorista a bordo.

Rosie pareceu estar com medo e segurou minha mão.

— Não precisa ter medo — falei. — O suspeito sou eu. — Percebi então que eu e Rosie éramos provavelmente as únicas pessoas daquele avião que não estavam aterrorizadas.

Quando aterrissamos em Nova York, Rosie e eu fomos conduzidos a salas de interrogatório separadas enquanto as malas dela eram revistadas. O procedimento todo durou muito tempo e me deixaram a sós. Decidi usar a oportunidade para me visualizar como pai.

Não sou bom em visualizar as coisas. Não tenho uma representação gráfica das ruas de Nova York no meu cérebro e o meu senso de direção não é instintivo — mas sou capaz de listar as ruas, os cruzamentos, os locais mais importantes e as estações de metrô, e ler as informações sobre localização — *Esquina da rua 14 com a 8 Av. SE* — ao emergir na rua depois do trajeto subterrâneo. Isso me parece igualmente eficiente.

Não consegui imaginar Rosie e eu com um bebê de verdade. Em algum nível de consciência, eu não acreditava nisso, talvez por causa do meu medo original de ser pai, induzido por Lydia, ou porque eu não me considerava à altura, como sugeriu Aaron, o Policial Federal. Entretanto, houve certa melhora em ambos os quadros: eu tinha conquistado o aval profissional de Lydia e Gene, Dave, Sonia e até mesmo de George, recentemente me deram um feedback positivo quanto ao meu valor como ser humano, valor esse que ia além do campo da pesquisa genética.

Agora eu precisava imaginar os resultados.

Fiz um esforço. Tentei integrar as quatro imagens que eu possuía de um bebê, e minhas reações emocionais a elas.

Pensei nas imagens do bebê único em desenvolvimento que desenhei nos azulejos de meu banheiro-escritório. Nada. O processo de desenhá-las definitivamente exerceu um efeito calmante sobre mim, mas recordar a imagem de um feto genérico, ou até mesmo as fotos do ultrassom, não causou nenhum impacto.

A imagem mental de Rosie II, a filha de Dave e Sonia, não ajudou — ela também não passava de um bebê genérico.

A lembrança do bebê mais velho, aquele que engatinhou em cima de mim no Projeto das Mães Lésbicas, foi mais satisfatória. Eu me lembrei de ter achado a experiência divertida. Desconfiava de que o nível de diversão pudesse aumentar com a idade do bebê, obviamente dentro de certos limites. Lembrei-me de ter classificado a diversão que senti com o bebê do PML como equivalente àquela induzida por uma margarita — talvez duas. Mas não era o bastante para me estimular a empreender ações com potencial de mudar a minha vida.

A última imagem era de Bud. Visualizei Rosie e a barriga. Visualizei até mesmo Bud se mexendo, uma evidência da vida humana. O impacto emocional foi mínimo.

Estava diante do mesmo problema enfrentado no Projeto Rosie. Eu era incapacitado de sentir o que deveria, o que era preciso para orientar um comportamento normal. Eu era *desafiado* nesse sentido. Minha resposta emocional era em relação a Rosie; e era muito elevada. Se eu tivesse conseguido direcionar parte dela ao bebê, como Rosie aparentemente fizera com seus sentimentos por mim, o problema teria sido resolvido.

Por fim, um oficial (com cerca de cinquenta anos e IMC aproximado de trinta e dois) abriu a porta.

— Sr. Tillman. Revistamos a bagagem da sua esposa e tudo parece estar em ordem.

— Nenhuma bomba? — A pergunta foi automática e, em retrospecto, idiota. Eu não havia plantado bomba nenhuma, e era extremamente improvável que Rosie houvesse.

— Nenhuma bomba, espertinho. Entretanto, temos leis estritas contra incitar um incidente e...

Neste momento a porta se abriu mais uma vez — sem nenhuma batida — e um oficial do sexo feminino entrou (idade aproximada de trinta e cinco, IMC de mais ou menos vinte e dois). Como eu estava lidando com autoridades, e provavelmente correndo risco de sofrer alguma espécie de penalidade, a entrada de mais uma pessoa era irritante. Eu, definitivamente, me saía melhor em interações um a um do que nas que envolviam muitas pessoas. Eu tinha me saído bem com o Policial da Margarita; com o Policial Bom e o Policial Mau, nem tanto. Fiz progressos com Lydia quando a questão era somente entre mim e ela; o envolvimento de Sonia exigiu o uso de subterfúgios que inevitavelmente causaram uma confusão. Mesmo em nosso grupo masculino informal, a mudança de um único relacionamento para seis havia criado uma dinâmica que eu até então tinha desconsiderado. Aparentemente, Dave não gostava de Gene. Eu só sabia disso porque Dave me dissera diretamente.

Mal prestei atenção ao que a oficial estava dizendo, porque minha linha de raciocínio tinha me levado a um gigantesco insight. Precisava contar isso para Rosie o mais rápido possível.

— Sabemos que o senhor foi submetido a certos inconvenientes, professor Tillman — disse ela.

— Correto. Precauções razoáveis para prevenir o terrorismo.

— Bastante compreensivo da sua parte. O voo partirá novamente daqui a cerca de uma hora, e o senhor e a Sra. Jarman são bem-vindos a bordo. O voo de Los Angeles a Melbourne será adiado para aguardar os passageiros em atraso. Porém, se desejarem um tempo para se recuperarem, podemos providenciar uma limusine para levá-los para casa; a Sra. Jarman poderá viajar na classe executiva em qualquer um dos voos de amanhã com destino a Melbourne. Se o senhor escolher viajar com ela, iremos colocá-lo na classe executiva também.

— Preciso consultar Rosie.

— Em breve o senhor estará com ela. Mas, antes, gostaríamos que o senhor fizesse algo como forma de compensar por nossos colegas não terem levado este caso adiante. Coisa que ainda podem fazer, muito embora saibamos que tudo isso não passou de um mal-entendido.

Ela colocou um documento de três páginas na minha frente, andou de um lado para o outro da sala durante vários minutos, saiu e depois tornou a entrar, enquanto eu lia as disposições legais. Pensei em pedir a assistência de um advogado, mas não vi nenhuma séria implicação negativa em assinar. Eu não tinha a menor intenção de falar sobre o incidente com a imprensa. Só queria conversar com Rosie. Assinei e fui liberado.

— Você aceitaria minha oferta de passar a noite em Nova York? — perguntei a Rosie.

— Sim. Qualquer coisa é melhor do que passar vinte horas na classe econômica estando grávida. Vou sentir saudades dessas maluquices na minha vida.

— Você precisa ligar para o Phil — lembrei. — Para avisar que vai chegar um dia depois.

— Ele acha que só vou em janeiro — disse Rosie. — Eu vou fazer uma surpresa.

37

Eu estava tendo uma última chance de encontrar uma solução. Meu plano era simples, mas o limitado tempo disponível era um obstáculo. Chegamos em casa às 16h07. Gene estava lá e pensou que Rosie tivesse voltado de vez. O resultado foi um diálogo estranho.

Por fim, ele falou:

— Pra ser sincero, pensei que Don fosse voltar sozinho e planejei uma noite animada pra ele.

Eu tinha planejado minha própria noite animada.

— Vamos ter que remarcar. Rosie e eu vamos sair e só voltaremos tarde.

— Não tem como remarcar — retrucou Gene. — É a festa de fim de ano dos professores de medicina. Começa às cinco e meia e termina às sete. Vocês podem sair pra jantar mais tarde.

— Não era só jantar, era uma série de atividades.

— Estou realmente cansada — disse Rosie. — Não estou a fim de atividades. Por que você não vai com o Gene e me traz alguma coisa pra comer quando voltar?

— As atividades são cruciais. Você pode beber um pouco de café, se precisar.

— Se o avião não tivesse voltado, não faríamos atividade nenhuma. Você agora estaria voltando de Los Angeles. Portanto, essas atividades não podem ser cruciais. Por que você não me conta o que tinha em mente?

— Era para ser uma surpresa.

— Don, eu vou voltar para a Austrália. Acho que você está planejando alguma coisa pra me fazer mudar de ideia, ou alguma coisa nostálgica que vai me deixar triste, como ir ao The Alchemist pra prepararmos drinques juntos, ou jantar no Arturo's, ou... não, o Museu de História Natural está fechado.

A expressão de Rosie era "sorridente, mas triste". Gene tinha voltado ao seu quarto.

— Desculpe — disse ela. — O que tinha planejado fazer?

— Tudo o que você disse. Você só deixou um item de fora. Acertou setenta e cinco por cento, incluindo o museu, que desconsiderei pelo mesmo motivo.

— Acho que isso revela alguma coisa sobre o que conquistamos juntos. Finalmente consegui prever um pouco do que se passa na sua cabeça.

— Incorreto. Não é só um pouco. Você é a única pessoa que teve sucesso em me entender. Começou quando reprogramou o relógio para que eu pudesse preparar o jantar dentro do programado.

— Na noite em que nos conhecemos.

— Na noite do Incidente do Esporte Fino e do Jantar na Varanda — eu disse.

— O que eu não adivinhei? — perguntou Rosie. — Você disse que acertei setenta e cinco por cento. Acho que me esqueci do sorvete.

— Errado. Dançar. — O baile da Faculdade de Ciências, em Melbourne, quando Rosie resolveu um problema técnico na minha habilidade de dançar, foi um divisor de águas. Dançar com ela tinha sido uma das experiências mais memoráveis da minha vida, porém jamais repetimos.

— De jeito nenhum. Não comigo nesse estado. — Ela me abraçou brevemente, demonstrando como seu formato modificado iria interferir na dança. — E sabe do que mais? Se saíssemos hoje, alguma coisa daria errado. Alguma coisa maluca. Seria diferente do que você planejou, mas melhor, e é isso o que eu amo em você. Mas, agora, as maluquices não vão mais funcionar. Não é disso que eu preciso. Não é disso que Bud precisa.

Era estranho, paradoxal — *maluco* — que aquilo que Rosie mais parecia valorizar em mim, uma pessoa altamente organizada, que evitava a incerteza e gostava de planejar tudo nos mínimos detalhes, fosse o fato de meu comportamento gerar consequências imprevisíveis. Mas, se era isso o que ela amava, eu não iria discutir. O que eu iria argumentar era que ela não deveria descartar algo que valorizava.

— Incorreto. Você precisa de mais maluquice, não de zero maluquices. Precisa de uma quantidade otimizada de maluquices programadas. — Era hora de explicar minha análise e a solução encontrada. — Originalmente, só havia um único relacionamento: você e eu.

— Isso é meio simplista. E Phil e...

— O domínio que está sendo levado em consideração é o da nossa unidade familiar. O acréscimo de uma terceira pessoa, Bud, aumenta o número de relacionamentos para três: uma pessoa adicional, o triplo de relações binárias. Eu e você; você e Bud; eu e Bud.

— Obrigada pela explicação. Não acho que gostaríamos de ter oito filhos. Quantas relações seriam nesse caso?

— Quarenta e cinco, das quais a nossa seria um quarenta e cinco avos do total.

Rosie riu. Por aproximadamente quatro segundos, foi como se nosso relacionamento tivesse sido reiniciado. Mas ela rapidamente se reiniciou em modo de segurança.

— Continue.

— A multiplicação de relações inicialmente gerou confusões.

— Que tipo de confusões?

— Da minha parte. Em relação ao meu papel. O Relacionamento de Número Dois era nosso relacionamento com Bud. Por ser algo novo, eu estava ansioso para contribuir por meio de recomendações alimentares e cuidados pessoais, coisas que você, com razão, considerou uma interferência. Eu estava sendo irritante.

— Você estava tentando ajudar, mas preciso descobrir meu próprio jeito de lidar com as coisas. E, pela primeira vez na vida, Gene tem razão: é um lance biológico. As mães são mais importantes do que os pais, ao menos no começo.

— É claro que sim. Mas seu foco no bebê reduziu seu interesse em nosso relacionamento, devido à simples diluição de tempo e energia. Nosso casamento se deteriorou.

— Isso foi acontecendo aos poucos.

— Começou bem antes da gravidez.

— Acho que sim. Mas agora percebo que o casamento não bastava por si só. Acho que eu sabia disso mesmo naquela época.

— Correto. Você precisa de um relacionamento extra por razões emocionais. Mas não deveria descartar outro relacionamento de alta qualidade sem investigar todos os meios racionais para mantê-lo.

— Don, cuidar de um bebê é incompatível com a vida que a gente tinha. Dormir até tarde, sair pra beber, fazer aviões darem meia-volta... é uma vida completamente diferente.

— Claro. Nossa programação precisará ser alterada, e teremos de incorporar atividades em conjunto. Prevejo que, sem o estímulo intelectual e a maluquice com os quais já se acostumou, você ficará louca. E provavelmente desenvolverá alguma espécie de doença depressiva, como Lydia previu.

— Deprimida e louca? Vou encontrar coisas pra fazer. Mas não vou ter tempo de...

— É aí que quero chegar. Agora que vai estar ocupada com Bud, eu deveria assumir a responsabilidade total pelo nosso relacionamento: por organizar nossas atividades, obviamente sujeitas à compatibilidade com o bebê.

— Os relacionamentos não podem ser responsabilidade de uma única pessoa. São necessárias duas...

— Incorreto. Deve haver comprometimento de ambas as partes, mas uma única pessoa pode estar no comando.

— De quem você ouviu isso?

— De Sonia. E de George.

— George do andar de cima?

— Correto.

— Quer dizer então que os especialistas estão por dentro?

— Eles contribuíram com experiências, e não teoria. Todos os psicólogos que conhecemos fracassaram em seus casamentos. Os que não fracassaram estão correndo esse risco, como é o seu caso. — Este era outro ponto fraco do conselho de George, mas não achei que seria útil contar a Rosie sobre o histórico de matrimônios dele.

— Acho que a maioria dos casais, até mesmo aqueles que continuam juntos, simplesmente aceita que o relacionamento precisa de uma sacudida de vez em quando — disse Rosie.

— Uma sacudida da qual os integrantes jamais se recuperam. — Eu estava novamente me baseando na experiência de George. E de Gene também, provavelmente. E, potencialmente, de Dave. — Minha proposta é tentarmos preservar o máximo possível do relacionamento interpessoal que nós tínhamos antes, levando em consideração, é claro, as necessidades do bebê.

Eu me prontifico a fazer todo o trabalho necessário: você só precisa aceitar esse objetivo e cooperar.

Rosie se levantou e foi preparar um chá de frutas. Reconheci isso como um código para: *Cale a boca por alguns minutos, Don, estou tentando pensar.*

Fui até a adega e me servi de uma caneca de cerveja para administrar meu próprio estado emocional.

Quando Rosie se sentou de novo, tinha refletido bastante. Infelizmente.

— Acho que isso importa mais pra você, Don, porque você não se conectou com o bebê. Você ainda não falou sobre a terceira relação. Ainda continua focado em nós dois. A maioria dos homens transfere parte do seu amor para os filhos.

— Desconfio de que essa transferência vai levar algum tempo. Mas, se eu não estiver ao seu lado, terei zero de *input*. Você me considera pior do que zero como pai?

— Don, acho que você tem uma programação emocional diferente. Que funcionou quando éramos só nós dois, mas não acho que você tenha capacidade de ser pai. Desculpe por colocar as coisas dessa forma, mas achei que você acabaria chegando à mesma conclusão.

— Você não achava que eu era programado para amar e estava errada. Pode estar errada de novo.

Gene saiu do quarto.

— Desculpe interromper, gente, mas preciso ir pra esse lance da Faculdade de Medicina. Vocês não vão sair?

— Não — disse Rosie.

— Então venham comigo. Os dois.

— Eu vou ficar — disse Rosie. — Não fui convidada.

— Os acompanhantes também estão convidados. Você deveria ir, Rosie. Essa é sua última noite em Nova York. Don não vai admitir, mas ele também quer ir.

— Você realmente quer que eu vá? — perguntou Rosie para mim.

— Se você não quiser ir, vou ficar em casa — respondi. — Quero aproveitar ao máximo o tempo que resta do nosso casamento.

Quando estávamos saindo, meu celular tocou. Não reconheci o número.

— Don, é Briony. — Levei um instante para lembrar quem era Briony. B1 nunca havia entrado em contato comigo antes. Eu me preparei para um conflito.

— Não acredito no que você fez — disse ela.

— O que eu fiz?

— Você ainda não leu o *New York Post?*

— Não leio o *New York Post.*

— A matéria está na internet. Não sei nem o que dizer. Nenhuma de nós jamais teria adivinhado.

Abri a porta do meu banheiro-escritório para olhar o site do *New York Post*. Rosie sentou-se na beirada da banheira e ficou olhando os azulejos com as imagens de Bud.

— O que você está fazendo aqui? — perguntei. Não estava sendo agressivo; a pergunta era no sentido literal, mesmo.

— Vim roubar um comprimido pra dormir. Pro voo de amanhã.

— Ora, remédio para dormir n...

— Stilnox. Princípio ativo, zolpidem. Terceiro trimestre, um comprimido. Nenhum efeito adverso. Wang, Lin, Chen, Lin e Lin, 2010. É mais provável que me faça tirar a roupa e sair dançando pelo avião do que causar algum dano ao bebê.

Ela continuou olhando para os azulejos de Bud.

— Don. Isso é impressionante.

— Você já viu isso antes.

— É claro que não. Eu nunca entrei aqui.

— Na noite do Dave, o Bezerro. Quando Gene caiu na banheira.

— Tudo que eu vi foi meu orientador se debatendo, pelado. Não tive tempo para ver o que estava desenhado nos azulejos. — Ela sorriu. — Mas isto aqui é o nosso bebê... Bud... semana a semana, certo?

— Errado. É um embrião, um feto, genérico... um Bebê em Fase de Elaboração. Exceto as imagens dos azulejos 13 e 22, que foram copiadas dos exames de ultrassom.

— Por que você não me mostrou isso? Eu ficava olhando imagens do livro enquanto você estava aqui, desenhando as mesmas imagens...

— Você me disse que não queria ouvir nenhum comentário técnico.

— Quando eu falei isso?

— No dia vinte e dois de junho. O dia seguinte ao Incidente do Suco de Laranja.

Rosie apertou minha mão. Ainda estava usando as alianças. Deve ter percebido que reparei.

— Não consigo mais tirar o anel da minha mãe do dedo. Ele é um pouco pequeno, e meus dedos certamente incharam com a gravidez. Você vai ter que esperar se quiser que eu devolva a aliança de casamento.

Ela continuou olhando os azulejos enquanto eu tentava localizar a matéria do *New York Post.*

Pai do ano: uma cerveja para comemorar depois de salvar seu filho com mães lésbicas.

Eu sabia que os jornalistas costumavam ser imprecisos, mas aquela matéria, escrita por Sally Goldsworthy, superou qualquer conceito que eu pudesse ter das possibilidades de erros de reportagem.

O australiano Don Tillman, professor visitante da Faculdade de Medicina de Columbia e pesquisador eminente sobre a relação entre autismo e câncer de fígado, doou seu esperma para duas lésbicas e em seguida salvou a vida de um dos bebês. Em uma verdadeira atitude de "não foi nada", o professor Don Tillman bebeu uma caneca de cerveja para brindar a cesariana de emergência que realizou em seu apartamento em Chelsea e disse confiar plenamente na capacidade das duas mães de criarem seus filhos sem qualquer envolvimento por parte dele.

E mostrou que aprendeu uma ou duas coisas sobre os Estados Unidos, também.

"Claro que mães lésbicas não se encaixam no modelo convencional", disse. "Portanto, não deveríamos esperar resultados convencionais. Porém, seria contra o espírito americano buscar o convencional."

Havia uma foto minha posando com minha faca de cozinha Santoku, como o fotógrafo pedira.

Mostrei a matéria para Rosie.

— Você disse isso?

— Claro que não! A matéria está cheia de erros grotescos. É típico do modo como a imprensa divulga fatos científicos.

— Eu estava falando da frase sobre resultados não convencionais. Parece algo que você diria, mas é tão...

Esperei que ela terminasse a frase, mas Rosie não conseguia encontrar um adjetivo capaz de descrever minha declaração.

— A citação está correta — falei. — Você discorda?

— Não, nem um pouco. Também não quero que Bud seja convencional.

Mandei um e-mail para minha mãe com o link da matéria. Ela insistia em receber cópia de tudo o que saía na imprensa sobre mim para mostrar aos parentes, independentemente da precisão jornalística. Incluí a observação de que eu não havia engravidado nenhuma lésbica.

— Isso explica por que vamos viajar de classe executiva amanhã em vez de sermos mandados para Guantánamo — disse Rosie. — Eles não queriam uma manchete como *Herói cirurgião sofre assédio da Agência de Segurança do Transporte por ser diferente*.

— Não sou cirurgião.

— Não, mas é diferente. Você tinha razão sobre a fobia de sangue e emergências. Bastou uma única vez para que eu soubesse. Formamos uma bela equipe, não é?

Rosie tinha razão. Formamos uma excelente equipe. Ou melhor, dupla.

38

O metrô estava cheio de gente com gorro de Papai Noel. Se eu tivesse sido aceito como pai, um dia poderia interpretar esse papel. Eu seria solicitado a fazer todas as coisas que meu próprio pai fizera. Ele tinha sido especialista em oferecer presentes e experiências incomuns para os três filhos: eu, Michelle e Trevor.

Eu teria de aprender um novo conjunto de práticas e dominar diversas habilidades. Baseado nas observações que fiz dos meus pais e de Gene e Claudia, algumas dessas atividades certamente seriam realizadas em conjunto com Rosie.

A festa do corpo docente da faculdade era em um amplo salão de conferências. Estimei que houvesse cerca de 120 convidados. Apenas um deles era inesperado: Lydia!

— Eu não sabia que você trabalhava em Columbia — falei. Se ela de fato era minha colega, possivelmente nossa relação oferecia ainda mais problemas éticos.

Ela sorriu.

— Estou com o Gene.

Como é comum nessas ocasiões, havia bebida de baixa qualidade, petiscos sem graça e barulho demais para que fosse possível realizar qualquer interação produtiva. Era inacreditável conseguir reunir alguns dos pesquisadores mais eminentes da área médica num salão e, em seguida, embotar suas faculdades cognitivas com álcool e abafar suas vozes com música cujo volume eles provavelmente pediriam que seus filhos abaixassem em casa.

Levei apenas dezoito minutos para consumir comida suficiente para eliminar qualquer necessidade de jantar. Torci para que Rosie tivesse feito o mesmo. Eu estava prestes a localizá-la e sugerir que fôssemos embora quando David Borenstein subiu ao palco e fez um anúncio ao microfone. Não vi Rosie em parte alguma. Talvez ela não tivesse percebido que o início das formalidades era o sinal ideal para irmos embora.

— Este foi um grande ano para a nossa faculdade — disse ele. Era como se eu estivesse em Melbourne; a reitora de lá teria usado exatamente as mesmas palavras. Sempre era um grande ano. Tinha sido um grande ano para mim também. Com um fim desastroso.

— Fizemos algumas conquistas significativas — continuou David — e todas, sem dúvida, receberão o devido reconhecimento nos foros apropriados. Esta noite, porém, gostaria de comemorar algumas que talvez não...

Enquanto ele chamava alguns pesquisadores ao palco para que fossem aplaudidos por suas conquistas na área acadêmica, simultaneamente exibindo vídeos de baixa qualidade desses mesmos pesquisadores em ação, comecei a me sentir melhor. Não era meu destino participar diretamente da criação dos meus filhos, mas havia a possibilidade de que, algum dia, um bom pai — alguém que estivesse contribuindo de maneira valiosa para a criação do próprio filho — optasse por não consumir álcool em excesso porque se submeteu a um teste genético cujo resultado indicou suscetibilidade à cirrose hepática. Assim, ele sobreviveria para criar o herdeiro. Esse teste seria o resultado dos meus seis anos de pesquisa cruzando ratos, embebedando--os e dissecando seus fígados. Talvez algum casal de lésbicas tomasse decisões melhores e mais embasadas em relação à criação de seus filhos por causa do Projeto das Mães Lésbicas, do qual fui integrante. Eu ainda teria, quem sabe, entre quarenta e cinco e cinquenta anos de vida para dar outras contribuições, para viver uma vida que valesse a pena.

Sentiria saudade de Rosie. Como Gregory Peck em *A princesa e o plebeu*, eu tinha recebido um bônus inesperado, mas com prazo de validade por eu ser quem era. Paradoxalmente, a felicidade havia me testado, mas concluí que ser eu mesmo, com todas as minhas falhas intrínsecas, era mais importante do que possuir aquilo que eu mais desejava.

Percebi que Gene estava ao meu lado e cutucava minhas costelas com o cotovelo.

— Don — disse ele —, está tudo bem com você?

— Claro. — Meus pensamentos haviam bloqueado o discurso do diretor, mas, depois da chamada de Gene, voltei a me concentrar. *O mundo acadêmico era o meu mundo.*

— E, no mesmo espírito do cientista australiano agraciado com o Prêmio Nobel por engolir bactérias a fim de demonstrar que isso causaria úlcera, um de nossos pesquisadores australianos colocou sua própria vida em risco em nome da ciência.

Atrás de Borenstein, uma gravação apareceu na tela. Era eu, no dia em que me deitara no chão para que o bebê de um casal de lésbicas engatinhasse em cima de mim a fim de determinar o efeito que isso teria na sua produção de ocitocina. Todos começaram a rir.

— Eis o professor Don Tillman como vocês nunca viram antes.

Verdade. Fiquei impressionado comigo mesmo. Eu estava obviamente feliz, muito mais do que eu me lembrava. Provavelmente não tive consciência total do meu próprio estado emocional na ocasião, uma vez que estivera concentrado em conduzir o experimento corretamente. O vídeo durava aproximadamente noventa segundos. Percebi a presença de alguém ao meu lado. Rosie. Ela segurou meu braço com força e começou a chorar, copiosamente.

Não pude determinar a causa de seu estado emocional, pois David acrescentou:

— Quem sabe ele estivesse praticando. Don e sua esposa, Rosie, estão esperando o primeiro filho para o Ano-Novo. Temos um pequeno presente para vocês.

Eu e Rosie fomos até o palco. Certamente era inadequado receber um presente que foi oferecido sob a premissa de que estivéssemos juntos. Estava pensando no que dizer quando Rosie resolveu o problema.

— Diga apenas "obrigado" e aceite — instruiu ela enquanto subíamos no palco. Rosie estava segurando a minha mão, algo que só reforçaria a impressão incorreta da nossa situação.

O diretor entregou um embrulho que obviamente continha um livro. Depois disso, ele desejou boas festas a todos, e as pessoas começaram a ir embora.

— Podemos ficar mais alguns minutos? — perguntou Rosie, que parecia ter se recuperado parcialmente.

— Claro — falei.

Em cinco minutos todos já haviam saído, incluindo Gene e Lydia. Só restaram David Borenstein, o assistente dele e nós dois.

— Será que você pode exibir o vídeo do Don de novo? — pediu Rosie.

— Estou arrumando as coisas pra ir embora — disse o assistente. — Pode ficar com o DVD, se quiser.

— Achei que o vídeo tinha o tom certo para finalizar nossa festa, dada a época do ano. O lado suave do cientista inabalável. Suponho que você conheça bem esse lado, Rosie — disse Borenstein.

Pegamos o metrô para voltar ao que tinha sido nossa casa. Rosie não disse nada durante o trajeto. Eram apenas 19h09 e fiquei na dúvida se deveria tentar convencê-la novamente a participar das experiências memoráveis que eu havia planejado. Estava gostando de segurar a mão dela em nossa última noite juntos e, por fim, decidi que era melhor não fazer nada que pudesse alterar essa situação. Estava levando o presente do diretor com a mão livre, portanto, foi Rosie quem teve de abrir a porta de casa.

Gene estava esperando com uma garrafa de um litro e meio de champanhe e várias taças, já que tínhamos vários convidados. Sete taças, para ser exato. Ele encheu todas e distribuiu seis delas: para mim, para Rosie (violando as regras da gravidez), para Lydia, Dave, George e ele mesmo.

Eu tinha várias perguntas a fazer, incluindo o motivo da presença de Dave e George, mas comecei pela mais óbvia.

— De quem é a sétima taça?

A pergunta foi respondida por um homem muito alto e forte, de mais ou menos sessenta anos, que entrou em casa vindo da varanda, onde, suponho, tinha ido fumar um cigarro. Era *34* — Phil, o pai de Rosie, que deveria estar na Austrália.

Rosie apertou minha mão com força, como se estivesse estocando essa sensação para o futuro, depois soltou-a e saiu correndo até Phil. Eu também. Meu cérebro foi tomado por uma onda de compreensão pela tristeza que ele sentiu na noite em que a esposa morreu. Sem dúvida, um efeito do Exercício de Empatia com Phil e dos pesadelos que resultaram dele. Foi algo tão impactante que superou minha aversão ao contato físico.

Cheguei mais ou menos um segundo antes de Rosie e abracei Phil.

Ele, como era de se esperar, ficou surpreso. Acho que todos ficaram. Depois de alguns segundos, por encorajamento dele, eu o soltei. Lembrei-me da promessa dele, de que viria até aqui me dar uma surra se eu fizesse alguma besteira. Obviamente era isso que eu tinha feito.

— O que vocês dois aprontaram? — perguntou ele, mas não esperou pela resposta e levou Rosie até a varanda. Torci para que aquela surpresa não a motivasse a fumar um cigarro.

— Ele estava esperando na porta de casa quando eu cheguei — disse Gene. — Acampado com uma mala de rodinha.

Nem todos eram tão cuidadosos quanto eu para impedir que visitantes sem autorização entrassem no prédio, embora, claro, eu também tivesse deixado Phil entrar.

— Ele explicou por que veio? — perguntei.

— E precisava? — retrucou Gene.

Lembrei que Phil não consumia álcool e rapidamente bebi o conteúdo da taça dele para evitar constrangimentos.

Gene explicou que tinha convocado Dave e George para que todos pudessem me dar um presente. Pelo tamanho e formato, deduzi que provavelmente era um DVD. Seria meu único DVD, uma vez que todos os meus vídeos são downloads. Será que Lydia tinha participado dessa escolha ambientalmente irresponsável?

Quando Rosie e Phil voltaram, abri o presente de David Borenstein. Era um livro engraçadinho sobre paternidade. Eu o coloquei de lado sem dizer nada.

O presente de Gene, Dave e George era um DVD de *A felicidade não se compra*, que, segundo eles, era um filme natalino. Me pareceu um presente pouco criativo da parte dos meus três amigos mais próximos, mas eu sabia que escolher presentes era uma tarefa extremamente difícil. Sonia havia sugerido que eu presenteasse Rosie com peças de lingerie de alta qualidade, observando que era tradição oferecer presentes desse tipo no início do casamento. Era uma ideia brilhante, que me permitia substituir os itens arruinados no Incidente da Lavanderia. Contudo, o processo de combinar o estoque disponível na Victoria's Secret com a lingerie original de Rosie, tingida de roxo, foi estranho. O presente ainda estava guardado no meu escritório.

— Então — disse Gene —, vamos beber champanhe e assistir a *A felicidade não se compra*. Paz na terra aos homens de boa vontade.

— Não temos televisão — observei.

— Lá em casa tem — disse George.

Fomos todos para o andar de cima

— As metáforas não são o forte de Don — disse Gene, enquanto George colocava o DVD no aparelho. — Don, escolhemos te dar esse filme porque você e George são um pouco parecidos.

Olhei para George. Era uma comparação estranha. O que eu tinha em comum com um ex-astro do rock?

Gene riu e disse:

— Tem um George no filme, Don. É o personagem de James Stewart. Ele ajuda muito os amigos. Antes de mais nada, quero dar um testemunho. Quando meu casamento chegou a um ponto irrecuperável, Don foi o último a entregar os pontos. Ele me ofereceu um lugar para morar, muito embora Rosie tivesse todos os motivos pra tornar essa decisão muito difícil para ele. Don foi um mentor para meu filho e minha filha, e — Gene respirou fundo e olhou para Lydia — me deu conselhos quando estraguei tudo. Pela enésima vez.

Gene sentou-se, e Dave ficou de pé.

— Don salvou minha filha, meu casamento e minha empresa. Sonia vai cuidar da administração dos negócios a partir de agora. Assim vou ter tempo pra ficar com ela e com a Rosie. Nossa filhinha.

Rosie olhou para mim e depois para Dave, e em seguida para mim de novo. Ela ainda não tinha sido informada da escolha do nome.

Foi a vez de George ficar de pé.

— Don... — Ele foi tomado pela emoção e não conseguiu mais falar.

George tentou me abraçar, mas provavelmente percebeu que não esbocei reação. Gene assumiu a palavra.

— Rosie e eu estávamos aqui na noite em que Don decidiu que a coisa mais importante da vida dele poderia esperar enquanto ele saía para salvar a vida de outra pessoa. Pra quem não sabe, Don gravou esse evento em um vídeo.

Eu estava me sentindo envergonhado. Sou adepto da resolução de problemas, mas apenas no sentido prático. Soluções como sugerir que uma contadora contribua para a administração da empresa do marido ou recomendar a troca da composição de uma banda de rock mereciam crédito, mas não uma reação emocional como aquela que eu estava presenciando.

Então Lydia — *Lydia!* — se levantou.

— Obrigada por me deixar fazer parte disso. Posso dizer apenas que o exemplo de Don me ajudou a superar um... preconceito. Obrigada, Don.

O testemunho de Lydia tinha sido um pouco menos emotivo, o que foi um alívio. Fiquei surpreso por meus argumentos a terem convencido de que era aceitável consumir frutos do mar de produção não sustentável.

Todos olharam para Phil por alguns segundos, mas ele não disse nada.

George pôs o filme para tocar e então os quatro Dead Kings, incluindo o Príncipe, chegaram. George III serviu cerveja para todos e estava prestes a colocar o filme para rodar outra vez quando os Eslers tocaram a campainha, seguidos por Inge logo depois. Gene e Rosie tinham ligado para eles. Lydia e Judy Esler foram até a varanda e ficaram lá por algum tempo.

Achei que seria apropriado convidar meus outros amigos de Nova York. Liguei para David Borenstein e Belinda — B3 — e em uma hora todo o grupo do Complexo B e os Borensteins estavam na casa de George. O anfitrião serviu outra rodada de cerveja e, pela primeira vez, o apartamento realmente ficou parecendo um pub inglês em atividade. Ele parecia extremamente feliz em receber todo mundo. Rosie segurou minha mão de novo.

A história das dificuldades enfrentadas pelo personagem de James Stewart e seu quase suicídio era interessante e altamente eficaz no quesito manipulação das emoções. Foi a primeira vez que eu chorei ao assistir a um filme, mas tinha consciência de que os outros estavam esboçando a mesma reação. Eu estava experimentando uma enorme sobrecarga emocional também por causa da proximidade de Rosie, da aprovação geral por parte das pessoas mais importantes da minha vida e da dor pelo fim do meu casamento. Rosie deixaria um buraco horrível em minha vida.

No fim do filme, ela precisou me explicar que tinha mudado de ideia.

39

Rosie e eu tivemos o *melhor Natal de todos os tempos*. Estávamos no avião indo de Los Angeles para Melbourne e cruzamos a Linha Internacional de Mudança de Data, portanto, eliminamos literalmente o dia que tanto tinha me estressado. Fomos transferidos para a primeira classe, que estava apenas com metade dos assentos ocupados. As comissárias de bordo eram incrivelmente simpáticas nesse setor do avião. Rosie e eu conversamos sobre Natais do passado, que tinham sido dolorosos para ela também, devido à ausência da mãe. A família do Phil e os parentes da mãe dela eram pessoas legais, mas também muito invasivas. Eu entendia muito bem a sensação.

Conversamos sobre nossos planos. Rosie tinha aceitado minha teoria das três relações e estava disposta a dar uma chance para minha abordagem em relação à divisão de responsabilidades. Minha interação com o bebê das mães lésbicas deu a ela a tranquilidade de que eu seria capaz de me envolver emocionalmente com Bud. Avisei, entretanto, que isso poderia levar tempo.

— Tudo bem — disse ela. — Acho que eu estava preocupada com o fato de você, de alguma maneira, estragar meu relacionamento com ele ou ela.

— Você deveria ter me dito isso. Sou bom em resolver problemas e seguir instruções. Eu teria feito tudo o que fosse necessário para preservar nosso relacionamento. — A responsabilidade que eu tinha me oferecido para assumir estava alinhada com meus instintos, da mesma maneira que o fato de Rosie dar prioridade ao bebê se alinhava aos dela.

Rosie adiaria por alguns meses a decisão de continuar ou não seus estudos em Columbia. Parecia uma resolução sensata.

Phil decidiu passar o Natal em Nova York, compartilhando nosso apartamento com Gene, Carl e Eugenie, que iriam visitar o pai em janeiro. Apesar de ter ficado *extremamente* feliz com tudo (ver Rosie, saber de Bud, a nossa reconciliação), ele sabia que gostaríamos de passar algum tempo sozinhos na casa dele em Melbourne, para nos recuperarmos do jet lag e nos aclimatarmos ao verão.

Ninguém mais sabia da nossa chegada, portanto, conseguimos passar oito dias juntos sem interrupções. Foi incrível! A alegria de interagir com Rosie só aumentou com a compreensão de que eu quase a perdera.

A casa de Phil, no subúrbio de Melbourne, tinha internet banda larga e era tudo de que eu precisava para me comunicar com Inge e o Complexo B, e continuar escrevendo os relatórios de ambos os projetos.

Phil voltou no dia 10 de janeiro. Todos os parentes insistiram para que ficássemos em Melbourne até o parto, uma decisão apoiada por David Borenstein. Rosie tinha cancelado as reservas no hospital de Nova York e escolhido um hospital em Melbourne quando decidiu me abandonar. Uma perturbação a menos nos planos.

Passamos três dias na casa da minha família em Shepparton. O estresse daquela interação social foi amenizado com conversas com meu pai sobre o Projeto do Berço à Prova de Som. Conversávamos durante *horas* à noite, sem nenhuma ajuda de bebidas alcoólicas. Meu pai havia resolvido algumas questões práticas relacionadas ao uso de materiais e agora a equipe de pesquisadores coreanos estava negociando os direitos para incorporar tais melhorias ao projeto. Também estavam discutindo a participação do meu pai no processo de implementação. Era pouco provável que ele ficasse rico com isso, mas, como a passagem do bastão parecia iminente, ele em breve precisaria entregar a administração da loja de ferragens ao meu irmão Trevor. Ele, por sua vez, estava muito satisfeito com esses desdobramentos. Eu me perguntei se, um dia, entregaria algo da minha vida para Bud.

Para minha surpresa, e ao contrário das previsões de Gene, minha mãe e Rosie se deram bem e pareceram ter bastante coisa em comum.

Nosso bebê veio ao mundo sem problemas (além do desconforto previsto do parto, para o qual minhas leituras haviam me preparado), às 2h04 do dia 14 de fevereiro, data do segundo aniversário do meu primeiro encontro com Rosie, do Incidente do Esporte Fino e do Jantar na Varanda. *Todo mundo* reparou que era o Dia de São Valentim — Dia dos Namorados nos países de língua inglesa —, o que explicava por que eu havia encontrado dificuldades para reservar uma mesa num restaurante prestigioso dois anos antes.

Teria sido fascinante observar o parto, mas segui o conselho de Gene para "ficar perto da cabeça" de Rosie e fornecer apoio emocional em vez de observar tudo com olhos de cientista. Rosie ficou extremamente feliz com o resultado e fiquei surpreso ao descobrir que tive uma reação emocional imediata também, embora não tão forte quanto a que tive quando Rosie decidiu reatar nosso relacionamento.

* * *

O bebê é um menino, portanto, tivemos de escolher um nome masculino, como manda a convenção. Houve certa discussão a respeito.

— Não dá pra continuar chamando nosso filho de "Bud". Bud é um apelido. Um apelido americano.

— A cultura americana está em toda parte. Bud Tingwell era australiano.

— Quem é Bud Tingwell? — perguntou Rosie.

— Um ator australiano famoso. Estrelou *Malcolm* e *The Last Bottle*.

— Me diga um cientista que se chame Bud.

— Nosso filho talvez não vire cientista. Mas Abbott, de Abbott e Costello, era um Bud. Bud Powell foi um dos pianistas de jazz mais importantes do mundo. Bud Harrelson foi jogador de beisebol famoso.

— Do Yankees?

— Do Mets.

— Vamos dar esse nome ao nosso filho por causa de um jogador do Mets?

— Bud Cort era Harold em *Ensina-me a viver*. Bud Freeman, outro jazzista influente. Saxofonista. Fora os inúmeros Buddys.

— Você não pesquisou isso, não, pesquisou? Você não entende nada de jazz.

— Claro que pesquisei. Para ter um argumento convincente para mantermos o nome. Parece estranho mudar o nome de alguém por causa de um único acontecimento. Você não mudou o seu nome quando se casou.

— Estamos falando do nascimento dele, Don! Enfim, Bud é um acrônimo para Bebê Único em Desenvolvimento. Primeiro, ele não está mais em desenvolvimento, agora é um bebê formado, e segundo, não será um bebê para sempre.

— Infelizmente, Hud não é nome.

— Hud? — perguntou Rosie.

— Humano em Desenvolvimento.

— É o nome de um profeta islâmico, sabia? Você não é o único que sabe das coisas.

— Inaceitável. Uma conexão tão gritante com uma religião não é apropriada.

— Um apelido para Hudson, quem sabe?

Pensei na sugestão de Rosie por alguns instantes.

— É a solução perfeita. É a fusão de "humano em desenvolvimento" com "*son*", que quer dizer "filho". Tem relação com Nova York, o lugar onde ele foi concebido, por causa do nome do rio e do explorador a ele associado. O uso australiano desse nome tem ligação com o Incidente Terrorista que salvou o nosso relacionamento.

— Como é?

— Hudson Fysh foi o fundador da companhia aérea Qantas. Informação de conhecimento geral obtida na leitura de uma revista de bordo.

— E Peter Hudson, o jogador de futebol, era o herói de Phil. Só tem um probleminha. O acrônimo significa "em desenvolvimento", mas agora ele é um ser humano completamente desenvolvido. O nome faz parecer que ele é "filho" de um ser humano em desenvolvimento.

— Correto. Os seres humanos deveriam permanecer constantemente em desenvolvimento.

Rosie riu.

— Principalmente o pai do Hudson.

— Já que você apontou apenas um problema, que acaba de ser resolvido, acho que agora ele pode ser oficialmente chamado de Hudson.

— É difícil argumentar com a sua lógica. Como sempre.

Outra tarefa em conjunto havia sido completada com sucesso. Entreguei Hudson para Rosie novamente para que fosse amamentado. Precisava checar a agenda de Phil e ver em quais horários ele podia cuidar do Hudson, enquanto eu e Rosie começávamos nossas aulas de tango.

Agradecimentos

O Projeto Rosie termina com uma lista longa e provavelmente incompleta de agradecimentos que reflete sua jornada de cinco anos, desde a concepção até a publicação. Naquela época eu também estava aprendendo a escrever, e muitas pessoas me ajudaram com conselhos e encorajamento — além de sugestões específicas para problemas do original.

Graças em grande parte a essa ajuda, comecei *O Efeito Rosie* com uma ideia mais clara. Escrevi a primeira versão com auxílio significativo de apenas duas pessoas. Minha esposa, Anne Buist, a quem este livro é dedicado, contribuiu com o entendimento narrativo de autora e também levou para nossas discussões seus conhecimentos de professora de psiquiatria (em geral, com uma garrafa de vinho). Não é responsabilidade dela a opinião de Gene sobre a teoria do vínculo. Meu amigo Rod, que, com sua esposa Lynette, serviu de inspiração para *O Projeto Rosie* (que a ele dediquei), foi minha outra fonte de conselhos. Graças a nossas conversas enquanto corríamos ao longo do rio Yarra, em Melbourne, surgiu a ideia do berço à prova de som do Incidente do Atum-Azul e do Tumulto no Curso Pré-Natal.

Tive uma sorte incomum durante o processo de edição. Além de Michael Heyward e Rebecca Starford, da Text Publishing, vários dos meus editores internacionais me forneceram observações e comentários detalhados: Cordelia Borchardt, da S. Fischer Verlag; Maxine Hitchcock, da Michael Joseph; Jennifer Lambert, da HarperCollins Canada; Marysue Rucci, da Simon & Schuster; e Giuseppe Strazzeri, da Longanesi.

Meus primeiros leitores também me deram um retorno significativo: Jean e Greg Buist, Tania Chandler, Corine Jansonius, Peter McMilan, Rod Miller, Helen O'Connell, Dominique e Daniel Simsion, Sue Waddell, Geri Walsh e Heidi Winnen. Agradeço ainda a Shari Lusskin, April Reeve e Meg Spinelli por seus conhecimentos da cidade de Nova York e do ensino de medicina nos Estados Unidos, e a Chris Waddell pelos conhecimentos sobre bateria. W. H. Chong desenhou a capa da edição australiana.

As referências a pesquisas sobre psicologia e gravidez incorporaram os preconceitos dos personagens fictícios do livro e devem ser encaradas de acordo. Em especial, a interpretação de Don quanto a *O que esperar quando você está esperando*, a citação que Rosie faz de vários estudos para justificar suas escolhas alimentares e a referência implícita ao trabalho de Feldman et al. como base para o Projeto das Mães Lésbicas não necessariamente representam as crenças de seus autores.

Diversas editoras, livrarias e leitores de todo o mundo contribuíram para fazer de *O Projeto Rosie* um sucesso e já estão fazendo o mesmo por *O Efeito Rosie*. Na Austrália, agradeço particularmente a Anne Beilby, Jane Novak, Kirsty Wilson e suas equipes na Text Publishing, que apoiaram meu trabalho e tiveram criatividade para disponibilizá-lo a um público muito maior.

Este livro foi composto na tipologia Adobe Jenson Pro,
em corpo 11,5/14,8, e impresso em papel off-white
no Sistema Cameron da Divisão Gráfica
da Distribuidora Record.